视听翻译与幽默：理论与实践

[意]玛格丽塔·多尔　著
曹莹　译

Humour in Audiovisual Translation:

Theories and Applications

WUHAN UNIVERSITY PRESS
武汉大学出版社

图书在版编目(CIP)数据

视听翻译与幽默:理论与实践/(意)玛格丽塔·多尔(Margherita Dore)著;曹莹译.—武汉:武汉大学出版社,2023.2(2023.9 重印)
书名原文:Humour in Audiovisual Translation:Theories and Applications
ISBN 978-7-307-23581-6

Ⅰ.视… Ⅱ.①玛… ②曹… Ⅲ.①电影文学—文学翻译 ②电视文学—文学翻译 Ⅳ.I046

中国国家版本馆 CIP 数据核字(2023)第 019803 号

责任编辑:谢群英　　责任校对:李孟潇　　版式设计:马　佳

出版发行:**武汉大学出版社**　(430072　武昌　珞珈山)
(电子邮箱:cbs22@ whu.edu.cn　网址:www.wdp. com.cn)
印刷:武汉邮科印务有限公司
开本:720×1000　1/16　印张:22　字数:325 千字　插页:1
版次:2023 年 2 月第 1 版　2023 年 9 月第 2 次印刷
ISBN 978-7-307-23581-6　定价:65. 00 元

前　言

由于幽默的相对性和异质性，创造与感知幽默成为人类众多认知能力中最为复杂的一种。幽默的迷人之处是因为它能实现多重功能，比如增强组内凝聚力（Archakis & Tsakona，2005：41），揶揄，以及纠正他人的社交不当行为（Raskin，1985；Attardo，1994）等。幽默研究借助不同学科的力量发展融合（Palmer，1994；Attardo，2001；Oring，2003；Martin，2007），从不同视角去探讨和解释这一语言学、符号学、认知学以及交际学议题。随着学术研究的聚沙成塔，幽默成为一门独立的研究领域，也产生了大量极具创新性、前沿性与学术性的研究。许多学者研精毕智探寻幽默的统一定义，但唇枪舌剑仍无定论。鉴于难以在定义上达成一致，学者们将重点转移到不同语境下幽默的产生机制、功能，及其语言形式的研究。

简单来说，翻译就是让不知晓某种语言的人群能够阅读该语言文本的过程（Holland，2009：183 有关翻译中的“赋能”观点）。过去几十年里，在幽默翻译领域，翻译学者们，如 Delabastita（1993，1994，1997），Zabalbeascoa（1996，2005，2012）以及 Chiaro（1992，2000，2007），潜心研究，硕果累累。研究重点集中在视听作品中的幽默翻译，并厘清了该领域的重要概念与常见术语。作为先锋代表，他们也成功吸引了一批年轻的学者参与幽默翻译的研究，包括笔者自己。因此，过去十年间，幽默与视听翻译（AVT）的著作逐年稳步增多（Bucaria，2007，2008，2017；Dore，2009，2010a，2010b；De Rosa，et al.，2014；Iaia 2015；Ranzato，2016）。

然而，幽默与 AVT 的理论与应用研究并没有出现预想中的相互辅助和共同发展。换言之，幽默学者在谈论 AVT 相关问题(比如，压缩字幕以及配音的音画同步)，以及影响译员决策过程的因素(比如，时间压力以及专业程度)时均浅尝即止，不能做到鞭辟入里。同理，有些 AVT 学者甚至完全忽视了幽默研究领域发展成熟的理论，对问题的分析较为片面、浅显。

鉴于此，本书试图结合幽默与 AVT 研究，以推动二者的发展。本书的主要目的在于探寻幽默在不同语言与不同文化间传递的可行性。翻译研究的学者对于翻译的(不)可译性众说纷纭(详见第二章的 2.6 节)。Chiaro (2005) 针对幽默翻译的可行性问题，提出了以下观点：

> 幽默语篇，虽说会被语言与交际所掣肘，但可以成功突破地理界限。言语幽默语(VEH)是最难翻译的语言之一，因为它需要遵循翻译理论的条条框框，如对等以及(不)可译性。

在翻译研究里，“对等”是一个富有争议性的概念。Kenny (2008：96) 曾全面清晰地阐述过对等概念。他将对等定义为：“源文本(ST)与目的语文本(TT)之间的关系，可以简单、直接地看出 TT 是 ST 的翻译结果。”此后，Chiaro (2008) 也说道：“最近有关对等的争论倾向于归化的处理方法，使得其与正式的对等与忠实观念渐行渐远。”鉴于此，她提到目的论(Vermeer, 1996)，并且解释了目的论对于翻译言语幽默时的重要性。换言之，当翻译传递幽默的文本，目的语文本中的干预行为合理化的途径就是译者想要保留源语的言外之意 (Hickey, 1998)，这样一来，目的语受众就能够体会源语传递出的“同样或相似的效果” (Vandaele, 2002：151)。鉴于 Nida 和 Taber (1969) 提出的“功能对等“观点，本书将此类干预手段定义为功能性操纵 (详见本书第一章和第二章)。

探索幽默翻译(乃至整个翻译研究)的动因，可归结于目前该领域所面临的种种“客观问题“(语用学、语言学以及文本)，而这些客观问题还会在“主观因素”(如译员的专业度、时间压力；Nord, 1991，引自 Popa, 2005：

51)的制约下变得愈加复杂。AVT 所面临的客观问题与本书所谈及模式的多符号特征息息相关。AVT 视角下，“模式 mode”常用来指代“两种语言以及文化间（语际），或者相同语言和文化下(语内)，视听文本的传译方式”(Chaume，2013：106)。总的来说，AVT 有两种“宏观模式 macro-modes”，即配音以及字幕（Zabalbeascoa et al.，2012：18)。这两种模式之下又包含了其他形式。本书将会探讨配音、口述影像(配音的一部分)、专业字幕，以及所谓的“互动性视听翻译 participatory audiovisual translation”(Perez-Gonzalez，2014：233)，也就是业余字幕，或者粉丝字幕(字幕的一种形式)。

一般来说，AVT 研究的争辩围绕着理论以及实践两个层面，但是，不管是哪个层面的思辨对学科发展都十分有益，正如 Ulrych(2000：410)所说，争辩犹如“硬币的正反面：理论驱动实践，反之，实践衍生新的理论框架”。这也是描述性翻译研究所提倡的观点，因为该领域的学者认为翻译“就是译员以经验来传递这个世界”(Holmes，1988：71)。审视翻译应该依托社会历史语境，因为翻译行为深嵌于语境之中，而且翻译原则也应该依托语境建立（Toury，1995)。如此一来，学者就能洞察翻译过程，也可能检测出过程性行为。基于上述观点，Venuti（1992，1998，2017[1995]）提出了著名的源语导向(异化)，以及目的语导向(归化)的理论。异化指译员在译入目的语时试图保留源语的语言特征以及文化差异，使得目的语带着明显的翻译痕迹。而归化则会使目的语更加流畅，让目的语读者感觉到熟悉易懂(Venuti，1992：5)。

本书不仅借鉴了异化、归化的翻译理论来分析电视以及电影的会话，还吸取了多元系统论（Even-Zohar，2005）的观点，来帮助对本课题感兴趣的学者们理解“翻译在学科的理论形成、建立、发展，以及维护中所起的作用“(Nornes，2007：3-4)。例如，意大利的 AVT 研究采用的就是多元系统论，意大利的电影和视听传统就符合 Even-Zohar（2012)在谈论文学翻译所说“弱文学 weak literature”的特征。他将弱文学描述为游走在主流文学体系边缘的作品，并且弱文学有意抑制自身朝主流文学作品迈进，因此拥有着一定的不可替代性。该描述十分贴合目前的语境，因为与美国的视听产业相比，意大利视听产业就犹如“弱文学”一般。这是因为在 1906 年至 1913 年的全球第一次发展高潮中，欧洲电影产业由于第一次以及第二次世界大战而处于停滞状态，在此期间，好莱坞赶超了欧洲。即使后来电影产业复苏，欧洲市场始终处于美国电影产业的阴翳之中(Perego，2005：17)。

像其他欧洲国家一样，意大利进口并翻译了大量的美国影视剧。目前绝大多数的 AVT 学术研究都是围绕美国视听作品展开，以及它们的法语、西班牙语、意大利语、德语等翻译版本。因此，AVT 研究主要由英语国家主导也就不足为奇了(详见第二章)。而专门研究意大利语 AVT 的可谓前无古人。为剖析意大利 AVT 中的幽默处理，本研究从影视喜剧中旁征博引，为研究视听翻译的配音和字幕，本书聚焦于电视喜剧《摩登家庭》的前两季（Christopher Lloyd & Steven Levitan，2009—2020）和它的意大利语配音和字幕版本(官方字幕版和粉丝字幕版)。

这部家庭情景喜剧围绕 Jay Pritchett 一家展开。他们住在洛杉矶郊区。Jay 的家人，有他的第二任妻子，哥伦比亚人 Gloria，他们的儿子 Joe 和 Manny，后者是 Gloria 的儿子、Jay 的继子。Jay 还有两个成年子女：儿子 Mitchell 是同性恋者，与 Cameron 共为夫夫；女儿 Claire 与 Phil 结为夫妻。Cameron 和 Mitchell 收养了一个越南女婴(Lily)；同时，Claire 和 Phil 还有三个孩子：Haley，Alexandra 和 Luke。

《摩登家庭》生动展现了喜剧蓬勃的生命力。它绘声绘色地描绘如北美这样多语言和多文化社会家长里短的日常生活。这部电视剧的成功源于剧中人物巧妙利用语言、文化来制造丰富笑料，生动呈现出南北美洲社会、语言和文化之间的碰撞与交融。这是一部引人入胜、内涵丰富、回味无穷的情景喜剧，值得学者们深入研究语言背后蕴涵的文化与价值。

因此，本书采用对比分析的方法着重分析语言和文化特征，因为二者对分析幽默翻译、文字游戏、文化专有项和多语言现象起着至关重要的作用。如上所述，本研究融合了 AVT 和幽默研究的理论知识，其中最具代表性的就是 Raskin（1985)的幽默语义脚本理论（SSTH）和 Attardo 的言语幽默总论（GTVH；Attardo & Raskin，1991，2017；Attardo，1994，2001）。然而，考虑到幽默本身的复杂性，多符号系统（如视听环境）中幽默形式的变化，以及视听作品中的幽默翻译问题，需要跳脱幽默研究的框架，寻求多学科融合的理论框架。因此，本研究还结合了电影研究、语料库语言学、会话分析等方面的理论成果与分析路径。

从统计学角度来说，本研究的语料数据丰富，足以检测识别不同 AVT 模式下的翻译行为。《摩登家庭》原剧前两季共 24 集，平均每集 22 分钟，每集含 3300 词。这意味着 ST 语料库约由 16 万词组成。配音文本的词数大抵一致，而官方字幕版和粉丝字幕版每集平均有 3100 词，这与 ST 的词数相差无几。因此，《摩登家庭》总词数约 60 万。此外，参与这两季的翻译（翻译和/或改编）的人数众多。正如 3. 4. 2 节所言，配音版和粉丝字幕版分别是专业人士和业余字幕员们共同完成的翻译结果，其中部分业余字幕员来自意大利粉丝社区 ItaSA。遗憾的是，尚未查询到官方字幕员们的资料，这也说明官方字幕员潜心幕后工作，长期处于隐身状态（Díaz-Cintas & Remael，2007：40）。总而言之，本研究中的视听翻译大多属于群策群力的成果，仅有少数情况，源于个人选择。

最后，为更详尽地描述 AVT 的相关问题，本书第六章还研究了口述影像（AD）中的幽默。视障或失明人士可通过这种 AVT 模式，体验电影的非言语内容。而口述影像研究数据源于浪漫喜剧《大病》（Michael Showalter，2017）。这部剧情片围绕着巴基斯坦裔美国人 Kumail 与本地姑娘 Emily 突破文化隔阂，最终有情人终成眷属的故事展开。Kumail 是芝加哥的一位代驾司机，他自创了一部独角戏，试图通过分享自己巴基斯坦背景带来的趣事，成为声名远扬的脱口秀演员。Emily 是一名白人研究生，主修心理治疗，碰巧观看了 Kumail 的演出。尽管 Emily 身体状况不好，而且 Kumail 的父母极力想让他娶年轻的巴基斯坦穆斯林女人，但二位排除万难，最终有情人终成眷属。

之所以选择《大病》，主要是因为这部喜剧与《摩登家庭》主题相似，并且展现了全球化进一步加深的当今社会，汇聚了世界各地的人，融合了各族的文化传统。《大病》的编剧有意设置了很多语言和文化冲突。除了制造幽默效果，编剧还希望加强各民族之间的理解，让观众接纳世界的多样性。此外，剧中 Kumail 想成为专业的脱口秀演员，故幽默话语是不可或缺的一环。最后，由于英语和意大利语的 AD（Audio Description，口述影像）是独立制作的，因此对比分析两种语言的 AD，可以深入了解这部电影中的视觉幽默是如何融入在各自文化和语言的情境之中。

总体来说，前人的研究结果证实，如果想了解 AVT 实践的工作方式、翻译带来的问题，以及如何解决这些问题，就需要考虑 AVT 实践中的文本因素和语境因素（Zabalbeascoa，2005：206）。这有助于明确哪些翻译程序需要理论方法加以指导，从而进一步健全完善翻译理论。正如 Attardo 和 Raskin（2017：52）所言："理论应包含方法论。发展完善的理论会衍生或者建立方法论。描述会给方法论的诞生提供温床，而二者的形式和内容又构成了理论的真正内涵。"

内容与框架

创造表演艺术、音乐和文学，是为了日常生活更加愉悦。然而，开怀大笑也可以像读小说、看展或听音乐会一样疗愈身心。门外汉也可以借由欣赏表演者的绝技来愉情悦心。相反，见多识广的内行人往往慧眼独具，欣赏深层次的美。就电视喜剧而言，幽默研究学者和语言学家一般都会对制作人员，尤其是编剧更感兴趣，因为他们能够通过人物的语言和他们所处的虚构世界来传达幽默。而对幽默研究感兴趣的 AVT 学者，不仅会思考幽默的构思和传达方式，还会关注它如何跨语言和文化进行传递。其中，有些学者还会探求 AVT 中的幽默评价（详见 2.6 节）。然而，本研究主要关注的是视听内容中的幽默创造与翻译，并从理论与实践两个层面展开深入的分析与探讨。

本书分为两个主要部分，包括七章。第一部分为两章，主要是幽默和视听翻译的文献回顾与理论探讨。第一章概述了幽默研究的主要理论，并深入讨论了当前幽默(不)可译性的主要争论。第二章概述了 AVT 的文献，特别是幽默 AVT 的研究。熟悉上述理论研究的读者不妨直接转入第二部分，因为该部分主要侧重于理论应用与具体的案例分析。

第二部分由五章组成，分别探讨了幽默的语言和文化问题，其中包括双关语、文化专有指称(或文化专有项，详见第四章)和多语言现象。如前所述，第六章专注幽默 AD(口述影像)，以英文 AD 和意大利语 AD 为分析对象。每章都为读者提供了相关话题的理论思辨，辅以实例详解与分析。最后再凝练观点，作出总结陈述。读者也可根据需要，阅读所需章节，因为每个章节内容相对独立，且结构完整。

正如读者所见，第二部分的章节长度逐渐减少。这主要是因为不论是文献丰富的研究课题如双关语，还是较为新颖的课题，如口述影像，都在第一部分进行了详细的探讨，因此第二部分不再赘述。但是，值得一提的是，虽然在人类的交际活动中，多语言幽默可能并不比双关语出现的晚，但事实上，双关语及双关语翻译的研究却丰富得多，且时至今日，许多幽默研究和 AVT 研究学者仍深耕于双关语研究。相反，随着全球化的加深与民族进一步融合，多语言及多语言幽默是最吸引学者们注意的（Dore，2019）。越来越多的人出于工作或学习需求移居他国，而移民潮也促成了多民族社区的形成。《摩登家庭》和《大病》中对多民族交流的刻画，可谓是真实世界的写照。

同样，新科技和无障碍视听的发展催生了 AD。尽管 AVT 研究为 AD 提供了研究基础，但 AD 尚处于起步阶段，而且为幽默制作的 AD 更是寥寥无几。因此，本书第六章呈现的分析内容，为尚在启蒙阶段的 AD 研究奠定了基础。

最后，第七章较全面地分析总结了本课题的研究结果，归纳了本研究对幽默研究和翻译研究所具有的启示意义。此外，第七章还简述了本研究的局限，也为未来的研究指明了方向。

目　　录

第一部分　理论篇

第二部分　应用篇

主要缩略词

AD	Audio Description 口述影像
AVT	Audiovisual Translation 视听翻译
BT	Back Translation 回译
CSR	Cultural-specific Reference 文化专有项/指称
FEI	Fixed Expression and Idiom 固定表达与俗语
GTVH	General Theory of Verbal Humour 言语幽默总论
IR	Incongruity Resolution 乖讹消解
SL	Source Language 源语
SSTH	Semantic Script Theory of Humour 幽默语义脚本理论
ST	Source Text 源语文本
TL	Target Language 目的语
TT	Target Text 目的语文本
VEH	Verbally Expressed Humour 言语/口头幽默

第一部分　理论篇

第 1 章　幽默研究及幽默翻译

1.1　引言

不论是处于哪种社会群体以及文化之中的个体，他们都会在日常的交往以及对话中使用大量的幽默。幽默学者试图将这一现象用通俗易懂的方法解释，但是发现不同文化以及历史背景赋予了幽默多重性、相对性，以及异质性，难以简单直白地解释。因此，很多学者只从不同的学科，借助不同的研究方法，来分析幽默的内核、机制以及对社会的影响。幽默研究是一个跨学科研究领域，包含人类学、心理学、哲学以及语言学(Norrick，1993：3；Palmer，1994：3)。

本章旨在回顾讨论幽默研究的主要理论，以此让读者们了解幽默的基本知识。鉴于本书的各个章节在实证分析时都会探讨特定类型的幽默以及其翻译策略(第三章讨论的是文字游戏；第四章论及专有文化项；第五章分析多语言幽默；第六章聚焦幽默的口述影像)，与上述议题相关的文献将在具体章节展开陈述。

本章主要内容有：幽默定义；幽默在日常交际中以及语言中的使用与功能；幽默与幽默标记（比如说笑声）之间的关联。此外，本章还将总结 20 世纪以来发展最为完善的幽默理论，比如说 Raskin（1985）的幽默语义脚本理论（SSTH），以及言语幽默总论（GTVH）。GTVH 是由 Raskin（1991）提出，再由 Attardo（1994，1998，2001，2017b）进一步发展完善。

本章还将讨论会话中幽默的产生，这对了解喜剧幽默十分重要，因为喜剧会话基本上就是复刻日常交际场景，尽管风格上可能有细微差异(Juckel et al.，2016；Bubel & Spitz，2006：73；Chovenec & Tsakona，2018)。下一章将会讨论视听作品中幽默翻译的核心问题，而正如本章总结里所提及的，不论是幽默还是翻译研究，仍有很多学术难题亟待解决。

1.2 幽默及幽默标记的定义

20 世纪初期，Luigi Pirandello（2017［1908］）在文章《论幽默》中就从不同的角度(哲学，心理学以及社会学)来解释幽默现象，尤其是幽默在不同语言中(如英语、法语、德语、意大利语)的文本特征。他总结道，由于内在的复杂性，幽默的本质很难一语概括，但是，学者们可以从侧面去了解幽默现象的不同特征。尽管如此，不同领域的幽默学者还是试图给幽默下定义。比如，20 世纪末期，著名学者 Victor Raskin（1985：2）说道："尽管人们的幽默风格千差万别，但欣赏和享受幽默是人类共有的能力。"鉴于此，他将幽默定义为"人类共同的特征"。基于 Raskin 的观点，越来越多的学者(如人类学、心理学)也提出幽默具有普世性（Apte，1985；Martin，2007)。如 Guidi（2017：19）就认为，"幽默是一种常见的沟通模式，这种沟通能力一半是天生的，一半是后天获得的"。

鉴于上述观点，本文认为探索幽默的沟通模式，以及影响幽默沟通的因素(比如话语者，包括话语者的经验、心理状态、生活的环境、幽默刺激，以及场景)意义重大。此处，不得不援引 Raskin（1985）提出的幽默定义："任何单一发生的、富有趣味性的刺激，都可以视作是幽默行为。"尽管幽默具有普世性，但是学者们也要意识到，在不同文化、语境以及场景中，幽默的产生以及感知依然会形成差异。跨文化以及跨语言的幽默研究将帮助学者们识别人类使用、沟通，以及回应幽默的相似性以及/或者差异性。

当幽默借助语言传递给其他人的时候，会产生一系列语言类语言以及非语言的标记(Canestrari, 2010)。幽默语篇往往富含超音质特征，比如音调、停顿、表情、模仿等(详见 Attardo et al., 2013, 以及 Gironzetti, 2017)。但近几年研究显示，在自然对话中，微笑、凝视等非语言标记也与幽默行为密切相关（Gironzetti et al., 2016)。标记研究不是本文重点，因此本章不会详述，但 Attardo（2000）所提及的反讽标记（markers）和因素（factors）与本文存在一定关联性。Attardo 认为标记具有可替代性，因为标记的移除并不会消解文本的反讽意味(可能会影响受众的感知)；但是，因素不可或缺，因为它能暗示说话者的反讽意图，如果移除因素，接受者将感受不到话语的反讽意味。通常来说，舞台表演者和喜剧演员会使用大量的标记来逗乐观众(Rutter, 2001; Dore, 2008; 2018a)。

当会话中出现幽默时，话语者对于幽默刺激的反应可能是不同的。Hay（2001)分析了会话中的幽默支持策略，并探讨了在特定语境下，哪些支持策略更为合适。他们总结出以下几种策略：共同建构幽默话语，回应说话者所述话题、同理心、驳斥自嘲幽默。有意思的是，Hay 的分析结果显示：某些支持行为（比如加入幽默话语、反讽）是个人选择以及风格的体现，但是，某些行为则是受公序良俗的影响(比如驳斥自嘲型幽默)。这也表明，在会话场景下，话语者可以借用不同的策略建立以及无限延长幽默会话。说话者建立的幽默会话，可能并不被听话者接受并且延续。正如 Whalen 以及 Pexman（2017：374）所说，“说话者进行模式转化的前提是理解话语的含义，并且参与幽默会话的共建”(详见 1.5 节)。

在所有幽默标记之中，最富有争议的就是笑声。Raskin（1985）曾试图从心理学以及哲学的角度去探讨幽默与笑声之间的关联。他分析了笑声的多重形式，得出结论：“幽默会引人发笑”，但是“笑声并不只属于幽默”。Chiaro（1992：11）以及 Nash（1985）提出，幽默与笑声具有内在联系，而 Palmer（1994）以及 Morreall（1983）认为笑声是幽默不可或缺的一部分。相反，Oring（2003）认为即使笑声与幽默有着千丝万缕的联系，它们也是两种不同的现象。Norrick（1993）认为笑声是提示文本中含有幽默的一个线索。Norrick 的观点与会话分析（Jefferson, 2004)提出的“引人发笑的”

概念不谋而合。“引人发笑的”是指笑声可以提示话语者会话中产生了幽默，但是，这也并不意味着会话文本自身就具有趣味性（Glenn，2003；Holt，2011）。

Norrick 认为笑声可以增强说话者之间的人际关系，但是某些人可能不会笑或者会憋住笑，因为他们虽然听懂了笑话，但是并不认同笑话的内容（Bell，2015）。最近，笔者发表的脱口秀喜剧演员如何与观众进行幽默沟通的研究中，也印证了这一观点。分析结果显示，社会规则确实影响观众对幽默的反应，尤其是涉及禁忌话题，比如谋杀。即使当下的氛围十分轻松，也成功逗乐了部分观众，但是依然能听到一些轻微的反对声（Dore，2018a）。

Attardo（1994：10）对幽默与笑声之间的关联性，提出了质疑。他反对人们简单地将幽默等同于笑声，为此列出了五点理由（Attardo，2012）。首先，引人发笑的不一定是幽默(也可能是幻觉)。其次，发笑可能出于其他目的，如 Billing（2005）认为发笑有可能是表示尴尬，而 Berlin 等人(2008)认为感到幸福也可能发笑。再次，笑声与幽默的强度并无直接关联(比如说，有人听到笑话会大声地笑，而有些人只会轻声咯咯笑)。此外，幽默会使部分人发出笑声，而另一部分人可能只是露出微笑的表情。最后，微笑和笑声均可被模拟，因此需要额外的判定标准(比如说，不同社会语境下的微笑和笑声可能蕴含着不同的含义，Attardo，1994)。

Trouvain 以及 Troung（2017）还讨论了(音乐剧中的)舞台笑声，(瑜伽练习中的)放松笑声，以及病理学的痉笑。Chovanec（2018）研究了非幽默文本中(如纪录片)的笑声。她发现，笑声也可以是应对失败、成功、失望以及憎恶时的反应。然而，在此类有脚本的节目中使用笑声，也可能是制作组的有意为之，为了使对话看起来更自然更有趣。显然，关于人们如何使用、感知、了解以及发出笑声，仍需学者们进一步研究确定。

上述观点均验证了定义幽默的艰难。为了解决本研究的主要问题，本书引用了 Attardo(1994：9)提出的较为宏观的定义，即“幽默是任何社会组织定义为幽默的现象”。就笑声而言，较为稳妥的做法就是把幽默与笑声视作两种相关但是不同的现象。因此，笑声可以视作为人类有意或者无意回应幽默的多种方式之一，其中，无意识的回应是一个更为复杂的课题(Ermida，2008)。从方法论方面来讲，Archakis 和 Tsakona（2005：44）认为"至少，笑声可以确定幽默沟通模式的建立"。因此，本书第二部分的数据分析将分析剧中人所感受到的幽默，以他们的笑声为判定标准。但是，本文主要依靠 Raskin（1985）的 SSTH、Attardo（1991）的 GTVH 以及其他幽默标记，如讽刺语(如例 3.9)以及非语言文本的使用(详见 3.8.5 节)，来识别源文本中言语幽默。

1.3　幽默理论

人类历史中记载幽默的文献浩如烟海，但为避免偏离重点，本章并不会一一回顾。有关幽默理论的论述主要来源心理学家(Palmer，1994)以及民俗学家（Oring，2003），而其他的学者主要分析幽默的社会功能(Mulkay，1988；Billing，2005)。Morreall（1994)等人已经详细梳理了不同学科所提出的幽默理论。而 Attardo（1994）则从语言学、哲学，以及心理学角度出发分析了希腊、拉丁语，中世纪以及现代学者们有关幽默的论述。Attardo（2014）出版的幽默研究百科知识，以及(2017)幽默与语言工具书，提供了有关幽默研究在各个领域的综述，包括政治中的幽默、行为艺术中的幽默、二语习得中的幽默，等等。

Morrell（1983）和 Raskin（1985)基本上都采用了三分法来回顾幽默理论，如今，很多学者也延续了三分法；具体内容如下：

- 优越论(Superiority Theory)：柏拉图、亚里士多德，以及霍布斯等人认为，当我们嘲笑他人时，是因为我们认为自身具有优越性。此外，幽默的攻击性体现在使用者想要借助其纠正他人的社会性不当行为(该类型的幽默统称为排外性幽默，与用作增强组内联系的包容性幽默相反)。
- 乖讹论(Incongruity Theory)：康德、叔本华以及贝蒂认为，幽默就是我们已知与我们期待的产生乖讹的结果。换言之，当两种观点由于意思相悖而产生冲突时，幽默就形成了。乖讹论属于本质主义派观点，旨在从解构主义出发解释现象的本质。

- 释放论(Relief Theory)：斯宾塞以及弗洛伊德认为嘲笑他人是取乐的一种形式。此外，幽默可以成为人类从社会公约中释放自己的一种工具。尽管释放论通常让人们联想到性，但与该理论相关的是笑声的压抑/抑制。

如 Raskin(1985)所说，不同的理论关注的是幽默的不同特征，因此，将这些理论结合起来，就可以更全面地理解幽默。表 1.1 展示了 Attardo (1994) 对于上述理论的总结与讨论：

表 1.1　Attardo 幽默理论的分类

认知	社会	心理
乖讹 对比	敌意 侵略 优越 胜利 嘲笑 贬低	释放 升华 自由 经济

因为乖讹论关注的是幽默的本质及其创造性过程，Attardo 将其归纳为认知为导向的研究方法，相反，以社会语言学为导向的优越论，注重的是幽默对于人际关系以及社会行为的影响。最后，释放论本质上是从心理学角度去理解幽默行为的心理动因和影响。Attardo 认为乖讹论更注重说话者所传递出的刺激，而释放论更关注听话者的反应。Attardo 与 Raskin (2017：50；图 1.1) 利用图画呈现出 Raksin (1985)的主要观点，即乖讹论注重的是说话者产生的语言刺激，而释放论聚焦于听话者的反应。相反，优越论结合了二者，因为它关注的是说话者与听话者之间的关系，以及他们对话语的态度。

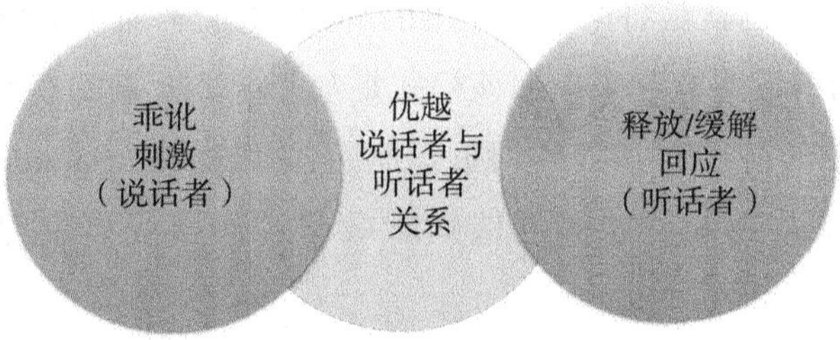

图 1.1　Attardo 与 Raskin 的幽默理论可视化

Attardo 从语言学角度解释了结构主义理论以及符号与文本理论，这些理论推动了脚本幽默理论的发展，包括 Raskin（1985）的 SSTH，以及 Attardo 与 Raskin 共同提出的 GTVH，这两种理论是近二十年来最富有影响力的语言学幽默理论。

简言之，结构主义理论是基于同位分离模型（Isotopy-disjunction Model，Greimas，1983）发展而来，用于分析口头笑话。Greimas 认为，笑话由两个部分组成，而这两个部分处于隐性对立状态。具体说来，他认为当说话者产出文本时，根据其语言成分的不同，文本可以传递出不同的意思。为了获取该文本唯一的正确的解读方式，听话者需要消除歧义。因此，Greimas 引用了同位素这一概念，用于消除歧义。同位素就是语义特征的重复，而这种重复可以用于解释特定语境下文本所包含的语言学要素，从而获取文本唯一的意思。

由于同位素定义上的含糊不清，Attardo 试图将同位素视作一组连贯选择。文本所包含的词汇传递出不同的信息，而人们就需要在这些不同的信息中做出选择并将这些组合连贯起来。因此，当同位关系建立，文本意思就会清晰明了。最重要的是，Attardo 认为在对文本进行线性阅读时，这一过程可以让接受者更好地理解文本。Attardo 发现了笑话线性构成的三种功能。第一种功能(F1)就是确立语境与内容之间的联系。第二种功能(F2)就是链接，实现该功能的往往是一个单独的词，在特定语境里，这个词的意义是固定的。链接词还能将该文本与下一个文本链接起来。第三个功能

(F3)就是分离，也就是将第一个严肃的解读(由文本前半部分所建立的)与第二个幽默的解读对立起来。而该模式是基于上述元素的线性排列(F1+F2+F3)。文本中的链接词和分离词负责制造幽默效果。Attardo 曾用下面这个笑话来解释说话者是如何创造幽默效果，而接受者又是如何处理幽默的。

[1.1]Q：Do you believe in clubs for young people?

问：你相信夜场里的年轻人吗？

A：Only when kindness fails.

答：只有在正义消逝的时候。

这个笑话的机制是"花园小径 garden path"，因为暗含内隐歧义信息，在线上处理文本时，歧义信息才会显露出来，而一旦显露歧义信息，就消解了文本最初显在的解读（Dynel，2009）。简单说来，"clubs" 就是歧义词，或者说链接词，紧跟其后的就是分离词"Only when kindness fails"，用来消除链接词的歧义(club 既可以指"一个人们进行面对面社交活动的场所"，又可以理解为"用作武器的击棍")。Tsakona（2003），Dynel（2013）等人都使用同位分离模型研究笑话。其中 Attardo 从对比研究出发，分析了一系列阿拉伯语笑话，再将其与其他语言中的同类型笑话进行比较。比较结果显示该模型在甄别不同语言间幽默的句式以及语言机制层面十分有效，尤其是，展示不同语言里，笑话、言语幽默，以及指代幽默的线性结构，及其链接—分离机制的相似性。这对于研究幽默在不同语言以及文化之间的传递具有重要意义，可用于解释如何运用翻译策略达到同等的效果。

符号文本理论是以语言为基础，研究文学文本中的幽默成分。该理论源于 Koestler（1964）的双关论。Koestler 认为双关是一个认知过程，指的是一个文本(或者语境)出现了两个不可调和的解读。Perlmuter（2000）将双关运用到幽默研究，并将其解释为"思维的语言发生碰撞"。这种碰撞通常发生在笑话的结尾部分，也就是妙语，令人发笑。

尽管符号文本理论运用相当广泛，但是对该理论的批判之声不绝于耳。批判者认为该理论大多运用于语用分析，分析文本量少，却旨在说明宏观问题。为了克服这一弊端，Attardo 建议将此类认知方法与乖讹理论相结合。这样一来，便可以将同位（Isotopy）与脚本对立(Script opposition)这两个观念联系起来。基于 Manetti(1976)的幽默符号学研究方法，Attardo 称幽默的妙语承载了大量的信息，通过发现文本的乖讹部分，即可以触发文本同位素之间的对立。最重要的是，Attardo 总结 Manettie 最主要的贡献就是提出，某些同位素对立是可重复出现的。Manettie 提出了所谓的"关联网络 relational grid"，这种网络一旦建立起来就可以解释在某种文化中哪些对立可以制造幽默效果。鉴于上述观点，可以假设，创造幽默文本须基于该文化中业已存在的同位素对立。然而，Manetti 并没有对同位素对立进行总结归纳，之后，Raskin 理论的出现，正好弥补了这一空白。

1.4 脚本幽默理论

鉴于符号幽默理论并未提及幽默产生所需的(同位素)对立，Raskin 的 SSTH 以及其与 Attardo 共创的 GTVH，弥补了该处空白。Raskin 和 Attardo 有双重目标。首先，他们希望了解幽默产生的机制；其次，他们试图创立一套标准，用来衡量文本幽默与否。本书将会详述这些理论背后的研究目的，以及在其创建的 25 年间，GTVH 在不同幽默文本中的使用以及发展情况。

1.4.1 幽默语义脚本理论以及言语幽默总论

在某次幽默语言学研讨会中，Raskin 提出了基于脚本的言语幽默理论，专注于幽默文本的语言学分析。他表明，在理论上，该理论可用于分析含有多个笑话的幽默文本。他认为，笑话引人发笑必须满足两个条件：

(1)该文本可包含两个完全(部分)不同的脚本。

(2)这两个脚本处于对立状态。

想要了解 Raskin 的论点，以及其理论的应用价值，必须先知道什么是“脚本”。“脚本”指的是：“词汇所包含或者所能联想到的一系列语义信息。” Attardo 补充说明道：“脚本是说话者内在的认知结构，提供给说话者信息，使说话者能够了解事情的完成、组织过程，等等。”

Raskin 所提出的“脚本”，与语言学与认知语言学领域所提出的“框架”(frame)以及“机制”(scheme) 这两个概念相差无几。脚本这一概念最初由 Schank 以及 Abelson (1977)在人工智能研讨会上提出，他们将脚本定义为“在某种语境下，描写事件产生序列的一种结构”。Raskin 在文学中也发现了同类结构，“脚本”一词有时还用于指代框架的空间序列。但是，值得一提的是，有些学者将“脚本”“框架”“机制”这三个概念轮换使用，共同用来指代不同类别的背景知识。Attardo 指出，“很多学者都认为，脚本包含的信息十分典型，比如说某项活动产生的固定程序或者所包含的惯用行为”。本书将采用 Attardo 的论述，因为他的解释折中了前人的分歧。

回到 Raskin 的论述，脚本可能包含词汇(语言学)信息以及非词汇(百科)信息，而两种信息是由语义链接词(比如说，同义词、下义词、反义词等)相联系起来。比如，脚本“spoon”与脚本“cutlery”有关联，因为后者是前者的上义词或者上级词汇。当我们听到或者读到一句话或者一个文本，这句话或者文本中包含的元素会引发或者涵盖不同脚本。整个文本就在某种组合规则的指导下形成脚本“语义网络”。这些规则不仅影响文本的形成，并且影响人们对该文本的解读。

Raskin 指出造成语言歧义的原因是，文本可全部或者部分兼容两个甚至多个脚本，(比如说，与“买蜡烛”这一脚本关联的可以是“生日”脚本以及“去教堂”脚本)。但是，两个脚本部分或者完整的重叠并一定会产生幽默。Raskin 在实证研究里，以笑话语料库为基础，得出笑话产生的前提，不仅仅需要文本内脚本的重叠，脚本之间还必须处于对立关系。

下面将引用 Raskin 的经典例子，来展示其理论是如何运用于实践的：

[1.2]"Is the doctor at home?" the patient asked in his bronchial whisper.

"医生在家吗?" 病人低声问道。

"No", the doctor's young and pretty wife whispered in reply.

"不在", 医生年轻貌美的妻子低声回复。

"Come right in".

"快进来吧"。

据 Raskin 所言，上例中的幽默是因为文本部分兼容两个脚本，也就是 doctor 医生（husband 丈夫）以及 lover 情人，而这两个脚本在某种意义上又处于对立状态。用第一种脚本解读时则需要医生在场因为需要获取医疗服务。但是医生不在场的话，将会引导听着想到对立的脚本 lover 情人（adulterer 通奸者)，而其中性/非性的脚本对立引发了幽默。因此，Raskin 对笑话语料进行了深入的分析，并对每组脚本所引发的语境(本质)对立进行总结。上述例子的语境脚本对立是，doctor 医生与 lover 情人。其次，他解释道，他所分析的每则笑话的脚本对立，基本上能总结为以下三类，如表 1.2 所示：

表 1.2　脚本对立一览表(Raskin，1985)

一般脚本对立	三类抽象脚本对立	五类具体脚本对立
真实/非真实	事实/非事实 正常/不正常 可能/不可能	好/坏 生/死 性/非性 金钱/非金钱 有名望/无名望

上表中的三类脚本对立分别包含一种、三种，以及五种脚本对立，它们分别是一般、抽象以及具体脚本对立。Raskin 说，他所分析的笑话"通

常描述的是'真实'场景，但是往往也会让读者联想到另一个并未发生的"非真实"场景，后者与前者部分或者完全兼容"。此外，Raskin 指出他所分析的幽默文本基本上可以归纳于真实与非真实的对立。考虑到"人类生活的基本"，幽默文本可以划分为五个二元类别：好与坏，生与死，性与非性，金钱与非金钱，有名望与无名望。某些笑话中或许包含一个或者多个上述具体的对立。例如，有关老年人的笑话可能包含好/坏以及生/死两个脚本对立。

基于 Raskin 的分类，Attardo 指出三种抽象脚本对立适用于多种语言文化。相反，五种具体脚本对立在不同文化之间可能有所差异。例如，Attardo 建议五重具体分类可以扩充到六类，将排泄物与非排泄物对立纳入其中，因为此类对立在笑话或者其他幽默叙述中十分常见。

Raskin 与 Attardo 都认为，根据上述语言学规则可以发现无限数量的脚本对立。但是，笔者认为对立的发现与解读是一种主观判断。此外，Raskin 的五重分类似乎也存在争议：一些分类十分具体(比如生/死以及金钱/非金钱)，但是另一些又十分宽泛(比如好/坏，性/非性，以及有名望/无名望)。笔者认为，金钱与非金钱的分类仅在某些文化里属于人类生活的必须，但是其他文化并不如此(比如，非洲某部落的成员就不会将金钱视作生活必须)。同样，大多数文化里都能发现基于好/坏对立的幽默，但是不同文化对于好与坏的定义又不尽相同。最后，Raskin 仅在 doctor 笑话里提及有名望与非名望的对立，但是却并没有阐释名望一词的具体内涵，该词是否与社会地位（social status）或者其他概念类似。因此，使用 Raskin 的分类法分析例子还存在一定困难。

Attardo 与 Raskin 共同修改了 SSTH，并且提出了 GTVH。尽管 GTVH 的内核还是基于 SSTH 的基本概念，Attardo 明确指出 Raskin 原有理论的两大不足。首先，SSTI 的适用范围比较狭窄，仅限于短幽默文本(笑话)的分析，但是幽默文本的形式多种多样，还有短故事、小说、电视媒体作品等。其次，SSTH 不能区分口头幽默(基于幽默文本、含义的语音呈现)，以及指示幽默（基于文本意义)。

提出 GTVH 就是为了幽默语言学研究提供一个宏观理论，指导语言以及指示层面的分析。为此，Attardo 提出了五项参数，来丰富 SSTH 中提出的文本对立原则。这些参数统称为“知识资源”（knowledge resources），是幽默文本的必要元素。知识资源按照等级排序。第一等级是脚本对立，然后是逻辑机制（logical mechanism），即两个脚本是如何产生关联的。处境（situation）指的是语境（对象、参与者、活动等等），而目标（target）就是“取笑的对象”。叙述策略（narrative strategy）指的是文本的构成方式（比如对话、叙述、修辞手段等）。语言（language）是排在最底端的元素，指的是文本所提供的信息（如下图）。

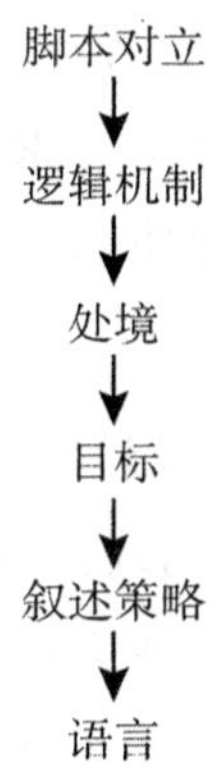

图 1.2　知识资源的等级排列

上图所示等级排列，上层知识资源影响和决定着下层知识资源。据 Attardo 所言，该理论有几大优势。首先，由于可以分析语言，GTVH 可用于区别口头幽默和指称幽默。其次，可用于分析笑话的相似性（如，笑话相似的参数数量越多，笑话的相似度就越高）。再次，鉴于该理论对文本考虑到叙述策略，知识资源可用于分析不同文本类别。

Attardo（1998；，2001）在之后的论文中，将 GTVH 运用于非笑话的幽默文本以及较长的幽默文本的分析。他发现，笑话中往往只有一个脚本对立，但是长文本中会出现多个对立。因此，Attardo 提出了新的分析工具来分析较长且复杂的幽默文本。其中包括妙语(punch lines)与趣言(jab lines)这两个概念。妙语是位于文末的幽默话语，而趣言是位于文中的幽默话语。这两种概念用于大量归纳性研究中，笔者将在下文简述。

过去几十年中，Raskin 与 Attardo 在 SSTH 与 GTVH 两大理论中各执一词，尽管二人都认为自己的理论具有一般性。比如，Raskin 认为 SSTH 是幽默语义理论，主要为幽默文本的构建提供语言学分析工具，而不做出任何心理学方面的阐释。相反，Attardo 认为该理论用于幽默使用机制与感知的心理学分析是有可能的，因为该理论的支撑理论之一，乖讹消解模型(incongruity-resolution，IR model)就是源于心理学，该理论将乖讹视作语义概念。简言之，IR 认为接受者在解码文本的时候，是根据语言学线索，以及这些线索所激活的脚本。接受者在读到妙语的时候，就会甄别到乖讹，从而再重新审视文本中的语言学线索，通常接受者就会依据与之前脚本相反的脚本进行解读。解读过程的第一步就是“乖讹”，第二部就是乖讹的“消除”。回到 GTVH，脚本对立这一参数就是显示乖讹，而逻辑机制就是消除乖讹。Attardo 以及 Raskin 最近统一观点，认为 SSTH 仅适用于 IR 理论下，因为 IR 理论预设了刺激的线性分析(2017)。

尽管我们需要进一步的研究去细化概念，但是 Raskin 对 GTVH 将逻辑机制作视作一种知识资源持保留态度。对此，Attardo 表明逻辑机制只是选项，不是必须，就像乖讹消解模型中的消解一样，此外，某些类型的幽默(比如，无厘头或者荒诞幽默)就不需要消解，因此也就没有逻辑机制可言。但是，这并不等于这个参数就完全没有必要存在，因为它确实帮助我们理解并处理文本中的指示类别。比如，逻辑机制在解释幽默隐喻中的乖讹消除就十分有益。

对于上述幽默理论的理论倾斜不仅限于语义理论也发生在语用理论，因为语用涉及对于文本处理方式的研究。但是，Raskin 与 Attardo 对此态度不一。谈到 Grice 的合作原则(1975)与笑话之间的关联，Raskin 认为笑话(或者幽默文本)通常都会违反合作原则的四个准则。说话者讲笑话时就会违反 Grice 提出的“真诚”(bona-fide)沟通模式，以及沟通准则，来确保笑话能引人发笑。即使幽默打破或者违反了保障沟通畅通的原则，但是幽默交流依然可以成为顺畅的交际行为。Raskin（1985）针对这一矛盾提出的方案就是说话者与听话者同时进入“非真诚”沟通模式。如此一来，Raskin 的“非真诚”模式在某种程度上也是一种合作，因为听话者可以接受说话者不说真话。

Attardo（1994）进一步解释道，听话者为了享受幽默文本，会短暂选择相信说话者所言。但是，他认为，“不真诚”模式暗含着说话者试图欺骗听话者的行为，因为“幽默与笑话文本的构成，犹如变魔术或者侦探小说，意图误导观众或者读者相信眼前的事情，直到某一时刻才能揭开真相”。这也是喜剧的流程，先编造脚本欺骗观众，等到舞台或者荧幕上的演员将妙语揭示，让观众大吃一惊，以此来营造娱乐效果。但有时，说话者与听话者之间的幽默互动较为直白，没有这么多烘托渲染（如 Dore，2018a 所提及的脱口秀）。

总之，上述 SSTH 以及 GTVH 的简单回顾显示这两种理论都是基于乖讹论发展而来。接下来的章节将展示基于 GTVH 的幽默研究以及学者对于 GTVH 的异议。

1.4.2　言语幽默总论的运用及批判

自 GIVH 提出以来，GTVH 已经广泛运用到各类幽默文本的分析，包括非口头幽默文本，并针对不同文本对 GTVH 进行了修订说明。如今，不得不感叹运用该理论的研究，数量之多，范围之广，以及全面回顾之难。即便如此，还是有一些值得注意的研究，如，Ritchie（2000）结合 GTVH 与计算幽默进行研究；Archakis 和 Tsakona（2005，2012）则探讨幽默与身份认同；Antonopoulou，Sifianou（2003）和 Tsakona（2007），三人专注于区分趣言与妙语，同时辨别二者在文本中的作用。其中，Tsakona（2003）的研究尤为突出，Tsakona 实证研究了 194 个希腊笑话和 59 个英语笑话的语料库，结果表明，趣言不会泄露任何可能破坏幽默效果的信息，而妙语则负责传递幽默。通常，趣言帮助建立非真诚模式，及其幽默基调，为妙语的出现奠定基础，次第渐达幽默高潮/顶峰(同上，325-327)。同时，针对讲故事过程中观众对趣言的反应，Karachaliou 和 Archakis(2018)做了调查，总结了趣言的主要功能：即促进幽默的产生与支撑前述观点等等，与先前的研究结果并无二致（Hay，2001）。Dore（2008）与 Brône 等人(2015)，从他们的论文里可见，他们试图将认知语言学理论(即概念隐喻理论与混合理论)和 GTVH 原则(Attardo，2015；Dore，2015；Müller，2015；Veale，2015)结合起来。

这种跨学科的研究方法证实，幽默的概念处理（不管传达媒介是对话笑话、罐头笑话，还是比喻，即隐喻或转喻等)大多是线性的，而“框架转换 frame-shifting”(Coulson，2001）或“脚本切换 script-switching”，恰同“框架”和“脚本”一样（Brône，2017：252)，二者概念基本无异。Attardo 和 Dore 在研究中惊喜地发现，不同于幽默与非幽默的隐喻表达，新型幽默隐喻存在乖讹，但此种乖讹只得到了部分消解（Attardo，2015：106；Dore，2015：201)。

甚至，一些学者通过 GTVH 这一理论去检测具有幽默可能性的非语言数据(具体内容，参见 Attardo，2007：226 摘要部分)。比如，Canestari(2010)建议纳入元知识资源，来甄别说话者幽默意图的口头信号(如直接评论和话语，如“我给你讲个笑话”)、非口头信号（如手势、微笑)，以及半口头信号(音调、笑声)。为了找出视觉艺术中的幽默因素，Gérin(2013)将该理论与图像学理论结合起来。她建议重新定义目标知识资源，这样一来，就能将视觉笑料中的目标，与图像的目标观众或理想观众，区分开来。另一方面，Tsakona(2009)着手探索的是如何将语言和非语言文本二者结合起来创造幽默。基于 Attardo(2001：100-101）的“超决心”(hyperdetermination）概念(即同时存在多个幽默来源)，Tsakona 分析了一系列报纸漫画，发现超决心幽默是语言和/或图像互相交互、共同作用的结果。因此，在 Tsakona 看来，漫画变成了多层结构，该结构由一或多个脚本对立组合而成，而这些脚本对立的检索则源于百科全书或常识之中。由于在同一文本中可存在多个脚本对立和超决心，因此人们对同一幅漫画的反应可能截然不同。借鉴 Gérin（2013）和 Tsakona（2009）二人的观点，最近笔者展开了一项研究，该研究着眼于广告中饱含争议的幽默（Dore，2018b：134）。而且，笔者认为，幽默的目标受众和实际受众的不同，造成了广告商和消费者之间的无效沟通，也因此导致了观众对相同广告的反响大不相同。

值得一提的是，针对 GTVH 的质疑与批评之声不绝于耳。比如说，在笑话语料库中，Ruch 等人（1993 年）在使用 GTVH 时，对 GTVH 知识资源集合中逻辑机制的位置提出了质疑。Cáopicki（2003：157）经研究，证实了在较长文本中运用 GTVH 研究幽默的有效性，与此同时，也强调了该理论似乎对文本中的其他实体，比如人物、地点、目标和事件，语焉不详。最近，Cáopicki（2017：151）指出，在幽默叙事文本中，一些知识资源，如处境、叙事策略和语言，与所研究的幽默台词并不存在关联性。至于 Müller（2007：51），他提出在文本中识别趣言存在实际困难，因为不同的分析方法识别出来的趣言可能会产生差异。Chovanec 与 Tsakona（2018：12-13）从语用学视角出发，认为 GTVH 没有考虑到观众或更为广泛的互动者对幽默文本的接收、评价和反应。为了进一步阐明 GTVH 的主要原则，并对迄今为止出现的一些批评之声做出反馈，Attardo（2017b）选择避免使用过去用来指代六种知识资源的缩略语。此外，他再次为逻辑机制作出辩护，认为该机制可以解释说明乖讹—消解的过程。同时，他重申，并非所有类型的幽默都拥有逻辑机制。

在幽默翻译研究领域，一些学者开始将 GTVH 运用于他们的研究之中（Antonopoulou，2002，2004a，2004b；Zabalbeascoa，2005；Balirano，2015），包括 Attardo（2002）本人。在笔者之前的 AVT 幽默翻译研究中，也借助过 GTVH 来进行数据分析，但是在分析对话中的幽默话语时，发现很难凭借 GVTH 提出的趣言与妙语的定义，在实践中清晰区分二者。不同于笑话这种独立文本，幽默话语通常都是嵌入在对话之中，分界十分模糊。但是，不可否认的是，GTVH 可以检测幽默在原文和译文之间的转换过程。而笔者之前的研究也表明，在跨语言和文化的文本转换过程中，六种知识资源(除了语言知识资源这一明显变化之外)中的脚本对立、目标以及逻辑机制有可能产生差异(Dore, 2008)。因此，在幽默翻译的实证分析研究中，笔者将进一步测试 GTVH 的应用价值(详见本书第二部分第三至第五章)。但愿，本研究可以证实 GTVH 对 AVT 视角下幽默研究的适用性。此外，也希望可以证实，并非所有幽默研究之内或之外的学者在引用幽默语言学理论的理论，都鲜少仔细阅读相关文章(Attardo & Raskin, 2017: 51)。

1.5 会话幽默

不得不说，语境的关联性是理解幽默的关键。目前，一些学者将研究重点放在笑话的语境分析上。而从事会话分析的学者，比如 Sacks(1972, 1974, 1992)与 Sherzer(1978)，在会话幽默的研究方面做出了巨大贡献(具体内容参见 Glenn 和 Holt，2017 年的全面概述)。Sacks 是提出会话分析框架的先锋，该框架的提出有助于分析人们如何通过谈话构建对话和建立社会秩序的框架。1965 年，Sacks (1992: 100) 在一次演讲中，分享了所见所感："笑话最重要的一点是，讲笑话就如同跟一群人一起抢着买喝的：大家都是一窝蜂。"换言之，潜在幽默对话的参与者希望每个人都有所贡献。更难能可贵的是，在研究对话幽默产生机制方面，Sacks(1972)将重心放在如何利用双关语和文字游戏来创造幽默(参见 Karachaliou & Archakis, 2018)。在他看来，对话中出现双关语大概率是因为，对话者之间用到了他所说的"谚语"(proverbials)(或"公式化表达 formulaic expressions")的字面意义和习语意义。本书第三章所研究的幽默双关语，特别是基于字面意义的固定表达双关语和基于习语意义的双关语(Dore, 2008, 2010b)，可以验证 Sacks 的观点。此外，Sacks(1974)还从微观角度详细分析了会话中笑话的结构，认为笑话通常可以描述为包含三个主要部分的结构：引入笑话、讲述以及观众反应。Sherzer (1978) 试图延续 Sacks 的研究，他发现，双关语通常出现在对话即将结束的地方，因为含有双关的谚语通常都用于结束话题或者进行(最后的)衔接。然而，基于学者对妙语以及其趣味性的阐述，本文认为双关语不仅出现在句尾，还可以贯穿于整个会话之中。

Attardo(1994)批评了 Sherzer 的研究方法，认为他过于偏重语言的趣味性，有失偏颇。Attardo 认为，尽管幽默是一种有趣的语言模式(同上，313-316)，但语言游戏本身并不幽默。更值得注意的是，Attardo(1994，295-296)认为，会话幽默的学者应该将罐头笑话(canned jokes)与会话(或情景)笑话(conversational jokes) 区分开来。罐头笑话指的是书籍或笑话集中能够找到的笑话，而且演讲者可在多种情况下重复使用罐头笑话。而会话笑话，大多是由特定情景触发，在会话中临时产生的，因此，学者通常也将其定义为“机智”笑话。此外，Attardo 还强调，这两类笑话有重叠之处。虽然前者是可以脱离语境“重复使用”的笑话，但是，一旦在特定的语境或对话中使用罐头笑话，它也会受到语境影响，因此成为会话笑话。此外，在新的会话中使用罐头笑话也比将会话笑话转换成罐头笑话容易(Nash，1985：56-58；Oring，2003：85)。

Attardo(1994：297-298)明确指出，不同于会话笑话，罐头笑话需要导入话语(比如，“你知道那个吗……”)。然而，会话笑话可利用当前会话的内容作为素材，但是罐头笑话却不行。Norrick(1993)也专门研究了讲笑话这一现象。他的著作中专门有一个章节，分析了讲笑话的人与听众是如何进行“笑话导入”交流的(例如，说话者可能明示听众，他会讲一个笑话)。在笔者最近的研究中提出，虽然脱口秀演员在讲笑话时都是有脚本的，但演员还需在表演时考虑到观众的反应，因此，罐头笑话就拥有了部分会话性(Dore，2018a)。

显然，罐头笑话和会话笑话之间的界限十分模糊。但是，本研究课题的重点不在于辩析二者之间的差异性或相关性，因此对笑话的界定问题均浅尝辄止，但是，幽默话语在会话中的功能，与本文密切相关。

1.5.1　会话幽默的功能

在《会话中的幽默》一书中，Norrick(1993)提出：“可以通过不同类型的幽默来操控会话以及话语者的行为，笑话可以用来展示自我，试探对方的态度与接受的程度，从而实时调整彼此之间的关系。当然，在情境中注入幽默，不仅助于缓解紧张，还促进话语者之间的交际关系。”

幽默研究已经证实了笑话在会话中产生的多重功能。例如，Tannen(1984)研究了对感恩节晚餐中产生的幽默和反讽进行的分析。Tannen 认为，在谈话中讲笑话的人会给别人留下更为深刻的印象。此外，她还强调了一个事实：人们使用幽默的方式千差万别，因此，她将这种现象定义为个人的幽默“品牌”，也就是不同人开玩笑的风格。比如，某些人可能会挑剔别人的发音，嘲笑他们的说话方式，但并不会让他人感觉到冒犯。同样，在脱口秀表演中，个人幽默“品牌”也可用于构建脱口秀演员的身份(Rutter，2001；Dore，2018a)，而在电视喜剧中，则可用于构建角色身份(详见第 3 至第 5 章)。

Antonopoulou 与 Sifianou(2003)也探讨了不以冒犯为目的的幽默话语。他们研究了同龄人之间在电话交流中的幽默，以及话语者如何使用具有潜在冒犯性的双关语来拉近人际关系。结果证实了，在同龄人的社会交往中，话语者并不会将潜在攻击性幽默进行恶意解读，因为幽默附带的攻击性并不是有意为之。一般来说，人们在听到含有攻击性的双关语时，会选择以其人之道还治其人之身。但是，实际上产生幽默的会话场景大多是轻松友善的，因此幽默并不会干扰正常的会话程序，由此证明了幽默产生和接受的灵活性。

回到 Norrick(1993：63)的著作，他认为，会话中产生的文字游戏以及双关语可以用于挑战、测试或攻击对方；还可以用来展示说话者的机智幽默。除了笑话、双关语和文字游戏，Norrick 还研究了轶事，并总结出会话中的个人轶事的重要特征。他认为轶事有助于自我形象往好的方面提升。通常，轶事是指那些痛苦但又富有喜剧效果的经历。所以，如果说话者能够拿自己的轶事开玩笑，听话者往往就会对说话者产生较为积极的评价。另外，Norrick 认为，轶事可给听众描绘出富有趣味性的意象。当然，说话者说出轶事之后，也需要听众作出相应的反馈(比如，大笑、评论、讲述反轶事。详见 Hay，2001 关于幽默支持的研究)。

最后，Norrick 提出，通常朋友间在交流中使用幽默，是为了娱乐和增强组内凝聚力，而不是为了呈现观众或演讲者的优越感。最近，Glenn 和 Holt(2017)通过研究一系列非幽默语境中如何使用幽默加强人际关系，也从侧面印证了 Norrick 的观点。虽然，Schnurr 和 Plester(2017)早已证明，不论是在家庭会话，朋友谈话还是工作场合中的对话，只要人与人之间熟悉度和亲密度等语境因素达到一定程度(即在朋友和同事之间使用言语攻击是可以接受的，因为这种行为本身并不会损害面子)，(不论是温和还是极端)攻击性幽默有助于建立团结的。他们解释道："恰如其分地使用幽默，是表明群体成员身份以及划分不同群体之间界限的重要手段。"也就是说，幽默也能用于挑战权力关系，尤其是会话双方社会地位不同且性别不同的情况下（Holmes，2000；Holmes & Marra，2000；Holmes & Schnurr，2005，以及最近的 Tsakona & Chovanec，2018，研究的各种环境下的幽默互动与谈判）。

可以看出，分析自然对话中的幽默可以获取会话参与人员的重要信息。比如，会话幽默可能会体现讲笑话者是否机智(或缺乏机智)，以及话语者是否具有能力去捕捉言外之意以及幽默。更值得一提的是，这也将引领我们去思考在不同社会文化环境中约定俗成的规范，是如何决定幽默的恰当性(Attardo，1994：319)。如前所述，前人的研究和提出的观点，为理解幽默是如何产生于脚本或半脚本文本中并成功逗乐他人，提供了坚实的理论基础。为了本研究构建全面坚实的理论基础，还需理解编剧是如何创造喜剧，以及幽默是如何在角色与角色之间，以及编剧与观众之间传递的。

1.6　喜剧中的幽默

依据 Attardo（2001：88-92）划分的五种文本类型(非幽默文本，含妙语文本、含零散幽默文本、含趣言文本，妙语文本、幽默以及妙语贯穿其中的文本(如情景喜剧)。Tsakona（2007）提出了从"最典型的(含妙语文本)到最不典型的(含有相当数量的幽默，但是结局较为严肃的文本)”的方法进行分类。最近，Tsakona（2017）对该分类法进行了详述，提出了一系列的幽默题材，主要分为以下四个类别：

(1) 以幽默为主的题材——该题材的诞生就是为了愉悦大众(比如，笑话、喜剧、卡通、单口喜剧)。在这种情形下，幽默是必要条件。
(2) 幽默不是必要但是期待幽默的题材，经常会出现幽默，在完成其他主线任务的同时，可能会营造幽默氛围(比如会话交谈、文学文本、广告、生日卡片)。尽管幽默不是必要条件，但是该类文本经常会出现幽默。
(3) 幽默不是必要且不适宜出现幽默的题材——幽默偶尔会出现但是通常不会出现(比如，商务谈判、新闻报道、新闻文章)。该类型的文本中有可能会出现幽默，但是不如(2)类常见。
(4) 非幽默题材——该题材一般不会(极少)出现幽默(宗教文本、法庭决议、葬礼致辞)。在这种情境下，幽默是不允许发生的。

Tsakona 明确表明，上述四类题材并不是固定的，比如宗教文本，有时可能会出现幽默。笔者也认为葬礼致辞也可能会出现逝者曾经经历过的趣事。在此类情况下，幽默大多作为一种应对策略，是有可能发生在逝者百年之后的喜丧。

在视听文本以及题材中，更能体现上述分类的瑕疵与不足。比如，戏剧中的幽默到底是合适的还是不合适的。从理论上来说，这是不合适的，如英国犯罪类型剧《路德探长》(*Luther*)，目前为止的全五季，就是以阴暗逼仄的犯罪现场为主，几乎谈不上幽默。但是，其他的电视剧，比如意大利的《蒙塔尔巴诺督查》(*Commissario Montalbano*)(改编自 Andrea Camilleri 的悬疑小说)第二部，以及《天堂岛疑云》(*Death in Paradise*)都含有幽默场景，尽管理论上这些幽默场景可能并不合乎情理。此外，在一些正喜剧(dramadies，即融合了喜剧与戏剧的产物，喜剧效果是观众喜闻乐见的)

中，如《偷天侠盗团》(*Misfits*)，以及《灵书妙探》(*Castle*)中，也不乏幽默情形。当出现幽默或者喜剧效果的时候，便形成了一种幽默消遣(humorous diversions)，即“这些场景并不影响故事或情节的发展，但是会吸引观众的注意，并逗乐观众”(Clopicki，2017：148)。但是，一些幽默消遣可能会与故事情节相关(Dore，2017)。

因此，细化上述四种分类是十分有必要的，可以让读者更加清晰地了解不同的题材和文本类型。本文认为喜剧应类属于 Tsakona 的分类(1)，因为幽默就是喜剧的主要特征。尽管本书稍有涉略电影题材，但是主要讨论还是电视喜剧中的幽默翻译，因此接下来将着重介绍类别(1)的研究内容。

过去二十年间，电视喜剧作品呈指数级增长，吸引了数以百万计的观众，影响十分深远。说到情景喜剧，Palmer（1994）认为，尽管情景喜剧中有无数的笑话，但是笑话的主题和故事情节的发展必须紧密相连。情景喜剧设定似乎依托于一些重复的场景，在加强喜剧主题的同事，也试图让观众更好的理解喜剧内容，借此获得观众的口碑。谈及视听作品的特点，Tagliamonte 和 Robert（2005）认为电视喜剧就是现实生活的复刻品，因为电视喜剧就是基于日常语言来进行创作的。Banos-Pinero 及 Chaume（2009）也认同这一观点，他们使用了“脚本话语 prefabricated orality”这一术语来描述编剧如何基于日常语言的特征来加工电视语言，包含原声以及配音，让后者看上去更加真实自然。

谈到幽默，本文认为，如同真实的谈话场景，喜剧或者是电视喜剧中的会话幽默或者趣味性的文字游戏以及笑话，也可以用来制造挑衅性、攻击性，或者非攻击性幽默效果。此外，这种场景下的幽默也可以用来制造角色之间友善或者敌意的人际关系（Jukel et al.，2016）。喜剧中的角色也会讲富有喜剧色彩的个人轶事，去提升他们在其他角色心中的正面形象(如 Dore，2008，谈到《老友记》中钱德勒这一角色)。然而，真实对话与喜剧对话还是存在着差异，但是受篇幅所限，本文并不会详述。但是其中一个重要的差异就是，喜剧人物之间的对话通常会有所夸大，来达到喜剧效果。Culpeper（2014）解释道，读者或者观众通常会根据他们对于不同社会角色的认知以及期待去感知虚拟角色。但是，在戏剧中，某些特征会被放大到极致，来形成典型偏离（prototypical distortions），因此，这些角色就会变成夸张典型（exaggerated prototypes）：

> 在某些情形下，夸张典型不能完成与语境相符的行为(……)当然，这些典型偏离更多的会出现在虚拟的世界，而非真实的世界(……)他们自身就是成熟且常见的虚拟角色。

Culpeper的观点是有依据的，因为喜剧中存在着角色与角色层面，以及编剧与观众层面的两层对话(然而，真实沟通中的幽默只会在单一层面的对话中产生，对话包含两个及以上数量的话语者)。因此，了解幽默是如何在不同层面的对话中进行传递的，十分有必要。

Bubel 和 Spitz（2006）在分析电视喜剧的时候借助了 Clark 以及 Schaefer（1992），Goffman（1976，1979）等人的理论，提出了幽默感知模型，其中就有针对两个沟通层面的论述。该模型的根本观点在于将电视观察者视作“非预设听众”(overheaer)：类似于在公交车上无意间听到他人谈话的听众。观察者就像是非预设听众，与交谈中的话语者的知识结构并不完全互通。因此，他们并不能直接参与沟通，而只能基于话语者所言去推测或者设想谈话的真实意图。

Bubel 以及 Spitz 认为，制作人、编剧、导演、摄像以及剪辑人员都参与沟通层面去创作或者传递内容，而对象就是内心预设的某类观众。他们在创作剧本的时候是基于沟通程序，来引导观众向他们预设的方向去推测剧本内容。依照 Clark(1996)以及 Short（1981）的观点，Bubel 和 Spitz 提出了双层沟通模型，上层是角色之间的沟通而下层是制作组，演员以及观众之间的沟通。上层的沟通(尽管对话和文字是编造的)是实打实地呈现出来的。

不难看出，Bubel 以及 Spitz 认为，观察者就如同真实对话的非预设听众，会基于角色之间的谈话进行推测。而这种推测是基于或者结合观众的认知，即“观众对真实世界或者虚拟世界里的人物性格特征会产生相似的认知”。换句话说，他们认为：

> 在电视戏剧中，对角色的感知就是我们在已有知识的帮助下，对电视语言进行意义重塑的过程，由此形成我们对电视角色所言所行的初步印象。同时，电视角色的言行举止也进一步丰富了我们对于这个世界的认知。

Bubel 以及 Spitz 运用了 GTVH 分析了电视喜剧《艾利的异想世界》*Ally McBeal* 中 Renee 以及 Ally 所使用的笑话。据制作组透露，Ally 使用的笑话其实比 Renee 的更为幽默。但是，Bubel 和 Spitz 结合笑话产生的语境进行分析，结果表明当观众不赞同角色的幽默行为时，会降低他们对于幽默的感知。由于 Ally 使用的笑话与角色设定并不相符，所以观众并不认为 Ally 比 Renee 幽默。Snell（2006）的研究结合了 GTVH 以及图式理论（schema theory），对电视喜剧《小不列颠》（*Little Britain*）中的幽默进行了分析。结果进一步证实了观众已有知识对于构建以及解析电视喜剧中幽默的重要性。

由此可见，上述研究认为电视喜剧中，对话交流以及角色认知与幽默效果的呈现高度相关。尤其是，如何塑造角色以及观众如何理解角色关系到幽默效果的呈现。但是，电视喜剧中如何创造幽默仍然缺少答案。为了找到这个问题的答案，Juckel（2016）等人试图对情景喜剧中的幽默风格进行分类。基于 Berger（1976），Buijzen 以及 Balkenburg（2004）等人的“优越”以及“乖讹”等观点，他们提出了四大类以及二十二种幽默策略，在四部情景喜剧：《摩登家庭》（*Modern Family*），《我们的办公室》（*The Office*），《生活大爆炸》（*The Big Bang Theory*），以及动画情景喜剧《盖酷家庭》（*Family Guy*）中各挑选了两季集来测试分类法的有效性。

表 1.3　情景喜剧中幽默风格的分类

幽默分类	幽默策略	定　　义
语言	暗指	间接推测
	反讽	说话者表面意思与真实意图完全相反
	双关	文字游戏
	巧辩	言语戏弄，通常在对话中产生
	取笑	愚弄他人，包括言语与非言语取笑
	智言	巧妙且独创的幽默
逻辑	荒唐	无法解释，不符合常规逻辑
	巧合	碰巧以及出乎意料的事情
	偷换概念	突然地转换概念来误导观众
	超智	比他人更加聪明或成就更高
	抓包	做坏事或者说坏话时被意外识破
	误解	对情景产生误解
身份	模仿	模仿某种文学或者媒体题材
	刻板	思想刻板、保守、不知变通的人
	幸灾乐祸	在别人的不幸中获取快乐
	傲慢	通过霸凌弱者来展示尊贵
	欺诈	故意误导、欺骗或者扭曲事实
	自侮	诋毁自己
行为	鬼脸	摆出搞笑的表情
	怪乐	(除了节目设定的音乐之外)搞笑、怪异的音乐
	笨拙	缺乏灵活性、不体面
	不齿	侵犯性、令人反胃、反感的行为

尽管观察的集数有限，但是 Juckel 等人证实了以上幽默策略都在上述四部喜剧中出现过。此外，他们还表示上述策略经常被混合使用。依照情景喜剧类型的不同以及语境的不同，上述策略出现的频率也有所差异，而这种差异也暗含编剧、导演，以及演职人员对于幽默的理解以及呈现方式

的不同。比如，学者们发现《生活大爆炸》中基于语言的幽默策略比其他三部情景喜剧出现的频率较高，其中最常出现的策略就是“取笑”“巧辩”“智言”。但是，“刻板”(属于“身份”大类)在该剧中出现的频率也颇高，由此，学者们得出结论，该剧中的幽默大多是源于幽默风趣的对话以及独树一帜的人物塑造。相反，《摩登家庭》中出现的幽默策略就更为多样，基本涵盖了上述四个大类，因此，该剧中的幽默大多是围绕着情节以及人物产生的。《我们的办公室》中，幽默策略大多是“暗指”(语言)，“超智”(逻辑)，以及“欺诈”(身份)。Juckel 等人总结：因为该剧是基于职场，所以幽默大多源于职场中的滑稽对话。最后，《盖酷家族》主要是“模仿”“荒唐”“不齿”，这些幽默策略都是优越论所言的值得令人嘲笑的行为。学者们还认为，大量的使用荒唐以及模仿符合这部动画喜剧较为怪诞的特点。

由此可见，Juckel 等人的分类法具有重要意义，可以用于辨析情景喜剧，乃至喜剧中的幽默风格，此外，这种分类法在分析题材(如，讽刺剧、动画片、单口喜剧，以及剧情长片等)对文本风格的影响也颇有益处。从幽默翻译的角度而言，该分类法有利于分析哪些幽默策略在传译时可能会有难点，而哪些策略会比较容易翻译。比如，一些“语言”策略(如文字游戏)对配音以及字幕而言就是很大的挑战。有一些策略则比较容易处理(比如依据文化语境，去传递“暗指”或者“指称”)，但是，翻译如“取笑”这种策略时就会比较棘手，因为它有可能含有语言和非语言两种幽默形式。而在“逻辑”与“身份”这两个大类中的策略就要依情况而定：“荒唐”与“超智”可能要根据文本内容进行翻译，而“模仿”更多的是需要留意文化语境。“行为”大类中的策略(以及非语言形式的“取笑”)，对于口述影像来说挑战巨大。但是，在详述视听翻译与幽默之间的关系之前，下文将大致回顾幽默在不同语言与文化之间传递的可行性。

1.7　幽默的(不)可译性

如前所述，幽默定义问题争议不断。可以预见，幽默翻译也并非易事。不同领域的学者就幽默翻译的一系列问题展开了辩论，学者们意见相左，甚至有的针锋相对。下面将讨论学者们提出的幽默翻译之假设与倾向。

许多学者认为，从理论上来说，幽默的不可译性源于文本在语言和文化方面的特殊性（Chiaro，1992，2000；Lendvai，1996；Hickey，1998，1999）。另外，Chiaro（1992）认为笑话翻译难以成功，可能是因为，在某些情况下译者没有灵活运用 Nida 提出的“动态”翻译理论，不敢操纵目的语文本，而只能依赖字面翻译(Chiaro，1992)。Hickey（1999）认为，翻译源于文化典故的暗指尤为棘手，因为文化典故富含源语文化以及社会特性，但目的语文化并不一定具有这些特性（详见 Leppihalme，1996，1997；Antonopoulou，2004a，2004b 对该问题的相似论述以及本书第 4 章的相关讨论）。如 Chiaro（1992）观点一致，Hickey 也认为翻译基于语言歧义的文字游戏(以及双关，基于习语的双关)可谓是难于登天，因为文字游戏与源语文化盘根错节，难以完全剥离。

有趣的是，Delabastita（1994：223-243）认为，幽默是否可译根本就不存在理论争议，因为翻译及其语用功能性客观存在。换言之，每天都有人翻译潜在的幽默文本，而且有的译本十分成功。因此，足以证明幽默翻译的可行性。有些学者已经不再思考幽默翻译是否可行或能否成功的问题，而是指出有些译本的幽默性甚至可能超越原作，达到青出于蓝而胜于蓝（Nilsen，1989）。Chiaro 在近几年的文章中承认，“一般来说，幽默语篇会受到语言及社会的制约，但实际上，幽默可以跨越地理界限”，以及“无论什么样的幽默文本，都是可译的”（Chiaro，2005：135-136）。此外，她也认同，“幽默文本的译本有可能超越原作”。

一旦承认幽默确实可译，那么就该解决如何翻译幽默文本的问题。Hickey（1999），Delabastita（1994）和 Leibold（1989）观点一致，赞成语用为主的翻译方法。Hickey（1998）在之前的研究中已经提出了“言后效果对等”的观点，基于此，Hickey 建议使用“语用语言学”的方法来翻译幽默。根据 Hickey 提出的功能派以及语用研究方法，译者必须分辨出文本中幽默乖讹(如，文字游戏，文化指称笑话)中的语言学特征(或者机制，采用 Attardo 于 1994 年提出的术语)。一旦译者确定文本使用的机制，就可以在保留原文机制的情况下产出目的语文本，如果有必要，可以忽略源语文本的语义要素（Hickey，1999：12；Antonopoulou，2004a)。如此一来，目的语文本受众便可以体会到源语言文本读者相似的效果(也就是愉悦，感到有趣)。

Hatim 和 Mason（1997）总结了上述观点，并指出“只有当实用方法对译者翻译文字及目的语受众接受信息产生影响时，蕴涵意义才可以显现出来”(Vandaele，2002b：156；Popa，2005)。Chiaro（2010：6-7；Chiaro，2017：423-426)从更宏观的角度探讨了幽默翻译相关的问题，并建议采用四种策略来强化语用效果：(1)保留原来的言语幽默；(2)在目的语中采用类似的例子代替言语幽默的原文；(3)用目的语中的习语表达代替言语幽默；(4)完全忽略言语幽默的例子(即，删除例子)。在第二部分的分析中，可以看到译者或根据不同的 AVT 模式，来选择对应的翻译策略，因此，AVT 的幽默翻译策略应该更为复杂多样。

尽管如此，基于语用学路径的翻译策略，如要实现言后效果，本质上来说，依然是存在问题的。例如，Leppihalme（1996：214）注意到，有些语用翻译策略在目的语文本中插入了源于目的语文化的引用。这样一来，目的语读者可能就会思考：该部分的内容在源语中又是如何呈现的。此外，Van Leuven-Zwart（1990：84-85）评价道，译者为了传达源语的预期效果，会提供额外信息。在她看来，这种策略会使目的语文本的语体与源语文本的语体产生差异，继而影响目的语读者的感受。但是，Fawcett（1997：129-130）强调，目的语文本文体发生变化也可能是由于译者试图满足读者对于目的语语言或文化的预期。

总而言之，幽默翻译是可行的，是因为翻译至少可以给跨语言以及跨文化的接受者传递源语的蕴涵意义或语言效果。然而，翻译过程必须考虑特定文本在目的语文化中的预期效果。与其尽力保留原文的语言策略或者追求语义对等，不如译者在保留原文文本功能的基础上进行“自由”翻译。

正如 Antonopoulou（2004a：28）所言："显然，再现幽默是译者的主要翻译任务，因此，为了达到幽默的目的，译者必须采用合适的幽默策略。"同理，Attardo（2002：174）解释道，无论是同种语言内(比如释义)还是跨语言之间，均不存在绝对(完美)翻译。基于此，从本质上来说，翻译就是无限接近的过程。因此，他提议，既然大部分的双关语和笑话可以使用言语幽默总论提出的六大知识资源进行分析，那么，翻译双关语以及笑话是可行的。理论上来说，翻译过程就应该保留这六大知识资源。然而，Attardo 也承认，严格执行他的理论指引确实难以实现。由此，他重点指出："如有必要，译文可以在知识资源排序的低层出现差异，而差异的不同是为了满足语用目的。"因此，他对译者的建议是，应该根据知识资源的等级排序来处理译本。这样一来，译本就有可能"呈现对源文本的忠实，以及再现源文本的美学价值"。

如前所述，翻译研究学者曾在研究中运用过言语幽默总论，并且予以评价。例如，Zabalbeascoa（2005）发现 Attardo 的理论旨在保留幽默的相似性而非趣味性，并称，通过保留知识资源翻译笑话无法保证目的语文本中产生类似的幽默效果。此外，Zabalbeascoa 指出，译者更应该优先考虑目的语文本的趣味与否，而不是一味追求与原文对等。Antonopoulou（2002：198）谈到，在对比分析源语文本和目的语文本时，语言知识资源不应该视作是评判笑话相似性的参数。既然，语言处于知识资源等级排列的底端，那么这种观点依然不妨碍 Attardo 的理论在其他方面得到有效应用。更重要的是，Antonopoulou（2002，2004a，2004b）认为言语幽默总论对于笑话中妙语与趣言的研究，对幽默及其翻译策略的选择具有启示作用。很多幽默学者已经证实，言语幽默总论对于理解源语以及目的语文化中如何创造与使用幽默具有重要意义。

总而言之，如果采用以功能为导向的翻译方法，也就是保持源语文本的言后表达效果(即娱乐)时，幽默翻译是可行的。就视听翻译而言，根据所运用的翻译模型，译者可以进行一定程度的功能操纵(Dore，2019)。换言之，译者可以使用大量翻译策略来操纵文本，并保留源语文本中的幽默功能，使其在目的语文本中再现。这项研究可以结合翻译和幽默研究的理论与方法，来识别源语文本与目的语文本中幽默表述的显著差别，并依此测定所用策略的有效性。例如，通过比较两种文本中，某种知识资源(例如，脚本对立、逻辑机制、目标)的相似度或者差异度，来确定源语文本的言后表达效果是否得到了有效传递，以及幽默感知与效果是否发生了任何变化（Dore，2008）。

1.8　总结

本章回顾了幽默研究的海量文献，并借此阐明幽默以及相关话题研究维度之多以及难度之高。此外，本章还讨论了不同学科的学者对于幽默的定义，并且介绍了幽默的不同产生机制。其中，重点回顾了会话中幽默的产生(包括自然会话与脚本会话)，以及会话中幽默的功能。上述两点内容对本研究意义深远，可以了解喜剧中的幽默如何实现语际以及符际传递（Jakobson，2012[1959]：127）。此处，本文将援引 Nilsen（1989：123）的幽默定义作为总结：

> “幽默是一种复合行为。首先，不论是自然产生的幽默还是意料之外的幽默，它都是有脚本的，而脚本之间存在着对立关系。通常，会有一个关键词，或者一个刺激因素，来激发听众朝着另一种思维模式转换。幽默的事物必然是存在一种张力的[……]。而如果研究幽默如何成功引人发笑，那么就要进行多维度的分析(发音、句法、语义、语用，等等)。”

当然，上述定义并不是幽默本质的唯一解释，但是它很好地总结了本章所谈及的多种理论的精髓。因此，该定义将作为本书第二部分的概念支撑以及理论基石。

第 2 章　视听翻译与幽默

2.1　引言

本章将全面探讨视听翻译(AVT)相关问题，重点关注视听翻译的研究方法及其不足之处。之后，还将针对视听翻译中幽默的可译性等相关问题进行思辨，并对本章的案例分析选出合适的研究框架。

1989 年，Delebastita 表明视听翻译还是一块亟须开垦的处女地(1989：202)。此言一出，吸引了众多翻译学者默默耕耘，如今，这片土地之上的科研成果也日渐丰富。随着关注视听翻译的期刊论文、论文集以及专著的日益增多（如 Diaz-Cintas & Ramael，2007；Chaume，2012；Perez-Gozalez，2014；Iaia，2015；Ranzato，2016 等众多学者），视听翻译的理论以及研究方法也逐渐发展成熟，因此视听翻译也逐渐在学术研究领域占据一席之地(Diaz-Cintas，2009：7)。在过去二十年里，视听翻译的研究课程、学术研究夏令营以及会议进展得如火如荼，也推动了 2018 年视听翻译期刊 *Journal of Audiovisual Translation* 的正式创办。

尽管如此，Perez-Gonzalez（2014：12-13）指出，学术圈乃至整个社会对于视听翻译的学术研究以及实践都知之甚少（Delebastita，1990，& Zabalbeascoa，1996 也有所提及）。本领域的学者也十分认同这一观点，尤其是当他们在家里看电视或者在电影院看电影时，不管是看主流电视台还是播放平台(如网飞 Netfix，葫芦 Hulu，亚马逊 Amazon)播放的电影或者电视剧时，身边的朋友或者家人都会点评或者批判其中的配音或者字幕。与此同时，视听翻译的学者可能还会面对学生的质疑、视听翻译的意义及其工作机制到底是怎样，不论哪种情况，对话都可能会演变成激烈的争论：到底是给文本配音还是配字幕，哪种方法更好？然而，Chaume（2012：13）提出，应该结束“配音派和字幕派孰优孰劣，这一频繁而又无意义的争辩，无疑就会演变成主观主义以及伪智能主义之争”。电子科技的飞速发展，无疑坐实了这一观点，以往一些国家坚称“配音派”与“字幕派”之间必然是对立的，现在这种观点看上去十分过时（Gambier，2003：173；Chaume，2013）。

在本文详述 AVT 是如何发展成全面且成熟的研究领域之前，必须承认的是，AVT 研究也存在着术语定义方面的迷思。由于该研究领域的快速发展以及术语的滥用，概念与定义问题尚未形成一致意见。比如，应该使用哪个整体概念去描述电影、电视节目，以及剧场等，多符号渠道所产生的文本翻译是什么？Luyken 等人（1991）建议使用“语言转化”（language transfer），而其他学者，比如 Heiss（1996）与 Ulrych（2000）建议使用“多媒体翻译”（multimedia translation）。通过对目前文献的详细梳理，Gambier（2003）提出用“屏幕改译”（screen transadaptation）这一术语取代“语言转化”，因为后者没有考虑到超语言因素（如，图画、声音）对于翻译活动的影响。此外，Gambier 还认为“屏幕改译”弱化了媒体与媒介之间的界定，因此可以涵盖剧场、电脑游戏以及网页等等。但是，考虑到当前 AVT 的使用范围似乎更广（Diaz-Cintas & Ramael，2007：11-12；Chaume，2012；Pérez-González，2014），本书在接下来的论述中也将采用 AVT 这一术语。

2.2　视听翻译——原因与目的

Chaume（2004c，2012，2013）认为，视听文本中的信息是通过声学或者视觉渠道传达的，而具体的传播渠道还需取决于文本类型。因此，文字、副语言信息（语调，重音等）、配乐、特效、杂音等通过声学通道传输，而图像、颜色、运动、海报、标题、动作等则通过视觉通道传输。想要将多媒介和多模态文本描述得通俗易懂（Pérez-Gonzúlez，2014：186-187）并非一日之功，迄今已发展了两千三百年。自1895年来，从20世纪的默片到有声电影，再到新千年的超技术产品，Louis Lumiére理论的种子，从萌发之初，渐渐成长为参天大树。

电影问世之初，许多人认为电影将作为第七种艺术，基于图像的普世性，能成为通用语言，破除现有的沟通障碍（O'Sullivan，2011：16，42）。然而，导演们很快开始利用文本，在成片各帧中插入印刷字幕。他们以此传达关于场景或角色对话的重要线索，从而成为字幕制作的先驱（Díaz-Cintas，2005：15）。此外，世纪之交，人们将声学元素首次引入电影制作，有声电影（又名talkies）就此诞生。福克斯（Fox）和派拉蒙（Paramount）等好莱坞影业开始着手电影翻译，好将它们引入非英语国家。例如，意大利最早的翻译尝试就始于字幕引入。尽管如此，在20世纪二三十年代，由于该国的文盲群体相对较为庞大，美国制片厂被迫提供替代方案，以此为阅读能力有限的受众提供便利（Bollettieri Bosinelli et al.，2000：19-20）。最初，美国电影公司最初选择将原版电影本土化，由目标语言演员出演（例如：《大步道》*Big Trail*），但制作成本高昂，他们便引入了"双制作"，后来迅速演变成了现在我们所熟知的"配音"，（Perego，2005：35；Pérez-Gonzúlez，2014：45-46）。与意大利一样，德国、西班牙和法国等国家将配音作为其AVT的主要模式，而其他国家则更喜欢字幕（例如斯堪的纳维亚国家、葡萄牙、希腊；Chaume，2012：11-12）。波兰和波罗的海等东欧国家转而支持配音作为电影的翻译模式（Orero，2009：131；Woĭ niak，2012）。在当代AVT模式中，配音通常由一人进行，与原始对话及翻译版本同步播放（Chaume，2013：107）。

据Pérez-Gonzúlez（2014：48）观察，在随后的几十年里，部分国家试图建立企业联盟，来保护欧洲企业，并推动欧洲电影在伙伴国之间的流通，借此来抗衡如潮水般涌入本地市场的美国试听作品。此外，意大利、德国和西班牙等国家之所以将配音作为AVT的首选模式，还与政治、历史因素有关。20 世纪初，法西斯政权统治意大利，大力鼓吹极端民族主义精神，涵盖了包括电影在内的所有媒体制作形式（Danan，1991）。此外，为了通过配音来管控进口素材，法西斯政权创办并支持表演学校和电影工作室，比如罗马的电影艺术中心。1930 年，Mussolini 颁布了一项法令（Chaume，2012：13），规定配音是唯一的翻译方式，并声称这是为了保护意大利语言及其特性（Fasold，1983：77，Dan，1991：611-612；详见本书 2.5 节）。不久，Hitler 如法炮制，颁布了一项关于电影的纳粹法律，该法律实行严格的审查制度，推动了全国电影制作（Ranzato，2016：37）。无独有偶，1941 年，西班牙军政府高级电影审查委员会颁布法令，禁止放映西班牙语以外任何语言的电影（Díaz Cintas，2001：64-66）。

话虽如此，作为最举足轻重的电影制作模范，好莱坞独占鳌头，久盛不衰(Kapsaskis，2008：46)，前文所述的四个主要欧洲市场(英国亦在其中)也引入了美国出品的电视剧集和电影，且数量稳步增长(Paolinelli，1994：152，2004：174；1995：452，Díaz-Cintas，2003：193；chi，2004：39；Cabrera 等人，2018：19，如图 2.1 所示)。

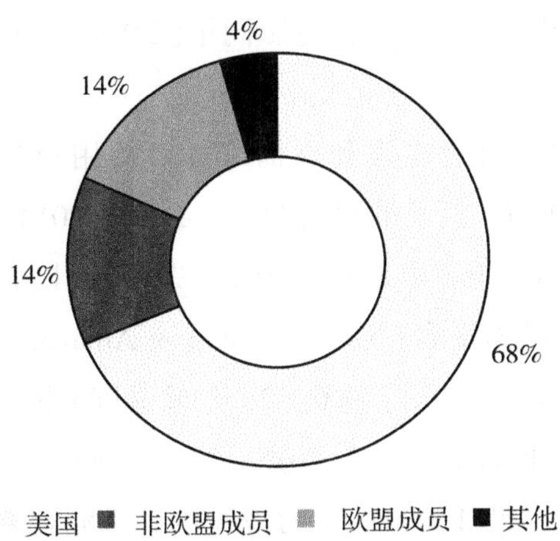

图 2.1　2015—2016 年在欧盟上映不同国家的电影数量分布图

基于“数字电视研究”发布的新闻稿，Wutz 和 Perez（2014：35）指出：2011 年，约有 200 家提供免费内容的欧洲电视台引进了18,000多部剧情片，成本超 40 亿美元。这些电台节目总播放量共计96,000小时，而其中大约四分之一的影片流向德国，只有 7% 流向法国。最重要的是，超 70%的进口影片都由美国六大电视网（ABC，CBS，NBC，CW，FOX，Disney）上映推广。相反，截至本研究期间，每年，欧洲仅有不到 20%的电影在欧盟以外的国家（至少一个国家）上映。尤其值得一提的是，在美国上映了 128 部影片，而韩国只有 58 部（Kanzler，2012，引用于 Wutz 和 Pérez 同上，第 42 页）。至于意大利，其电影产量在 20 世纪 60 年代中期至 20 世纪 70 年代之间登峰；然而，特别是在最近几十年，该国进口电影一直是国内产量的三倍，（Hold-away，2012：279），欧洲电影市场的总体趋势由此可见一斑。

Cabrera 等人编撰的《欧洲视听观察 2017—2018 年鉴》报告数据证实了这一趋势。有人指出，过去几年，尽管欧洲电视（联合）制片有所增加，剧情片数量也稳步攀升，但 2016 年欧盟电影出口量仍在下降（同上 8-14）。尽管 28%的欧盟电影在欧洲的电视上播出，让人持乐观态度，但其中只有 14%产自本国外的欧盟国家，欧洲电影同年（2016 年）平均在 1. 4 个国家播出，而美国电影播出国则平均为 3. 1 个。

值得注意的是，付费电视和点播服务订阅用户数量也在不断攀升。Fontaine 和 Kevin（2016）发表的报告显示，2011—2014 年订户数量在全欧大幅增长。无疑，Fontaine 和 Kevin（2016）提供的数据的确有所增长，有赖于过去几年在线流媒体平台（Netflix，Hulu & Amazon TV）订阅用户的增多。Fontaine（2017：1-2）关于欧盟（23 个成员国）电视制作（包括电视电影和电视剧）的最新报告显示，在 2015—2016 年期间，公共、私人和订阅视频点播服务发布了超11,000小时的视听内容，涵盖 920 个不同的标题，播出超过16,400集。然而，有意思的是，视频点播服务在电视制作中发挥的作用微乎其微。平均下来，SVOD 占这些标题的 1. 2%，占 2015 年和 2016 年出品的电视虚构节目小时数（即 46 小时）的 0. 4%（如图 2. 3 所示）。

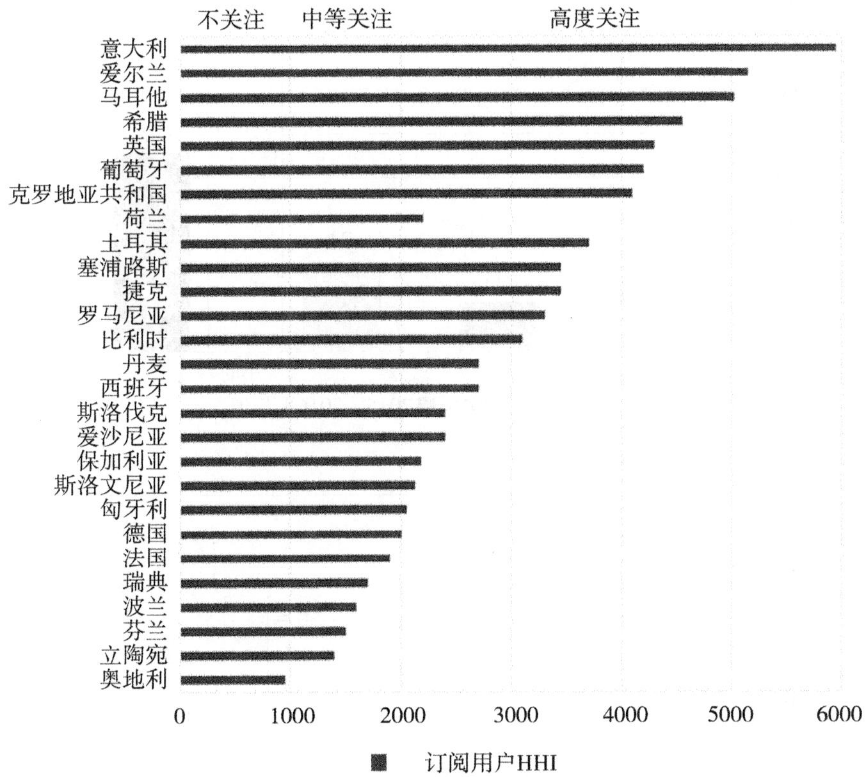

图 2.2　欧洲各国付费电视和点播服务订阅用户的关注度(Fontaine 和 Kevin，2016：15)

值得一提的是，本报告仅涵盖了部分视频点播服务(Netflix，Amazon，ViaPlay，CanalPlay，CMore Play)，而此类服务比比皆是，且与日俱增。正如 Cabrera 等人所说，目前网络和电视直播中各类视听服务琳琅满目，服务质量也令人满意。数字技术进步会让服务质量不断改善，而能够与互联网链接的高清网络电视机的产出就是一个很好的例证。

至于按次付费和流媒体提供的视听内容，则反映了制作和发行方面的既定趋势。多数节目在美国用英语制作，但也有例外。例如，Netflix 热衷于制作本地作品，如意大利语版的 Suburra-La Serie(Daniele Cesarano & Barbara Petronio，2017—)，德语版的 Dark(Baran bo Odar & Jantje Friese，

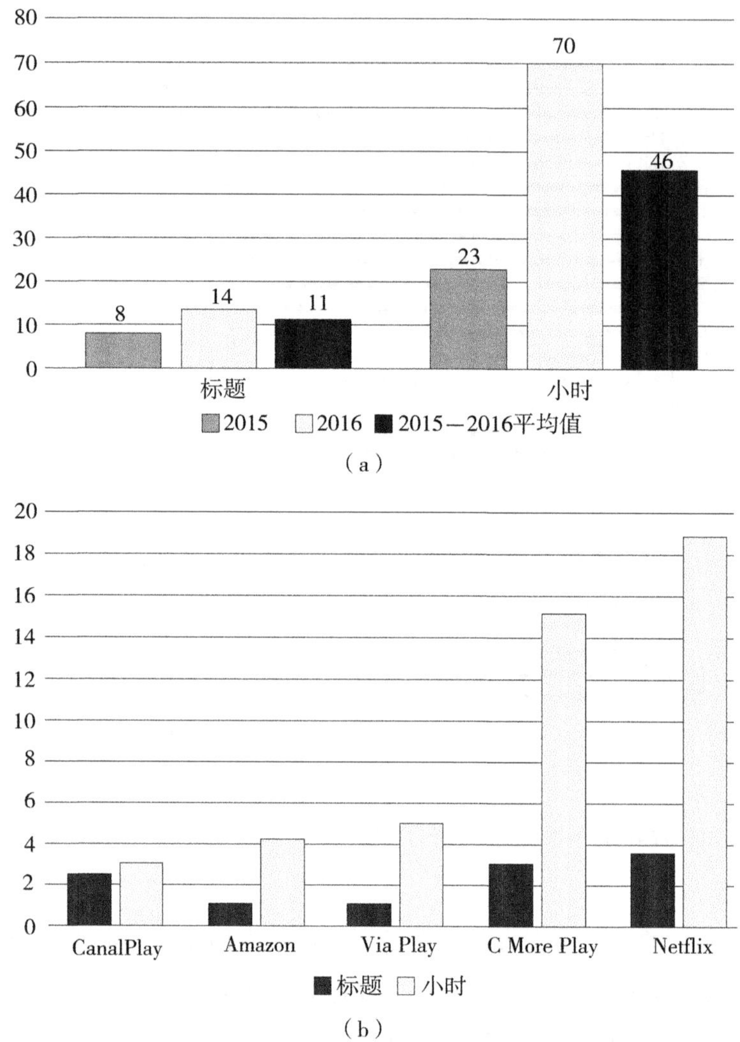

图 2.3 SVOD 服务商制作的电视节目标题与时长以及各个服务商已发行的虚拟电视节目量(改变自 Fontaine, 2017: 23-24)

2017—), 西班牙语版的 La Casa de Papel(Álex Pina, 2017—)等。Cabrera 等人的研究也表明, 欧盟的 5 大国家(德国、法国、意大利、西班牙和英国)所产出的电影数量, 是 Netflix 所提供服务的 27 个国家中所占份额最大的国家之一。换言之，电影业繁荣的制作大国出品的电影往往更多。相反，电影产业较为弱小的国家需要从欧盟进口国外电影(除了丹麦和荷兰之外，Netfilx 提供服务的剩余 19 个国家本土电影所占份额基本为零。同上，22)。

如图 2.4 所示，本地付费服务供应商更倾向于播放本土电影，而国际巨头，如 Netflix，所提供的本土影片清单则十分有限。更重要的是，Cabrera 等人观察到，大量美国公司已在欧洲建立子公司，并开展业务。包括 Amazon(英国)，Netflix(荷兰)和 iTunes(爱尔兰)在内，他们联合提供了 110 种不同语言的国家定制版。

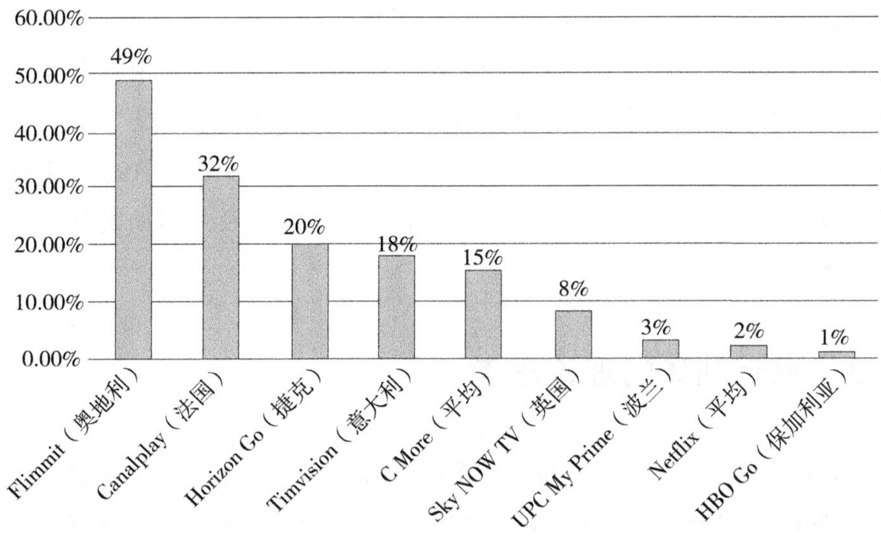

图 2.4　2017 年 11 月到 12 月，所有 SVOD 服务商本土影片份额(Cabrera et al.，2018：23)
来源：《欧洲视听观察报告》

随着信息技术日新月异，视听产品也日趋多样。过去，所有进口媒体内容通常都有配音、字幕或画外音，主要取决于进口国的发展传统，以及目标文化中源语文本(ST)或源语言(SL)的重要性和接收受众的类型等因素（如年龄、受教育程度和外语能力，Luyken et al.，1991：24-27)。如上所示，如今，欧洲和全球范围内销售的视听内容数量呈指数级增长，而观众可选择观看原版、字幕版、配音版或其他版本的电视剧、电影，以及纪录片、真人秀等节目。观众有了更多的选择权，而这在几十年前是无法想象的(详见 2. 4. 2. 1 节)。

Orrego-Carmona(2014)对西班牙年轻观众消费视听内容的方式进行调查，证明了新技术如何塑造消费者的习惯。通过在推特上开展问卷调查、访谈和开通评论区之后，Orrego-Carmona 提出了有力的证据说明：一方面，年轻人选择某种译制版本的原因可能是基于多重因素(例如，他们选择观看电影或电视剧，观看时感觉疲惫或放松)。然而，他认为更重要的是，主流电视或点播平台的播放方式不仅受到商业因素(如，防止盗版)的影响，还取决于消费者期望(例如，为了欣赏原声或提高外语理解能力，更青睐字幕而不是配音；同上，65-67)。观众已积极参与到视听内容的塑造和传达中，由此看来，我们必须清楚“视听内容并不单纯是为了观众而制作，观众必须参与到内容的共创中来”(Chaume，2019：119)。基于上述观点，接下来的章节将专门讨论 AVT 的多种模式及其驱动机制、限制以及优势。

2.3 视听翻译的理论思考

在过去的三四十年里，越来越多的学者开始探讨字幕与配音的利与弊(如 Marleau，1982；Delabastita，1989，1990；Petit，2004)。本章将会逐一分析现有的 AVT 模式所具备的优势与其存在的局限性。此外，本节还将重点分析 AVT 这一学科的几大重要议题。

如前所述，视听产品是指通过听觉和视觉渠道传达信息的多模态文本。基于 Stöckl (2004) 的研究，Pérez-González (2014：194) 总结了主要的 AVT 模态，为单一文本的多模态以及多媒介特征打下了理论基础。本文以图表的形式(见表 2. 1) 呈现了 Pérez González 的主要观点。

表 2.1　Pérez González(2014: 194)针对 Stöckl(2004)的视听文本核心模式的总结

主要模态	中位变量
意象	静止(停滞)
	动态(移动)
语言	演讲
	静态写作
	动态写作
声音	音效
	谱图
音乐	音乐表演
	配乐/乐谱

如本章 2.4 节所述，不同的视听产品的音乐、声音和语言可能会依据所使用的 AVT 模式进行细微调整。无论是静态还是动态画面，原则上来说都不会修改视听素材中的原始图像（或非语言文本），因为原始图像涵盖着特定的视觉参照物，这些视觉参照物能够简单直白地传递信息（La Polla，1994：53）。另外，这些参照物能够提供相关信息，让观众了解文本所诞生的原始语境，因此这些参照物也成了文化知识传播的守门人和推广者。尽管如此，不管是电视节目(Zabalbeascoa，1996：254)，还是纪录片（Gambier，2003：181），一些学者已经考虑到了操纵视听产品中视觉文本(图片)的可能性。也就是说，此类型的电影作品通常具备无法超越的艺术价值，如同绘画或雕塑一样，因此不管以何种形式改编它们，都将面临巨大的阻力。但世事无绝对，比如说日本动漫，此类的动画作品的改编就相对比较简单。Pérez-González（2014：124-125，184）吸收了 Nornes（2007：195）和 Ruh（2010：35）二人的观点，总结道，视听素材的操纵实践可追溯到 20 世纪 80 年代。通过采取“自适应配音（adaptive dubbing）”的方式，日本动漫得以适应美国环境，但这意味着作品的视觉和语言文本都要经过大幅修改。随之而来的结果就是，更改后的版本与原版产生了本

质上的变化（Chaume，2019：111）。

一直以来，很多学者和理论家的文章中，都不乏目标文本（TT）对源文本（ST）的忠诚性或忠实性的激烈辩论（Munday，2016）。通常，争论围绕着对等这一概念，其中包含功能、形式和内容方面的对等。当然，原文和译文的对比分析，会让我们开始质疑一些常见的概念，比如说操纵、对等、接受性等。此外，它还有利于我们理解特地文化中翻译的具体过程，以及该文化体系内的语言规则（Gambier，2003：183）。但是，当前各翻译学者的兴趣已渐渐发生转移，他们不再认为 TT 是对《圣约》的忠实再现（Díaz-Cintas & Remael，2007：144）。Chaume（2012：17）进一步解释道：

> “人们对源语的兴趣朝着对目的语文化的转向，是翻译评估的重要参考依据。这也意味着在翻译学科的理论全景中，忠实性已经失去了稳固的理论地位。相反，人们更多地将忠实看作对目的语文化中语言与规则的忠实”。

Chaume 的观点用在此处尤其合适，因为在本书中，笔者想要集中探讨的就是对目的语文化中语言与规则的忠实是如何塑造或可能塑造译者的决策过程。

究其本质，AVT 本质上就存在着一定程度的操纵，而这种操纵受多种因素的影响。正如 Díaz Cintas（2012）所言，一旦产生了技术限制，我们就可以称之为技术操纵（technical manipulation）。举个例子，在配音中，唇音同步的前提是必须对 TT 进行操纵，从而使声音与屏幕中的图像相匹配（详见 2.4.1.1 节）。同理，如使用字幕压缩（或 Díaz-Cintas & Remael，2007：146，所言的部分删减），就必须在制作字幕时，改写 TT，使其变成每桢字幕中所能容纳的两行内容（参见 2.4.2.1 节）。这样一来，Díaz-Cintas（2012）也让我们关注到意识形态操纵（ideological manipulation）这一现象。他将该现象描述成一种干预主义方法，这种干预主义倾向于淡化、稀释或修改引用的禁忌话题(例如，诽谤和性谈论、政治和宗教问题)。很明显，技术和意识形态干预在配音中的表现可能十分隐秘，因为后者的干预行为可能会导致源语的完全消失；相反，字幕中的操纵行为可能更易察觉，因为观众观看译文的时候，也可以听到源语。

不出所料，最近越来越多的学者对意识形态操纵研究领域产生了极大的兴趣。多数学者切实关注到了意识形态操纵常涉及的含义，尤其是在审查方面(例如 O'Sullivan，2011；Ranzato，2016；Díaz Cintas et al.，2016 编辑的《阿尔特现代》特刊 *Altre Modernita*，Mereu Keating，2016)。有趣的是，在处理幽默文本时，幽默文本的功能必然会影响译者的选择，但目的语文化的语言规范也会受到该文本功能的影响。换言之，例如，如果一个电视喜剧节目是为了娱乐而创作的，那么它的译文将会希望达到同样的效果。所以，ST 和 TT 之间的转换受很多因素的影响，而这些因素也必然会诱发文本操纵行为，以实现源语目的（skopos）或功能（Vermeer，1996）。正如 Ranzato（2016：23）所言：目的论认为，在等级排序方面，TT 与 ST 之间的互文连贯不如 TT 本身的内部连贯重要。因此，翻译幽默文本时，对 TT 的干预行为就会变得有理可依，因为干预是为了保留 ST 的言语效果(Hickey，1998)。因此，将这种干预方法定义为功能操纵，也是无可厚非的（详见 Dore，2019b)。值得一提的是，功能操纵和意识形态操纵也可能产生重叠，尤其是当文本的幽默来源于禁忌话题时。

与 AVT 操纵密切相关的一个问题是接受性，而且，接受性是由多个主观因素决定的。有些观众可能不接受内容上的改变——至少在极端的情况下是有可能出现的——但有可能可以忍受语域甚至电影名称方面的不匹配(Bucaria，2010；Chaume，2012：17-18；Scardamaglia，2015，三人针对这一普遍现象，提供了全面分析)。此外，AVT 模式也起到了一定作用：例如，虽然配音意味着原声带完全消失，但它可能会促进目标文化观众接受新文本(Ranzato，2016：58)。然而，与过去相比，如今在 AVT 中有关政治、宗教以及性等内容的审查越来越宽松(Chaume，2012：17-18)。在本书中，笔者所分析的数据似乎证实了目前日益增强的源语导向趋势，但这一趋势主要还是体现在字幕制作中(详见第三章和第四章)。由于数字播放的普及，现在观众可以看到同一 AVT 素材的不同版本(原始版本、字幕、配音等)，因此，也可以更为直观地比较 ST 和 TT，并且体验到更少的侵入性干预。此外，随着电影、电视剧以及订阅的节目越来越普及，电视放送公司(和译者)也得以摆脱审查委员会施加的规章桎梏。一旦有用户观看了敏感内容，那么责任就落在了他们自己身上。

AVT 中的幽默研究可以通过比较统一文本的多语言译本(包括字幕，粉丝制作字幕或者配音)，以此获得有益启发，这些多语言译本可能会在传统的电视频道，或者付费订阅平台上播放。但是，这项任务依旧是困难重重，如果用一本书的篇幅去叙述，那必定是长篇累牍。所以，在此，笔者将集中思考幽默翻译中的具体问题，并分析如何使用不同的翻译模式来处理这些问题。这将对于理解视听语境中的幽默创作和幽默翻译等现象，大有裨益。

接下来，回到有关音像作品翻译的常见问题上，毫无疑问，习语表达、隐喻或角色的个人语域(La Polla，1994：54)的使用，值得我们特别关注。尽管在这种情况下，译者可能会找到目标文化中的对应表达，但整体上而言，这些表达不太可能保留原文的文化内涵。而且，需要注意地是，语言迁移通常会受到源语言对目标语言的影响(Toury 将该现象定义为“干预 interference”，1995：275)。Toury 所定义的“负迁移”(negative transfer)现象，即，“偏离目标语体系的常规行为”(Baños，2014：87)，而其中一个具有代表性的例子就是“英文主义”(anglicisms)。因为好莱坞制作遍布全球，以及英语占据全球通用语的地位，所以在不同语言的配音版本和字幕版本中可以发现英语的影子，其中包括：德语(例如 Luyken et al.，1991：159-160；Herbst，1996：99-102)、意大利语(Pavesi & Perego，2006)、西班牙语(Duro Morero，2001a；Gómez Capuz，2001；Romero Fresco，2006；Baños，2014)(详见 Gottlieb，2004，《丹麦字幕中的英语》)。

人为因素也可能会影响到专业的 AVT 制作，其中包括，译者的源语文化知识和语言知识(比如她/他的专业知识)，以及译者工作所面临的时间压力，这些因素都会影响翻译的准确性（Luyken et al.，1991，158-165；Díaz-Cintas & Remael，2007：38-39；Chaume，2012：37-39）。值得庆幸的是，过去 20 年里，欧洲以及其他地区的本科生以及研究生阶段的 AVT 教学质量正在稳步提高（Díaz-Cintas & Remael，2007）。然而，对于大学或培训公司来说，出于教学目的来开发字幕翻译软件，可能是一项相对容易且具备经济效益的任务，因为，相对来说，一比一还原配音工作室就十分困难。正如 Chaume 所解释的(2013：43)，学术机构往往不愿意采购如此昂贵的设备。另外，如今科技发展迅猛，这极大地改变了 AVT 的发展格局，从而也模糊了专业和业余 AVT 翻译之间的界限(“消费者—生产者”或“生产者”；Denison，2011，Pérez-González，2014：233)。一些新兴做法，像粉丝配音以及粉丝字幕等(详见 4. 1. 1 节和 4. 2. 1 节)，无疑极大地影响了 AVT 专业人士的认知体系。与普通翻译一样，多数人可能会忽视这个职业所需要的专业知识和努力。从商业角度来看，业余爱好者的参与对字幕行业的影响超过了其对配音行业的影响；此外，配音行业也借此成为发现新兴但是可能非主流趋势的契机，从而为专业 AVT 的发展及壮大提供了新的机会(Dwyer，2017：152；Chaume，2012：42)。

上述概念将会在接下来的章节中进行更详细地讨论。正如在本书的引言章节中所提及，本研究应用了描述型方法来进行分析 AVT。遵循了 Toury（1995)的 AVT 研究方法以及 Even-Zohar 的多元系统理论(1990)。这种方法有助于更好地理解，为什么有的译者倾向于采用“异化”(源语导向)或者“归化”(目标语导向)，以及翻译策略选择的主要原因(Venuti，1992、1998、2017[1995])。此外，本研究将考虑目标文化和源文化之间存在的关系，以及对 TT 的影响。反过来，这将有助于解释不同电视节目或电影中特有的幽默特征是如何被处理或“操纵”的。然而，为了做到这一点，首先需要从理论和实践的角度理解 AVT 现有的一套规范。本研究不仅有助于绘制视听翻译流程图，毫无疑问，也将推动这门学科的全面发展。

2.4 视听翻译模式

本节将详述多种 AVT 模式。Chaume（2012：5）将视听翻译命名为“配音”(revoicing)与“字幕”(subtitling)这两个宏观领域，该领域之下包含着其他视听模式。Pérez-González（2014：12）则喜欢单独采用“配音”“字幕”“AVT 辅助模式”(包括失聪以及听障人员专用字幕、复述，以及口述影像，Audio Description，AD)这三种术语。但是，就本书的研究内容而言，笔者不得不采纳 Zalbalbeascoa 等人的观点（2012：18）以及 Chaume(2013：107)针对 AVT 提出的两个宏观概念，即配音与字幕，而其中又包含着其他的分类与支类。以下的章节将会围绕着各种分类展开，既总结每个模式的基本内容又分析了每种模式的优点与缺点。

2.4.1 配音

配音的内涵广阔，任何录音或插入新音频，并实现唇音同步的 AVT 模式，都可以视作配音（Chaume，2013：107）。鉴于配音的重要性及其使用范围之广，本应单独另辟一节论述，但由于篇幅有限，无法详细论述配音每一种模式和子类型的背景内涵，只能深入浅出，简要分析与 AVT 模式密切相关的内容，进行针对性阐释，如表 2.2 所示。

值得一提的是，配音（dubbing）和旁白（voice over）的区别在于前者需对视听文本的脚本进行翻译并实现唇音同步（Chaume，2012：1）。相反，旁白仅是将译后对话叠加于原对话之上。通常在这种情况下，原声带声音将会被减弱，但在背景音中，仍可隐约听出原音（Chaume，2013：108）。在西欧、北美和拉丁美洲的国家，通常都会在纪录片、访谈、政治辩论等节目中使用旁白（Franco et al.，2010：24-25）。基于不同的节目类型，会采用直接叙述或是间接叙述的旁白。如，采访或政治演讲多使用第一人称，因为叙述者常常就立于荧幕之前，而野生动物纪录片中多采用第三人称，用于描述荧幕前发生的一切，叙述者往往藏于幕后（Chaume，

2013：42）。

表 2.2　配音模式

AVT 模式	子类型	解　　释
配音		翻译并对口型(需后期制作)
旁白		同时播放原声和译后音轨(无需后期制作)
	部分配音	糅合旁白和配音：为主角配音
	叙述	ST 的总结
	Gravrilov 翻译	兴起于俄罗斯；单一声音配音
电影同声传译		现场电影单声口译；现今很少使用，主要用于电影节期间；用于文化程度不高的国家
	视译	电影放映时，当场翻译剧本或字幕
自由评论		改编的一种形式(涵盖对 ST 的评论、总结和意见)
	Goblin 翻译	驯化的非正式旁白；兴起于俄罗斯；主要用于模仿
粉丝配音或趣配音		电视剧、卡通及电影预告片的自制、业余配音
口述影像		对视频中的动作进行描述
语音字幕		将书面字幕变成口头文本

来源：根据 Chaume，2013：107-111 以及 Matamala，2014 的语音字幕以及歌剧字幕研究的改编与扩充。

部分配音或半配音（partial dubbling or half-dubbing）、叙述（narration）和 Gravrilov 翻译统称为其余类型的旁白。在东欧国家，这些旁白多用于翻译虚拟文本（如电视剧和电影）（O'Sullivan，2011：10）。部分配音有可能会启用多个配音演员，以匹配主角的声音（如男性、女性和儿童），而其他配角将共用一种声音（Chaume，2013：108）。有趣的是，将该模式应用于翻译“真实电视”(factual television)节目的实践日益增多(Dovey,2015,引自 Baños,2018:2),如烹饪节目(《地狱厨房》*Hell's Kitchen*,Gordon Ramsay,2005—;《吉娅达的烹调秀》*Giada de Laurentiis*,2008-2015)和电视真人秀节目(《硬汉当铺》*Harcore Pawn*,RDF 美国/Zodiak 美国,2010-2015;《疯狂汽车秀》*Top Gear*,Jeremy Clarkson and Andy Wilman,2002—;《泽西海岸》*Jersey Shore*,SallyAnn Salsano,2009—2012)。不同于传统的节目旁白,通常只出现于单播节目,现在的节目大多需要一个固定的旁白,无论叙述者是被安排在台前还是幕后,故而近似真实配音。然而,就旁白而言,它无需对口型,且原声仍可隐约听见。目前,使用部分翻译的视听作品日益增多,主要原因如下:首先,真实电视节目试图记录真实的人和事(尽管这些节目可能暗藏剧本,以吸引广大群众,如《地狱厨房》)。其次,如 Franco 等人(2010:25)所言,如果观众隐约可以听见背景中的原声,便会觉得这就是没有经艺术加工的现实场景,因此,在这类真实电视节目中都会使用旁白。此外,Franco 等人还谈论了旁白的杂糅性,如节目的叙事部分还会采用画外音形式,这样一来,目的语旁白将完全覆盖源语的叙述场景。

其次,虽然电视台会多次重播节目和剧集,但很多电视节目仍处于供不应求的状态。因此,如果只是单凭纪实类节目的播放情况,来判定是否需要给配音团队和后期制作投掷大量资金,是十分片面的(Chaume,2013:118;Orrego-Carmona,2014,65;Sileo,2018:259-260)。此外,不容忽视的是,译员通常需要在很短的时间内给配音演员提供翻译的配音脚本,这给译员造成了巨大的压力(Franco et al.,2010:50-69)。

由于社会纪实类型节目通常都比较短,也从侧面说明了混合模式的 AVT 实践分析仍然处于研究不足的状态,值得学者们进一步研究(Chaume,2013:118-119)。近几年,Sileo(2018)和 Baños(2018)分别分析了意大利和西班牙语中的 AVT 实践。前者重点关注 AVT 模式的混合性,并提议将混合模式定义为半同步(semi-sinc),与类似的英文衍生词——类似同步(simil sync)——区分开来。但是,本文更认同 Baños

（2018：15）的观点，他建议避免滥用新术语，因此，他在此处沿用了“部分配音”（partial dubbing）这一术语。Sileo 的研究也十分关注 AVT 新兴实践。传统的配音团队和改编团队往往会忽视同步性，而同步性又恰好是评判配音质量的金标准，而新实践会打破这一固化行为，因此该研究也为 Sileo 赢来了满堂彩。虽然，意大利翻译和口译协会近来已认可部分配音，表明情况正在逐渐朝着正确的方向发展，但专业人员目前仍需竭尽全力，争取扩大接受度，并获得相应的报酬（Sileo，2018：265）。Baños 倾向于研究 AVT 的“次要形式”（lesser form），以确定到底是配音和旁白的哪种特征使得部分配音成为混合形式。通过研究极具代表性的实例，Baños 发现，这种模式将会毫无征兆地改变旁白中特征（如中和口语标记，省略副语言话语），以及配音中的特征（如再现情感表达，笑和哭），而这种改变有利于增强读者的真实性体验，同时也会增强戏剧性，以确保观众有身临其境之感。鉴于在欧洲境内输入、翻译和播出的真实节目份额正在稳步增长，目前这些研究的初步发现仍需进一步验证。

粉丝配音（fandubbing）也是技术发展的产物，十分有特点。粉丝们可使用 Windows 电影制作器（Chaume，2013：111）等编辑程序，来创建业余版本的配音，粉丝的行为大多还是处于娱乐大众的目的，因此它又被称为——趣配音（fundubbing）（Chaume，2012：4）。如 Chaume（2012：42）所言，粉丝配音并未威胁到专业配音素材的商业发行。而粉丝配音的节目和制作方法也可用于教学、配音和二语习得。更有意思的是，粉丝配音由于制作周期短，成品迅速，十分迎合快速消费观众的胃口，并可应用于住院儿童的治疗项目，用于舒缓疼痛（Dore & Vagnoli，2020）。

迄今为止，有关口述影像研究不胜枚举，已经超出了本书所探讨的范畴（详见第 6 章），但是，简要回顾此类 AVT 模式的研究内容还是必要之举，尤其是视觉幽默是如何通过口述影像实现语言间和符号学之间（或 Szarkowska & Orero，2014：125 所言的“多重符号学”）的转换。

20 世纪 70 年代，口述影像（AD）兴起于美国，在 80 年代逐渐成型，然后于 90 年代初期传入加拿大、英国和诸多欧洲国家（Benecke，2004：

78）。AD 可使盲人和视障人士无障碍接收信息；此外，AD 不仅用于电影、电视剧和实况报道等视听内容，也用于剧院和视觉艺术（即博物馆内的绘画或装置；参考 .Holland，2009）。起初，AD 主要是一项志愿服务（Holland，2009：172；López-Vera，2006：156），但现在翻译硕士课程以及 AVT 部分教学板块中都会包括口述影像。AD 先由描述者（器）描述信息，然后由录音人员进行录制，最后在专业工作室进行混音。Maszerowska 等人（2014：1-2）指出，如今欧洲有关 AD 的术语和培训仍不够完善，但欧盟资助的 ADLAB 等项目，正努力推动该事业蓬勃发展（详见第六章）。

López-Vera（2006：148）对口述影像的起源、立法框架和制作成本进行了整体回顾，他解释道："AD 将视觉信息转化为口头信息，而电影中声音和对话也是采用这种方法"。AD 的主要目的是"完成"口头语言文本，因此 AD"应理解为显示而非解释"，这也意味着描述者（或叙述者）急需技能培养，以帮助残障人士理解影像传达的信息（如地点设置、人物特征、动作发展或叙事），但描述者也应该避免对信息加以解释。显然，这项任务十分艰难，尤其是想要确保信息的无障碍性本身就难以保持中立不倚，且每一描述者所提供的非语言文本都存在差异；这与口语字幕有些类似，音频描述的主要任务是压缩所接受到的所有视觉信息，"这是描述者在选择受众应关注的焦点"（Holland，2009：179）。此外，潜在受众群体的需求也迥然不同。先天失明者、暂时性视力障碍者或因年龄增长而导致视力下降者，他们对 AD 的期望可能千差万别，因此，想要满足不同人群的所有需求，几乎是天方夜谭（López-Vera，2006：150；如，Fresno 等人 2016 论盲人和视障受众通过 AD 对角色描述的接受度）。AD 中的核心问题无疑是公平性，因此必须对从业人员进行充分培训，这也有助于他们成为"不偏不倚"（Holland，2009：173-178）的决策者。

口述影像另一个值得注意的事项，就是 AD 和所描述的非语言文本在语言层面上必须保持一致（Taylor，2014：42）。Szarkowska 和 Orero（2014）指明，AD 需要额外注意非语言元素，因为其中涵盖大量声音（如音乐声、汽车喇叭声，但也有涉及暴力行为之声，伴随闪回或符号），而这些声音可以有效地帮助导演达到预期效果。声音可伴随文本出现于荧幕上（如字幕），但口头文本也可以通过报纸剪辑、电影字体、护照以及标识和演员名单的形式出现在荧幕上（Matamala，2014：103），所有这些元素都需根据音频描述来处理。随着音像产品的更新换代，该列表急需更新，以囊括所有类型的动态文本（如屏幕上的文本信息，思想生成信息；参考 Pérez-González，2012：195-198；以及部分 2.4.2.1）。Szarkowska 和 Orero（2014）还有 Matamala（2014：110-112）通过观察 Quentin Tarantino，2009 年的电影《无良混蛋》（*Inglourious Bastards*），提出了一份全面的策略列表，以帮助描述者分别处理荧幕上的声音和书面文本，这可用于增强学者们对 AD 的理解，以及在教学中如何将 AD 作为 AVT 实践中的一环。

谈及翻译研究，就不得不提及 López-Vera（2006，153-155）的实证研究项目。该项目旨在权衡从零开始进行 AD 还是翻译现有的原文文本（主要是英语原版，因诸多进口美剧和好莱坞电影中都含有 AD），孰优孰劣。尽管尚未形成一个最终的定论，但他的研究结果表明，总体来说，与其翻译源语 AD，制作全新的 AD 会更加经济实惠，第六章将会进行更加具体的论述。

最后，语音字幕（audio subtitling）（因为语音字幕大多用于剧院，在此暂不深论该点）需将字幕转换为口头文本，故本文将其归入"配音"一类。字幕国家①开发了语音字幕，以满足无法阅读屏幕上字幕的视障人士需求（Remael，2012）。而语音字幕可通过文本转音频技术，使用合成声音，以及单音色或多重音色的配音人才，成为现实。Braun 和 Orero（2010）研究极具创新性，他们认为语音字幕可通权达变（如改变语调；观影前猜测字幕；于 AD 中引入直接引语；读字幕前给出说话者姓名）以此增加观影乐趣。Matamala（2014）借鉴 Braun 和 Orero（2010）的观点，展

① 译者注：主要的字幕国家包括比利时、丹麦、芬兰、希腊、卢森堡、荷兰、葡萄牙以及瑞典。

示了语音字幕如何确保盲人和视障受众能够无障碍接触到字幕的内容，其中就包括电影中第三种语言的翻译（详见第六章中的例子）。显然，目前，与传统的 AVT 模式一样，新兴的 AVT 模式不仅有缺点，也拥有巨大潜能（如，无意间制作的配音对话以及驰名中外的词汇；Szarkowska & Orero，2014：117），这使得描述者和语音字幕人员的工作既具挑战性，又具启发性。

2.4.1.1　配音

为了避免赘述配音的历史以及各国和各大洲之间配音传统的差异，本节主要讨论的是 AVT 模式展现的优势以及它所面临的制约因素。在讨论这个问题之前，将简要介绍一下配音的过程以及从业人员的工作要求。

从专业术语层面来讲，配音是指基于视听产品的源语口头语言文本进行目的语文本的再创作，目的语文本会依据源语的视觉以及非口头文本（如：配乐、特效），进行调整，以确保与源语保持一致。Chaume（2012）解释说，在整个 AVT 行业中，译者一开始被当作服务人员（service provider），“他们会解决文本存在的任何语言和翻译问题”。这也意味着，译者主要采用异化（偶尔也会直译）翻译，翻译文本包括对于文化素材的阐释、文字游戏、习语的使用等。译者通常是自由职业者，他们会与配音公司签订合同，而配音公司给译者的佣金大多来自电视台或分销商。配音公司负责整个配音制作过程。配音公司会组成配音团队，给每个成员分配任务。一旦译者完成了“基础”或“粗加工”的译文，编剧或改编人员（以及配音助理）会根据屏幕上演员的嘴唇动作（实现唇音同步 lip-synchronisation 或对口型 lip-sync）进行调整，尽量使 TT（专业术语）听起来更自然，并确保其最大限度的“可说性”（speakability）和“表演性”（performability）。这样一来，TT 的完成将更加容易，并且整个配音过程将更快（Pavesi & Perego，2006：108；cf. also Pavesi，1994：132）。

事实上，新的口头文本的录音是在配音工作室里进行的，配音导演会在演员（配音员或声音演员）表演时，根据他们的表演风格提供建议

（Chaume，2012：30-31）。配音演员的筛选主要是依据需要配音的演员或角色（例如在动画电影中）的特征，配音演员的外貌以及声音特征都尽可能地需要与原演员相匹配（Ranzato，2016：44；详见 Whitman-Linsen，1992 关于角色同步 character synchrony 的论述，引用于 Chaume，2012：69-70）。通常，配音演员依据其演技和专业能力，可被分为三个等级（A 等、B 等、C 等）；通常“A 等”的演员收费会比较高昂，将会加大生产成本。因此，制作团队必须根据往常的制作预算和该节目的预期火爆程度来平衡该项目的支出成本（Luyken et al.，1991：74-75.）。例如，在意大利，迪士尼的作品通常收益颇丰，制作团队也经常会重金聘请知名演员或当地名人来配音（援引自 Dore，待出版）。视听文本的译制文本通常会根据题材进行分类（如故事片、电视剧、动画电影等），而相应的译制文本应该遵循一定的规则，以便观众能更好地识别题材种类（Chaume，2012：14）。

如前文所述，虽然口头文本的翻译对整个配音过程至关重要，但它只是配音过程中的一小部分。一系列技术因素制约了口头文本翻译的发展，为了应对这一问题，译员通常按照 AVT 行业制定的文本类型（如动画片、电影、电视剧；同上 75）惯例或规范来弥补技术的不足（Toury，1995），但具体的应对策略也取决于所涉及的目标文化(Pavesi，2004）。

正如 O'sullivan（2011：10）所言，配音就是由目的语文本完全取代源语口头文的过程，其间视觉和口头文本内容保持不变。一般来说，配音视作语际翻译(语言之间)的一种形式，但它也可以是语内翻译（在一种语言内；Jakobson，2012［1959］：127）。配音有时也可以是语内翻译，例如，为了克服技术难题，在后期同步录制（post-synchrnoisation）或循环（looping）过程中会使用同一种语言将对话进行重新配音。比如，电影是使用的同期声拍摄的，或者是现场录制的时候声音质量受到了外部因素的影响（O'sullivan，2011：10）。

这也意味着，最近软件公司试图挑战配音里不改变画面的原则，他们建议对文本进行数字操纵处理，以匹配 TT 的口型，但这种做法目前仅限于动漫制作（Chaume，2019）。由于不可能直接比较原声和 TT（与使用字幕的情况有所不同；引自 2.4.2.1 章节），可以移除原声这一操作一直被视作是利大于弊的。因此，配音为操控性和创造性提供了一定空间，尤其是当幽默这一因素杂糅其中时（参见第 3-5 章）。例如，在意大利，行业人员认为配音有利于增大操控的灵活性（Ranzato，2016：28；引自 2.5 节）。随着数字广播的发展，如今，人们可以不费吹灰之力地将任何电视节目的原版切换到配音版本，或从配音版本切换到原版，但显然，他们不可能同时享受到原版和配音版。然而，实际上，市面上很多的 AVT 产品都处于供不应求的状态，而且市场需要多种格式的 AVT 产品，这对于大规模地改变 TT 难上加难。但是，这种结论也是基于目前情况的推测，还需要学者们的进一步研究。

尽管如此，配音(乃至 AVT 整体）必须确保图像和文字之间的连贯，(即屏幕上播放的画面和角色所说的内容)。后期同步录制涉及等时性(isochrony)，即将翻译的文本长度须与匹配演员的话语长度相匹配(Whitman-Linsen，1992：28，引自 Chaume，2012：69)。等时性不同于对口型，因为前者属于 AVT 整个学科范畴，包括字幕（例如字幕的出现与消失必须符合等时性原则)。而后者只涉及配音，配音的准确与否或多或少地取决于摄像机的特性与角度以及所采用的拍摄手法。例如，如需拍角色(极近)特写，对口型应该与屏幕上角色的口型尽可能接近。相反，如果从远处或从后面拍摄，可能会暂时忽略对口型，而主要关注的就是等时性问题。如果配音需要使用(大量)双唇音(如/p/或/b/）或唇齿音(/f/和/v/)以及闭元音（/o/和/u/）或开元音（/a：/和/e/)，那么配音过程也会变得复杂（详见本卷 68-75)。同样，根据摄像机角度的不同，文本可能会因为适应图像而必须进行处理或调整。如 Luyken 等人（1991：160）所言，文本与副文本元素(paratextual elements)或核心同步（nucleus sync)，如说话者的语调、手势和姿势的连贯结合是极其重要的，因为“零件是否和谐融合之间关乎最终产品的质量”。

制约配音发展的所有因素中，最重要的可能是视听文本的“预制口述性”(prefabricated orality）这一特质（Baños-Piñero & Chaume，2009)，这意味着此类文本基本上是“为口头表达而创造的书面文本，而不是真正的书面文本”(Gregory & Carroll, 1978)。因此，AVT 文本结合了书面语和口语的特点，使读者在接收文本的时候认为该文本是合理且真实的。为了达到这样的效果，必须考虑到很多因素，其中包括不同电视题材的语言范式与标准（电视剧、电影、纪录片），以及尽量考虑到语言范式（formulaic language），并与之相贴合，这是电影、媒体语言等常见的做法（Chaume, 2012: 82-83）。同理可言，AVT 使用的语言，尤其是配音中使用的语言，经常被学者们指责听起来不自然，人工处理的痕迹过于明显，不像是人们自然说话的方式。因此，它在意大利语中戏称为 doppiagese，在国际社会中，则被称为学舌者（dubbese）。Pavesi 和 Perego（2006）的研究表明，意大利的改编者清楚地意识到这一事实，即译制的作品经常会被标签为学舌者。他们试图通过使用语言工具（如词汇错位、俚语、习语表达和口语分裂句）来避免这种情况的发生，这些语言工具有助于重现 ST 非正式语言所引发的语言联想。Romero-Fresco（2006）认为，西班牙语配音缺乏本土风味（idomaticity）。此处借用 Duro-Morero（2001b），Pérez-González（2014: 122-14）的解释：英语和好莱坞电影霸权导致了欧洲学舌者现象的日益盛行。然而，Pavesi（2004）指出，以目标观众为导向的 AVT 模式导致了学舌者的出现，因为这些模式更倾向于满足目的语文化的规范。

Chaume（2004a, 2004b），Baños-Piñero 和 Chaume（2009）提出了一种分析性模型，即针对预制口语语域(prefabricated oral discourse)以及情景喜剧中的配音，语音和韵律（如元音弱化和咬合 vowel reduction and occlusion)、词法角度（如非标准的动词变形)、句法层面（如重复和增加)，以及词汇和语义层面（如俚语、外来词的使用）的分析。通过将该模型在多部原创和译制电视剧中进行实践，其结果显示虽然这两种类型的文本都具有人工语域的特征，但配音会使观众感受到更为明显的非自发口述性。然而，这些学者强调，学舌者这一现象的产生是由于来自配音棚内外的时间压力等因素共同造成的，这些因素会影响译者和配音人员的工作表现（Ávila，1997：25）。事实上，技术的稳步发展无疑为 AVT 行业的所有专业人员提供了更多的就业机会。此外，技术也推动了其中大部分工种的工作效率。然而，效率的提升也意味着从业人员面临着更为紧迫的时间压力，这也会影响最终成品的质量。

也就是说，在翻译中使用预制语言也可以服务于教学和（意识形态）目的。例如，直至20世纪80年代，迪士尼电影才使用了“中立西班牙语”配制西语字幕，而中立西语作为一种人为的西语分支，结合了西班牙主要的方言特征和拉丁美洲地方特色，以迎合所有西班牙观众。考虑到目前欧洲大陆上使用的西语分支数量较多，为确保一致性，因此在为拉丁美洲节目配音时，仍然广泛运用中立西班牙语（Chaume，2012：12）。显然，使用统一预制的西班牙语是出于营销原因，因此在所有拉丁美洲国家仅用发行一种配音版本足以。这种方法也可能间接地阻碍了不同方言以及特定词汇中的 AVT 固定模式的形成（引自 Iaia，2015；Dore，2020）。

2.4.2　字幕

一般来说，字幕的定义就是所有涉及文本的书面翻译（即语际迁移）或转写（即语内迁移）的 AVT 模式，字幕一般会插入在荧幕上显示的源语上面或者旁边（Chaume，2013：112）。在本章节，笔者将再次援引 Chaume（2013）的字幕分类，将其作为 AVT 的宏观模式（详见表2.3）。本节将简述各类字幕，探究其翻译问题。与配音如出一辙，字幕在传统配音国家方兴未艾。由于字幕在 AVT 产业中已蔚然成风且日渐成熟，本书将对字幕和粉丝制作字幕分别详述。

表 2.3　字幕的分类

AVT 模式	解释
下字幕（subtitling）	通常出现在荧幕底端的书面目的语文本
上字幕（surtitling）	通常出现在舞台上端的书面目的语文本

续表

AVT 模式	解释
复述（respeaking）	声音转化为文本的过程(实时字幕)
失聪者以及听障人士专用字幕(subtitling for deaf and hard of hearing)	无障碍化的语内字幕(如改变字体颜色，音效)
粉丝制作字幕(fansubbing, fansubs)	业余者字幕

来源：基于 Chaume，2013：112-115 的改编与扩充

正如前言，虽插入文字(intertitle)作为字幕的前身（详见 2. 2 节）；但因已趋于淘汰，故本章不再详述。但值得一提的，在重译的情况下，旧版无声电影中的文字插入通常被字幕或画外音所取代（Díaz-Cintas & Remael, 2007：26）。

一般来说，所有的字幕模式都为时间与空间所掣肘。与配音不同，它们不需要后期同步。然而，为了确保文本和背景音效相匹配，需要时间同步（即字幕在屏幕上出现和消失，亦称计时 timing、提示 cueing、对白的定位 the spotting of dialogue，或统述为等时性 isochrony；详见 2. 4. 1. 1 节）来确保文本与原声道同步：字幕应依据角色对话的起始或影片旁白的停顿来出入画面。字幕同步举足轻重，因为有助于观众了解节目内容（Díaz-Cintas & Remael，2007：90）。有感于时间编码生成器的应用，时间编码可自动刻录在字幕员工作的字幕副本上（同上，93）。然而，新推出的软件程序，如 EZTitles，可以帮助字幕工作人员实现手动定点对话；因为翻译机构可能会要求字幕工作人员完成这项任务，但必须提前商定酬劳，并单独支付。

一旦完成定点，字幕工作者便需提供浓缩版 ST，因为人类感知声音文本的速度快于书面文本。正如我们所见，除少数情况外，字幕通常不能超过 35～40 个字符（包括标点符号和空格）和两行（Díaz-Cintas & Remael,

2007：84）。

舞台上使用的上字幕（又名 supertitles）既可以是语际的（翻译），又可以是语内的（转写）。歌剧和戏剧用字幕来让观众理解人物对话，从而紧跟故事情节的发展（Chaume，2012：3，2013：112）。上字幕名字的由来，不仅因这种字幕通常出现在舞台上方，还会出现在座位后面的小屏幕上（同上）。正如 Burton（2009：58）所言，上字幕最早于 20 世纪 80 年代初引入中国香港，但当时这些字幕出现在舞台侧面而非上方。1984 年，加拿大首次系统性地在舞台上使用了字幕，英国和世界各地紧随其后，广泛采用舞台字幕，以便让歌剧广泛普及。但是，歌剧评论家和导演对舞台字幕表示强烈抵制，以至于英国国家歌剧院制作总监 David Pountney 将字幕视作“歌剧与观众的隔阂”。尽管如此，如果想要在黑暗中阅读或翻译剧本——包括所有的歌舞剧部分必须贴合音乐——舞台字幕其实是一种可行的方案（详见 Desblache，2009 年关于歌词改编的论文）。Burton 进一步指出，“舞台字幕的目的，是传达演唱的内容，而不一定是演唱的方式”。传递演唱内容牵涉一系列问题：既要注意原节奏，所用词汇，也要注意原文特定语言和文化指称的使用。有趣的是，舞台字幕中的幽默 AVT 匠心独运，恰如其分，如其他任何幽默 AVT 一样，适逢其时必不可少：舞台字幕的正确提示，确保观众在恰当的时间捧腹大笑，而不是演员还未唱出他们的妙语，观众就已经发出笑声。

正如上文所简述，复述主要用于现场直播（这也是为什么它被定义为现场或实时字幕）。口译员的话语经由软件程序转化为字幕呈现在屏幕上。口译员面临的挑战就是需要负责翻译和总结文本，并且将译文字数控制在字幕的空间限制之内（Chaume，2013：113；详见 Romero-Fresco，2011）。

失聪者和听障人士专用字幕翻译常需要语内转换（即将口语对话翻译成同语言的书面文本）。这种字幕将会提高听障人读取 AVT 内容的能力；因为听障受众不能靠原声来确定谁在说话，因此，此类字幕通常会为不同角色配上不同颜色的字幕（每个角色的对话都是不同颜色，抑或是在字幕中显示出说话人姓名（Chaume，2013：113）。此外，这类字幕必须包含贴合原声音效的符号或拟声词。此外，隐藏字幕（closed captioning）中包含的一些重要的口语元素（如话语标记、犹豫、错误开头或重复），在语际翻译字幕中常常出于压缩字幕的目的而被省略掉了（Assis Rosa，2001）。考虑到失聪者和听障人士阅读速度较慢以及其他不便，字幕通常停留的时间更久，并伴有几乎逐字翻译的 ST（Díaz-Cintas & Remael，2007：14）。

上述所有字幕类型均出于某种特殊目的而制作，有时亦为迎合特殊受众，如失聪者与听障者。除了受众的具体制约因素之外，文本转换亦可能受到 ST 本身的影响。例如，角色对话或说话者的台词可能含有笑点，而让译者(或复述译员)感到棘手。在此，为了解决研究问题，本文仅深入分析字幕和粉丝翻译版中的幽默翻译，希望能进一步推动字幕翻译中的幽默翻译研究。

2.4.2.1　官方字幕版和粉丝制作版

Gambier(2003：172)将字幕或“语际字幕”定义为“从口头对话转换成一两行文字，从一种语言转换到另一种或另两种语言”。从哲学角度来看，Kapsaskis（2008）将其描述为“对观众不熟悉的语言和文化语境的反应”。像 Chaume（2012 年）对配音研究的影响一样，迄今为止，Díaz-Cintas 和 Remael（2007）对字幕的描述，不论从理论还是实践角度而言，都是最丰富、最全面的。他们有专门的章节，探讨字幕所涉及的各项技术（例如客户、比率、风格指南），练习、讨论要点，以及演示了由 SysMedia 提供支持的字幕软件 Wincap 的样本。因此，本节主要探讨字幕翻译的优势以及其在语言、美学和心理层面的限制。

如遇配音工作室和相关设备紧缺的情况下，字幕是可暂时替代配音的；此外，字幕制作成本相对较低（只有配音成本的十分之一）。然而，不同国家的传统也制约着字幕的使用（Luyken et al.，1991：24-27）。一些对外国文化持积极态度的目标文化比其他文化更欢迎字幕（Paulinelli，1994：151）。但 Kapsaskis（2008 年）对此观点予以反驳，他声称字幕有“陌生化效应”(defamiliarising effect)，因为字幕是“电影的补充，而且它代表着来自语言边界另一端视听制品的存在”。不仅如此，他坚持认为，在字幕翻译实践中，常态权力机构（即委员会、机构、指导方针、传统、规范等）常横生枝节，预防字幕成为了解外国文化的渠道。依笔者所见，“在字幕翻译中，当代社会对归化和异化的认识通常被主题化及问题化，缺乏正确的引导”（详见第五章中异化趋势的例子）。Rich（2004）指出，英美人拒绝引入字幕文本的趋势，也是源于其自身的“民族自恋”。

据 Marleau（1982）所言，字幕作为一种“必要的罪恶”，包括以下缺点：（1）字幕会遮盖部分的视觉图像，因此让目标观众的观影体验大打折扣；（2）接收者必须将他们的注意力一分为二，共同关注视觉图像和文字图像，但可能二者皆有折损；（3）明亮背景下字幕可读性极差；（4）由于字幕会在屏幕上随时出现与消失，观众可能会在阅读字幕时感受到“视觉冲击”。Marleau 计算出，在一部两小时的电影中，观众平均每三秒钟就会感受到一次视觉冲击。值得一提的是，由于技术进步，部分问题已得到解决。例如，电子字幕已经取代了激光字幕，因为激光字幕通常印刻于画面之上。相反，电子字幕可以将字幕与电影同步投射到影像上端或者下端，可以随时切换语言或颜色（Díaz-Cintas & Remael，2007：23）。这样一来就可以解决上述的问题（1）和（3），而笔者正好有机会在罗马电影节期间印证这一观点——在电影节上，字幕通常出现在电影屏幕下方的黑色条框上。

Marleau（1982：271-285）认为字幕压缩是字幕的主要缺点之一，这一观点令人难以驳斥。如前所述，字幕必须投映在屏幕底部仅有的两行空间中，每条字幕限制的最大字符数（包括空格）应在 60 或 70 左右（Marleau，1982：280 & Delabastita，1989：204）。根据专员要求、使用的软件类型、媒体的格式等不同情况，这个数字可具体至每行 39 或 43 个字符（Díaz-Cintas & Remael，2007：84）。与其他任何形式的翻译一样，字幕压缩也会造成损失。例如，有研究称它会损害美学传达，因为字幕会破坏口语对话的自然连贯性（Taylor，2000）。Taylor 是字幕翻译的忠实支持者，他认为字幕保留了原始语言的细微之处，比如重音、语调和节奏（这些都是演员的语言风格特征），但他也解释道，字幕翻译会导致“人际元素”（interpersonal elements）的丧失。Taylor 给出了实例：某人为客人开门时说了一句话（例如：“请进”），且用一个手势邀请他/她进来。字幕中这句话可以省去，但观众可能会觉得，这种情况在现实生活中鲜少发生。因为现实生活中他们习惯进行口头问候，即使这种问候非常多余。然而，这种省略可能无伤大雅，因为它并不妨碍观众理解情景。

其他类型的损失可能与语言的使用场景有关。例如，如果将“早上好”译为“嗨”或“你好”，不仅改变了语言风格，而且变更了情景发生的参照时间（Díaz-Cintas & Re-mael，2007：148）。在字幕工作者的整个决策过程中，时刻面临着保留或删减多少内容的抉择困境，但字幕员可在实践与决策过程中掌握压缩与重组策略。基于 Kvoapip（1994）的“最小—最大效应”（mini-max effect）这一原则（即用最小的努力实现最大效果），Díaz-Cintas 和 Remael 指出：“源语的内容是否需要翻译并且显示在字幕上，取决于观众处理字幕所需的精力，以及字幕对理解电影叙事关联性之间的平衡”。最重要的是，这两位学者鞭辟入里地认为：字幕翻译意味着翻译或重写文本。因此，字幕工作者不能忽视 ST 与需翻译的文本在目标环境中的语用功能是否一致。正如笔者将在此书第二章所述，上述观点与 AVT 幽默翻译密不可分。

尽管如此，字幕制作者仍然需要考虑所有限制和阻碍因素，以确保达到“最小—最大效果”。总之，字幕是相对经济高效的 AVT 模式，它保留了比配音更多的源文化元素。此外，研究证明，字幕对于观众欣赏和学习其他语言，也是大有裨益（Neves，2004；Sokoli，2006）。然而，字幕并非十全十美，如观众在观看字幕时的电影观影感受将与观看源语电影的感受大不相同。

传统 AVT 研究方法，尤其是字幕研究，都集中探讨影响字幕工作者的因素。然而，数字化使得产消者（即视听作品的消费者和生产者，Denison，2011：46；Pérez-González，2012：8）也能够积极参与视听内容的制作和传播之中，从而模糊了传统上意义上创作者和受众的界限。因此，当今学术研究亟须进一步探讨及扩充 AVT 的含义，以便在日新月异的视听媒体及相关技术中深入了解 AVT。

其中最值得一提的例子就是粉丝制作版字幕（或粉丝字幕）。它始于 20 世纪 80 年代，现在已是屡见不鲜，不足为奇了。粉丝制作字幕是一种业余字幕形式，由在美日本动漫迷发起，这也解释了为什么它最初被称为“日本动漫”（Japanimation，Dwyer，2017：137）。借鉴 Cazdyn（2004：415）的定义，粉丝制作字幕就是“转换性字幕翻译”（transformative subtitling）。Pérez-González（2012：6）称这是“普通人为另一部分普通人进行的视听合作翻译形式，有益于国际社会这个大社群”。起初，粉丝字幕的发起人是为了弥补欧美市场上日本作品字幕版本的缺失，才开始从事字幕翻译工作，以供本地其他粉丝观看（迪亚斯-辛塔斯和雷玛尔，2007：26-27）。在 20 世纪 90 年代和 21 世纪初，粉丝制作版延展到其他语种和其他形式(如科幻小说，魔幻题材)。后广泛应用于北美主流剧情片和电视剧，以及拉丁美洲的电视连续剧等（Dwyer，2017：138）。正如 Pérez-González（2014：17）所言，粉丝制作版影视作品“试图解决商业翻译文化钝感力问题”。

目前，粉丝字幕从业者逐渐开始受政治因素左右，但此话题已超出本书的研究范畴。但不得不提的是，为了反对资本主义和分配政策的激进主义，粉丝制作字幕已渐渐演变成某种“市场对抗”（market disobedience）（Condry，2010）。粉丝们在互联网上自愿免费提供字幕的做法其实游走在法律边缘的灰色地带，近似盗版媒体。然而，Massidda（2015：21）解释说，粉丝制作版或粉制版，可以分类为“硬”制版或“软”制版。硬制版被并入视频中，有版权保护，与之相反，软制版以 . srt 文件形式存在，没有视频文件，因此不承担侵权责任。大多数粉丝制作字幕社区（如意大利 ItaSA & Subspedia）提供 . rtf 文件，附带免责声明，以明确其合法性。尽管如此，粉丝制作字幕的确有助于宣传视听作品，提高其曝光度与知名度，并开拓了潜在市场（Díaz-Cintas 和 Muñoz-Sánchez，2006：8；Dwyer，2017，151-152）。

粉丝制作字幕，在其布局、实践，以及对抗传统的实践中，均展现了颠覆性本质。事实上，粉丝制作字幕赋予了粉丝们权利忽略商业字幕的现有标准，并且去制定他们自己的标准（Pérez-González，2014：10）。不论是在口头语言的翻译方法上，还是字幕在荧幕上的显示形式上，粉丝字幕制作者都拥有了话语权。他们在字幕中增加了带有批注的纵向文本。此外，他们可变换字幕字体和颜色（详见 Nornes，2007 中"辱骂性字幕"的定义）。此外，粉丝制作字幕更贴近原文（Bogucki，2009 年；Díaz-Cintas & Muñoz-Sánchez，2006：46）。但最近的研究显示，即使制作人员在工作中整体使用异化策略，但当他们处理（禁忌）话题的时候，都会将 ST 中的相关语言采用中和（toning down）策略进行处理（Dore & Zarrelli，2018）。Nornes（2007：155）指出这种干预方式会使 TT 接收者意识到业余译者在当中发挥的作用，并且，以笔者之见，这无形中增强了学者们长期提倡的译者可见性（Venuti，2017[1995]）。与此同时，Dwyer（2017：136）提出，粉丝字幕的制作者会对制度化监管规范表示出抗拒，可能是由于缺乏正式的 AVT 训练，而且最主要的是，粉丝制作字幕通常是公益性的。与之相反，以盈利为目的的粉丝字幕企业，比如 Viki，通常就会符合主流职业规范。

从实用角度来看，粉丝制版字幕往往质量欠佳，字幕中时常出现翻译和排印错误（Díaz-Cintas & Muñoz-Sánchez，2006；Bogu-cki，2009），这使观众认为粉制版字幕是二流产品。但因其免费，观众还是对其予以包容（Orrego-Carmona，2014：62）。多年来，粉丝制作版字幕已跬步向前，意大利粉丝字幕制作 ItaSA 和 Subsfactory 便是有力佐证（详见 Massidda，2015：50-55，有关字幕工作者以及编辑者从业规范的概述）；正如本书第三到第五章的数据分析所示，不能毕其功于一役，前路漫漫，仍需探索。

近来，AVT 学者开始关注粉丝字幕的颠覆性方法是如何影响专业实践的。例如，Pérez-González（2014：270-275）使用"交叉繁衍"（cross-fertilisation）一词来描述变革性字幕如何渗入主流语际和语内字幕中（例如，电影与影视剧中的动态写作，以及卡拉 OK 的字幕排版，Pérez-

González，2012）。无独有偶，Chaume（2019）也深入探讨了这一现象并称之为创造性字幕（creative subtitling），展示了不同字体和颜色的字幕是如何呈现在主流作品中以传达超语言意义，如在《一善之差》(*Good Behaviour*) 系列中的应用。Balirano（2015：575）指出，意大利粉丝对《生活大爆炸》(Chuck Lorre & BillPrady，2007—2019) 的意大利配音版中删减了许多有关极客①(geek) 的笑话进行抗议，而粉丝的抗议有助于这些笑话重回 TT。

正如前言，市面上需求的 AVT 内容越来越多，播出的 AVT 内容也在水涨船高，这一现象也推动了 AVT 模式互相融合的思考。因此，学者们可能需要更加密切关注市场的瞬息万变，及时关注这些改变给理论和实践带来的后果。AVT 和翻译研究的社会转向是大势所趋，学术研究亟须与时俱进。

2.5 意大利的视听翻译

如引言所述，本研究旨在从宏观角度理解 AVT 中的幽默翻译问题。因此，本章与之前章节中也曾引用文献中的例子来阐明观点。值得一提的是，本文中采用了描述性研究方法系统分析实例，但多数案例都是意大利语或者基于意大利语境。尽管意大利配音传统源远流长，但与许多国家一样，意大利媒体行业当下日新月异，变化多端。因此，需在此简要回顾一下意大利 AVT 的古今之变。

如前所述，20 世纪初，在意大利（以及德国和西班牙），配音的选择深受当时执政的民族主义政权所影响（Danan，1991）。Ranzato（2016：28-39）全面概述了意大利法西斯统治之前和期间，国内和国际电影制作中的审查方式（Mereu-Keating，2016）。Ranzato 解释道，在法西斯政权上台

① 译者注：极客原本是指反常的人，但这个词在美国俚语中意指智力超群、善于钻研但不爱社交的学者或知识分子，含有贬义，因为极客经常钻研于自己感兴趣的领域，可以牺牲个人卫生、社交技巧或社会地位。

之前，福克斯（FOX）和米高梅（MGM）等美国/好莱坞企业在意大利欣欣向荣，究其原因，是“一战”后意大利电影业丧失了大部分基础设施和市场。实力雄厚的美国发行商在意大利开设办事处，并设法吸引美国银行的投资，这些银行支持美国电影及本土制作通行意大利市场（Ranzato，2016：38）。相比之下，墨索里尼（Mussolini）一如既往，深谙如何通过宣传和包括电影在内的媒体来培养强烈的民族主义精神。墨索里尼于 1930 年颁布的法令规定，配音将成为意大利所有进口作品的翻译模式（Chaume，2012：13）。因此，如今的意大利观众已安于所习，配音也成了他们的不二之选。

从市场营销的角度来看，意大利与德国、法国、西班牙一道，主导了欧洲电影业市场。Wutz 和 Pérez（2014：51）依据意大利电影和视听行业协会（ANICA，Associazione Nazionale Industrie Cinematografiche Audiovisive e Multimediale）2012 年发布的数据指出，2006 年至 2012 年，意大利成功将国内作品分销海外，总销售额近4,500万欧元。然而，每部上映的电影平均收入堪堪 28000 欧元。显而易见，与极为卖座的好莱坞大片相比，国内制作入不敷出（详见表 2. 4 以及图 2. 5 ）。

表 2. 4　2002—2012 年间意大利电影市场观众所占份额

国家	2002	2003	2004	2005	2006	2007	2008	2009	2010	2011	2012
意大利（%）	22.46	21.16	18.50	22.59	21.67	29.28	28.05	23.76	30.42	37.51	26.50
欧洲其他国家(%)	13.87	10.44	6.73	12.04	10.02	7.95	6.80	8.63	7.48	7.30	18.40
美国（%）	56.66	63.96	67.47	55.78	60.94	54.29	61.96	61.63	57.17	47.00	57.20

来源：2006 年，2011 年以及 2013 年《观察者年鉴》*Observatory*，*Yearbook*；2011 年《观察者焦点》*Observatory*，*Focus*；ANICA 发布欧洲其他国家预测数据。

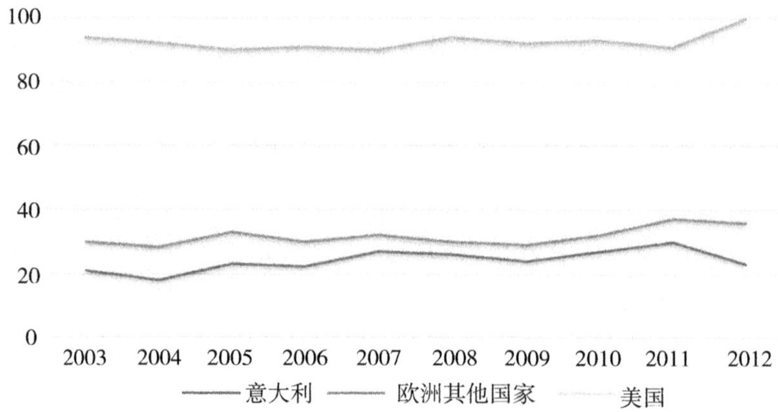

图 2.5　2002—2012 年间意大利电影市场观众所占份额（观众数量单位：%）

值得一提的是，如上表所示，除 2011 年外，2002 年至 2010 连续九年以及 2012 年，有超过 50% 的意大利观众观看美国电影。如图 2.5 所示，2002—2021 年期间意大利以及欧盟其他国家的观众都选择观看美国电影，而其中美国剧情片和动画片在欧盟排行榜上名列前茅。为了进一步证实此观点，《视听观察报告》*Audiovisual Observatory Report* 补充道：

> “美国电影公司在欧盟票房榜独占鳌头，2017 年，前 20 名电影中其占 19 席。(……)其中不包括美国注资的欧洲电影（欧元股份有限公司 EUR Inc），没有任何欧洲电影在欧盟获得 1000 万欧元票房，即使是首屈一指的欧洲电影—英国家庭喜剧片《帕丁顿熊 2》*Paddington 2* 票房也仅有 910 万欧元。”

根据意大利主流广播频道的分布情况可知目前情况并无明显变化。原因总结如下：国有的意大利广播电视公司（RAI）和私营的 Mediaset 是全国最大的电视网络，在收视率方面也相差无几；其他规模性较小的全国性电视网络有 La 7 和 TV8。RAI 和 Mediaset 涵盖了各类主流以及小众频道，在数字革命后不久，这些频道便如春笋般涌现。RAI 1、2 和 3 作为老牌频道，独领风骚。而其他频道则处于次要地位，如 RAI 4，主要播报时事新闻和电视剧重播，以及 RAI YoYo，主要播放卡通片和其他儿童节目。Mediaset 的 Canale 5、Rete 4 和 Italia 1 是历史最悠久、最风靡的频道，主要播放脱口秀、国内和国际电视连续剧等主流内容。相反，像 La 5、Iris、Top Crime 和 Cartoonito 等频道则放送专业节目或重播主流电视剧。由于政府管制播放内容，敏感内容（即不适合 14 岁以上的观众）只能在意大利黄金时段（即 22：30）之后播放，成人节目则全面禁播（Chiaro，2007；Zanotti，2012）。此外，所有大小型电视台均在播放前或播放期间提供观影指南，以提醒家长履行监管义务：节目一般会被标为（1）少儿不宜；(2) 宜家长陪同观看；(3)适合全家观看。

所有的国家电视台都会播放大量国际知名的美国电视剧和电影（例如：《豪斯医生》（*House*，*M. D.*，2004—2012）；《绝望主妇》（*Desparate Housewives*，2004—2012）；《蓝血》（*Blue Bloods*，2010 年至今）；《小学》（*Elementary*，2012 年至今），而欧洲作品则寥寥无几（例如，英国的《唐顿庄园》（*Downton Abbey*，2010—2105）；西班牙的《物理化学》（*Física o Química*，2008—2011）；德国的《警报眼镜蛇 11》（*Alarm für Cobra*，1999 年至今）。Antonini（2005：211）分析证实，配音的确是意大利主流电视台的唯一方案：每周播出的配音和字幕节目总计 363.5 小时，其中只有 17.5 小时配备字幕，其余 346 小时均为配音。虽然，我们目前正在见证视听内容消费方式的转变；消费者可以选择配音版、字幕版以及原版，但是配音版仍是大多消费者的默认选项。如果进口视听作品的配音或旁白成本较高（例如采访）时，则可以选择字幕版作为备用方案。而鉴于其他一些因素，如时间压力和视听作品的声望等，使用字幕版也无可厚非。举个例子，威尼斯举办的意大利国际电影节 Mostra Internazionale d'arte Cinematografica 和罗马电影节 Rome Film Festival 此类的电影节期间，通常使用的是字幕版。这是由于短时间内放映的电影数量较多以及考虑到"艺术电影"节的文化意义（Pisek，1997：38；2005：211），这种情况下，字幕比配音更加事捷功倍，因为后者通常需要好几个月。如前所述，如今的流媒体平台提供的是配音、字幕、广告等版本，但由于在接收度和消费趋势方面缺乏深入研究（目前仅有 2009 年 An-tonini & Chiaro，2011，Orrego-Carmona，以及 2018 年 Di Giovanni 和 Gambier 的研究），使学者们很难全面深入地了解意大利乃至整个欧洲的观影习惯。

2.3 节中讨论了配音问题，特别是意大利语配音的相关问题。Paolinelli（2004）的作品详细记录了意大利配音行业的状况。他叹息道：人们只看重电影的市场潜力而不将其作为艺术作品来看待，从而影响配音质量的行为，十分可惜。他认为，新技术的日新月异促使了新配音公司的成立，而后者主要通过降低生产陈本以迎合新市场以及客户需求，从而导致了服务和产品质量下降。意大利电影、电视配音员和改编者协会，Italian Association of Dubbers and Adaptors for Cinema and Television—AIDAC，致力于保证配音作品的高水准与高品质（Paolinelli，2004：177；Paoli-nelli & Di Fortunato，2005）。此外，该协会尤其关注电影改编者的受法律所保护的权益问题，其中法律规定改编者对剧本享有与原作者同等的权利。如果要求改编者根据配音版本制作字幕，他们可以索取配音版本成本 50%的费用。如若字幕是由他人制作，他/她可以索求 25%的费用。迄今为止，还未明确字幕制作员还是否享有类似的福利。

然而，可惜的是，过于强调配音演员和改编人员的作用，会导致 AIDAC 忽视译者的功劳，好像译者在整个配音过程的贡献微不足道。Galassi（1994：62-63）提到，改编者可能对她/他所改编作品的 SL 了解有限，甚至一窍不通（无论是中文、印度语、英语等）。在意大利语 AVT 中，核心的问题是制作人员能否使 TT 充分适配屏幕视觉元素（详见 Patou-Patucchi，2006：118）。采访意大利近年来声名远扬的配音演员和配音导演之一 Tonino Accolla 时，Ranzato（2016：46）发现他的英语还远不够熟练，需要依靠译员和顾问来翻译他改编的剧本。

最近，AIDAC 与意大利作家和出版社协会合作（Societa Italiana degli Autori ed Editori，SIAE）合作，进行了一项大规模调查，调研视听行业所有从业人员的工作条件，包括电影和配音，但调查结果尚未公布，所以无从得知。因此，此处本研究将依据 Pavesi 和 Perego（2006）对意大利电影翻译或改编者职业情况的分析。这项分析证实，处理进口到该国大部分视听材料的改编者数量极为有限。他们大多是住在罗马的男性，这不足为奇（大部分配音工作室位于罗马）。Pavesi 和 Perego 采访了十位最为活跃的改编者，他们证明，即使他们精通意大利语，但实际上并不一定有翻译或相关领域的教育背景。不仅如此，他们一般都是居家工作，几乎鲜有机会与同行分享经验与自己的棘手难题。然而，过去十年中，多亏社交网络和媒体的蓬勃发展，许多专业人士可以通过群组和私信联系，信息互通的情况大有改善。

如 2. 4. 1. 1 节中所提，改编者们很清楚，配音制作经常会陷入鹦鹉学舌。他们尝试使用语言工具（如词汇错位、俚语、口语分离句(同上)）来规避这一现象。在下节讨论幽默翻译中的 AVT 时，会简要回顾上述语言工具。

2. 6　视听翻译中的幽默

正如第一章所详述，幽默内涵丰富，表达方式多样，其中包括反讽（Irony）、讽刺（Satire）、嘲讽（Sacarsm）、文字游戏（Wordplay）等。许多幽默研究学者研精毕智探索其中一种或多种类型的幽默（Attardo，2017）。前文曾提到，并非所有的幽默都会令译者感到头疼，讽刺、挖苦等形式的幽默，就相对好处理。最难翻译的幽默形式多语言和文化密切相关(Chiaro，1992；Attardo，2002)，而当此类幽默混合了口头与非口头形态，情况就会愈加复杂（Chiaro，2000；Ranzato，2016;，2010a，2010b，2019b)。此外，使用何种 AVT 模式决定了幽默的处理方式。本章节将探索视听幽默转换过程中几个主要的常见难题，而每项常见问题的深入剖析将在之后的实践应用章节中依次详细展开。

在处理字幕幽默翻译时，Gottlieb(1997：207-232)分析了 BBC 讽刺节目《卡罗特的商业崩溃》(*Carrott's Commercial Breakdown*)中某一期丹麦语字幕的译制策略（例如，补偿，使用 *TT* 中对应的双关语，将双关语译为非双关语）。Gotlieb 考虑了大量偶然因素：不同类型文字游戏的传译问题、媒介的特殊性（包括口头和非口头文本）和译者自身的因素（如：时间压力、译者的经验和创造力），以及视听材料所处的特定背景（例如，*Carrott's Commercial Breakdown* 是一个现场秀，要求视觉和字幕精确同步，以确保目标观众达到预期反应）。然而，他总结道，通过字幕来传达 ST 的潜在幽默，很难达到最初的预期效果。同样，Bucaria（2007）与 David Letterman（David Letterman，1982-2015）共同分析了《晚间秀》（*Late Show*）中部分剧集的意大利语字幕。他们发现，在很大程度上，译者的决策过程取决于字幕模式的语境和语用因素（如：时间压力、译文时间和目标观众的反应是否能与源语观众实现同屏共振）。她证实，即使目标受众不太理解他们试图传达的幽默，诸如双关语、基于视觉和语言文本的双关语、以及典故等，在翻译此类幽默策略时还是会使用异化法（Lebtahi，2004）。由于制作字幕时，当 TT 出现在荧幕上时 ST 也必须保留，译者便会尽量贴合 ST。但是这样一来，不仅折损了 TT 的可读性，也牺牲了 ST 的幽默感。

比较幸运的话，源语言在翻译过程中可以找到十分贴合的目标语，字幕员就能完美传达源语中的幽默。例如，Pisek（1997）研究了德国字幕版的《弗尔蒂旅馆》（*Fawlty Towers*，1975—1979），在这部剧集中，"hammer"和"hamster"的文字游戏得以成功留存。然而，通常情况下，字幕员或配音团队可能需要依靠视听文本的其他特性，如：拍摄角度，就被证实对传译幽默行之有效。Pisek（1997）和 Gaiba（1994）分别研究了 Woody Allen 的电影《安妮 · 霍尔》（*Annie Hall*，1977）的德语配音版和意大利配音版，发现两个配音团队都利用摄影角度来使电影场景保有原始幽默。德国和意大利的团队都从远处取景角色，以保留原有的语言技巧（如"d'you"和"Jew"之间的双关语游戏），但同时，这样做也会忽略了与源语的语义对等（Gaiba，1994：106；Pisek，1997：43-44）。

尽管如此，如果幽默出现在口头与非口头结合的文本中，翻译起来就会十分棘手。例如，Chiaro（1992：85，2000：36，2006：200）讨论了电影《大寒》*The Big Chill*，Laurence Kasdan，1983）中的一幕中是如何利用语言和视觉元素创造幽默，其中主角 Harold Cooper（Kevin Kline 饰演）因为“基因优秀”(good genes) 而被问及是否愿意当孩子他爸。虽然，这句话的语境清晰明了，但 Harold 故意看向他的大腿，示意他穿着牛仔裤(jeans)。此处，就巧妙利用了“牛仔裤”(jeans)和“基因”（genes）的谐音。正如 Chiaro 所指，意大利配音版保留了单词“genes”(意大利语中的“geni”）的字面意思，但源语中的文字游戏并未体现出来。有趣的是，无独有偶，Gaiba（1994：110-111）也讨论了此例。她提出了一种基于功能语法的解决方案，改变原文的语义，但成功保留了口头及非口头双关语。她建议将其译为意大利成语“sei in gamba”(意思是“你很聪明”)，因为“gamba”也有“腿”的含义，那么再加上画面，人物看向自己大腿时，一切其意便自现。很明显，这种“情投意合”的情形并不常见，但学术研究可能帮助从业者。

最后，幽默的口述影像（AD)研究也值得关注，因为学者们对此知之甚少。显而易见，这是由于 AD 作为新兴的实践领域，已然吸引了许多学者的关注（详见 2.4.1 节）。尽管如此，目前，幽默 AD 的主要研究者是 Martínez Sierra (2009，2010)。他呼吁开展幽默 AD 研究，因为他发现很多视觉幽默没有得到恰当的传译，因为描述者会直接忽视幽默的存在。然而，Sierra 也承认，他的研究主要集中在视觉幽默上，并未深入探讨幽默与文本之间的关系（Martínez Sierra，2010：97)。本书第六章将围绕以上话题以及幽默的口述影像等其他问题进行探讨，希望借此浇灌该领域科研之树，促其开花结果。

本章通过对文献进行梳理，发现目前幽默 AVT 面临大量语言、文化和技术等方面的限制。下一小节将试图分析幽默翻译时应该注意的优先事项，以及迄今为止有益于幽默翻译的相关策略。

2.6.1 视听翻译中幽默的首要原则和策略

关于幽默的(不)可译性问题，争议颇丰，翻译领域的学者们就此话题发表了多篇文章(Lendvai，1996；Hickey，1999；Antonopoulou，2002，

2004)，其中 AVT 有关的文章也不在少数（Chiaro，2005；Zabalbeascoa，1996，2005；Bucaria，2008，2009，2017；Dore，2010a，2010b）。AVT 的学者们努力证明，尽管路途多舛，但幽默的确可译（Chiaro，2017：414），而数不胜数的卖座大片、电视喜剧和电影就是最有力的证据。

Zabalbeascoa（1996）解释道，为处理 AVT 的幽默翻译，学者们应该优先考量上文提及的一些因素，如：语境限制（即幽默的类型、传播的媒介特征，如口头和非口头因素相结合，以及译者自身限制，如时间压力、译者的经验和创造力等），以及一系列与媒介和译者相关的因素等。Zabalbeascoa 的论文距今虽已逾二十余年，但他极其关注配音的研究，而且“优先事项”这一概念在喜剧和幽默文本的翻译中既是独树一帜，又可谓举重若轻。通过研究《是，首相》（*Yes*，*Minister*，Antony Jay & Jonathan Lynn，1980—1988，2013）和《弗尔蒂旅馆》（*Fawlty Towers*，John Cleese & Connie Booth，1975—1975）等电视节目的配音，Zabalbeascoa 确定了以下几类 AVT 幽默翻译的主要优先事项：（a）保证收视长虹；（b）能引人发笑；（c）确保媒体有足够的语言和文本结构。在解决这些优先事项后，译者可以在保有 ST 原作风姿的基础上“自由”发挥，创造别具韵味的 TT。Bucaria（2017：438）也提出了相似的观点，她指出：

> “如果我们同意一个笑话的目的——并依此延伸到所有幽默视听节目——是为了逗笑观众，那么一言穷理，想要成功改编这个笑话或节目意味着需要在目标语中寻求解决方案，如有必要，目的语可以将源语的语义内核改得面目全非，但终其要义，是要引得观众发笑。”

对此，本文提议将“修改”（modifications）和“自由”（freedom）视为一种功能性操作（functional manipulation）。回到 Zabalbeascoa（1996：251-255）的研究，他提出了一种分类方法来解释不同类型的笑话。为了更加清晰直白，本文将 Zabalbeascoa 的分类进行了总结归纳（详见表 2.5），并展示了 Zbalbeascoa 文中重要的例子，这些例子很好地阐释了译者是如何妥善处理并翻译不同的笑话类型，从而成功引观众发笑（如例子 1.1 和 3.1）。此外，Zabalbeascoa 还给出实例来证实：不了解笑话分类及其处理方法会导致传译失败（如例 2.1 和 4.1）。

表 2.5　配音中的笑话类型(Zabaleascoa，1996：251-255)

笑话类型	定义	例子与翻译
1. 国际通用或两国通用笑话	此类笑话的发笑机制不涉及任何文化专有指称（如，文字游戏 或者专有名词）。笑话中的内容通常能够在源语以及目的语文化中实现互通。	[1.1] ST：A minister with two ideas. I can't remember when we last had one of those. TT：一个部长有两个想法，我都不记得上次这种事发生的时候是多久之前了。①
2. 文化以及机构笑话	此类笑话需要目标语听众熟悉社会机构，历史以及时事热点（比如，流行文化，国家与社区的常识内容）。	[2.1] ST：It wasn't me who put it that way, it was *The Daily Mirror*. TT：我没有这么说过，是 *The Daily Mirror* 说的。
3. 幽默感笑话	此类笑话需要某个地区或群体的人对于什么好笑、什么不好笑有一个基本的社会共识（如，自嘲，不论对象是自己还是整个集体，讽刺，讥讽，模仿，等等）；其中还包括源语文化与目的语文化对于禁忌话题的理解。	[3.1] 在加泰罗尼亚版本的《费尔蒂旅馆》中，来自巴塞罗那的喜剧角色——玛努尔 Maunel，基本不会用英文交流，为了避免在日常交流中冒犯他人，他的语言可能会比其他角色更有趣，或者即冒犯又有趣。
4. 语言类笑话	此类笑话基于源语特有的语言特征（如：文字游戏）。	[4.1] ST：(...)the other half are in it for what they can get out of it. TT：(...) 其他人只可能会私相授受。

① 原著中案例分析的 TT 均是意大利语，为了便于读者理解，译者提供了 TT 的中文版（逐字直译），并将原著中对应的意大利语内容放在附录中，以供读者查阅。

续表

笑话类型	定义	例子与翻译
5. 视觉类笑话	此类笑话主要依靠视觉画面，或者结合了部分语言元素。	[5.1] 画面中出现了一个纽扣(button)，暗示着“保持安静”(silence)，因为一句俗语，“Button up your lips”(不要说话)。
6. 复合类笑话	此类笑话可能是上述笑话类型的结合（如，语言与文化笑话的结合便产生了典故类文字游戏）。此类笑话的翻译策略取决于译者设定的优先事项以及文本的功能。	[6.1] ST：They call him“Pilgrim”, because every time he takes her out he makes a little progress. TT：旁人称他为“骑士帝朗”，因为他只要和女孩说话，就忍不住邀功显摆。

如例 1.1，翻译幽默并不取决于源语的具体特征。这个笑话仅需观众认可政治家缺乏认知能力。因此，译者或改编者认为，这在目的语文化中也是互通的，也会让观众觉得幽默。这种方法可应用于字幕和其他任何类型的视听模式。例 2.1 中，说话者提到英国小报《每日镜报》(*The Daily Mirror*)，并且暗示他与这家报纸的政治观点大相径庭。如 Zabalbeascoa 所指，如果目标受众没有相关背景知识，就会体会不出其中的幽默。因此，他建议，将内隐的信息外化，以此让观众品味到其中的幽默之处：如：“L’expressó no és meva sinó del líder de l’oposició”(译：这不是我说的，是反对党领袖说的)。本例中涉及的显性化 Explication(Chesterman，1997：108-109；Pedersen，2005：4-5) 意味着消除幽默指称中的歧义，但又可以保留部分幽默，因此也适用于字幕制作。关于例 3.1，可在 Dore（2008）的文章中得到进一步证实，笔者在其中提到，意大利配音版的《老友记》(*Friends*) 第一季（Marta Kauffman & David Crane，1994—2004）中，由于 Rachel 的意大利男友 Paolo 换成了来自西班牙的 Pablo，他的所有台词也需随之改变。除配音外，其他 AVT 模式可能很难采用阐释策略，因此亟须

寻求其他解决方案（如 De Bonis，2015 所提及的非正式语言 *Broken language*；详见第 5 章多语言幽默翻译）。

例 4. 1，选用《是，首相》(*Yes*，*Minister*) 中一个文字游戏实例，此例基于习语“in”和“out”之间的对立，如“参与（某事）be in（something）”和“通过某事，得到某事 get（something）out（something）”。在 Zabalbeascoa 看来，加泰罗尼亚语 TT 只是对其预期含义的翻译，它没有保留 ST 中基于习语的文字游戏，因而兴味索然。事实上，下一章专注于文字游戏分析及其如何进行语言转换。例 5. 1 有关视觉和语言隐喻，趣味盎然。这种情况下，译者更可能采取某种形式的增译，以使口头文本和非口头文本匹配连贯。253-254）。最后，同样重要的是，Zabalbeascoa 试图在例 6. 1 中阐释如何用增译法来翻译英语笑话，他引用约翰 · 班扬的《天路历程》*Pilgram*（基督教寓言），建议将其译为 Tirant lo Blanch 骑士帝朗（一个关于中世纪骑士的故事），不仅因为加泰罗尼亚观众更熟悉后者，而且这种译法可以保有求爱的原始笑点。

可以看出，Zabalbeascoa 的策略意在调整 TT 以满足目标文化对幽默的理解与期待，从而使作品大获成功。他的的研究从微观层面上一针见血地点明了幽默文本的具体特征。然而，在笔者看来，Zabalbeascoa 的例子仍限于单一的笑话本身，但在视听文本中，有大量的笑话产生于角色间的对话交流。也就是说，整体而言，虽然，由于 ST 和 TT 并存性，部分策略可能并不适用于字幕制作，仍需要调整，但 Zalbalbeascoa 的策略依旧为分析 AVT 中的幽默打响了漂亮的第一枪。

上述观点与第一章的论述前后照应，尤其是与 Antonopoulou（2004）的建议不谋而合，即译者应通过“突出乖讹 forgrounding incoruity”，以保留文本的言外之意。迄今为止，幽默研究和翻译研究的学者们都提出了幽默翻译的语用功能观，这可能需要更高或更低程度的功能操作，不论何种程度的功能操作都会折损语义对等。因此，分析如何在幽默传译中执行功能操纵，以及操作可能产生的影响，十分有必要。相关研究可以分析幽默翻译中知识资源的变化，如脚本对立、逻辑机制和目标。因为在笔者看来，翻译过程最直观、最直接的影响就是导致了知识资源的变化。

根据前文要点，现总结如下：幽默翻译的过程以及幽默中的 AVT 可能取决于案例的独特性，分析过程应始终考虑每个案例翻译过程中涉及的具体因素。尽管如此，笔者认为译者应优先将电影或者电视喜剧中的潜在幽默传递给观众，这也许会确保节目成功。此外，不可忽视的是：文本中的幽默也能实现不同功能。例如，它可以深化影视剧主题，也可以埋下人物身份的线索。尽管听起来琐碎不堪，但译者应事无巨细，面面俱到，选用最适合 ST 特点和目的的翻译方法。

2.7　小结

在本章，笔者简要描绘了 AVT 的研究蓝图，试图着重阐述该研究领域中所面临的大量的关于形式、符号和技术相关的限制因素。具体说来，笔者总结了字幕和配音的优点以及它们面临的限制因素。字幕因其性价比高且易于实施，适用范围比配音更广。此外，字幕能让目标观众体会原语的细微差别，如口音和语调。最后，它也能提高目标受众对源文化的认识。然而，字幕也有其局限性。首先，它呈现的是浓缩版的口语文本，迫使观众不得不把注意力一分为二，同时关注视觉图像和语言文本。换言之，看有字幕电影的观影体验可能远不及观看无字幕版电影。

同样，虽然旁白和配音所面临的困境有过之而无不及（如：等时性和音画同步），但也有不容忽视的优势（如：创建全新声道）。而选择何种模式取决于品位、习惯、是否有足够设备（例如配音室）以及是否有训练有素的专业人员。习惯也可能受到历史因素的影响，如意大利、西班牙和德国等国的差异。在如今 AVT 模式的广泛应用中，观众的偏好可能还取决于背景因素（例如，看电影还是看电视剧，观看时处于疲惫还是放松状态；Orrego-Carmona，2014）。

就意大利而言，学者和专业人士都选择继续研究配音，完善其缺陷，分析其特点。然而，随着新技术的横空出世与不断进步，字幕发展迅速且逐渐成为配音的有效替代。因此，有关所谓配音国家的学术研究可能需要意识到字幕研究的必要性，反之亦然。从描述性角度去分析 ST 和 TT，有助于理解译者的决策过程；而分析 TT 的策略，可揭秘翻译策略的重点信息。例如，通过分析可以了解到，译者可能更倾向于对 TT 进行高功能操纵。在这种情况下，TT 可能在语义相似方面与 ST 相去甚远。其他情况下，译者可能会忠实地再现原文，而这可能会折损预期效果。通过这样的调查，学者们能够在有限的时间内，针对某一文化背景，提出规范该领域的猜想和假说，从而提高译者表现。专业人员可能会认同 Antonopoulou（2004：138）的观点，即："幽默译者与其在普遍主义或相对主义中站队，不如深入了解现有研究，并将现有知识为己所用"。正是基于前人打下的坚实理论基础，笔者在下一章中将从旁白和字幕两个方面探讨幽默翻译。在每种 AVT 模式的限制和优势的下，剖析不同策略的实际应用。笔者期冀通过本文的研究，对幽默翻译尽绵薄之力，为日常实践提供一些有价值的建议。

第二部分　应用篇

第 3 章　幽默双关语的翻译

3.1　引言

如 2.6.1 节所述，Zabalbeascoa(1996：251-255)提出了理论框架，并依此定义喜剧电影和连续剧中名目繁多的笑话（包括：基于口头文本，口头文本和非口头文本相结合，特定文化指称和固有印象，多语言主义等)。因此，自然而然，本书的第二部分将集中分析配音，字幕(专业与业余字幕)与口述影像(AD)的处理方法。

本章力求探讨两种类型的双关语幽默，第一种幽默是基于字或者词的双关语（这个概念由 Juckel 等研究学者在 2016 年提出，或指 Zabalbeascoa 在其 1996 年术语中提及的“语言类笑话”language-depenent jokes)，而第二种幽默是基于较长文本单位的双关语（Attardo，1994：132)，尤其是以固定表达和习语为触发点的双关语(Dore，2008，2010a)。此外，笔者还将重点分析伴随双关语出现的口头和非口头文本，因为文本也是以逗笑观众为目的(正如 Zabalbeascoa 在 1996 年所提出的“视觉笑话”visual jokes 这一类别)。为研究不同类型的幽默双关语，笔者的调查将围绕情景喜剧《摩登家庭》*Modern Family*(Christopher Lloyd & Steven Levitan，2009-)第一季与第二季展开，旨在了解幽默双关语是如何产生，剧中的幽默双关语与常见的双关语有何异同，以及它们在源语中是否拥有其他功能，以及翻译此类幽默双关语应该注意哪些问题。在视听翻译(AVT)中如何翻译幽默双关语取决于采用了何种 AVT 模式，以及该模式的限制因素。因此，相关研究需明确指出不同语境下所面临的困境应该采取何种应对策略，这对视听翻译而言至关重要。不仅如此，也将有助于规范 AVT 实践的总体趋势。

有趣的是，下文对 ST 的分析似乎表明，幽默双关语能够推动故事情节和凸显影视作品的宏观主题(如人际关系、性和性取向、性别刻板印象)的发展，同时，也能实现塑造人物的功能（Delabastita，1993：137-151）。总的来说，如果连续剧取得成功，这些因素发挥了不容小觑的作用，因此，在翻译过程中应该将上述因素视为优先事务(Zabalbeascoa，1996)。

本章结构如下：首先将讨论(幽默)双关语的定义问题。随后，对双关语翻译（Delabastita，1996），基于固定表达和习语双关语的翻译(Veisbergs，1997；Moon，1998)，以及视觉与口头文本相结合的双关语翻译的有关文献进行批判性总结。上述不同类别的双关语都可统称为口头幽默，翻译此类型的幽默也可以视作语际前移 interlingual transfer（Chiaro，2010，2017）。此外，本章还将简单阐述 AVT 中幽默双关语的主要翻译策略（详见 3. 4. 1 节），并且试图将学者提出的现有的翻译建议纳入统一的框架中。在此之前，下文将简要介绍本研究的数据来源，以及用于提取以及划分幽默文字游戏的分析与研究方法。

3. 2　幽默双关语的定义

在详细探讨双关语的定义之前，本节将简要回顾言语幽默（verbal humour）——又被称为“文字游戏”（wordplay）——在定义问题上的争议。Delabastita（1996）将文字游戏定义为：

> “文字游戏泛指利用语言的结构特征来制造两个或者两个以上语言结构之间的沟通对抗性 communicatively significant confontation 的所有文本类型。对抗性会产生相似的语言结构但却有不同的语言含义(如同音异义、同形异义等)。”

正如大家所见，上述文字游戏的定义较为宽泛，基本涵盖所有形态相同但是意义不同的语言结构，如同音异义以及同形异义。Attardo（1994：316）和 Hempelmann（2004）二人强调，文字游戏本身并不幽默。Hempelmann 还指出，文字游戏仅涉及单词在发音方面的相似性，只有当文字游戏引起了意义层面的改变，才会成为幽默双关语 humorous pun。基于上述观点，Hempelmann（2014：612）将双关语视作笑话的一种，并将其定义为："相同发音的语言单位（如：词汇）含有两层意义——即同音关系触发了两种不同的意义解读——而这两层含义衍生了幽默"。简言之，双关语的幽默机制是利用语言要素和语言结构存在的歧义，恰好将双层意思融合在了同一句子里。然而在此之前，Attardo（1994：133）就曾指出，基于词语相似性产生的歧义是双关语产生幽默效果的必要不充分条件，而必要条件是双关语须触发两种不同的解读。

为避免混淆，本书将"文字游戏"和"双关语"视为两个含义相同的术语，可以替换使用。但是，"幽默双关语"专指语言游戏（language play）（Chiaro，2000：32），以及视听文本中出现的语言与视觉游戏，其趣味性可通过以脚本对立为核心观点的 GTVH 原则加以佐证。第五章将单独介绍其他类型的双关语，如幽默双语双关语及非母语者使用的语言双关语。

在文学领域，由于双关语涉及语言的有意识运用（Attardo，1994：168；Delabastita，1996：131），因此它与其他形式的无意识语言歧义（unintentional linguistic ambiguity），如口误、首音误置 、言语错误以及文字误用（Hempelmann & Miller，2017：98），应当加以区分。但值得注意的是，在虚构文本中，意图性问题将变得更加复杂。例如，在角色交流层面，如果某个角色所说的话含有语言歧义，这可能是一种无意识行为。但是，在编剧与观众的交流层面，就可以合理怀疑，这句富有歧义的台词是有意为之，因为这就是编剧制造幽默效果的途径之一（详见第五章多语言幽默）。因此，在分析人物话语时就必须考虑意图性在不同交流层面的共性与个性。

一直以来，双关语就其幽默程度而言都被认为不如其他形式的幽默（Nash，1985：138；Norrick，1993：60），尽管如此，很多学者，尤其是语言学和心理语言学家，还是对双关语表现出极大的兴趣。只是，这两个领域的学者在研究双关语时的侧重点各不相同。就语言学者而言，他们更加关注的是什么语言要素融合了两种对立含义。例如，Greimas（1983［1966］，引用于 Attardo，1994：62-63）将此类语言要素命名为“连接体”（connector）和“分离体”（disjunctor），而 Raskin（1985：114）却将它们命名为“脚本转化触发因素”（script-switch trigger）。心理语言学者更加关心双关语的认知过程，即受众是如何感知双关语中的潜在幽默（详见 Coulson，2001 提出的“框架转换”frame-shifting 概念）。如第一章所言，心理语言学者主要依赖心理学提出的乖讹论处理模型（Incongruity-Resolution model）中的两个步骤。Attardo（1994）在提出 GTVH 时，试图将这两个步骤融合在一起。这样一来，分析人员就可以观测到是什么语言要素触发了乖讹，继而激活了潜在幽默。这种乖讹现象统称为“脚本对立”（Script Opposition），消解乖讹的主要途径是逻辑机制（Logical Mechanism）。就双关语而言，逻辑机制定义为“克拉蒂卢斯主义”（Cratylism）（Attarro et al.，2002）。

同样，从事翻译研究的学者也分析了双关语的语言机制，他们将关注点放在研究跨文化与跨语言传译双关语的困境（详见 1.7 节中的内容）。Delabastita（1996）认同文字游戏不一定会产生幽默这一观点。但是，他认为，解读双关语需“双重阅读”（double reading）能力，即捕捉词或词组中同时暗含的两层或者多层意义的能力。更重要的是，Delabastita（1996：128）根据双关语的特征提出了分类法，将双关语分为四类：

（1）同音同形词 homonymy，读音相同且拼写相同的单词。

（2）同音异形词 homophony，读音相同但拼写不同的单词。

（3）异音同形词 homography，读音不同但拼写相同的单词。

（4）形似词 paronymy，读音和拼写上都有轻微差别的单词。

此外，Delabastita 还指出，这种差异可由两种方式产生：

a 纵向(或聚合)呈现 vertical（or paradigmatic）presentation，即文本并未直接呈现某种语言结构，必须由接受者通过她/他的知识储备或心理联想过程来触发该语言结构的显现。

b 水平(或组合)呈现 horizontal（or syntagmatic）presentation，即文本中同时呈现两个或两个以上相似的语言结构。

基于之前的研究，Hempelmann 与 Miller（2017：97）重新定义了双关语的主要分类，并将其分为两个宏观类型：同义词（Homonymy）和异义词（Heteronymy）。前者包括同音异义和同形异义的双关语，而形态相同却读音不同的双关语则被称为“眼睛双关语”(eye puns)。相反，基于形似词的双关语则被归入异义词类别。

Hempelmann 与 Miller 的研究显示，两个宏观类别中都分别含有聚合(纵向)和组合(横向)双关语。1.3 节中所谈论的笑话中就可以找到一个典型的聚合双关语示例：—“Do you believe in clubs for young people?”（你相信夜场里的年轻人吗?)—“Only when kindness fails”（只有在正义消逝的时候）(Attardo，1994：272)。该例中的文字游戏是“club”的两层含义(即：“人们参加聚会、分享活动的地方”VS.“一根用作武器的重棍”)。下面看一个组合双关语的示例：“the cock has a big cock”(公鸡有大鸡)，其中“cock”的两层意思(即：公鸡和雄性生殖器)同时出现在该文本中。下面的一个例子也是聚合双关语的典型示例：“Come in for a faith lift 进来提升你的信仰(面子)［教堂标语］”，其中“faith”(信仰)和“face”(面子)是形似词，示例中隐含且带有幽默双关意义的“face lift”(提升面子)便是因此引发的。可是，“face”并没有直接呈现在文本中，所以读者或听众必须依靠他们的语言知识来解读弦外之音(Aarons，2017：80)。值得注意的是，下面例子提到的组合异义词（又被称为“adnominatio”）同时呈现了含义与单词，如："It's G. B. for the Bee Gees"（这里是 Bee Gees 乐队的 G. B.）（节选自流行乐队英国巡演的报道，Delabastita，1996：126）。在这种情况下，接受者需用真实知识以及非语言知识去解读双关语，以及双关语的对象（即：流行乐队 Bee Gees）（Hempelmann & Miller，2017：106）。基于本书的分析内容，"聚合"与"纵向"，以及"组合"与"水平"这两对术语将轮换使用，意义相同。

有趣的是，Hempelmann 与 Miller，以及 Delabastita 的双关语分类都未包含基于同义词的双关语（即：两个含义相同的单词，例如，"crazy" 和 "mad"）的类别。这可能是由于这种双关语策略使用较少，或是很难采集到该策略的数据（本书 3.11 节有同义双关语实例的分析）。此外，Hempelmann 与 Miller 并未提到习语双关语，而 Delabastita 则是浅谈则止，实际上，学者们已经证实，习语双关语在电视喜剧中适用范围广，喜剧效果好（Dore，2008，2010a）。情景喜剧《摩登家庭》中就不乏习语双关语的应用（详见 3.5.3 和 3.5.4 节）。

如上文所述，幽默和文字游戏可以是纯粹的语言文本（如 Chiaro，2005 提出的口头表达幽默（Verbally Expressed Humour）或口头幽默（Verbal Humour）（Chiaro，2017），但它们也可以将口头和视觉元素结合起来。前者的"口头"指的是双关语产生的语境，而双关涉及的是语言和语法上的歧义。而后者双关语产生的语境被称为"情境"（situational）（如双关语广告、动画等 Delabastita，1996：128）。虽然本文的研究数据大多源于视听材料，但本章接下来讨论的大多实例主要源于"口头背景"（verbal context）。尽管如此，本文也会分析基于口头和非口头幽默的双关语，因为此类双关语对于配音和字幕而言都是重大挑战（详见 3.6.5 节）。从某种意义上来说，在 AD 中处理此类双关语的难度也不容小觑（详见第六章）。

最后，不得不提的是，上述讨论的双关语大多涉及语言的本质特征，是静态的。相反，接下来讨论的双关语大多是在交流互动中产生的，是动态的（详见 1.6 节）。此外，Delabastita 表示，双关语并不能视作独立的语言要素，但它们作为语言要素的一种发挥着特定的作用。例如，除了产生幽默效果之外，双关语还可以挑战有关文化或禁忌话题的刻板印象（详见 Norrick，1993，关于会话中双关语的使用）。基于上述观点，Delabastita 认为，双关语(以及一般的文字游戏)能够触发“交流性对抗”。毕竟，双关语，或者一般的喜剧中，都可能会涉及性、禁忌话题或刻板印象。此外，幽默双关语可作为线索，从侧面塑造喜剧角色的思维性格与异质性（Dore，2008）。

3.2.1 基于固定表达和习语的双关语

在讨论基于固定表达与习语这两类双关语是如何产生幽默效果之前，笔者需要阐明，上述两类双关语从文化专有指称（culture-specific references，CSRs）角度而言是不同的，具体差异将在下一章将进行详述。Pedersen（2005：1）将习语双关语从固定表达双关语中区别开来，他表示，习语(谚语、俚语和方言)与源语存在内在联系，是“语内具有文化约束性的指称”（intralinguistic culture-bound references）。反之，CSRs 是“语言外的”(extralinguistic)，因此它们不属于语言系统。基于此，本节将重点阐释如何在 AVT 中翻译幽默双关语，而视听环境中如何将现有固定表达和习语从一种语言转换到另一种语言并不是本节重点（Leppihalme，1994，1997）。注意，Ranzato（2016)与本文的关注点不尽相同；前者探讨的是更广泛的 CSRs，详见本书第四章。

如前所述，双关语属于一种复杂现象。当双关语呈现的语言形态是篇幅较长的文本而不是单个的词或者词组时，就显得愈发错综复杂（Attardo，1994：132）。与之前的研究一样（Dore，2008，2010b），本文借鉴了 Moon（1998)和 Veisbergs（1997）的研究框架，来探索基于固定表达和习语 Fixed Expressions and Idioms（FEI）的双关语。Moon 以及 Veisbergs 的研究具有重大意义。Moon（1998）的研究展示了语言使用者如何利用语言变体操纵英语中根深蒂固的语言表达，而 Veisbergs 则讨论了习语的结构和语义转换，并且针对基于习语的文字游戏，他还提出了八个翻译策略的分析框架，而该分析框架将在后文详述。

简言之，Moon（1998）基于语料库的大型研究表明，关于固定表达和习语的三个一般假设漏洞百出，令人疑相丛生：(1)固定表达和习语的制度化 instutionlisation(即它们是某种语言使用者普遍使用的固定语言要素)并不一定奏效。某些固定表达和习语可能仅在某种语域或某类群体内流通，并不具备普遍性；(2) 固定表达通常都有固定的词汇语法形态，被称为标准形态 canonical form（例如，固定表达"shoot the breeze 侃大山"，的形态就不曾发生变化)。但是，它们的语言形态特征并非总是一层不变；(3) 固定表达与习语通常是非构成的 non-compositional(即，它们的意义取决于整个语言单元的意义，而不是单个词的语义)，但也有例外(例如，"spill the beans 泄露秘密"这一固定表达就保留了一定的组合性，因为我们可以理解和赞同它所暗含的图像信息)。

鉴于此，Moon（1998：19-24)提出了三类固定表达和习语，归纳如下：(1)反常搭配 anomalous collocations(如"by and large 总的来说①")；(2) 公式表达 formulae(包括俗语、谚语和明喻，如"like a lamb to the slaughter 待宰羔羊")；以及(3)或明或暗的隐喻 more or less transparent metaphors(如"behind someone's back 背后捣鬼")。值得一提的是，上述类别会相互重叠，而实际上 Moon 的语料库中可能有近四分之一的例子类型上出现了重叠，因此她创建了一个类别，称为双重分类 dual classifications，解释特殊且不规范的谚语或隐喻(例如，"have your cake and eat it 鱼与熊掌不可兼得")。Moon 提出的分类方法有助于将固定表达和习语进行有意义的分类。更为重要的，她还证明了所有固定表达和习语(反常搭配、公式和隐喻)都可能会产生语言变体。其中，变体可能发生在词汇层面，如动词变化("set/start the ball rolling 行动起来")以及名词变化("a piece/slice of the action 可乘之机")等；也可能发生在系统层面，包括句法体系和词汇体系(例如，"get the cold shoulder/give someone the cold shoulder 爱搭不

① 译者注：本章中英文固定表达与习语的汉译仅供读者了解其中文意思，并不代表译文使用的习语或者固定表达也符合原作者提出的分类。

理”)。

鉴于上述情况，尤其是英语中的固定表达和习语存在大量制度化变化已毋庸置疑，Moon 建议完善“标准形态 canonical form”的概念。她认为：几乎无从决定变体中的哪种形态的是标准形态。例如，“别有用心”的表达形式有三种：“without an axe to grind”，“have an axe to grind”以及“have no axe to grind”，而想要抉择出哪一种才是“标准形态”几乎无从入手，除非将上述例子看作一组使用相同词汇的固定表达和习语 a cluster of fixed expressions and idioms。

除了上述类型的集群，Moon 还发现，集群内会共用一个词汇语法“框架”(Fillmore et al.，1988，引用于 Moon，1998：146)。在这种情况下，不管词汇发生什么变化，语法框架仍然保持不变，而在语法框架不变的情况下，词汇变化能够提供新的创新性解读。因此，应该从概念性角度去解读固定表达和习语的变化。更确切地说，这些集群应视作共享一个共同概念核心，而 Moon 将其命名为习语图式 idiom schema。习语图式有助于处理和解释固定表达和习语的变化，因为虽然集群没有固定的结构或词汇表达，但却拥有一个共同指称 referent(如隐喻)或“潜在构想以及实现该构想的优先词汇选择”。因此，习语图式可用于解释可变性、评价性内容、明显组合性，并对利用固定表达和习语的难易程度进行解码。“优先词汇实现 preferred lexical realisation”可以理解为集群的标准形式之一，并在此基础上来处理固定表达与习语的变体。鉴于此，Moon 得出以下结论，即解读创新性固定表达和习语取决于两个主要因素：一方面，接受者必须有能力将固定表达和习语的变体与标准形态集群下的图式联系起来。另一方面，不论如何操纵固定表达或习语，不能影响其辨识度并且不能改变其所属的习语类别。

另一方面，Veisberg（1997）阐明了习语变体(又名“转换 transformation”，Veisberg，1997)是如何产生的。此外，他也指出创造性地使用语言也会给翻译加大难度。Veisberg 与 Moon 一样也将习语变体分成“结构”变体以及“语义”变体。前者改变了习语结构和含义，后者只改变了习语含义。最重要的是，Veisberg 研究了习语的结构与语义变化（变化途径包括添加、插入、省略或替换）。由于结构与语义的变化触发了双重阅读，变化之后的习语将呈现明显的文字游戏元素。Veisberg 将此类现象称为“双重实现”(dual actualization)，导致习语的惯用含义和它的(构成性)字面意思形成了二元对立关系。

针对幽默的固定表达与习语，Moon（1998：170）采用“利用”(exploitation）一词描述此类习语的语体变化。她强调：利用的对象主要是隐喻性固定表达和习语，因为隐喻所传递的意象信息很容易发生转化(Dore，2008，2010a)。此外，Moon 补充道：“利用隐喻性 FEIs 正好是其构成向的体现：双关语通过重新具体化 FEI 发挥作用”。同样，Veisberg(1997：157）认为，使用古老习语可以产生强烈的文体效果，因为习语的原始形态可能会与现在流行的形态产生巨大差异，颠覆读者脑海中对该习语的固有印象。简言之，在新语境中利用固定表达或习语（及其传达的意象)，会导致新出现的意象与原有的、约定俗成的意象或解读形成分歧或对抗。

Moon 有关“对抗”的想法以及 Veisberg 提出的观点，即：双重实现将触发字面意义和习语意义之间的对立，与 Raskin 和 Attardo 提出的“脚本对立”的观点如出一辙。与双关语一样，基于 FEI 产生的双关语也可以产生幽默效果，只要它暗含意义或脚本的重叠以及对立。此外，创造性地利用固定表达和习语会触发乖讹——解决 Incongruity-Resolution 的推导过程。而且，在某种程度上，此类习语与 Zabalbeascoa（1996：251-255）提到的“复杂笑话”(complex jokes）十分相似，因为它们都需要根据现有固定表达或习语中的典故进行解码，并产生幽默效果。

最后，值得强调的是，基于 FEI 产生的双关语结构复杂，因此会对理解造成一定的难度。如果接收者不是母语使用者且需要翻译时，理解问题可能会愈发凸显(Baker，2018：70)。在深入探讨该如何在翻译中解决上述问题之前，先简要介绍另一种文字游戏——基于口头和非口头文本的双关语。

3.2.2　基于言语与非言语文本的双关语

喜剧中，通常会将言语幽默和视觉幽默结合起来。例如，在单口喜剧或者脱口秀中，喜剧演员会利用面部表情、身体动作、手势，来辅助口头文本的输出（Dore，2018a）。正如 Zabalbeascoa（1996）、Dore（2008）以及最近的 Jukel 等人（2016：588）的研究所得，情景喜剧也将言语幽默与视觉幽默相结合。因此，在视听语境下去研究幽默翻译的文本时，不能忽视该语境中所暗含的符号背景与巧思。

在分析视觉笑话的翻译时，Zabalbeascoa（1996：253-254）认为译者会采用一定的补偿策略来匹配言语与非言语文本。Balirano 和 Corduas（2008），以及 Balirano（2015）认为，应该将这种通过补偿而产生的幽默命名为符号表达幽默 semiotically expressed humour。Balirano（2015：568）解释道，这样一来分析过程才会将“触发幽默效果的语言与符号元素”都考虑在内。另外，Balirano 借用幽默理论中的“脚本”概念，提出了“视觉脚本 visual script”这一概念，表示“图像、单词或声音同时或者单独衍生出的符号信息”。Balirano 所定义的符号表达幽默，包括了所有只能通过视觉或声音表达的幽默（例如，视觉趣言 visual jab 或音乐趣言 musical jab，以及 Jukel 等人提出的“动作”类别，2016）。这种类型的幽默将在本书第六章——幽默的口述影像中进行详述，这里不作过多赘述。而本节主要探讨如何同时利用言语和非言语文本，来创造基于认知和视觉脚本对立的双关语。

继续回到该话题，Balirano 分析了《生活大爆炸》某些片段原文和意大利语配音版本的异同，并明确表明，该喜剧的配音过程有意或者无意地忽视了这两个语言版本之间的相互作用，从而导致了译语版本与源语版本的不一致，并使得意大利观众深感困惑。有趣的是，Balirano 提到：事实上，通过比较 Attardo（2002）所提及的知识资源，就可以发现 ST 和 TT 之间的差异，但他并未系统深入地分析该差异。本研究旨在填补这一空白。与其他类型的幽默文字游戏一样，3.6.5 节中，笔者将结合翻译研究和幽默研究理论，探索配音与字幕时如何传达符号表达的幽默，而在 3.6 节中，笔者将把所有这些考虑综合考虑。然而，在此之前，下文将探讨幽默双关语翻译的一般性问题，以及 AVT 中该问题的处理方法。

3.3　双关语与翻译

本章将介绍幽默研究以及翻译研究学者们提出的双关语翻译策略。学者们针对不同类型双关语的特征，以及翻译此类双关语的问题，提出相应翻译策略。本章先介绍 AVT 中幽默文字游戏的分类，然后，不同类型文字游戏的翻译策略将会在案例分析中逐一展示。

正如 1.7 节所述，幽默，作为一种复杂的语言与认知现象，翻译起来实属不易。Attardo（2002）建议幽默翻译理论需考虑保留所有知识资源：从语言到脚本对立。原则上，这个建议在翻译幽默双关语时是可行的。但是，Attardo 并未针对该点进行详细解释，如译者该使用什么策略或者工具来翻译幽默。值得庆幸的是，Delebastita（1996）提出了八种文字游戏翻译策略，供译者参考。译者可以同时使用两种或多种策略，比如：译者可以直接省略双关语，同时也可以插入脚注解释为什么此处省略了该双关语。表 3.1 展示了这八种翻译策略，并简要解释了每种策略。

表 3.1　双关语翻译策略总结（Delebastita，1996）

策略	解释
1. 双关语→双关语	使用双关语翻译源语的双关语，目的语的双关语在形态、语义、结构以文本功能等方面基本都实现了与源语的对等
2. 双关语→非双关语	使用非双关语去翻译双关语，以保留源语中的一层或者双关含义
3. 双关语→类似修辞表达	使用类似的修辞手段(暗指、模仿、押韵、悖论等等)来保留源语的效果

续表

策略	解释
4. 双关语→零双关语	省略全部双关语
5. 源语双关语→目的语双关语	使用目的语双关语复刻源语中的双关语
6. 非双关语→双关语	使用双关语翻译源语非双关语内容，为了补偿前文中省略的双关语或者出于其他目的
7. 零→双关语	目的语中增添了源语中没有的内容，并且新增内容含有双关语。属于一种补偿策略，但是源语中并未出现明显语义或者内容缺失。
8. 编辑策略	在目的语中使用编辑策略(如：脚注，尾注)来解释源语中的双关语

值得一提的是，Delabastita 提出的部分翻译策略可以视作 Venuti（1992，1998，2017）的异化（foreignization，源语为主导）或者归化（domestification，目的语为主导）策略的一部分。例如，策略（1）描述的完全对等就是异化与归化这两种方法的完美折中。不仅忠实于源语，还能使目的语受众理解双关语。但是，这种情况少之又少。这种策略使用的前提是，源语与目的语在历史(文化以及语言)上体现出高度相关性（如西班牙语与意大利语)。否则，译员会倾向选择目的语为导向的策略，比如策略（5)，旨在保留源语的幽默功能以及体现对语言的妙用。在本章末，笔者将会详细阐释如何使用 Venuti 的归化与异化翻译方法，因为该方法对于捕捉文本分析的大致方向具有重要意义。

总体来说，Delebastita 的双关语翻译策略与翻译其他语言现象的翻译策略大同小异。比如，Baker（2018）讨论了文学与非文学文本的翻译策略，与 Delebastita 的分类十分类似，尤其是策略（1)(2)(4)(6)(7）以及(8)。同理，Hervey 与 Higgins（1992）针对某些翻译问题讨论了翻译中的补偿策略，类似于上表中的（6)(7)，而这两种策略又极为相似。因此，本文建议将上述的（6）（7）合并为一种策略，统一命名为补偿（Compensation）策略。补偿策略是翻译研究中的常见策略，指的是在目的语文本中插入额外的、源语中没有的信息（Harvey，1995）。最后，Delebastita 提出的编辑策略无法应用在视听文本中，因为口头文本中无法插入脚注与尾注，因此本书中的分析将省略编辑策略。

针对一般言语幽默的翻译策略，Chiaro（2010：6-7，2017：423-426）提出了一系列策略，可用于翻译文学或是非文学作品中（如视听）的双关语。这一系列策略如下：（a）保持口头幽默不变；（b）用目的语中对等的言语幽默代替源语中的幽默；（c）用目的语的习惯用语代替言语幽默；（d）完全忽略言语幽默（即删除它；参考 Bucaria，2017 的研究）。可以看出，Chiaro 上述策略（a）与 Delabastita 的策略（1）大同小异，而策略（b）对应的是策略（5），策略（c）与策略（3）息息相关，因为惯用表达也可以理解为“富有关联性的修辞手法”（尽管 Delabastita 的选项范围更广）；最后策略（d）显然与 策略（4）一致。Chiaro 的框架似乎并未提及 Delabastita 策略（2）所涉及的内容，但是该策略对于翻译双关语而言至关重要。

有趣的是，Chiaro（2010：6-7）建议使用习惯表达来弥补言语幽默的损失，但并不包括通过目的语（TL）文字游戏的变体形式。但是，基于 FEI 的双关语大多是 ST 的重要元素，如若无法将其转变，那就将文体(幽默)效果丧失殆尽。因此，Veisbergs（1997：164-171）对习语双关语的翻译问题研精毕智，提出了八种翻译策略（如下表 3.2）。

表 3.2 翻译策略摘要（Veisberg，1996：164-171）

策略	解释
对等习语转移	将源语的习语双关语译入目的语时，使用与源语对等的语言要素，并保留了源语的习语意义
借译	将源语的习语双关语逐字译入目的语
引申	将源语的习语双关语译入目的语时，添加额外的信息使双关语更加明显，便于受众辨别理解

续表

策略	解释
类习语转移	采用形式相近、意义相近的目的语习语再现源语的习语双关语
替换	采用形式不同、意义一致的目的语习语再现源语的习语双关语
补偿	在目的语中添加源语中并未出现的习语双关语
漏译	a 完全省略源语中的习语双关语的段落；或是 b 只省略源语中的双关语形式，但保留其中的习语意义
元语言评论	添加脚注、尾注或是括号以解释源语中的习语双关语

如同 Delabastita 的分类一样，上述分类有很强的包容性和灵活性，可能接纳更多的分类形式。例如，策略（1）与 Delabastita 的策略（1）双关语-双关语基本相同，而策略（2）可以让目的语受众感受到源语习语双关所传达出来的意象，但同时可能会影响目的语语言的流畅度，要不然源语的习语形式在目的语中就会显得过于突兀。Veisberg 认为，当目的语只能保留部分源语的习语形式和意义，需将双关语意义显化处理时，可以使用策略（3）。

策略（4）建议在目的语中搜寻对等词，使其在形式和意义上与源语中的习语双关语对等。Veisberg 认为，该策略利用目的语中相似习语中的语言要素。相反，策略（5）可能会导致源语中传递出来的意象完全缺失，因为源语中的习语与目的语中的习语形式不一但意义相近。鉴于上述情况，首要任务是保留源语习语双关语的流畅度与趣味性，而非其语言要素。显然，策略（4）和（5）界限不明，可将其归为一类，即“替换”（Substitution）类，将在下节详述。

策略（6）不言自喻，而策略（7）可在文本中双关语作用微乎其微时作为备选之策。漏译（a）和（b）分别对应着 Delabastita 所提出的策略（4）双关语-零双关语和策略（2）双关语-非双关语。在 AVT 中，由于口唇同步或音画同步等视觉制约因素，几乎不可能完全省略文本，如策略（7a）所述。但是，凡事都有例外：如，镜头角度和角色之间台词的重叠，可以使配音中出现省略（Dore，2008），而由于空间有限，字幕人员也会省略部分文本。策略（7b）用于保留习语意义，而非双关语（翻译研究将其定义为“中和 neutralization”Ramière，2006：156）。换言之，撇弃双关语之形，但留存习语之意。文本中双关语层出不穷时，将采用该策略，故而，与其在目的语中人为制造效果，不如省略某个习语双关语。最后，与 Delabastita 所提出的编辑技巧一样，策略（8）不适用于视听文本。

总而言之，Delabastita 和 Veisberg 的分类方法大同小异。但是，二人提出的分析框架还是存在细微差异。如，Veisberg 认为引申和元语言评论是两种不同的策略，而 Delabastita 将二者都归至编辑技术一类，但该差异对本研究无直接影响；因元语言评论并不适用于视听文本，而引申虽然偶见于配音中，但严格来说，它与习语双关语翻译，或者字幕制作而言并非密切相关（Dore，2008）。Delabastita（1997：10）认为，研究的文本类型和所采用的翻译模式是“符号学设置”的组成部分，很大程度上影响了译者的翻译方法。因此，分析双关语的 AVT 时，需通观全局，将该媒介所带来的优势和限制考虑在内。因此，下节所提出的分类方法将上述因素均囊括在内。

3.3.1　视听翻译中幽默双关语的分类

如 2.6 节所言，过去的 30 年里，幽默翻译和双关语翻译吸引了大量学者们的关注。一些 AVT 作者开始研精毕智研究配音（Zabalbeascoa，1996；Chiaro，2000，2004；Dore，2008，2010；Balirano，2015；Ranzato，2016），另一部分学者对字幕细心钻研（Gottlieb，1997；Bucaria，2007；Dore，2017）或是二者兼而有之（Pisek，1997）。还有一部分学者对字幕和配音幽默的接受度进行了实证研究（Bucaria，2017），从而证明了字幕与配音幽默的 AVT 对观众的重要性。此外，针对不同文本类型中幽默的 AVT 研究已经出版了论文集（Chiaro，2010；De Rosa et al.，2014），证明目前幽默

AVT 研究的日行之盛。

目前的学术文章大多是关于 AVT 发展的理论反思，并以大量的描述性分析作为支撑。但是，目前很少有 AVT 学者能够将幽默学者提出的理论融入在分析研究之中，以加深对幽默的理解，仅有少数学者如 Dore（2008, 2010a）以及 Balirano（2015）将 AVT 与幽默研究结合起来。鉴于此，本文试图将幽默理论和视听翻译方法相结合，提出对应的分类方法，以解决配音和字幕中的双关语问题。3. 6 节中的数据分析也证实了该分类法的可行性。本文拟定的分类法包括六种策略，具体内容如下：

1. 转移 Transference，即使用直译来保留原双关语。源语中的脚本对立、逻辑机制、目标和语导效果基本得以保留（如“cream puffs”和“puffs”分别译为“奶油泡芙”和“奶油小生”）。

2. 对等 Equivalence，将源语中的双关语译成目的语中对等的双关语，保留相同的逻辑机制，以便触发幽默效果，但脚本对立以及目标可能会发生改变。例如，“little women”译成“小女人”。

3. 替换 Substitution，使用类似修辞手法（习语、用典、仿拟、押韵、悖论等）替代源语中的双关语。通常，逻辑机制会发生变动，但脚本对立和目标可能会发生改变，也有可能保持不变。例如，将“friendship”译为“友谊的小船”。

4. 中和 Neutralisation，忽略源语中的双关语，保留文本的整体含义，这样会导致逻辑机制缺失，但可以保留脚本对立和目标（如，删除一个固定表达的双关语，保留其习语含义，如例 3. 12 所示）；

5. 漏译 Omission，将源语中的双关语完全删除，并对文本意思加以修改。如果知识资源全部缺失，目标语就会丧失趣味性（详见例 3. 19）；

6. 补偿 Compensation，为保留文本效果，在文本的其他地方添加双关语或任何额外的文体特征（即语言手段）（Harvey，1995：82-84），其中，脚本对立，逻辑机制和目标，既可能十分相似又可能迥然不同。

本文并未深入探讨源语中双关语缺失时所用的补偿策略（Harvey，1995 称之为平行补偿 parallel compesation）。因为笔者认为，这种操控行为应视作一种对等策略。尽管，本研究数据中并无双关语翻译案例涉及补偿策略，但有使用其他语言手段达到补偿目的的案例(即 Harvey 所言的广义补偿 generalised compensation；详见 3.5.3 节)。因此，为了避免完全删除篇章中的幽默，补偿策略可视作一种备选方案。因此，在进行数据分析时，不可完全忽视补偿策略。

最后，对于上述分类法的有效性还需进行理性思辨。通常，分类就是一种作茧自缚的行为，因为语言现象很难被严丝合缝地固定在框架里面。Delabastita（1997：3 4）有感而发，将双关语这种复杂的语言现象进行分类几乎难如登天。但是，他也解释道，分类有益于分析不同文化中主导双关语的规则和符号学惯例(详见 Guidi，2012 对不同语言中的双关语的比较分析)。总而言之，应该将分类法视作具有强度和典型性的渐变集群，这些渐变群可能会相互交融和重叠（Delabastita，1997：5）。鉴于此，后续章节的数据分析应该视为一个动态的统一体，既包括特征鲜明的案例又包括边界模糊的案例。如其他成功的分类方法一样，想要验证上述分类法的效性和适用性，取决于该分类是否能够捕捉到案例的典型特征以及是否可以全面分析边界模糊的案例。

3.4 数据来源与研究方法

本节主要介绍本研究的数据来源以及搜集幽默实例的分析与研究方法。正如导言所提及，研究对象主要是大型美国电视喜剧剧集《摩登家庭》(由 Christopher Lloyd 和 Steven Levitan 担任制片人，2009 开播直至 2020 年完结)。但值得一提的是，笔者在进行音频描述(AD)分析时，在 DVD 版本的《摩登家庭》中既未发现英文版的 AD，也未发现意大利版的 AD。此外，在网飞以及其他互联网平台上的搜索结果也不尽如人意，作为一部播放量如此可观的喜剧，出现上述情形属实意外，因此本书第六章中有关幽默 AD 的研究数据主要源于剧情片《大病》。

3.4.1 摩登家庭

作为一部电视喜剧，《摩登家庭》采用的是伪纪录片 mockumentary（或纪录片喜剧）形式拍摄，即剧中人物经常如同拍摄纪录片一般直接对着摄像机讲话。这部家庭情景喜剧于 2009 年在美国 ABC 电视台首播，共十一季。《摩登家庭》的故事取材于两位创作者自己的家庭轶事（Smith, 2010），主要讲述 Jay Prichett（Ed o'neill 饰演）的家庭生活展开。Jay 一家人居住在洛杉矶郊区。Jay 的家庭成员包括他的第二任妻子，哥伦比亚裔的 Gloria（Sofia Vergara 饰演），他们的儿子 Joe（第四季出场由 Jeremy Maguire 饰演）和 Manny（Rico Rodriguez 饰演），Manny 是 Gloria 的儿子，Jay 的继子。除此之外，还有 Jay 的两个成年孩子：Mitchell（Jesse Tyler Ferguson 饰演）和 Claire（Julie Bowen 饰演）。Michell 的伴侣是 Cameron（Eric Stonestreet 饰演），Claire 的丈夫是 Phil（Ty Burrell 饰演），夫妻二人养育了三个孩子，分别是 Hailey（Sarah Hylandand 饰演），Alex（Ariel Winter 饰演）和 Luke（Nolan Gould 饰演）。

剧情的拍摄手法是借用幕后电影制作人之口，从制作人的角度展开叙述，采用伪纪录片的形式将家庭生活的琐碎与趣味性如实呈现。就人物关系而言，Jay 和 Gloria 共同抚养两个儿子，但人们有时会误以为 Jay 是 Gloria 的父亲。与此同时，Claire 和 Phil 试图与他们的三个孩子保持开放的亲子关系，但经常窘况频现，笑料百出。Mitchell 和 Cameron 是同性伴侣，他们收养了越南小女孩 Lily（Aubrey Anderson-Emmons 饰演）。就人物性格而言，Jay 是位 60 多岁的越战老兵，羞于公开表达情感，思维陈旧。尽管他已经知道 Mitchell 的性取向，也接纳了他的伴侣 Cameron，以及他们的女儿，Lily，但 Jay 仍会对儿子的某些日常行为感到反感（例如，女性化的行为和过度敏感的性格）。此外，为了讨好第二任妻子，他也努力接纳 Gloria 的文化背景，融入拉丁美洲文化，但由于南美与北美之间的文化差异，Jay 时感力不从心。Jay 作为老一辈，思维方式较为陈腐守旧（包括对于性别以及同性恋的偏见），但他也愿意接纳新事物，通时合变，这也形成了该人物的特质性。

近年来,《摩登家庭》在美国境内大获成功,囊获了各大电视节奖项。迄今有 75 项提名艾美奖,22 项获奖。此外,该剧还获得了 2011 年金球奖最佳电视剧系列音乐剧或喜剧。该剧在播出的前五年蝉联艾美奖杰出喜剧类剧集奖;四次获得艾美奖喜剧系列最佳男配角奖(Eric Stonestree 以及 Ty Burrell 各获两次),Julie Bowen 两次获得喜剧类最佳女配角奖。下表 3.3 显示了每季首播的观影人数。第十一季,即最后一季,在 2019 年 9 月首播,因此此表不包括此季观影人数①。

表 3.3　美国境内《摩登家庭》观影人数

季数	剧集数	以百万计的观看人数(自播出以来)
1	24	12.60
2	24	12.67
3	24	14.53
4	24	14.44
5	24	11.68
6	24	11.38
7	22	9.46
8	22	8.24
9	22	7.01
10	22	5.40

《摩登家庭》全系列畅销全球,并发行了多种语言版本,包括法语、西班牙语、德语、意大利语等。随之而来,有关《摩登家庭》系列剧 AVT 的学术研究也如雨后春笋,蓬勃发展(Díaz-Pérez,2017)。2010 年,意大利福克斯生活频道首播了意大利语配音版的《摩登家庭》,之后的第二季至第

① 第十一季正式播出时,本书原版已进入排版阶段,因此并未统计该季观影人数。

十季则在福克斯意大利频道播出。

一般来说，幽默源于剧中的主题（即爱情、性、工作、教育、生与死）、不同的生活情境、主角们的应对方式。根据前文所述，Jay Prichett 的小家庭正是 21 世纪现代美国家庭的缩影。从这个层面来讲，该剧试图通过展示老夫少妻，收养孩子的同性伴侣的日常生活，来展示文化以及社会层面的多样性、包容性，以及对某些刻板印象的冲击与挑战。然而，该剧十分注重以及谨慎处理同性恋中的禁忌话题，因为在剧中，Mitchell 和 Cameron 的相处方式可视作“同性伴侣的行为范式”，更便于让主流流行文化的观众接纳（Bassi，2014：312）。换句话说，编剧们描绘了一对有着普通中产阶级价值观和经济保障的稳定伴侣，家庭分工明确（Mitchell 作为律师，他的收入足以支撑 Cameron 全职在家陪伴 Lily）。换句话说，这对伴侣享受着与其他“异性恋”夫妻一样，即享受着家庭的甜蜜，也面临着生活的难题。虽然，Claire 和 Phil 是这部剧中看似最和谐的一对夫妻，但他们也常常为三个孩子的成长问题焦头烂额，尤其是 Claire 作为一个完美主义与控制狂的家长，使得亲子关系更为错综复杂。

在幽默风格方面，本研究的分析证实了 Juckel 等人（2016）关于《摩登家庭》的结论，即：本剧中的幽默文本杂糅了大量的幽默技巧，而这些幽默技巧基本上可以纳入 Juckel 等人提出的四大分类范畴之内（即语言、逻辑、身份和行动）。《摩登家庭》中的幽默大多源于故事情节和主要人物，而每个人物的幽默风格都独树一帜，有的比较善用讽刺，有的热衷挖苦，人物的幽默风格多种多样。此处，将重点提及一些具有代表性的风格差异。例如，尽管在角色之间的交流层面，大家并不欣赏 Phill 的笑话（详见 3.5.1 和 3.5.5 节中的例子），但不可否认，Phil 使用的双关语极具创意性。相反，Cameron 乐于使用基于固定表达和习语的幽默，或者引用文化意象来制造幽默效果（如 3.5.3 和 3.5.4 以及第四章中的例子）。Jay 和 Michell 喜欢挖苦人，而 Gloria 的幽默主要源于她稍显蹩脚的英语（非母语）和她热情洋溢的性格（详见第五章）。Manny 和 Alex 之所以有趣，主要是因为他们的早熟与聪慧。Alex 勤勉好学而 Manny 则过于敏感；Luke 则恰恰相反，不拘小节，冒冒失失。Hailey 则完全符合容貌出众、受人欢迎，但是比较愚笨的青少年刻板印象。

为了营造幽默效果，所有人物的对话有明显的夸大成分，充分展示了他们是如何受制于自己的刻板印象以及僵化思维。此外，不同角色在处理家庭琐事时（例如生日庆祝活动、情人节、学校教育）常常窘况频出，妙趣横生。此外，该剧创新性地融合了“情景喜剧”模式与“采访”模式，以形成冲突（或对立，幽默研究术语），幽默便应运而生。在“采访”模式中，角色们经常在其他家庭成员面前袒露“心声”，而这些“心声”有时会与他们之前说的话自相矛盾。

在接下来的案例分析中，该剧将集中幽默的各方面特征进行更加全面、细致的探讨。

3.4.2　研究方法

本文选择《摩登家庭》作为数据来源，不仅是因为该剧是一部富有幽默性与创新性的情景喜剧，还因为该剧在北美社会乃至非英语国家都深受观众喜爱。因此，不论是研究视听语境中的幽默还是幽默翻译等问题，《摩登家庭》都是研究对象的不二之选。

《摩登家庭》每季共有 22 集或 24 集，平均每集播放约 22 分钟。鉴于可用素材量之大，笔者决定把重点放在该系列的前两季上，因为前两季涉及背景与人物关系介绍，展示了角色的特点以及他们生活的环境。前两季各有 24 集(每季共有 1056 分钟)；笔者对前两季共 48 集的视听素材将进行全面分析以达到本研究的目的。这 48 集的内容源于目前在意大利市场发行的 DVD 版本，而 DVD 中每集均有源语版本、意大利语配音版和意大利官方字幕版。此外，前两季的粉丝制作字幕版可在意大利粉丝制作字幕社区 ItaSA 网站检索到(详见 2.4.2.1 节)。如此一来，本研究得以使用高效且可行的方法对三个不同版本的文本素材进行对比分析。

《摩登家庭》的配音版本是由罗马的配音公司 Video Sound Service 制

作。第一季的意大利语对白是由 Stefanella Marrama，Marina Guadagno，Margherita Sestito 和 Cecilia Gonnelli 改编，而第二季的对白改编则是由 Federico Nobili，Margherita Sestito 和 Cecilia Gonnelli 负责。配音总监是 Teo Bellia 和 Roberto Draghetti；配音助理是 Francesca La Stella。但遗憾地是，该系列是先翻译后进行改编，以及改编者是否也参与了翻译等信息几乎无从考究。此外，尽管本文设法从 DVD 中提取了官方字幕，但并没有在剧集演职员表中找到字幕员的信息。因此，也无从考证官方字幕的制作是由一个还是多个字幕员完成，以及第一季与第二季的字幕员是否为同一批。这清楚表明，尽管网络字幕制作员的活跃度越来越高（Díaz-Cintas，2018：141），传统的字幕制作人员似乎仍然处于“隐身”状态（Díaz-Cintas & Remalel，2007：40）。因而，笔者只能假设至少有一位字幕员参与了这两季的字幕制作工作。最后，ItaSA 的粉丝制作版字幕有一名审核员负责校正，以确保四名译员制作的第一季每一集的字幕内容连贯统一；如果有正式译员临时缺席，“预备译员”也时刻准备替补。在第二季中，有两名正式译员终止与 ItaSa 合作，审核员就让两名预备译员替补上阵。上述信息清楚展示，在剧集制作中，尤其是幽默的翻译制过程，涉及的专业人员数量极为可观。因此，毋庸置疑，本章以及接下来两章可以尽可能详细地描述专业译员以及业余译员在不同 AVT 情况下的翻译决策过程。

本文的分析主要集中在三个方面：第一，了解编剧如何利用双关语，文化专有指称（CSR）和多语言来产生幽默；第二，分析相应翻译策略以应对语言文化桎梏对翻译构成的挑战；第三，验证在文本翻译过程中，源语中的幽默文本与目的语中的幽默文本是否存在明显的差异。

如前所述，在过去十年里，从事幽默和 AVT 研究的学者们花了大量心血研究如何在喜剧翻译中产生和/或处理幽默。但是，大多数学者仅关注单个方面，即：幽默产生或者幽默翻译，很少将这两种现象进行综合同步研究。例如，Ranzato（2016）出版了关于意大利配音中文化专有指称的著作，花了整整一章的篇幅讨论 20 世纪 90 年代电视喜剧《老友记》

(1994—2004)中的文化幽默 cultural humour 及其翻译策略。笔者之前也曾研究过《老友记》，但主要关注第一季（Dore，2008，2010b，2015），而 Ranzato 研究了六季内容，数据丰富多样，且兼具同步性和历时性。本文认为"《老友记》中的幽默效果大多是由文化因素触发"。为了印证这一说法，笔者讨论分析了大量源语中的幽默及其在目的语配音中的处理策略。然而，Ranzato 根据数据所总结出来的翻译趋势，基本上是来自对以往文献的分析与总结，而其中有些文献不是基于幽默研究。Ranzato 在进行数据统计分析时似乎忽略了这一问题，因此，她的结论还需进一步验证。相反，在本研究中，笔者将幽默研究与 AVT 理论相结合，为数据选择和分析建立了见识的理论基础，有效地排除非幽默情景，为达到上述三个研究目的提供了理论基石。

一般来说，数据筛选的过程都十分繁琐耗时，而本研究更是如此。一般的情景喜剧，如《老友记》，都会插入罐头笑声来提示观众当前角色的台词或者行为富含潜在幽默，而《摩登家庭》中，并未使用罐头笑声。显然，这可能是由于该剧的特质性，毕竟该剧是以伪纪录片的形式拍摄"现实生活"，如果剧中如果出现罐头笑声，会显得不合常理。因此，笔者在筛选幽默话语的时候，会依据角色的反应，比如有的角色会在妙语和趣言处发出笑声。除此之外，有关幽默的韵律和语用标记，如音调，语调（Gironzetti，2017），讽刺性或回应性话语，也会作为话语标记的依据。本研究中幽默话语的标记与筛选，尤其是剧中角色假装与纪录片制作人对话的独白场景中出现的幽默，将依据幽默理论，如 SSTH 和 GTVH，以及笔者的判断来解释。

值得一提的是，本文中所有源语与目的语中的幽默实例，都使用了 GTVH 矩阵（Attardo & Raskin，1991；Attardo，1994，2001）进行分析研究。值得重点关注的是其中三种知识资源：脚本对立、逻辑机制和目标。脚本对立有助于检索源文本制造幽默的惯用模式。逻辑机制主要用于分析翻译过程中，源文本与目的语文本产生的差异，这种差异能够推测出译者所用翻译策略的决策过程。目标则帮助识别笑点产生的对象是谁/什么。如果笑话的目标是角色自己，分析自嘲型幽默还有助于了解角色性格与身份特征。此外，幽默的传译过程还可能导致笑话目标在语言之间与文化之间发生改变。

幽默的语言学分析中必不可少一环就是对幽默进行分类。而本研究中发现的幽默实例，很难与前人所提出的极为相似的分类方法完全贴合。例如，本研究中的部分幽默实例融合了两个语言要素（如文字游戏和 CSR），因此可以套入多种幽默分类。与其将此类幽默重复分类，不如在本文中将语境考虑在内，作为分类的依据之一。如果幽默中既包含 CSR 又包含双关语，但是前者在制造幽默层面而言发挥的作用明显比后者重要，那么该幽默就会被划分为幽默 CSR。例如，在第一季第五集（在之后的讨论中，季数将会被省略为 S01、S02 等，而集数则标为 E01，E02 等），Mitchell、Cameron 和 Jay 正谈论足球，对话如下：

Jay：　Oh, lookd like I got to watch the game with Dick Butkus.
　　噢，看来我要和皮古一起看比赛了。

Mitchell：Dad! Come on, that's offensive.
　　老爸！别这样，太冒犯人了。

Cameron：He's one of the greatest line-backers to ever play at Illionois, and one of my personal heroes.
　　他是伊利诺斯州最棒的中后卫球员之一，也是我的偶像之一。

Mitchell：And his name is "Butkus"? Really, and we're just choosing to… Okay.
　　难道他的名字真是"屁股"吗？我们只是想要……好吧。

此处笑点源于足球运动员的姓氏"Butkus"听起来跟"buttock"（屁股）很

像，虽然这句话属于他律范式双关语（heteronomous paradigmatic pun），但是幽默效果是由专有名词“屁股”触发，故将此例划分为幽默 CSR。此外，某些对话可能包括多个 CSR，因此不能一概而论你，因为 CSR 可能在句中担当的幽默成分不同（即：趣言或妙语）。相反，如果多次使用同个 CSR，则视作同一例幽默 CSR。

另一种值得关注的情形是：某些类型的罐头笑话源于多个角色之间的对话（尤其是具有刻板印象的角色，如英国人，德国人或者意大利人），而这类罐头笑话的句尾都会有妙语。但是与罐头笑话不同，会话笑话的句尾大多是开放式的，依据本集剧情乃至整个剧集剧情的发展而展开。通常，每集包含两或三条同时展开的故事线，角色对话话题可与前情甚至前集承接。例如，《摩登家庭》中的幽默大多由多个会话角色共同创造，这也影响了观众对角色的认知。因此，本文的语言学分析所考虑的语境，既包括幽默所处的特定会话语境，也考虑到整季所营造的更为宏观的语境。

最后，需要将存在翻译问题的幽默与不存在翻译问题的幽默区分开来。本研究的语料中有的幽默是依靠语境和语用因素制造幽默效果，因此此类幽默基本上不存在翻译问题。如，下例摘自《摩登家庭》S01-E03 结尾所谓的“幕后花絮”（或“彩蛋”）部分：Jay 和 Gloria 均处于“采访”状态，而现在轮到 Gloria 和纪录片制作人交谈：

> Gloria: I always wanted a daughter. To dress her up with pretty dresses. Do her hair, her nails, her makeup. No one knows this, but for the first year of his life, I made up Manny like a girl. And told everybody that he was my daughter. But just for a few times. I didn't want to mess with his head. When he found the pictures, I told him that it was his twin sister who died, you know (the camera zooms on Jay's shocked face).
>
> 我一直想有个女儿，给她穿漂亮的衣服，做各种发型、美甲，给她化妆。没人知道这个秘密，Manny 一岁左右的时候，我把他打扮得像个女孩子一样。而且还告诉大家他是我女儿，不过就几次而已啦，

我可不想让他心理扭曲，后来他找到那些照片的时候，我骗他说，那个是他早夭的双胞胎姐姐(镜头拉近，Jay 满脸震惊)。

Gloria 独白中的幽默源于潜在的主题（性别）和荒谬事实：母亲可以糊弄儿子的性别身份。该笑话的“脚本对立”属于可能/不可能、生/死，以及男/女的性别身份。而逻辑机制属于“基于虚假前提进行推理”(Attardo et al.，2002：18)，也属于 Juckel 等人(2016：588-589)讨论幽默技巧时所说的“谬论”。“目标”则是编剧视角的 Manny 和 Gloria。但是，该幽默并不基于特定语言或文化因素，因此，不会存在翻译问题。直译就可保留所有的原始知识资源和幽默。本文的研究重点不包括上述及类似可以直译且不折损幽默效果的例子。

总而言之，本研究重点关注幽默双关语、CSRs 和多语言，因为这些类型的幽默不仅对译者而言是重大挑战，也对角色塑造发挥着重要作用。如前节所述，编剧们似乎利用这些幽默策略来制造反复的行为模式，借此加深剧集的主题性，因为角色的人际交往，婚姻和工作生活都围绕着主题展开。上述因素（角色塑造、幽默、升华主题）是促进该剧集成功以及提升收视率的关键。因此，译者在将源语本文进行跨语言以及跨文化转移的时候，必须优先考虑上述因素。

3.5　数据分析

由于篇幅有限，很难将本文语料库中的所有双关语进行深入分析与讨论。因此，本节仅展示部分代表性实例，包括配音(3.5.1 意大利语配音)与字幕（3.5.2 意大利语官方字幕与业余字幕）。3.6 将总结该剧的意大利语配音版本所采用的翻译方法与翻译策略。

值得一提的是，第一、二季中有些集数的标题就含有双关语与 CSR，这些标题在意大利官方配音版中的译文就可以细细品味（如下表 3.4 所示）。

表 3.4　《摩登家庭》第一、二季的标题翻译①

第一季			
集数	ST	TT_1	TT_2
1	Pilot	La nostra famiglia	宇航员
2	The Bicycle Thief	Ladro di biciclette	偷自行车的贼
3	Come Fly with Me	Vola via con me	伴我双飞
4	The Incident	L'incidente	意外
5	Coal Digger	La pace ritrovata	拜金女
6	Run for Your Wife	Un papà è poco e due sono troppi	为妻奔波
7	En Garde	Un talento naturale	警戒
8	Great Expectations	Grandi speranze	远大前程
9	Fizbo	Una festa da ricordare	费茨宝
10	Undeck the Halls	Tradizioni e contraddizioni	放下大厅
11	Up All Night	Phil si toglie unsassolino	一夜无眠
12	Not in My House	Equivoci pericolosi	不在我家
13	Fifteen Percent	Cambiare si può?	百分之五十
14	Moon Landing	Toccata e fuga	登陆月球
15	My Funky Valentine	Giochi pericolosi	酷炫情人节
16	Fears	Paure e fobie	恐惧
17	Truth Be Told	Quattro impronte e un funerale	直言真相
18	Starry Night	Van Gogh a sorpresa	星空
19	Game Changer	Un compleanno movimentato	规则改变者
20	Benched	La rivincita di Phil	替补
21	Travel with Scout	In viaggio con Scout	与童军的旅行
22	Airport，2010	Ilcompleanno di Jay	2010 机场

① 为便于理解，译者将每集标题源语 ST 附上中文译文，标注为 TT_2；TT_2 与 TT_1 译法不一定对应。

续表

<table>
<tr><td colspan="4">第一季</td></tr>
<tr><td>23</td><td>Hawaii</td><td>Luna di miele alle Hawaii</td><td>夏威夷</td></tr>
<tr><td>24</td><td>Family Portrait</td><td>Ritratto di famiglia</td><td>全家福</td></tr>
<tr><td colspan="4">第二季</td></tr>
<tr><td>1</td><td>The Old Wagon</td><td>Auto vecchia, castello nuovo</td><td>老货车</td></tr>
<tr><td>2</td><td>The Kiss</td><td>Il bacio</td><td>亲吻</td></tr>
<tr><td>3</td><td>Earthquake</td><td>Terremoto</td><td>地震</td></tr>
<tr><td>4</td><td>Strangers on a Treadmill</td><td>Delitto per delitto</td><td>踏步机上的陌生人</td></tr>
<tr><td>5</td><td>Unplugged</td><td>Disconnessi</td><td>不插电</td></tr>
<tr><td>6</td><td>Halloween</td><td>Dolcetto o scherzetto?</td><td>万圣节</td></tr>
<tr><td>7</td><td>Chirp</td><td>Appuntamento al buio</td><td>啁啾</td></tr>
<tr><td>8</td><td>Manny Get Your Gun</td><td>Il compleanno di Manny</td><td>曼尼拿到了你的枪</td></tr>
<tr><td>9</td><td>Mother Tucker</td><td>Addio Dylan!</td><td>塔克妈妈</td></tr>
<tr><td>10</td><td>Dance Dance Revelation</td><td>Ballo scolastico</td><td>劲舞革命</td></tr>
<tr><td>11</td><td>Slow Down Your Neighbors</td><td>Rischi di quartiere</td><td>拖累邻居</td></tr>
<tr><td>12</td><td>Our Children, Ourselves</td><td>Tali genitori, tali figli</td><td>孩子和我们</td></tr>
<tr><td>13</td><td>Caught in the Act</td><td>Sorpreesaaa!!!</td><td>抓个正着</td></tr>
<tr><td>14</td><td>Bixby's Back</td><td>San Valentino con sorpresa</td><td>比克斯比的回归</td></tr>
<tr><td>15</td><td>Princess Party</td><td>La festa della principessa</td><td>公主派对</td></tr>
<tr><td>16</td><td>Regreats Only</td><td>Un'insalata... capricciosa!</td><td>只留遗憾</td></tr>
<tr><td>17</td><td>Two Monkeys and a Panda</td><td>Due scimmie e un panda</td><td>两只猴子和一只熊猫</td></tr>
<tr><td>18</td><td>Boys' Night</td><td>Una serata tra ragazzi</td><td>男孩之夜</td></tr>
<tr><td>19</td><td>The Musical Man</td><td>Musical di fine anno</td><td>音乐人</td></tr>
<tr><td>20</td><td>Someone to Watch Over Lily</td><td>Una scelta difficile</td><td>照看莉莉</td></tr>
</table>

续表

第二季			
21	Mother's Day	La festa della mamma	母亲节
22	Good Cop Bad Dog	Poliziotto buono cane cattivo	好警察坏狗狗
23	See You Next Fall	Il giorno del diploma	来年再会
24	The One That Got Away	Regali di compleanno	离开的人

之前就有学者专门研究电影片面的翻译（Fuentes-Luque，1997；Viezzi，2004；Bucaria，2010；Scardamaglia，2015），而专门研究《摩登家庭》每集标题翻译的几乎没有。但是，本文主要研究的含有双关语及幽默效果的标题翻译，不包括非幽默标题翻译。换句话说，如上表所示，有些标题采用的是直译策略，如，*The Bicycle Theif*，　*Ladro di biciclette*《偷自行车的贼》；*The incident*，*L'incidente*，《意外》；*Good Cop Bad Dog*，*Poliziotto buono cane cattivo*，《好警察 坏狗狗》，等等。有些则采用的是对等翻译策略，如 *Great Expectations*，*Grandi Speranze*，《远大前程》。还有一些的翻译策略则更加直接，为了凸显故事主题，如 *Hawaiii*，*Luna di miele*，《夏威夷》；*The Musical Man*，*Musical di fine anno*，《音乐人》，基本上不属于幽默范畴。

本文将对表 3.4 中部分标题的翻译进行简要分析，从幽默翻译的角度而言，这些例子颇有趣味。比如，S01E03 的标题是基于 Frank Sinatra 的名曲 *Come Fly with Me*，尽管这首曲子在意大利家喻户晓，但是歌名译法基本上采取的就是直译的方法。配音团队可能意识到，该曲子的同名专辑是于 1958 年发行的，而现在很少有人知道这首曲子。此外，直译基本可以保留源语的联想意义与潜在含义。而 S01E05 的标题源于俗语"to be a gold digger"以及"coal digger"，均有"拜金女"之意，而意大利语版本的译文依据语境使用了一个更为宽泛的描述——"pace ritrovata 回到安稳"。S01E06 的双关语来源"run for your life"（逃命要紧），而意大利语版本的译文用一个概念性幽默语句替换源语，改成"Un papà è poco e due sono troppi

一个爸爸不够，两个又太多”，更加贴合剧情。

S01E14 标题“Moon Landing”(英语俗语，描述的是在更衣室里，两个男人或者两个女人背对背换衣服，弯腰脱下上衣时，屁股正好无意间撞到一起)含有幽默指称，翻译该标题使用的是替换法——用一个富有韵律的短语(toccata e fuga，预备 跑)替代源语——保留了源语的趣味性与丰富性。“Mother Tucker”的译法使用的是省略法，译为“Addio Dylan 再见迪兰”，该译法基本折损了源语的幽默性。但是，有时也会采用补偿策略，比如，S01E17 的标题源于俗语“Truth be Told 直言真相”，在进行翻译时，借用了知名电影 *Four Weddings and a Funeral*《四个婚礼和一个葬礼》(Mike Newell，1994)之中的一个指称——Quattro impronte e un funerale，字面意思为，四个指纹和一个葬礼。这个幽默指称与本集的情节高度贴合，本集中 Jay 无意间杀死了 Manny 的宠物乌龟，并且试图编故事掩盖真相，欺骗 Manny 有浣熊曾破门而入。

接下来，本节的讨论基本围绕配音与字幕中的语言类双关语翻译，分析其翻译策略。鉴于配音与字幕版本的源语是相同的，因此本文将避免重复出现源语，以分析展示更多案例。在前两季中，基于固定表达与俗语的双关语，语言本文与非语言文本双关语共计 38 例，如表 3.5 所示：

表 3.5　《摩登家庭》第一、二季双关语数量

季数	双关语	基于固定表达与俗语的双关语	语言本文与非语言文本双关语
01	13	9	5
02	25	15	11
共计	38	24	16

有趣的是，第二季中发现了 25 例双关语，这似乎显示编剧在经过第一季后，对于双关语的创作更加得心应手。但是，这还需要对全季进行全面历时性分析，以印证上述猜想。

接下来，笔者将分别分析配音与字幕中的双关语翻译策略，并且总结出常见的翻译方法。尽管配音与字幕译本的案例分析仅能覆盖主要的方面，但是每个案例的分析都会考虑到现有的技术限制。分析主要围绕着案例的脚本对立、逻辑机制以及目标等方面。从数据分析层面来讲，根据前文所提及的筛选标准，源语中的双关语数量已经尽量详细精确地统计出来，但是无可避免地存在一定程度的主观性，特别是双关语的分类问题上。如果在分类上出现了瑕疵及不妥之处，望批评指正。

3.5.1　配音中的双关语

本小节将探讨配音中将 ST 翻译成意大利语的双关语实例。除语言系统有明显不同外，本节也将使用不同的策略操纵双关语中的语言要素(详见表 3.6)。

表 3.6 《摩登家庭》第一、二季配音中的双关语翻译策略

策略	双关		%
	第一季	第二季	
转移	2	7	23.7
对等	4	9	34.3
替换	1	4	13.1
中和	6	5	28.9
省略	0	0	0
补偿	0	0	0
共计	13	25	100

如表所示，有九例双关语在翻译成意大利语时，使用的是与 ST 相同的双关语元素。然而，TL 中的双关语使用对等策略频率较高(13 次)，但使用替换策略的次数较少(5 次)。显然，中和这一策略出现的频率也较高(11 次)。据以下分析表明，即使缺失了源语的双关语要素，使用中和策略

也可能可以保留文本的言语表达效果。如此一来，源语中所有双关语文本既未被完全省略，也未对其采用增补策略。然而，如例 3.4，或多或少可以察觉到增补策略(主要是阐释方法)的使用痕迹。

显然，此处探讨的实例数量实则有限，尽管如此，还是希望能够清楚解释 3.3.1 节所提出策略的实际应用情形。笔者将提供每个文本片段的简要背景信息将简均，并依据所在的季数和集数，将片段进行编号和分类。左列为原版美式英语源文本（ST），中列为配音版译文(以下简称 TT^D)，右列是意大利语译本回译的英文版（BT）。为清楚起见，双关语元素用下画线标示。在 GVTH 术语中，ST 中的逻辑机制是“克拉蒂卢斯主义”(Cratylism①)，虽然分析内容会涵盖每个例子的脚本对立与目标，但是只有翻译造成两者形成明显差异时，才会被深究。

3.5.1.1　转移

就统计数据而言，转移策略占所有策略总和的近 24%。接下来两个例子将展示翻译过程中转移策略的使用。

例 3.1—S01-E01

Mitchell 和 Cameron 收养了越南女婴 Lily，之后他们乘飞机回洛杉矶。在飞行途中，Mitchell 觉得飞机上有些乘客对他们这对男家长投来了异样的眼光。

ST	*TT^D*	*BT*
Lady: Look at that baby with those cream puffs.	Tesoro guarda è veramente una delizia quella chicca.	Sweetheart, look. She is a lovely little treat.

① 译者注：克拉蒂卢斯主义是哲学范畴的术语，延伸至语言学层面时，泛指语言风格，即自然语言中，当词汇与事物之间的完美关联被识别时，风格的变体就不再引人注目。

续表

ST	TT^{D}	*BT*
Mitchell：OK. Excuse me. This baby would have grown up in a crowded orphanage if it wasn't for us "cream puffs". And you know what? Note to all of you who judge. Hear this. Love knows no race, creed— **Cameron**：Mitchell… **Mitchell**：Or gender. And shame on you, you small-minded, ignorant few— **Cameron**：Mitchell… **Mitchell**：What? **Cameron**：She's got the cream puffs (the camera zooms on Lily who is holding a cake).	OK scusi signora, ma se non fosse per noi "checche" questa bambina sarebbe in un orfanotrofio. E tutti voi pronto a giudicare. Ascoltatemi. L'amore non conosce razza, religione— Mitchell… O sesso. Quindi vergognatevi con la vostra mentalità ristretta e— Mitchell… Che c'è? "Chicca" era riferito alla piccola.	OK. Excuse me, madam, if it wasn't for us "puffs", this baby would be in an orphanage. And all of you who are ready to judge. Listen to me. Love knows no race, creed— Mitchell… Or gender. So, shame on you, with you small-minded mentality and— Mitchell… What? "Treat" meant the baby①

ST 中的水平谐音双关语为"cream-puff"，字面意思指奶油和巧克力酱的圆形小糕点；但是也可用作俚语，形容"无法克制感情或情绪，过度敏感的男性"，一般暗指白人男同性恋者。虽然视觉因素对于幽默至关重要，如 Cameron 最后那句话的幽默就必须结合视觉画面，但 cream-puff 从根本上来说还是属于语言歧义引发的双关语。所含的脚本对立为正常/不正常，

① 源语的中文逐字翻译译本见附录。

性/非性(或只是异性恋/同性恋)，不论从编剧与观众的沟通层面还是角色之间的沟通层面，目标都是 Mitchell(或同性恋者群体)。意大利配音版中，配音团队成功保留了有关食物的文字游戏，使用含义更广的 Chicce 一词，字面含义为糖果、巧克力及所有含糖儿童零食，也暗指女性化的男同性恋者(“checche”)。因此，该译本基本保留了所有的知识资源。

接下来的片段还是围绕 Mitchell 和 Cameron 的婚姻和社交展开。

例 3. 2—S02-E18

Mitchell 和 Cameron 正在接受纪录片制片人的采访，Mitchell 说道，最近他们没有与同性恋朋友们来往。

ST	TT^D	*BT*
Mitchell：I've been spending a lot of time with a lot of straight people lately and, darlin', I need a night with my homeys.	Ultimamente ho trascorso molto tempo con molti etero e, tesoro, mi serve una serata con gli amici più cari.	Lately, I have been spending a lot of time with a lot of straight people and, darling, I need a night with my homeys.
Cameron：You mean homos (Cameron smiles).	Vuoi dire più gai.	You mean more gay.

本例中的水平双关语是“homeys”(最亲密的朋友)和“homos”(同性恋者)。“homos”是“homosexual”的缩写形式，更具冒犯性。本例中的脚本对立依然是正常/不正常，性/非性，异性恋/同性恋；目标也与前例一样，是 Mitchell(或者同性恋群体)。有趣的是，虽然 Cameron 使用的妙语“homos”是自嘲式幽默，但是 Cameron 也通过这种反讽幽默来强调自己的身份(Babuscio，1993)。这种开玩笑的方式或许更能被其他同性恋者所接受。在意大利语 TT 中，“homeys”译为“amici più cari”(最好的朋友)，“cari”和“gai”(字面意思为欢乐，也暗指同性恋)谐音。显然，译为 cari，虽然取消了源语的冒犯之意，但是保留了目标，即 Mitchel 和同性恋群体。

因此，TT 充分保留了 ST 言语表达效果。

3.5.1.2 对等

通常来说，对等是翻译《摩登家庭》中双关语的主要策略，但意大利配音版中对等策略的使用频率(9 次)与转移策略的使用频率(7 次)相差无几。配音团队大量使用这两种策略，表明他们想要尽可能保留文本的言语表达效果。其实，配音的过程可以在不同层面上操纵文本，而这种操纵行为也体现了团队解决方案的创造性。

例 3.3—S01-E17

Dunphy 一家正在吃早餐。Phil 告诉 Claire，他要与来市区出差的前女友见面。

ST	*TT*^{D}	*BT*
Phil：So, I guess she travels around selling makeup for a cosmetics company. She's in town for a week.	E viaggia molto. Vende cosmetici per conto di una ditta. Resta una settimana	And she travels a lot. She sells makeup products for a company. She's here for a week.
Alex：You mean she's like a door-to-door salesman?	È una venditrice porta-a-porta?	Is she a door-to-door salesman?
Luke：If you were doing it, they'd call it a dork-to-dork salesman.	Se si trattasse di te, ti potresti fare chiamare venditrice sporca-sporca	If you were doing it, you'd ask to be called dirty-to-dirty salesman.
Phil：Ooh!（laughs）My boy strikes like a rattlesnake!	Ooh! Il mio piccolo campione è in vena oggi!	Ooh! My little champion's in the mood today!

与前例相同，此例的双关语依旧是组合双关语，同义元素比较明显且同时出现在文本中(即“door-to-door”与“dork-to-dork”)。该双关语的脚本对立为正常/不正常，因为 dork 是个粗俗美式俚语，形容人愚蠢呆板。目

标显然是 Alex。意大利语 TT 保留了相同的双关机制，而意大利语中的“门”(porta)一词与“sporca”(肮脏)一词正好形成同音异义双关语，而目标同样还是 Alex。但“sporca”不止字面上有“肮脏”之意，还暗含有淫秽/非淫秽和性/非性上的脚本对立。有趣的是，Luke 在 ST 中的台词对于 11 岁的男孩来说已经稍显少儿不宜，但是意大利的 TT 又加重了这层含义，特别是双关语的对象是 Alex 这样的年轻女孩时，带有性方面的暗指更加显得不合时宜。在 ST 中，Phil 没有责骂儿子，反而表示欣慰。最后，Phil 使用的明喻翻译成了俗语，也十分贴合语境。

Phil 对 Luke 话语的评价与人物性格十分相符，因为他也喜欢开玩笑，还自诩是个“幽默感十足的人”，然而，Claire 时常欣赏不了他的笑话，只是假意迎合。

例 3. 4—S02-E04

Phil 和 Claire 正在接受“采访”。菲尔非常高兴，因为他受邀在房地产经纪人宴会上发言，还打算讲很多 Claire 不懂欣赏的笑话。

ST	*TT^D*	*BT*
Phil：they've asked me to fill in. See what I did?	Hanno chiesto a me di i nFI-Larmi. È divertente. Oh sì.	They asked me if I can get in. It's funny.
Claire：Oh，yeah. **Phil**：Fill. You think I should open with that? **Claire**：You betcha. You should… (Alone in interview mode) Phil is gonna bomb.	Potrei usarla come. battuta d'apertura. Io penso che li. stenderesti… Finirà al tappe-to.	Oh，yeah. I could use it as an opening joke. I think you'll knock them out… He's the one who will be knocked out.

此例中 Phill 拿自己名字的双关语打趣，所以并不属于 CSR 的范畴(见第 3.4.2 节)。这段对话里，主角名字“Phil”和动词“fill”构成同音异义的组合双关。在本场景 Phil 说第二句话时，他再次强调了“fill”这一双关语，

也加深了观众对于 Phil 这一角色思维独特的印象，而 Claire 则面向镜头，向观众清楚呈现她无可奈何的反应。该双关语脚本对立为真实/不真实，而根据 Claire 的最后一句话可知，目标是编剧与观众沟通层面上的菲尔。意大利语 TT 尝试保留原始的双关语机制，将动词词组“fill in”替换为“infilarsi”(进入)，对该语境来说此译法足以传递双关效果。因此，配音团队决定删除菲尔在第二句话中的重复；主要是考虑到重复的非必要性，尤其是音画同步等制约因素也很关键。然而有趣的是，配音团队似乎想要弥补此处的缺失，于是在 Phill 接下来的配音中，更清楚地传达了他的幽默意图(“battuta d’apertura”，字面意思是开场笑话或台词)。最后，值得一提的是，此例中 Claire 所说的俗语也替换为意大利语中的对等表达。虽然源语暗含战争隐喻，后者则是与拳击等意象相关，但二者都充分传达出 Claire 对于 Phil 言行的负面评价。

3.5.1.3 替换

据观察，替换策略在本研究中出现的频率最低。因为替换意味着需要使用相似的修辞手法来代替原双关语，如以下例所示。

例 3.5—S02-E24

今天是 Jay 的生日，全家人聚在一起庆祝。为此，Phil 买了张生日贺卡并写了些自认为幽默的祝词。

ST	*TT*[D]	*BT*
Phil：“Hip-hip-hip hooray. Save the extra hip. You’ll need it someday.” **Luke**：“Cause he’s old” (Phil and Luke laugh and give each other a high five). **Claire**：Mmm. You’re not giving him that.	“Tanta tanta salute e felicità. Ricordati di questo perché un giorno ti servirà” Perché è vecchio. Uhmm. Non glielo darete.	Much health and happiness. Remember that because one day you’ll need them. Because he’s old. Uhmm. You’re not giving him that.

在该例的对话中，Phil 写祝词时所用的表达“Hip-hip-hip hooray”和“hip”(通常指人的臀部)一词形成双关。Phil 打趣道“save the extra hip 又救了屁股一命”，暗讽像 Jay 这个年纪的人，臀部通常会出现健康问题，可能还需要做手术。本双关中涉及的脚本对立为生/死，目标显然是 Jay，Luke 接下来说的话也可以证实这点。作为 Jay 的女儿，Claire 非常清楚父亲不会喜欢这种笑话，所以表示反对。在制作配音文本时，与其选择意大利语中对等的双关语，不如让译者选择押韵(其他修辞手法和逻辑机制)，即“salute e felicità 健康与快乐”与“ti servirà 你会需要它”。尽管从幽默效果而言，意大利 TT 大打折扣，但也达到了逗乐目的，因为生/死脚本对立和目标都得到了保留。

3.5.1.4　中和

中和指的是如果必须牺牲双关的形式，至少要保留双关的大致含义。下面两个例子展示了中和策略的应用。

例 3.6—S01-E01

Phil 自称是个“时髦”的父亲，但似乎其他人并不认同。

ST	*TT*[D]	*BT*
Phil：I'm the cool dad. That's my thing. I'm hip. I surf the web. I text. LOL—laugh out loud. OMG—oh, my god. WTF—why the face?	Sono un padre fico. Sono fatto così. Sono alla moda. Navigo in internet. Mando sms. RAC—rido a crepapelle, OMD—o mio dio. PQF—perché questa faccia?	I'm a cool dad. This is what I am. I'm hip. I surf the web. I text. LOL—laugh out loud. OMG—oh, my god. WTF—why the face?

在这段话中，菲尔把人人皆知的首字母缩略词“WTF”(What the Fuck 什么鬼)误认为“Why the Face 为什么是脸”，显然与他之前吹嘘自己是“酷爸爸”和“时髦”相悖，引人发笑。此处的脚本对立是正常/不正常；以及淫

秽/非淫秽；逻辑机制是克拉蒂卢斯主义，也属于错误推理；而目标是编剧与观众沟通层面上的 Phil。不论如何，此处的难点在于如何使得 TT 同时兼具沟通性与幽默性。如果直译这个首字母缩略词及其定义，就能传达文本大意，但同时也会丧失幽默感。那样的话，没有脚本对立，没有克拉蒂卢斯主义，也没有错误推理；那么，Phil 自然也不会成为取笑对象。在意大利语配音时，直接保留源语的首字母缩略词也许可以保留笑点，因为这个缩略词是一个耳熟能详的词，无论老少(包括意大利人)都会使用。有趣的是，在粉丝制作版字幕中，确实使用了这种方法，即所有的首字母缩略词及其原意全都沿用的是英语的表达，而观众是否能发现和理解其中的双关语及预期笑点只能通过相关研究来进一步测试与验证。

在翻译时，中和策略的使用会导致幽默效果的折损，如下例所示：

例 3.7-S01—E18

Phil 和 Claire 正在厨房里讨论应该如何对付不按常理出牌的 Luke。

ST	*TT*[D]	*BT*
Phil: Claire I know you've got your methods, but so do I. I'm sorry but I'm not a micromanager. Trust me: I can provide Luke with the tools and guidance that he needs without, uh, smothering him.	Claire, lo so che hai il tuo metodo, ma anche io ho il mio. Vorrei che tu ti fidassi di me. Posso dare a Luke tutta la collaborazione di cui il ragazzo ha bisogno senza per questo, mh, soffocarlo.	Claire, I know you've got your method, but so do I. I wish you could trust me. I can provide Luke all the collaboration the boy needs without, uh, smothering him.
Claire: You think I smother our child? **Phil**: It's not your fault, honey. "Mother" is part of the word. You never hear of anyone being "sfathered" to death.	Vuoi dire che lo soffoco? Non è colpa tua tesoro. Tu sei la madre, è naturale. Noi tutti amiamo essere soffocati date.	Do you mean I smother him? It is not your fault, sweetheart. You're his mother, it's natural. We all love to be smothered by you.

此例中的水平双关语依然具有复杂性与动态性特征。该双关语主要是围绕着“mother 母亲”和“smother 窒息”以及“smother”和“sfather”两组双关成分。Phil 开头所使用的“mother”和“smother”这一组双关成分，想取笑 Claire 过度保护孩子是每一个母亲的天性。词句的脚本对立属于正常/不正常，目标是不论是编剧与观众沟通层面，还是角色之间沟通层面上，都是 Claire。与例 3.6 不同，TT 中的幽默效果因为 Phil 的第二轮发言得以保留，Claire 仍是他嘲讽的对象。值得一提的是，粉丝版配音巧妙地保留了源语双关语。译员使用了动词“smmare”——一个非正式动词，意为“清除”或“打他”。译员利用了“smmare”与“mamma 妈妈”之间的同音属性，生成一个与源语对等的双关语(“senza che lui debba chiedermi di smammare”，字面意思为“别让我清理”)，这很好地引出 Phil 接下来的妙语（“Non sentirai mai nessuno chiedere ad un altro di ’spapare’”你从没听过爱管教是父亲的天性吧)。毫无疑问的是，粉丝版配音更准确全面地传递了 ST 的信息及其幽默效果。

总而言之，以上比较分析证明 SSTH 和 GTVH 可以有效解释翻译对文本操纵的影响。此外，重要的是，AVT 模式的运用使得原始文本的功能操纵变为可能。虽然配音本身存在一些技术限制，但用新配音替换原始声轨实属有益。因此，探究字幕(专业和业余字幕)中的双关语的处理方法有益于理解不同模式下幽默 AVT 的特征。

3.5.2　字幕中的双关语

正如 2.6 节所述，Gottlieb(1997)及 Bucaria(2007)等翻译学者们已经表明，通过字幕传达幽默简直难如登天。Bucaria 研究了意大利语中含有双关语的字幕，结果发现译者使用的翻译策略很大程度上取决于字幕模式(如时间压力、目的语观众所了解的源语观众的反应)相关的语境与语用因素。最近，Bucaria 也开始从事粉丝制作字幕中的幽默分析（2017)。

通过以信息为基础的分析方法，Orrego-Carmona（2014：66）研究了非官方字幕(粉丝制作字幕)的接受程度，结果显示，观众认为语言特有的幽默根本无法翻译，因此，接受译员们将文字游戏直译入西班牙语。与 Orrego-Carmona 的假设相反，本书将分析专业字幕人员和非专业字人员在翻译《摩登家庭》中的双关语时分别采用了哪些策略。笔者尤其关心的是：专业人员和非专业人员在处理言语幽默时，所采用的策略是否存在明显的差异，因为通常观众们认为非专业字幕似乎更接近源语（Díaz-Cintas & Muñoz-Sánchez，2006：46；Bogucki，2009）。

本节中，官方字幕是指收录在 DVD 中的字幕，而非官方字幕则是由意大利粉丝字幕组 ItaSA 制作的（详见 2.4.2.1）。在数据分析时，源语字幕显示在左边一栏（ST），官方字幕译文显示在中间一栏（TT^S），粉丝版字幕译文显示在右边一栏（TT^F）。为了清晰地阐释内容，粉丝字幕的逐字直译（回译）显示在每一行的方括号内。从表 3.7 可以看出，官方字幕与非官方字幕在翻译策略选择方面并没有明显差异。但值得注意的是，不论是官方字幕还是非官方字幕，“对等”都是使用频率最高的策略。这似乎证明不论是哪个字幕团队，都试图保留源语文本的言语表达效果，尽管可能需要对文本进行某种程度的操纵。

表 3.7　《摩登家庭》第一、二季字幕双关语的翻译策略

策略	官方字幕译文中的双关语			粉丝版字幕译文中的双关语		
	S01	S02	%	S01	S02	%
转移	2	9	28.9	4	6	26.3
等值	4	11	39.5	5	11	42.1
替换	1	3	10.5	2	3	13.2
中立	6	2	21.1	2	5	18.4
省略	0	0	0	0	0	0
补偿	0	0	0	0	0	0
总数	13	25	100	13	25	100

而配音中使用的翻译策略将依据不同的类别进行讨论分析。为了进一

步加深讨论，笔者将对比官方字幕组与粉丝字幕组在使用相同翻译技巧时所呈现的特征。通过对比分析的方法，本文所得出的结果显示，即使不同的字幕组采用了相同的翻译策略，译文词汇和文体风格也可能会产生差异，这一点值得进一步研究。由于字数限制，无法将官方字幕组与粉丝字幕组的所有字幕都展示出来。但是，为了增强可读性与流畅性，笔者用斜线(/)代表文本的语义分割（semantic segmentation）；破折号则表示角色之间字幕的转换。

3.5.2.1　转移

在讨论转移策略之前，值得一提的是，与官方字幕版本不同，粉丝翻译的文本使用了省略符，而非变音符(例如，用 a' 代替 à，用 e' 代替 è)，而这种做法并不属于常规做法。Massidda(2015：52)解释说，ItaSA 字幕组的“译者指南”建议使用省略符，因为视频播放器无法读取变音符。此外，Massidda 还指出，“根据专业的字幕制作规范，粉丝制作字幕应该高度重视语义分割。事实上，字幕制作员应该独立完成字幕制作”。本文在分析时将会尽可能考虑上述译者指南，尽管语义分割这一问题还需进一步商榷(例如，将例 3.8 中的“sciame”和“meteorico”分开，以及例 3.9 中将情态动词和谓语动词分成两行，如“)vorrei/vedere”，此类做法的合理性还需深究)。

例 3.8—S01-E18

Mitchell 在“采访”模式中解释道：他和 Jay 决定一起去看流星雨来培养父子情谊。Cameron 站在门外等 Jay，打算载着 Michell 一起(去看流星雨)，此时他开了个玩笑。

ST	*TT*^{S}	*TT*^{F}
Mitchell：(Interview mode) Tonight is the magnificent Lyrid meteor shower. (...)	Stasera ci sarà lo sciame meteorico delle Liridi. [Tonight there will be the Lyrid meteor swarm.]	Stasera si vedra' lo sciame/ meteorico delle Liridi. [Tonight we'll see the Lyrid meteor swarm.]

续表

ST	*TT^S*	*TT^F*
Cameron：(While Jay's car approaches.) Oh, here comes <u>your shower partner</u>.	—Sono <u>il tuo compagno di sciame.</u> [I'm your swarm partner.]	—Oh, e' arrivato <u>il tuo compagno di sciami.</u> [Oh, your swarm partner has arrived.]
Mitchell：Stop it!	—Smettila. [Stop it!]	—Smettila! [Stop it!]

源语中"meteor shower 流星雨"和"shower partner 洗澡伙伴"是一组横向的双关语，用隐喻的手法将"astronomy 天文学"脚本中的"shower 流星雨"转移到该词的字面意思(洗澡)上。Cameron 的话含有性暗示，也让人联想到禁忌意味(即乱伦)，因为 Jay 和 Mitchell 是父子关系，这也是 Mitchell 为什么要再次呵责 Cameron 的原因。从 GTVH 言语幽默总论视角分析，对立脚本是性/非性，目标是 Jay 和 Mitchell。在两版译文中，通过将源语中的"meteor shower 流星雨"传译为对应的暗喻表达（"sciame meteorico"，字面意思是"meteor swarm 流星群"），然后在译制 Cameron 的回答时，也保留了其中的双关意味。虽然意大利语译文中 sciame meteorico 保留了作为男性伙伴的想法，但在某种程度上，淡化了性暗示和禁忌意味。但有趣的是，官方字幕将双关对象换成了 Cameron 而非 Jay 的儿子 Mitchell（"sono il tuo compagno di sciame"，字面意思是"I'm your swarm partner 我是你的人潮伙伴"），这样一来，保留了部分的性暗示意味。

例 3. 9—S02-E14

情人节那天，Phil 和 Claire 打算在城里一家豪华的西班牙餐厅 Ibiza 用餐。

ST	TT^S	TT^F
Phil：I will meet you at Ibiza.	Benissimo, vi vediamo a Ibiza. [Perfect. See you at Ibiza.]	Bene. Ci vedremo stasera da Ibiza.
Alex：It's pronounced "Ibitha", not Ibiza.	Si pronuncia "Ibitha", non Ibiza. [It is pronounced "Ibitha", not "Ibitsa".]	Si pronuncia "abeetsa", non "abeeza". [It is pronounced "Ibitsa", not "Ibiza".]
Phil：Oh! Thanks, honey. That reminds me: this weekend I want to see that baby panda at the "thoo". (Clair and Phil laugh.)	Grazie, tesoro. Mi fa ricordare/che voglio vedere quel cucciolo di panda allo "thoo". [Thanks, honey. That reminds me this weekend I want to see that baby panda at the "thoo".]	Oh, grazie tesoro. /Il che mi ricorda che questo week end, vorrei/vedere il cucciolo di panda allo "tsoo". [Thanks, honey. That reminds me this weekend I want to see that baby panda at the "tsoo".]
Alex：(Sarcastically) I'm the idiot.	Sono IO l'idiota. [I'm the idiot.]	Già... /l'idiota sono IO [Well... The idiotis me.]

在例 3.9 中，Alex 指出，Phil 将"Ibiza"发音为/iˈβiza/，而正确的西班牙语发音应该是/ iˈβiθa/。这段对话中凸显了亚历克斯这个角色的特性，即较真且富有学识的年轻女孩。然而，Phil 却因此取笑她，并且在回话时，故意将"zoo"读成了/θu：/。脚本对立是好/坏，甚至是对/错，而目标是角色沟通层面的 Alex，因为 Phil 的趣言成功逗乐 Claire。然而，值得注意的是，Alex 第二句中的妙语表明，Claire 和 Phil 确实是让人捧腹的父母，从而使他们成为编剧与观众沟通层面的目标。

在意大利语的官方字幕译文中，双关基本就是直译的，但对立脚本是意大利语"Ibiza"/ibitsa/和西班牙语的发音/ iˈβiθa/，刚刚的"zoo"同样如此。同样地，粉丝制作的字幕译文中的双关，是转移成了意大利语中的双关，其中“Ibiza”的浊音“z”(/iˈbiza/)与不发音的变体(/iˈbitsa/)相对立，随后将“zoo”(/ˈdzɔ. o/)错误发音为 tsɔ. o/也是同样如此。两个译本都保留了同样的脚本对立以及目标。

3.5.2.2 对等

“对等”作为一种翻译策略，指的是将源语中的双关语译成目的语中的双关语，以此保留与源语一致的幽默逻辑机制，但是其他知识资源可能会发生改变(详见 3.3.1 节)，下列两例展示了对等策略的运用场景。

例 3.10—S02-E13

Mitchell 正处于“采访”模式，吐槽向他父亲 Jay 出柜的艰辛。

ST	*TT*^{S}	*TT*^{F}
Mitchell: I'm not sure if maybe he was hoping he heard it wrong, like I had said, “Dad, I'm gray”.	Non so, forse pensava di avere sentito male. / Come se avessi detto: “Papà, sono DJ”. [I don't know, maybe he thought he heard it wrong. Like I said: “Dad, I'm a DJ”.]	Non so, forse sperava di aver sentito male. Come se avessi detto/“Papa”, sono lei'. [I don't know, maybe he hoped he heard it wrong. Like I said: “Dad, I'm her”.]

源语文本中使用的是聚合双关语，基于一组形近词“gay 同性恋”和“gray 灰色”，属于 Mitchell 使用的夸张修辞手法中的一部分(“I'm gray 我是灰色的”)。这看似牛头不对马嘴的话语，也正好符合他想传达的内容。很明显，夸张的语言能够给剧中所有的主角都添上几分幽默色彩。尤其是对 Mitchell 和 Cameron 二人而言，夸张言行更符合他们的同性恋身份。此双关语的脚本对立是性/非性，而 Mitchell 幽默双关语的目标是他的恐同父亲 Jay。在意大利语官方字幕版本以及粉丝制作的版本中，两组译者都试图创造与“gay”词义相似的纵向指称词来代替源语的双关语，如用同音词

“DJ”和“lei”来替换“gray”。有趣的是，官方译文：“Dad，I’m a DJ”似乎比源语更容易让人理解，而粉丝制作译文，“Dad，I’m her”传达的意思虽含糊不清，但在某种程度上正好符合 Mitchell 这一人物含糊不清的性取向或性别认同。

接下来的例子是本文中最有趣的示例之一，因为它含有两个同义词。

例 3.11—S02-E13

Gloria 和 Manny 在家里闲聊。此时，Jay 出现了并开始向 Gloria 介绍他弟弟打电话时拍下的一张照片。

ST	*TT*^{S}	*TT*^{F}
Jay：Hey，hon，take a look at this. It’s a picture of my butt.（…）	Ehi，tesoro，guarda qua/ la foto del mio sedere.［Hey，honey，look at this. The picture of my butt.］	Ehi，tesoro，guarda qua./ E’ una foto del mio culo.［Hey，honey，look at this. It’s a picture of my ass.］
Gloria：Why do you do this?	Perché lo fai?［Why do you do this?］	Perche’ l’hai fatto?［Why did you do this?］
Jay：I programmed it，so my butt pops up when my brother Donnie calls. It’s a clever way of saying my brother’s an ass.	Così appare quando chiama mio fratello Donnie. /Un modo intelligente/ per dire che è una merda.［So it comes up when my brother Donnie calls. It’s an intelligent way of saying my brother’s a shitty person.］	Ho fatto in modo che appaia il mio culo/ quando chiama mia fratello Donnie. / E’ un modo furbo per dire che mio/ fratello e’ una faccia di culo.［I arranged it，so my ass comes up when my brother Donnie calls. It’s a smart way of saying my brother has an ass-face.］

如 3.2 节所述，同义词双关语虽屈指可数，但可以体现编剧的创造力。在本例中，Jay 运用单词“butt”和“ass”创造了一个稍显冒犯的笑话，双关语的目标是他的弟弟 Donnie。在《摩登家庭》中，Jay 和 Donnie 之间的关系十分微妙，他们总是用冒犯的话语和玩笑打趣戏谑对方，有时还会升级为恶作剧。Gloria 经常为两兄弟间不同寻常的关系感到困惑，但她也接受每个家庭都有他们表达爱和感情的方式。Schnurr 和 Plester（2017）表明，家庭成员间会使用具有攻击性甚至攻击性极强的幽默来增强家庭关系。这一点在《摩登家庭》一剧中体现得淋漓尽致。很多时候，剧情是为了贴近现实，但是也有一些夸张化的处理，更好地凸显喜剧主题。显而易见，此例的脚本对立是性/非非性，两种译本都使用了对等策略以保留源语的脚本对立。源语中 Jay 将 Donnie 暗喻为“ass 屁股”，官方字幕译本中直接运用了相似指称“faeces 粪便”，而粉丝制作字幕则采用了更为粗俗的表达，“faccia di culo（字面意思是‘屁股的脸’）”。

此外，官方字幕组在翻译 Jay 第一轮台词中的“butt”时，选择了一个更为书面的对等词“sedere”（字面意思为“坐下”），但在第二轮台词中删除了“sedere”。相反，粉丝字幕组在 Jay 的两轮台词中都使用了情感色彩更强烈的词汇“culo”（字面意思为“屁股”），并且重复了三次。总而言之，两版意大利语的字幕译文似乎都比源语更为粗俗。值得注意的是，配音版本中的“butt”译为“sederino”（常见于儿童间的直白语体，字面意思是“小屁股”）以及“chiappe（butt cheeks，屁股蛋）”，而在翻译指代 Donnie 的词“an ass（屁股）”时，使用了中和策略，译为“È un modo carino per ricordare la sua faccia”（字面意思是“记住他的脸是一种好办法”）。显然，字幕版译文更有效地保留了源语的幽默感，而在某种程度上，译文中所使用的的脏话也增强了幽默性。上述现象可能会颠覆人们的共识，即字幕作为一种口头语言的压缩版字面呈现形式，可能会削弱口语中的部分特性（Díaz-Cintas & Remael，2007：200）。

3.5.2.3　中和

除了转移和对等策略，官方字幕以及粉丝字幕的译制过程也经常使用中和策略。正如前节所提及的配音中和策略，用该策略翻译双关语仍可以部分保留文本的幽默感。下例显示在字幕翻译时，如何利用中和策略保留源语中的幽默感。

例 3.12—S01-E14

Cameron 多次邀请 Jay 一起打壁球，但是 Jay 都回避了。在接受“采访”时，Jay 才解释了他不喜欢与 Cameron 待在同一个更衣室的原因。

ST	TT^S	TT^F
Jay：（talking about Cameron）I mean，for me，it's a locker- room. For him，it's a showroom.	Per me è uno spogliatoio，/ per lui è una passerella. [For me，it's a lockerroom. For him，it's a catwalk].	Voglio dire，per me e' uno spogliatoio，/per lui e' una passerella. [For me，it's a lockerroom. For him，it's a catwalk.]

在源语字幕中，Jay 妙用了两个复合词“locker-room 更衣室”和“showroom 陈列室”，并间接激活这两个词汇所暗含的所有有关地点的对立脚本。“Locker-room”一词属于“运动”脚本，代表一种典型的男性环境，而“showroom”则属于“时尚”脚本，代表着一种更为女性化的场景，同时也经常与同性恋者联系在一起。这样一来，Cameron 就成为 Jay 打趣的对象。因此，本例中的双关语目标是卡梅伦（以及同性恋者）。除此之外，Jay 的台词也将该人物僵化刻板的思维方式凸显出来（Juckel et al.，2016），从而使 Jay 成为编剧与观众沟通层面的取笑对象。在两版意大利字幕译文中，“locker-room”直接译为“spogliatoio 更衣室”，但“showroom”一词被替换为“passerella（catwalk 走道）”。虽然复合词中有关“room”的文字游戏部分被中和处理，但译文保留了与源语相同的脚本、对立脚本以及目标。

3.5.3 配音中基于固定表达与俗语的双关

表 3.8 列出了《摩登家庭》配音版中使用的翻译策略和不同策略所占的百分比。

表 3.8 《摩登家庭》第一、二季中配音中基于 FEI 的双关语的翻译策略

策略	基于 *FEI* 的双关语		%
	*S*01	*S*02	
转移	1	5	25
对等	4	4	33.3
替换	1	0	4.7
中和	3	4	29.2
省略	0	1	4.7
补偿	0	1	4.1
总计	9	15	100

显然，转移和对等策略的使用比例依然位列前茅(24 个案例中占 14 例)。然而，中和的使用频率也较高（24 例中占 7 例)。有趣的是，基于 FEI 的双关语有一例使用了省略策略，而该策略的使用是为了改变原意且消除源语中的潜在幽默。如果角色仍出现在屏幕上，那么在配音时就不可能完全将其对话省略。最后，不得不提的是，本文中基于 FEI 双关的翻译并未使用补偿策略。因此下表并未出现该策略的统计数据。但是，本文将简要论述一下译文中非此类双关语使用的增补策略（详见例 3.20)。

3.5.3.1 转移

正如 3.4.1 节所述，将基于 FEI 的双关语精准地译入另一种语言的情况实属罕见，除非双关语中的习语全球通用（Veisbergs，1997：164)。在本文中恰好有一例能够将双关语直接传译的例子。

例 3.13—S01-E13

Manny 告诉母亲，他在网上结识了一个女孩，并且邀请她与家人一起共进午餐。彼时，Manny11 岁，所以他误以为女孩与他同岁。但当女孩到来时，他发现女孩可能 20 岁出头，甚至接近 25 岁。女孩也感到十分诧异，因为 Manny 的言谈举止都颇为成熟，让她误以为 Manny 成年了。虽然开

头氛围比较尴尬，但三个人最终能够相谈甚欢，女孩吐露道她觉得自己永远也找不到男朋友，因此深感绝望，而 Gloria 试图安慰她。

ST	TT^D	*BT*
Gloria：In my country, there's a saying that means "Love is just around the corner". (Interview mode) I come from a neighbourhood with a lot of prostitutes.	Nel mio paese, c'è un proverbio che dice: "L'amore è proprio dietro l'angolo" ... Vengo da un quartiere dove ci sono muchisime prostitute.	In my country, there's a proverb that says: "Love is just around the corner". I come from a neighbourhood with a lot of prostitutes.

源语中的幽默来源 Gloria 第一句话的常见含义和第二句话的字面意思（也是妙语所在）之间形成的脚本对立。脚本对立是淫秽/非淫秽和性/非性，而目标是来访的这个女孩，抑或是更为宽泛的妓女。恰好，意大利语中也有类似表达（l'amore è dietro l'angolo，字面意思为：爱就在转角处），因此直译（译文中增加了"proio"来对应"just"）基本就可以保留与"妓女"脚本相关的幽默，因为意大利街头也有妓女。第五章将详细探讨西班牙语的意大利语配音，因此本章就不在此赘述。

除例 3.13 外，一般来说，基于 FEI 的双关语翻译得益于固定表达的"组合特征"。换言之，俗语或者固定表达的整体意思可以依据其中的每个字、词的意思进行推测。下例显示的是如何将具有幽默效果的固定表达直接传译为意大利语，尽管意大利语中并没有类似的表达。

例 3.14—S02-E23

Alex 作为学校毕业生代表，将在毕业典礼上发表演讲。有些同学曾因 Alex 是个循规蹈矩的好学生欺负过她，因此 Alex 在演讲稿里面写了一些同学们的坏话。为了避免观众对 Alex 留下不好的印象，Haley 偷走了她的提词卡。

ST	*TT^D*	*BT*
Alex：You really think I don't have duplicates? **Haley**：If you do this, you'll be a social piranha. Alex：Yes. I'll be an Amazonian carnivorous fish (she turns and leaves). **Haley**：Carniv... What?	Pensi davvero che non ne abbia una copia? Se lo fai, sarai un piraña sociale. Sì, esatto. Sarò un pesce carnivoro amazzonico. Carn... Cosa?	Do you really think I don't have a copy? If you do it, you'll be a social piranha. Yes, exactly. I'll be an Amazonian carnivorous fish. Carn... What?

此例可以说是 Veisbergs（1997：158）的"双重实现"理论的典型案例，因为幽默源习语的惯用意义和字面意义（字词的组合含义）之间的对立。在该剧中，Haley 是一个花容月貌、众星捧月的少女，但是却不及 Alex 聪明（因此 Alex 这一角色经常使用"超智"（outwitting）幽默技巧，Juckel et al.，2016）。在此场景中，Haley 试图帮助妹妹，并用了习语来警告 Alex 不要在她的演讲中发表不友善的言论。然而，在此过程中，Haley 将"you'll be a social pariah 社交怪胎（指那些社交边缘化人群）"，说成了"social piranha 社交食人鱼"，尽管第五章中将会专门论述近音词的误用，但此处提及此例的原因是因为该双关语已经被广泛传播，甚至有摇滚乐队以此命名。社交食人鱼也开始用来定义那些在社交活动中举止不当的人群。Alex 延续了 Haley 的口误，沿用了"食人鱼"的字面义，并附加该词的科学定义。如此一来，愈发凸显了 Haley 的无知，而 Haley 的第二句话也证实了这一点。用 GTVH 来分析的话，Alex 的话是趣言，而 Haley 的第二句话则是本段的妙语。脚本对立是正常/不正常的，而不论在角色之间的沟通层面还是编剧与观众的沟通层面，目标都是 Haley。意大利语译文采用的基本就是直译，并且成功保留了源语的预期含义和目的。即使在意大利语中没有类似"social pariah"的习语表达，但通过激活脚本"piranha 食人

鱼”也很容易掌握该俗语的整体含义，以及它暗含的负面评价；Alex 的第二句话（a carnivorous fish 食肉鱼类）也点明了该词的负面含义。

3.5.3.2　对等

在两季《摩登家庭》的意大利配音版中发现了八例“习语对等转换 equivalent idiom transformation”。这也证明了在翻译基于 FEI 的双关语时，对等和功能性操纵都是行之有效的策略。

例 3.15—S01-E22

全家人准备去夏威夷旅行来庆祝 Jay 的生日。一到机场，Michell 就意识到他把身份证忘在家里了。Phil 提出载他回家取，但他车开得很慢，Michell 担心会错过航班。

ST	*TT*[D]	*BT*
Phil: Must be a lot easier just living with a guy. Yeah, life would be simpler if I was gay.	Deve essere molto più semplice vivere con un uomo. Sì, sarebbe più semplice se io fossi gay.	It must be a lot easier living with a guy. Yeah, it would be simpler if I was gay.
Mitchell: Do you think you could get in the fast lane?	Credi di poterla superare?	Do you think you can overtake [also "overcome" in Italian] it?
Phil: Oh, I could totally get in the fast lane.	Certo. Posso superare tutto.	Yeah, I can overcome anything
Mitchell: I mean the road.	Intendevo la macchina.	I mean the car.

同样，原文巧妙利用了“get in the fast lane”的字面及其俗语的双重含义；前者指进入快车道，而后者意指过着危险的生活。Phil 的第二句话使

用了富有幽默效果的双关语；该双关语的习语意义与同性恋有关。然而，Mitchell 随之而来的妙语将整个对话转回到与“驾驶”脚本相关的字面含义上，从而消解了乖讹。此处脚本对立是正常/不正常，以及性/非性，而目标是编剧与观众沟通层面的 Phil。意大利配音团队将 Mitchell 的话翻译为目的语俗语，而该俗语的字面和惯用含义可产生类似的脚本对立。其中“superare”字面意思为超车，但也指克服困难或解决争议。考虑到 Phil 不是同性恋，所以 Michell 的问题也可以理解为暗示 Phil 放弃抵触，试试和男人发生关系。而 Phil 的回答“Yeah, I can overcome anything 是，我可以不顾一切”，也可以理解为，他不会排斥这种做法。正好与前句的另一层含义互相呼应。这种译法不仅保留了上文所提及的知识资源，也保留了源语的幽默。

下例包含两个基于 FEI 的双关语，而译法与上例类似，译文效果也颇为理想。

例 3.16—S02-E19

虽然 Cameron 只是在 Luke 和 Manny 的学校担任临时的音乐总监，但他对即将到来的春季音乐表演表现出过分的热情。此时，Mitchell 试图劝说他，让他根据学生的能力，实事求是地要求他们。

ST	*TT^D*	*BT*
Cameron: I knew this. would happen! Why do you have to throw a wet blanket on my dreams? **Mitchell**: I am not. **Cameron**: You do it all the time. And you know what I end up with? Wet dreams! I heard it as soon as I said it. Just leave it alone.	Ecco lo sapevo! Perché devi sempre gettare acqua sui miei sogni? Non è vero Lo fai ogni volta. E sai come va a finire? Mi sveglio bagnato. Scusa, era una battutaccia, lascia stare.	I knew this would happen! Why do you always have to throw a water on my dreams? That's not true. You do it all the time. And you know how it ends up? I wake up and I'm wet! Sorry, it was a very bad joke. Leave it.

Cameron 充满创意的语言也再次展现出他过度敏感的性格。这里的幽默在于习语表达和复合名词“wet blanket”，字面意思为湿毯子，暗指让人扫兴的人。这个俗语的创造性使用更观众呈现出来一个生动的画面，仿佛 Mitchell 真的用一张湿毯子扑灭了 Cameron 熊熊燃烧的希望。Cameron 的第二句话延续了“梦一样”的场景，描述了另一个与“梦”有关且并不让人愉悦的画面——“wet dreams”，暗指男性在睡觉时不自觉的遗精（又名“梦遗”）。在意识到这个场景会令人不快之后，Cameron 立刻道歉。用 GTVH 的术语分析本例，脚本对立是正常/不正常，以及性/非性，而目标是卡梅隆，也可以是更为宽泛的男人（因为所有男人都可能会遗精）。在意大利语 TT 中，语言机制基本与源语相同，幽默因此也得以保留。意大利语 TT 使用了成语“gettare acqua sul fuoco”，字面意思为往火上泼水，暗指试图缓和紧张气氛。该成语的惯用含义基本与源语一致，指一个人阻止另一个人实现梦想。同样，意大利语中“mi sveglio bagnato”指的也是男性梦遗现象。

3.5.3.3　替换

本研究中唯一一例将基于 FEI 的双关语替换为相关语言表达的译文展示如下：

例 3.17—S01-E17

Dunphy 一家吃早餐时，Claire 商议与孩子学习相关的事宜，其中包括送 Alex 去上大提琴课。

ST	*TT*^{D}	*BT*
Claire: Wow. All right, we can see the movie tomorrow. (to Alex) Come on, <u>it's time for your lesson</u>. **Luke**: you mean her second lesson because <u>she just got schooled</u>!	Va bene, vedremo il film domani. Vieni ti porto a violoncello. <u>Perché non studi viola? Si intonerebbe con la tua faccia</u>!	All right, we'll see the movie tomorrow. Come I'll take you to your cello (lesson). Why don't you study viola? I'd match the colour of your face.

此例是例 3. 3 对话的延续，在例 3. 3 的对话中 Luke 称 Alex 为“dork-to-dork saleman 呆头呆脑销售员”。而在本例中，Luke 沿用母亲的对白“it’s time for your lesson 你的上课时间到了”来取笑 Alex。对话中的“education 教育”脚本被激活时，Luke 就用“to get schooled 去上一课”(暗指耻辱地在辩论中失败) 再次使 Alex 难堪。此例的脚本对立是真实/不真实，因为 Alex 是要去上大提琴课，而“to get schooled”则是隐喻表达。与其找对应的习语表达，不如让配音团队选择创造一个与乐器名称相关的聚合同音双关语，即乐器“viola 中提琴”和意大利语中代表紫色的“viola”。该同音双关语也暗指 Alex 被 Luke 的“dork-to-dork saleman”一语气得脸色发紫。总之，该译法很好地保留了真实/不真实的脚本对立（显然 Alex 不是紫色的）和目标。

3. 5. 3. 4 中和

本研究观察到中和的使用评率并不在少数，多达七例。但中和策略会导致源语幽默的折损，如下所示。

例 3. 18—S01-E18

Gloria 觉得 Cameron 讨厌她和 Manny，甚至所有哥伦比亚人。因此，Cameron 邀请 Gloria 出去吃饭，以解开误会。Cameron 想带 Gloria 去一家高档餐厅，但 Gloria 却提议去另一家餐厅，那家餐厅在 Gloria 以前住的地方。餐厅有些食物极辣，侍者提示 Cameron 不要轻易尝试。

ST	*TT*[D]	*BT*
Waiter: They’re too spicy. Miss Gloria’s used to it. **Gloria**: Yeah, he’s right Cameron: <u>I can spice.</u> <u>you under the table</u>any day there, <u>sweet thing</u>.	Es*muy picante*. Lei lo sa. Sì, ha ragione. <u>Uso il peperoncino</u> <u>anche nel caffè, mio</u> <u>dolce fiore</u>.	Its very spicy. She knows it. Yeah, he’s right. I put chilly pepper even in my coffee, my sweet flower.

源语中，Cameron 创造性地改编了俗语“I can drink you under the table”(形容某人特别能喝酒，同伴都已经醉倒的时候，他/她还能保持清醒)——把动词“drink 喝酒”替换为“spice 辣”。幽默源于可能/不可能这一对立脚本，而目标则是服务员。意大利配音版将源语中 Cameron 创意十足的妙语中和成比较宽泛的描述性语言，而为了补偿译文中幽默的折损，译者使用了“mio dolce fiore”(我的小甜花) 这一称谓语，来强调 Cameron 同性恋的身份。意大利版的目标转化成了编剧与观众沟通层面的 Cameron。值得一提的是，译文中插入了西班牙语“Es muy picante 很辣”，而涉及多语言幽默的传递及补偿策略将在第五章展开讨论，故此处不施以过多笔墨。

3.5.3.5　省略

最后，本节将展示省略策略的应用。如果在翻译基于语言要素的幽默时，省略策略必然会使译本变得平淡、无趣。

例 3.19—S02-E21

今天是母亲节，Phil 和 Jay 在家做晚餐，他们的妻子和孩子们在外面散步。Phil 戴着一副滑稽的白边护目镜。

ST	*TT*^{D}	*BT*
Jay: What the hell are those? **Phil**: Onion goggles. No more tears when I cook. Welcome to the twenty-first century. You should get a pair. **Jay**: I was gonna suggest the same thing.	Che sono quelli? Occhiali da cipolla. Niente più lacrime Benvenuto nel mondo dei gadget. Fatteli anche tu A me non serve quella roba.	What are those? Onion glasses. No more tears when I cook. Welcome to the gadgets world. You should get them too. I don't need that stuff.

有趣的是，“get a pair 买一对”和例 3.20 里的“grow a pair 长一对”这两个短语属于 Moon（1998）所说的动词变体（详见 3.2.1 节），也属于同源性固定表达与俗语。但是，后者特指男性生殖器，而前者可指代其他物品，在本例中，“get a pair”指代的是切洋葱时戴的眼镜。显然，Jay 利用了双重实现策略来间接取笑 Phil。Jay 挪用了 Phil 的话“you should get a pair 你也应该买一副”，并以此回应 Phil，但是 Jay 的回应带有一定的冒犯性，因为这句话的言外之意已经贴近“grow a pair”，意为“you should grow a pair of testicles 你应该长一对睾丸（暗指 Phil 在日常生活中应该更加男人一点）”。在翻译时，Jay 的妙语被简单地翻译成“a me non serve quella roba 我不需要那些东西”，十分口语化且简单直白，没有任何言外之意，也没有脚本对立和目标。Phil 戴着白框洋葱眼镜的滑稽模样成为意大利语配音版中唯一的笑点。

3.5.3.6 补偿

当译文不得不删除双关语或者文字游戏时，补偿策略作为一种常用策略，旨在保留源语中的幽默。如下例所用，使用习语并不是为了产生双关效果，而是用来保留源语中的幽默。

例 3.20—S02-E13

Jay 想跟 Claire 通话，但 Phil 告诉 Jay，Claire 不想跟他说话。此时，Phil 小声告诉 Jay，他必须挂电话了。

ST	*TT*^{D}	*BT*
Jay：（To Gloria）You know, she's my daughter and everything but <u>that guy seriously needs to grow a pair.</u>	Sai, nonostante lei sia mia figlia, vorrei che quel <u>giuggiellone</u> si facesse rispettare.	You know, although she is my daughter, I wish that silly-billy could command a little more respect.

如前例所述，英语短语"to grow a pair"特指男性生殖器，延伸含义指男人要有勇气做某事。Jay 没有对该习语进行创造性改编，而是直接用它来贬低 Phil 是个妻管严。用 GTVH 的术语来分析，此例的脚本对立是性/非性，目标是 Phil。意大利配音版删除了源语中较为粗俗的指代词，幽默效果必然有所折损。但是，配音版增补了"giuggellone 傻瓜"一词，试图保留一定的幽默效果。尽管配音版的目标依然是 Phil，但是对 Phil 的抨击比源语温和。

尽管配音中基于 FEI 双关语翻译策略的分析数据来源有限，但也在一定程度上证实了制作团队，尤其是编剧，会利用基于 FEI 的双关语触发幽默，塑造角色形象并升华主题。更重要的是，这也证实了翻译以语言要素为基础的幽默依旧困难重重。下节将深入探如何字幕中处理基于 FEI 的双关语。

3.5.4　字幕中基于固定表达与俗语的双关语

如上节所述，虽然《摩登家庭》前两季中基于固定表达与俗语的双关语出现的频次并不多(78 例中占 24 例)，但是从字幕研究的角度来看，分析官方字幕与非官方字幕中这一特殊的语言现象将大有裨益。

表 3.9　《摩登家庭》第一、二季字幕中基于 FEI 双关语的翻译策略

策略	字幕中 FEI 相关的双关语			字幕中 FEI 相关的双关语		
	S01	*S02*	%	*S01*	*S02*	%
转移	2	5	29. 2	3	12	62. 5
对等	6	7	54. 3	6	2	33. 3
替换	1	1	8. 3	0	0	0
保持中立	0	2	8. 3	0	1	4. 2
省略	0	0	0	0	0	0
补偿	0	0	0	0	0	0
总数	9	15	100%	9	15	100%

表 3.9 清楚显示，在翻译时，官方字幕人员和粉丝字幕人员都选择使用以源语为导向的策略。但有趣的是，官方字幕人员倾向于使用对等策略来处理源语中基于 FEI 的双关语（24 例中有 13 例），但粉丝字幕人员通常会使用直接转换。同样，粉丝制作的字幕倾向于使译文尽可能地与源语保持一致（Díaz-Cintas & Muñoz-Sánchez，2006：46；Bogucki，2009）。然而，转移不一定能够保留源语中的幽默，因为如果目的语观众无法理解固定表达的指代含义，那么幽默或多或少都会折损甚至完全缺失。与 3.5.2 节一样，本节将会展示官方字幕人员和非官方字幕人员在使用相同翻译策略时(转移和对等)的译本。

3.5.4.1　转移

下列三例基于 FEI 双关语的转换展示了字幕翻译是如何进行功能操纵的。

例 3.21—S01-E16

为了与 Lily 的儿科医生 Miura 建立好关系，Camero 打算邀请她吃饭。Miura 医生在底特律长大，但他是亚洲人。因此，Cameron 认为 Miura 医生或许比其他儿科医生更能照顾好在越南出生的 Lily。当 Miura 医生抱着 Lily 时，Lily 似乎说出了“mom”一词，这让 Cameron 和 Mitchell 感到沮丧，因为这几乎是“每个男同父母的噩梦”。吃午饭时，Miura 医生试图安抚 Cameron，说这可能是个误会，而 Camron 也开始宣泄自己的情绪。

ST	*TT*^{S}	*TT*^{F}
Cameron：You know it's because you're Asian, right?	È perché lei è asiatica, vero? [It's because you're Asia, right?]	Sa che e' perche' lei e' asiatica, vero? [You know it's because you're Asian, right?]

续表

ST	TT^S	TT^F
Mitchell: Cam. **Cameron**: No, I'm sorry. What? Am I just supposed to ignore the giant panda in the room?	Cam. — No mi spiace. Dovrei ignorare questo enorme panda in sala da pranzo. [No, I'm sorry. Should I ignore this giant panda in our dining room?]	—Cam. No, mi dispiace, che c'e'? Dovrei forse ignorare/ il panda gigante in questa stanza? [No, I'm sorry. Should I ignore the giant panda in this room?
Dr. Miura: Pandas are from China. I—Well, it doesn't matter.	I panda sono cinesi... Fa niente. [Pandas are Chinese... it doesn't matter.]	I panda vengono dalla Cina, /io vengo da... niente, non importa. [Pandas are from China, I'm from... nothing, it doesn't matter.]

源语文本中，Cameron 引用了俗语"the elephant in the room(房间里的大象)"，暗指常见但人们都不愿意讨论的话题，但是他将俗语中带有隐喻色彩的"elephant 大象"换成了"giant panda 大熊猫"，暗示 Miura 医生的亚洲血统。因为该俗语描述的场景是虚构，所以脚本对立是真实/不真实；在角色沟通层面，目标是 Miura 医生；但在编剧与观众沟通层面，目标则是 Cameron。在翻译基于 FEI 的双关语时，官方与粉丝字幕制作人员都采用了字面翻译。但是，由于文本所描绘的画面足够滑稽，译文得以保留部分幽默。此外，Cameron 带有冒犯性的话语("giant panda 大熊猫")会使得他与 Miura 医生之间本就岌岌可危的关系愈发糟糕，因此本例也可以视作情景幽默（situatioal humour）。译文所描绘的意向保留了源语的脚本对立和目标。但是，译文将与源语俗语关联的参照词抹去了。值得一提的是，本例属于"转移"而不是"替换"，是因为官方字幕人员和粉丝字幕人员都没有

使用其他修辞手段来替代源语俗语，而是选择直接传译，在这一过程中，折损了源语的逻辑机制，观众也无从得知 Cameron 借用了俗语。

下例是一个稍显幼稚的基于 FEI 的双关语，但是也映衬了 Phil 和 Luke 的父子关系。

例 3. 22—S01-E18

Luke 需要准备关于著名画家 Vincent Van Gogh 的演讲。Claire 担心 Luke 无法独自完成任务，于是要求 Phil 帮助他，此时 Phil 正试图鼓励 Luke。

ST	TT^S	TT^F
Phil：On your mark, get set, Van Gogh.	Pronti, partenza, Van Gogh. [Ready, start, Van Gogh.]	Al tuo segnale, preparati Van Gogh! [On your mark, get ready Van Gogh.]

源语文本中，菲尔使用了与体育有关的话语"On your mark. Get set. Go! 各就位，预备，出发!"但他将"go 出发"换成了"Van Gogh 凡·高"。在该例中，由于画家名字的英文发音类似"Van Go"，与动词"go"构成了同音异义关系。两组译员在翻译时也都将该双关语直接转换，但官方字幕组参照了一首知名的意大利歌曲"Pronti. Partenza. Via!（字面意思为：准备好，离开，街道!)，并且将"via"替换成同音异义词"van"，以达成与源语相似的效果。相较于官方字幕译本，粉丝字幕译本更接近源语文本，因为粉丝字幕译本几乎是源语的字面翻译。虽然粉丝制作字幕采用了意大利语的表达方式，但是并不是很符合目的语的表达习惯，甚至有些牵强。

本节最后一个转换策略的例子依然来源于 Phil 抖机灵式的语言艺术。

例 3. 23—S02-E01

Claire 和 Phil 的旧车已经停放在车库里数年了，他们想把它处理掉。Claire 认为 Phil 肯定卖不出去，因为旧车实在是太旧太残破了。

ST	*TT*^{S}	*TT*^{F}
Phil：Guess what? You said I couldn't sell this? Well, you're gonna be eating humble pie stuffed with crow and a big side of sorry, 'cause I just did.	Dicevi che non riuscivo a venderla? Stai per mangiare una torta di umiltà farcita con torto marcio con un contorno di scuse, perché l'ho appena venduta. [You said I couldn't sell it? You're gonna be eating pie of humility stuffed with utterly wrong and a side of sorry, because I just sold it.]	Hai detto che non sarei/ riuscito a venderla? / Beh, dovrai mangiare una/bella fetta di umilta', farcita di vergogna, e per contorno/un bel po' di umiliazione. / Perche' ce l'ho appena fatta, / beccati questa! [You said I couldn't sell it? Well, you're gonna be eating a slice of humility, stuffed with shame and a side of humiliation, because I just did it. Take that!]

在源语中，Phil 巧妙地运用习语"eat humble pie"(意为"必须承认错误")来制造幽默。Phil 的幽默建立在"食物"脚本之上，此外，他还幽默地解释道"pie(馅饼)"是"stuffed with crow(用乌鸦做的)"，并将"sorry(抱歉)"比作配菜。Phil 的幽默让人联想到北美的非正式表达"eating crow"(意为"某人感到羞辱，并且不得不要承认自己的失败或错误")。双关语的对立脚本是真实/不真实，目标是 Claire。与上述例子一样，此处 Phil 双关语的组合意义也可以构成双重实现(Veisbergs，1997：158)。此外，组合意义也为意大利语的直接转化创造了有力条件。尽管词汇发生了一些变化("humble pie"译为"pie of humility"，而"crow"分别译为"utterly wrong"和"shame")，但总体而言，两组译本都保留了源语的幽默感。

3.5.4.2 对等

下列两例都采用对等策略来保留源语中的双关语，将源语双关语译为意大利语中对等的双关语。

例 3.24—S01-E05

Luke 和 Manny 在学校发生了争吵，但最终成功和解。在 Jay 和 Gloria 的家里举办家庭聚会的时候，两人解释了这件事情的来龙去脉。

ST	*TT^S*	*TT^F*
Luke：I made fun of him because his mom used to dig coal.	Io perché sua madre cacciava i piccioni. [I (made fun of him) because his mother used to hunt pigeons.]	Hai capito male. "Caccia ai ricconi". [You misunderstood. "Hunting for a rich husband".]
Gloria：What?	Cosa? [What?]	Cosa? [What?]
Manny：He said you were a coal digger.	Ha detto che davi la caccia ai piccioni. [He said you used to hunt pigeons.]	—Lui dice che eri una cacciatrice di dose. [He said you were a dose hunter.]
Phil：Okay, I think we can move on!	Va bene. Passiamo oltre. [Okay, I think we can move on.]	—OK, credo che possiamo andare oltre. [Okay, I think we can move on.]
Gloria：Who said I was a coal digger?	Chi dice che davo la caccia ai piccioni? [Who says used to hunt pigeons?]	Chi ha detto che ero una/ cacciatrice di dose? [Who said I was a dose hunter?]
Luke：That's what my mom told me.	Mia madre. [My mother]	—E' quello che ha detto mia mamma. [It's what my mom said.]

续表

ST	TT^S	TT^F
Gloria：What's a coal digger?	Cos'è la caccia ai piccioni? [What's pigeons hunting?]	—Cos'e' una cacciatrice di dose? [What's a dose hunter?]
Phil：He heard it wrong. It's "gold digger".	Hai capito male. "Caccia ai ricconi". [You misunderstood. "Hunting for a rich husband".]	Tesoro, hai sentito male, e' cacciatrice di dote. [Honey, you heard it wrong, it's dowry hunter.]

源语借用了“gold digger（字面意思为淘金者，引申含义为拜金女）”这一词组，创造出了基于“coal 煤炭”一词的同音异义双关语。而该词也引发了尴尬局面——揭示了克莱尔对歌洛莉亚的看法。脚本对立是真实/不真实(或者好/坏)；在角色沟通层面，目标是 Gloria，但在编剧与观众的沟通层面，目标就变成了这个笑话的目标——Claire。意大利语的官方字幕版本使用了对等的表达方式，用“ricconi”(非常富有的人)和“piccioni”(鸽子)制造双关效果，保留了相同的脚本对立和目标。粉丝字幕版本则更加具体，将源语“gold digger”译为意大利语中与之完全对应的习语“cacciatrice di dote”，并利用“dote”—“dose”这一最小对立体制造双关效果。这样一来，译文基本保留了源语双关语的所有知识资源，也成功传递了源语的幽默效果。但是，值得一提的是，粉丝制作字幕缺乏连贯性，因为该版本的字幕员将 Luke 的第一句话“to dig coal”直接翻译成“used to look for doses 寻找有钱人”，但是实际上，源语里面“coal hunter 拜金女”这层意思是由 Manny 而不是 Luke 揭露出来的。总的来说，粉丝制作字幕还是成功传递出来源语的言语表达效果。

例 3.25—S02-E11

在“采访”模式中，纪录片导演问 Luke：“父母说过的最让你恼火的话是什么？”

ST	TT^S	TT^F
Luke: Don't talk black to me. (...) How do you even talk black? Like, end words with "izzle"?	" Non alzare il tomo con me" (...) E come faccio? Non so nemmeno cos'è un tomo. [Don't raise your tone (or volume/book) with me. How can I do that? I don't even know what a tone is.]	" Non rispolverarmi " . (...). Ma come si fa a rispolverare qualcuno? / Passando con lo straccio? [Don't redust me. But how can you redust someone? With a cloath?]
Alex: (offscreen) It's "talk back", you idiot.	È "non alzare il tono", idiota. [It's the volume (of your voice), you idiot.]	" Non rispolverarmi " . (...). Ma come si fa a rispolverare qualcuno? / Passando con lo straccio? [Don't redust me. But how can you redust someone? With a cloath?]
Luke: Oh!	—	—

源语中基于FEI的双关语是横向双关语，因为双关的两层含义都清楚呈现在文本之中。用GTVH的术语来分析，本例的脚本对立是真实/非真实(从更具体的层面来说，也可以说是正确/错误)，目标是Luke。两组译文都对文本进行了操纵，以保留双关语。具体说来，官方字幕译本在"alzare il tono 争论时提高音量"中运用最小对立体"tono"—"tomo"产生双关效果；而粉丝字幕译本则利用"rispolverare 再次尘封"与"rispondermi 回答我"这两个发音相似的词产生双关，以保留源语字幕中"talking back 反驳某人"的语用含义。源语中，Luke的口误"talking black 说黑话"产生了滑稽效果，他暗示在每个词的末尾使用"izzle"就是"说黑话"的体现，让观众联想到黑人的发音特征。因此，从编剧与观众沟通层面来说，Luke笑话的目标是黑人群体。而在两组译文中，Luke口误所引

发与“黑人”有关的意象都被省去了(配音版本也是如此)，因此，译员只能突出 Luke 推理逻辑的荒谬怪诞，来制造幽默效果，这也可以看作文本中的某种补偿策略。

3.5.5　配音和字幕中的言语与非言语双关语

鉴于本研究中发现的言语与非言语双关语数量十分有限，本节仅会探讨旁白与字幕中的例子，以展示该类双关语的特征。如 3.4.2 节所述，本研究大部分数据取自意大利发行的《摩登家庭》系列 DVD。但是，本节讨论的例子不仅包括观众所熟悉的配音与字幕版本，还包括 ItaSA 配音并制作字幕的线上版本。这一点至关重要，因为不同版本的配音存在一定的差异，比如在某些配音版本里，非言语双关语由字幕呈现，但是在某些配音版本里，非言语双关语被配音演员转化成了言语双关语或者手势。表 3.10 列出了四种非言语双关(视觉)要素完全被忽略的情形。但是，在官方字幕和粉丝制作字幕中，视觉双关语基本都呈现出来了。

表 3.10　《摩登家庭》第一、二季的配音和字幕言语、非言语双关语翻译策略

策略	配音			字幕			粉丝制作字幕		
	S01	*S02*	%	*S01*	*S02*	%	*S01*	*S02*	%
转移	1	3	25.0	2	9	66.6	2	4	37.5
对等	1	2	18.75	1	0	6.7	0	3	18.75
替换	0	3	18.75	1	2	20.0	0	4	25.0
中和	1	1	12.5	1	0	6.7	1	0	6.25
省略	2	2	25.0	0	0	0	2	0	12.5
补偿	0	0	0	0	0	0	0	0	0
总计	5	11	100	5	11	100	5	11	100

本节讨论的言语双关语可以基于多种语言手段：习语、隐喻或明喻。此外，言语双关语如果还结合了视觉因素，幽默效果不言而喻。

如在第一季中，Jay 为 Manny 和 Haley 做了件短袖上衣，他们的上衣分别印有 WHO DA MANNY?（字面意思为，谁是 Manny? 实则是脏话 WHO DA FUCK 的趣味改编）和 HALEY'S COMET（字面意思为，Haley 的彗星，引申含义指 Haley 短暂的情人/爱情）的图案；在配音版和粉丝配音版中，上衣上面的视觉和口头双关均未得到翻译。而在官方字幕版中则显示两行字幕：将前者译为 CHIÈIL CAMPIONE?（谁是冠军?），以保留源语大意，这样一来，虽然将隐藏的辱骂性含义“WHO DA FUCK?”进行了中和，但是幽默效果也随之淡化了；而后者，HALEY'S COMET 则被直译为 COMETA DI HALEY（Haley 的彗星），这样一来，保留源语的指称含义基本能够保留。下文将讨论其他实例。

从上表中可以看到，与粉丝制作字幕相比，官方字幕的译制多使用转移策略来翻译言语和非言语双关语（14 例中分别占 9 例和 4 例）。而粉丝制作字幕则更倾向于使用对等和替换策略，究其原因，大概是字幕员既想传递文本内容，又想传达出源语中的幽默。

考虑到三个不同的版本在译制同一段对话时可能会使用不同的策略，下文展现的例子并未按策略类别进行划分。在分析时，配音版本标记为 TTD，置于源语侧边；官方字幕版本标记为 TTS；粉丝制作版则为 TTF。在每版译文中，方括号标注的内容为译文的回译。与之前实例相同，斜杠(/)用于分割二级字幕和字幕。

例 3.26—S01-E05

Jay 邀请 Michell 和 Cameron 来他家看橄榄球赛。Michell 一向对橄榄球无感，但 Cameron 却是橄榄球狂热球迷。去 Jay 家之前，Cameron 把半张脸涂成他最喜爱球队的颜色——深蓝色。他走出浴室，与 Michell 发生了如下对话。

ST	TT^D	TT^S	TT^F
Cameron：Am I straight?	OK. Sto bene? [Do I look OK?]	Daccordo. Vado bene? [OK, can I go like this?]	Sono a posto? [Am I OK?]
Mitchell：I am not sure what you are right now.	Te lo dirò quando saprò chi sei. [I'll tell you, when I know].	Non so proprio dove vuoi andare. [I really don't know where you want to go].	Non sono sicuro di cosa sei/in questo momento. [I am not sure what you are right now].

源语中的聚合双关语源于 Cameron 的话语“Am I straight 我是直的吗?”，这句话既可以理解为 Cameron 问他脸上画的线是否是直的，也可以按照其通俗理解，即：我是异性恋吗? 因为 Cameron 是同性恋，所以 Michell 延续了 Cameron 的话语来揶揄他的同性恋身份。用 GTVH 术语来分析，本例的脚本对立是正常/非正常；性/非性，而目标是 Cameron。三个意大利语版本都中和了(同性恋的)性指称含义，可能是因为意大利语中没有对等的表述方法，既可以贴合画面效果又可以一语双关。但是值得庆幸的是，Michell 话语的翻译既留存了部分幽默，又保留了源语中由副语言要素所突出的讽刺意味(例如 Michell 的语调和表情)，译文中的目标依然是 Cameron。与配音版和粉丝配音版不同，只有官方字幕版尝试用意大利语“andare bene”(字面意思为顺利)补偿双关效果的折损。此外，Michell 借用 Cameron 的话进行暗讽，也表达出他对 Cameron 脸上画着油彩出门的行为，感到尴尬与无奈。

下例中，为了凸显主要内容，配音版本的将源语中的视觉信息进行了省略。

例 3.27—S02-E8

Phil 和 Claire 处于“采访”模式，他们正回忆去年假期与家人的露营。

Phil 谈到了组队比赛。他所在的白队赢了 Claire 所在的蓝队(他称之为“蓝军”)。后续对话如下。

ST	TT^D	TT^S	TT^F
Phil: And if you ain't white, you ain't right	E se non sei bianco, sei brutto e stanco. [And if you aren't white, you're ugly and tired.]	E se non sei bianco, non vali tanto! [If you aren't white, you're not worth much.]	—E se non sei bianco... [And if you aren't white] ... —No —Resti fuori dal branco! [You're out of the herd.]
Claire: Phil, have you learned nothing?	Phil! Ma non hai imparato niente? [Phil, haven't you learned anything?] —	Phil. Non hai proprio imparato nulla. [Phil haven't you learned anything?]	Phil! Non hai imparato niente? [Phil haven't you learned anything?]
Last summer: An upset black taxi driver drops the family's bags and take his money without greeting Phil who wears a T-shirt with the writing on: "If you ain't white, you ain't right".		SE NON SEI BIANCO, / NON VALI TANTO. [IF YOU AREN'T WHITE, YOU'RE NOT WORTH MUCH.]	SE NON SEI BIANCO, / RESTI FUORI DAL BRANCO. [IF YOU AREN'T WHITE, YOU'RE OUT OF THE HERD.]

Phil 的笑话中暗含种族主义，但 Phil 似乎是唯一一个对此毫无察觉的人。本例属于 Juckel 等人（2016：588-589）所提出的“抓现行”（caught out）的幽默技巧，因为 Phil 说了不得体的话，但自己却似乎并未意识到。用 GVTH 术语来分析，本例脚本对立是好/坏；以及高/低社会地位。从编剧与观众沟通层面来看，目标是 Phil，而在角色沟通层面，Phil 的目标是白队，尤指 Claire。但是，Phil 无意间将出租车司机乃至黑人群体都变为目标。值得注意的是，此例显示出当预设目标和感知目标不匹配时，观众对幽默的解读也会产生差异（Tsakona，2009；Gérin，2013；Dore，2018b）。在 Phil 看来，他的话语只是一个无心的笑话，间接将 Claire 和蓝队成员作为取笑对象。但从其他人的角度来看，Phil 的话暗含着贬低黑人的含义。三个意大利语版本都试图保留相同的修辞手法，并用“bianco 白色的”一词创造不同的韵脚：配音版中为“brutto e stanco 又丑又累”，官方字幕和粉丝制作字幕版中分别是“non vali tanto 你不值钱”和“sei fuori dal branco 你不合群”，上述平缓，甚至带有几分稚气的韵脚，成功地保留了文本的语言效果。此外，配音版并未对视觉信息，即 Phil 短袖上衣印的字，作任何说明，虽然这样也无伤大雅，但解释一番或许能锦上添花。

相反，如下例所示，如省略配音版中的视觉信息，则会影响观众的感知。下例中含有两个言语和非言语双关——一个与 Haley 的照片相关，另一个则源自 Claire 的照片。

例 3. 28—S02-E19

为了宣传房地产生意，Phil 在面包车上贴了一张全家福大海报。在照片上 Claire 的身旁写着广告语“I can’t be satisfied 我欲求不满”，而 Haley 的身旁旁则写着“Let me make your dreams come true 让我来实现你的梦想”。Claire 与 Haley 并未留意到面包车上的标语，就乘车离开了家。

ST	*TT^D*	*TT^S*	*TT^F*
Haley: How is this stupid ad supposed to sell houses anyway? **Claire**: You heard your father. He's not just selling houses, he's selling us. [The van side door slides and "I can't be satisfied" appears next to Claire's picture.] **Haley**: What are my friends gonna think? **Claire**: They're gonna think that you're helping your father put food on the table.	Perché questa pubblicità dovrebbe farci vendere case? [Why this ad can help us sell houses?] Hai sentito papà. Non sta vendendo solo case. Sta venendo noi. [Did you hear dad? He's not selling houses. He's selling us.] — Cosa penseranno i miei amici? [What are my friends going to think?] Che stai aiutando tuo padre a guadagnarsi il pane. [That you're helping your father winning his bread.] —	Come può una stupida pubblicità/far vedere più case? [How can a stupid ad help us sell more houses?] Hai sentito può padre./Non sta vendendo solo case, /sta vendendo noi. [Did you hear your father? He's not selling houses. He's selling us.] NIENTE MI SODDISFA/ CHIAMATEMI! [Nothing satisfies me. Call me!] Cosa penseranno i miei amici? [What are my friends going to think?] Penseranno che aiuti tuo padre/a mettere il cibo in tavola. [They're gonna think that you're helping your father put food on the table.]	Questa pubblicita' come dovrebbe/riuscire a far vendere case? [Should this ad help us sell houses?] Hai sentito cosa ha detto tuo padre, / non sta solo vendendo cas e... [Did you hear your father? He's not selling houses.] NON MI ACCONTENTO MAI [I'm never satisfied]... sta vendendo noi. [He's selling us.] Cosa penseranno i miei amici? [What are my friends going to think?] Penseranno che stai aiutando tuo/padre a sfamare la famiglia. [They're gonna think that you're helping your father feed his family.]

续表

ST	TT^D	TT^S	TT^F
[on the minivan: Haley's picture: "Call me. I'll make your dreams come true".]		FARÒ AVVERARE TUTTI I TUOI SOGNI [I'll make all your dreams come true.]	LASCIATE CHE TRASFORMI/I VOSTRI SOGNI IN REALTA' [Let me make your dreams come true.]

源语中 Claire 和 Haley 的照片旁边的广告语（分别是"I can't be satisified 我欲求不满"和"Let me make your dreams come true 让我实现你的梦想"）触发了脚本对立（即合法生意赚钱/以当妓女赚钱），因而产生了幽默。由于理解上不存在问题，三个版本的译文在翻译 Claire 的回复语"He's not just selling houses, he is selling us 他不是在卖房子，而是在卖我们"时，基本都采用的是直译。双关语中"出售房屋"的脚本与"出卖肉体"的脚本构成冲突（性/非性），目标是 Claire 和 Haley。Claire 的第二句话也含有双关语，但是这句双关语的翻译策略却有所不同。配音团队使用了意大利语的对等表达（"guardagnarsi il pane 赢得面包"）来处理，但两组字幕团队都选择直译。直译的原因可能是该双关语中的暗喻足够明晰，易于理解。值得注意的是，这辆面包车上的文字既没有配字幕，也没有以任何其他方式进行处理，因此部分观众可能会不明所以。考虑到几乎所有的意大利人是从小学就开始学习英语这门国际通用语言，大部分意大利观众还是可以理解这几句英文并捕捉到当中的笑点。即便如此，将源语中这段重要的信息完全忽略依旧不是万全之策，毕竟可能还是有少数意大利人并不了解英语。

下面的例子将展示三个意大利版本的译文如何将功能操纵发挥到极致。

例 3. 29—S02-E13

Phil 和 Claire 的结婚纪念日当天，三个孩子准备好了早餐，准备送到父母的床头。他们打开门后，发现父母正在亲热，一阵尴尬过后，Phil 和 Claire 决定和他们的孩子坦诚地聊聊，对话最后，Phil 开了一个玩笑。

ST	TT^D	TT^S	TT^F
Phil：Your mom can't keep her hands off me whenever the gun show comes to town (Phil folds his right arm to show his muscles.)	E siamo sinceri. Vostra madre non riesce a trattenersi quando Mr Muscolo entra in azione. [And let's be honest. Your mother can't hold herself when Mr Muscle gets into action]	E comunque vostra madre sembra una piovra quando cominciano i fuochi d'artificio. [And anyway, your mother looks like an octopus when the fireworks start.]	E ammettiamolo … vostra madre non/riesce a tenere le mani a posto/ogni volta che c'e' l'alza bandiera. [And let's admit it… your mother can't keep her hands to herself if the flag is flying.]
Luke：Good one, dad!	Divertente, sì! [Funny, yes!]	Buona questa, papà. [That's a good one, dad.]	Buona questa, papa. [That's a good one, dad.]

源语中，Phil 使用习语“gun show 枪展(暗指某人疯狂炫耀自己的肌肉)”，来展示自己的幽默感，也暗暗嘲讽别人不如他健美。在说这句话的时候，Phil 弯曲手臂，紧绷肌肉，进一步暗示 Claire 理应被其倾倒。此例的脚本对立是正常/不正常，但是从编剧与观众沟通层面来看，目标其实是 Phil。

配音版本引用了 Mr Muscle（威猛先生），一个国际知名且在意大利也家喻户晓的硬面清洁剂品牌(意大利语中又称为“Mr Muscolo”)。该产品的标志性标签上是一名肌肉健美的男子，姿态如 Phil 相同。但是，官方字幕版将“gun show”译为一个更为抽象的表达“fuochi d'artifcio(fireworks 焰火)”，虽然该译法营造出来的意向更为生动，但与当前的视觉内容并不匹配。基于此，字幕版也尝试使用补偿策略，将 Claire 描述成“piovra 章鱼”。在意大利语中，如果称某人为“una piovra 章鱼”，则表示他/她深爱伴侣，过分黏人。最后，粉丝配音版的处理方法则更大胆、更粗俗。该版本使用“quando c'l'alza bandiera 旗帜正飘扬”，这种稍显粗俗的表达暗指勃起的阴茎。但是第三种情况所涉及的功能操纵其实是存在争议的，因为父母不太可能在孩子面前，使用此类粗俗表达。此外，这与视觉画面——Phil 的姿态也不相符。

接下来，此节的最后一例再次证实了翻译双关语对译者来说充满挑战性，该例与上例源自同一集。

例 3.30—S02-E19

Cameron 在 Luke 和 Manny 学校担任临时音乐总监。虽然孩子们的表演已做足准备工作，但真正上台时，依然变故横生。演出事故之一就是，其他孩子已经开口唱歌，但 Luke 还被悬于舞台顶部的半空中。

ST	*TT^D*	*TT^S*	*TT^F*
All children sing: And there's one last thing we want to say (each child shows a placard with a letter on.) **Claire**: "We love the word"? What?	— "Amiamo la parola?" ["We love the word"?]	Ma c'è un'altra cosa che vogliamo dire. [But there's another thing we want to say.] "Noi amiamo il modo?" [We love the mood.] Dov'è la N?	E c'e' un'ultima cosa che vogliamo dirvi [And there's one last thing we want to say to you.] "Al mondo vogliamo ene"? [We love the cock?]

续表

ST	TT^D	TT^S	TT^F
Cameron: Where's the "L"? Manny: It's Luke.	Dov'è la L? [Where's the "L"?]	[Where's the N?]	—Dov'e' la B? [Where's the B]?
Cameron: Lower the insignia. (The letter F appears and the audience now read "the F word")... Lower the...	Ce l'ha Luke. [Luke has it.] Calate l'insegna. [Lower the insignia.]	È Luke. [It's Luke.] Abbassate l'insegna./ Abbassate. [Lower the insignia... Lower.]	—Ce l'ha Luke. [Luke has it.] Tira giu' il simbolo./Tira giu'! [Lower the symbol... Lower it!]
Jay: (the audience utters "ooh" in surprise while some people laugh)... "We love the"... What the hell?	"Amiamo la parolaccia"... Ma che diavolo ... [We love the swearword.]	AMIAMO IL FONDO? /Noi amiamo il... che diavolo è? [We love the bottom? We love the... What the hell!]	"Al mondo vogliamo pene"? / Ma che cavolo ... [We love the penis? What the heck...]

源语中含有一个同音双关语——"world 世界"和"word 单词"。孩子们拿的标语牌上面的字母本应组成最后一句歌词，即"we love the world 我们爱这个世界"。但是，由于 Luke 没能跟其他孩子站在一起，就变成了"we love the word 我们爱这个词"，所以 Claire 读到这句话时，满脸疑惑。当代表富兰克林中学的首字母 F 出现在舞台上时，与剩下的字母组成"we love the F word 我们爱 F 这个词①"，引发了台下观众的阵阵惊呼与哄笑。Jay 读到一半时也发出感叹"What the hell 这什么鬼?"。用 GTVH 来分析，本例的脚本对立是性/非性；但是目标似乎很难确定，可能是孩子们自己，也可能是他们的父母或 Cameron 这个失败的音乐总监。

此例的三个意大利译本处理方式不尽相同。配音版选择省译孩子们的歌词，试图用对等策略，使用"parola 单词"和"parolaccia 脏话"创造对等的双关效果。但是如此一来，Cameron 满场急着找"L"这一字母的行为就显得十分突兀，因为"parolaccia"并不需要一个额外的字母 L。但是，配音团队可能认为，为了保留最佳的喜剧效果，这已经是最合理的处理方法。尽管观众可以听到源语，但是两组字幕团队都选择对文本进行最大限度的功能操作。前者决定使用意大利语中的最小对立体"mondo"和"fondo"制造双关效果，也正好与学校缩写 F 相呼应。但是，译文中的 F 并未与源语中的 F 产生对等的关联效果，因此，也折损了该场景的幽默感。相反，粉丝版字幕试图使用"volere bene 爱某人"和"pene 男性生殖器"来保留与源语对等的关联效果。总体而言，两组字幕团队的译本都证实，即便观众可以听到源声，适当对文本进行操纵也是合情合理的，只要操纵后的译文能够维持与源语相似的幽默效果。

3.6　发现与总结

翻译基于特定语言元素的双关语可谓是困难重重，尤其是当源语与译入语隶属不同语系时。为了更好总结《摩登家庭》前两季意大利语配音和字幕中所使用的翻译策略类型，本文将前人所提出的双关语翻译策略总结为：转移、对等、替代、中和、省略和补偿。如前所述，转移是以源语为导向的翻译方法(Venuti，1992，1998，2017 [1995])，而对等策略则是处于以源语为导向与以目的语为导向这两种方法的中间；旨在保留文本的言

① 译者注：英文中的 F 词多指 Fuck 一词。

语表达效果以及表达方式，但是为了让目的语受众更好地理解译文，翻译过程中可能会进行文本操纵。替换则涉及更大程度地文本操纵，通过对语言的创造性运用，来确保文本的言语表达效果得以传递；同理，中和更接近与以目的语为导向的翻译策略，因为该策略旨在保留文本的大意以及部分幽默效果，有时不得不完全忽略双关语。省略则是最不可取的选择，因为该策略会直接删减双关成分，从而造成幽默效果的折损。最后，补偿即不属于以源语为导向也不属于以目的语为导向的策略(Ramière，2006：156)，因为该策略旨在保留文本功能，而不是对源语忠实。

本研究深入探讨了配音以及字幕双关语翻译中上述策略的运用，除了补偿之外，该策略只能视作是文体特征的增补手段而非双关语翻译策略(详见例3.19)。图3.1-3.3总结了三组译文中六种翻译策略使用频率的量化结果。

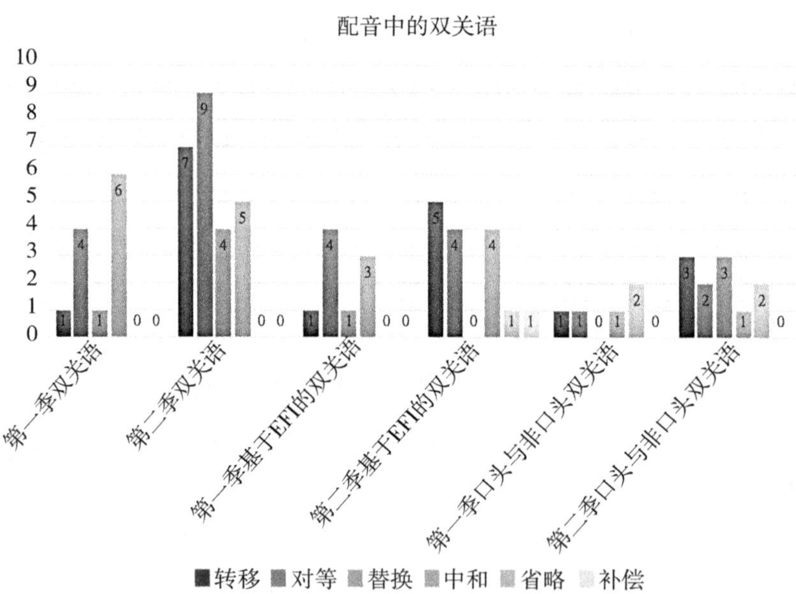

图3.1　《摩登家庭》第一、二季配音中的幽默双关语

不难看出，三组译文制作团队都倾向于使用转移或对等策略来保留幽

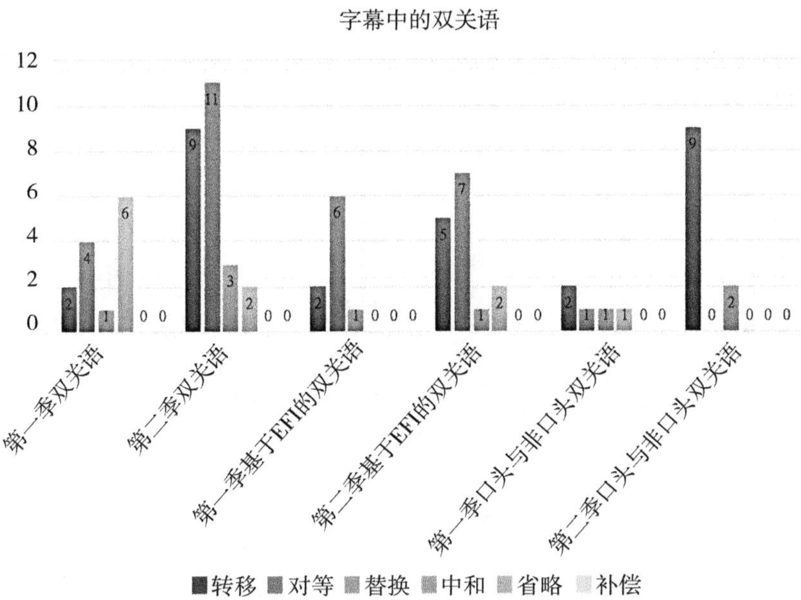

图 3.2　《摩登家庭》第一、二季字幕中的幽默双关语

默双关语的原始机制(即克拉蒂卢斯主义)。配音版译文中尝试过使用广义上的补偿策略，似乎也显示了补偿策略可以弥补省略和中和等其他策略所造成的幽默效果折损。然而，本文的结论清晰显示，不同的 AVT 模式会对译者的决策过程造成影响。与两组字幕版译文不同，配音版译文采用的翻译策略更为多样。这可能是由于配音版本具备技术优势，可以凭借形式变化、语义变化以及采用以语言为基础的创造性替代方法(如押韵、隐喻等修辞手法)来传递双关语。

通过比较官方字幕版本和粉丝制作字幕版本，可以发现一些有趣的现象。例如，尽管两组译者在翻译双关语时使用转移和对等策略的次数相同(78 例中有 29 例)，但是字幕组更倾向于使用对等策略来翻译双关语和基于 FEI 的双关语(62 例与语言为基础的案例中有 28 例进行了语言操纵)，而在翻译口头与非口头双关语时，该组更愿意使用转移的翻译手段(16 例中有 11 例)。相反，不论是哪种类型的双关语(78 例中有 32 例)，粉丝字幕制作人员更愿意选择转移而非对等策略(27 例)，特别是在处理基于 FEI

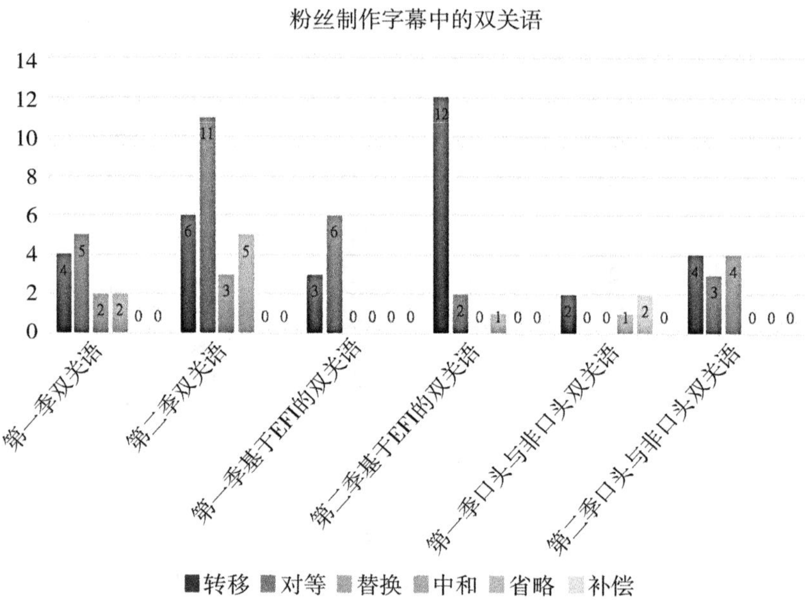

图 3.3　《摩登家庭》第一、二季粉丝制作字幕中的幽默双关语

的双关语时，该组译员更愿意使用转移策略。主要原因是，尽管双关语依赖于隐喻含义与字面意义的双重实现(Veisbergs，1997：158)，但隐喻表达的语意具有组合性(Moon，1998)，从而简化了解码过程。前人的研究指出，粉丝字幕制作人员倾向于尽可能地接近源语文本(Díaz-Cintas & Muñoz-Sánchez，2006：46；Bogucki，2009)，本文的研究成果也在某种程度上验证了该观点。然而，这也证明粉丝字幕制作人员对文本功能颇为敏感，尤其在处理喜剧时，并且善于利用文本操纵来保留文本功能。

一般来说，译文中是否保留源语双关语可能取决于几个原因。例如，情境因素可能会迫使译者保留源语中的双关语(即视觉双关和语言双关)。如上所述，虽然省略最不可取，但它也可以成为一种保全之策，可用于由于语言特殊性而使得双关语不可译或勉强翻译之后显得十分违和时。本研究中，该策略多用于省略副语言文本要素，即双关语在语言与视觉层面发挥功能的必要元素(详见 3.5.5 小节)；本文中仅有一例是完全省略双关语，以其他相关但是非幽默的文本所代替(如例 3.19)。省略或中和源语中的双关语可能会削弱源语中的幽默效果。鉴于，幽默效果是该电视连续剧大获成功的关键，AVT 当然要特别关注此类富含幽默性的语言要素。换言之，文字游戏与双关语是喜剧片的精华所在，因此，译者应该在不影响观众对内容理解的基础上，尽可能地保留双关语。总体来说，意大利语的配音团队、官方字幕人员和粉丝字幕制作人员都达到了这一目标。

此外，还有一点值得注意，正如某些例子所示，粉丝字幕版本的断句存在问题，不符合常规做法。例如，例 3. 11 和例 3. 28 中，形容词所有格和名词处于不同行，分别为“mio/fratello”和“tuo/padre”，例 3. 21（“dovrei ignorare/ il panda”）中的动词和直接宾语也是如此，而例 3. 23 和 3. 24 中，不定冠词、名词及修饰语（参照“una/bella fetta”和“una/cacciatrice”）也被字幕人员断开。尤其是例 3. 29 中，字幕人员将否定副词及其修饰的动词（“non/ riesce”）切分，十分突兀。显然，专业字幕组人员反对这种切分行为，并且会避免出现此类情况，因为这不符合行业规范。其实，粉丝字幕制作人员更应当重视行业规范（Massidda，2015：55），因此，本研究在发现该组译员不合常理的断句时，着实感到惊讶。

最后，本节将总结 GTVH 言语幽默总论在文本分析中的应用。为了辨别三组译文之间的差异和相似之处，本文分析了源语与目的语中双关语（逻辑机制）的脚本对立和目标，并且标注了翻译过程中哪些脚本对立得以保留，而哪些又发生了变化。如例 3. 4 所示，即使采用了对等策略，脚本对立还是会发生改变。尽管源语与目的语可能会激活不同的脚本，但是只要该脚本产生了对立，引发了幽默，那么就达到了目的，而 GTVH 可以证实，该目的是否如期达到。换言之，即使目标受众体验到的幽默效果与源语受众不同，只要他们得到了相似的体验，那么就可以使他们发笑（Vandaele，2002：151）。但是，这种方法也有局限性，因为很难将本文数据完美地与前人所提供的分析框架契合。此外，即使某种翻译策略，如中和，可以保留源语的脚本对立以及部分幽默感，也无法完全保留源语双关语中的雅（elegance）（如例 3. 5、3. 12、3. 21 所示）。因此，若想全面了解 AVT 中的双关语特征及相关的各种问题，需要结合不同的方法进行数据分析，本书将在总结部分对此进行更为全面、整体的阐释。

第 4 章　幽默文化专有项

4.1　引言

与其他语言现象相同，文化专有项 culture-specific references（CSRs）本身并不幽默。但是，在《摩登家庭》第一、二季中，有大量的文化专属词语被用于逗乐观众。

此外，CSRs 可以用于传递说话者的身份信息，也可以反映该剧集创作时期的共时信息。因此，本剧最重要的文化参考背景就是该剧所描绘的千禧之初的现代美国家庭，它必然将与传统的美国家庭形成鲜明对比。本剧中，一部分 CSRs 与西方社会的消费主义以及全球化紧密相连，而另一部分则深深扎根于北美文化之中。因此，本文将深入探讨文化专有项的历时性与共时性方面。

CSRs 是《摩登家庭》中一种重要的幽默机制，因此，本章将深入剖析该剧中的 CSRs。显然，由于 CSRs 的上述特征（包括幽默功能、文化特质性、空间性，以及角色塑造），想要将 CSRs 准确译入另一种语言与文化中，实属不易。在解决这一问题之前，本章将简要回顾 CSRs 的相关文献，以便更加清晰全面地了解 CSRs 的定义与基本内涵，而 4.2 节将会讨论更为具体的内容。本文将借鉴前人的研究成果，划分 CSRs 的类别及其来源，并且通过优化前人的成果，提出新的分类方法，以便更好地实现本文研究目的（详见 4.3 节）。接下来，本章将探讨 CSRs 在文本中的功能（详见

4.4 节），以及验证前人所提出的翻译 CSRs 的策略是如何运用在视听翻译（AVT）之中（详见 4.5 节）。

如同研究双关语一样，CSRs 的研究也是先从源语中的 CSRs 出发。然后，探讨配音以及字幕中的 CSRs 的翻译策略（详见 4.6 节）。最后，三个数据组（配音组，官方字幕组以及粉丝字幕组）的对比分析显示，翻译策略对文本的功能性操纵产生了极大影响。

本章的最后一节（4.7 节）显示意大利语译者（配音团队，官方字幕团队以及粉丝字幕团队）对幽默 CSRs 的处理十分谨慎，力图达到完美传译。尽管配音组在翻译策略的运用上更为灵活多元，但字幕组在文本操纵上略胜一筹。究其原因可能是字幕组恰好意识到文本形式的 CSRs 具有一定的娱乐功能。本文的研究方法行之有效，也希望能够为其他领域的相关研究发挥一定的启示作用。

4.2　文化专有项的定义

在案例分析之前，必须了解 CSRs 的定义，尽管定义一事，从来都不是一蹴而就，拿来即用的。

Ranzato（2006）的书中曾深入探讨意大利配音中的 CSRs 问题，并且将 CSRs 主要的研究文献进行了全面翔实的梳理。目前，学者对于文化专有项的定义仍然争议不断，尤其是在统一术语这一问题上。目前，CSRs 又名为，culture-specific 或 culture-bound references/elements/terms/items/expressions，realia，allusions 以及 culture references①（Bovinelli & Gallini，1994；Pedersen，2005，2007；Chiaro，2009）。借鉴 Leppihalme（1997）的著作 *Culture Bumps：An Empirical Approach to the Translation of Allusions*《文化碰撞——指称翻译的实证研究》，笔者也对术语的统一化贡献了绵薄之力（Dore，2008，2010）。Leppihalme 使用指称 allusion 一词指代“利用

① 译者注：此类术语含义相同，可以统一理解为“文化专有项”。

原始或者改编形式的经典语言素材以及专有名词，来传递深层含义的语言现象”。因此，本文使用文化专有项 culture-specific allusions 来指代文化专属词汇，包括原始词汇以及改编词汇，并且探索此类词汇如何产生幽默效果，以及在配音中翻译此类词汇存在什么难题。

Ranzato（2016）一书中提到，allusion 与 reference 高度相似，均可理解为“指称”，但是前者多见于文学以及艺术研究领域（Perri，1978；Irwin，2002），鲜少用于专门的语域研究。但是为了迎合 Leppihame（1997）的观点，她也承认 allusion 也可以视作一种文学现象，出现在多种文本类型（如写实小说，电影，会话，政治演讲，广告，新闻，等等）之中，并研究了如何将英文 allusion 译入芬兰语。不难看出，越来越多的学者开始接受文化专有指称 culture-specific references 这一说法（Antonini，2008；Chiaro，2009；Ranzato，2016），并且将其运用在 AVT 研究之中，因此，本文也将替换使用文化专有指称、文化专有项以及缩写形式 CSRs，来指代这一语言现象。

回到 CSRs 的定义问题，基于 Vlahov 以及 Florin（1969）“realia”的经典定义，Ranzato（2016）将 CSRs 描述为：

> “人群，国家，乡村或者部落的某个特定地域、文化、物质生活、历史社会环境内使用的词汇或者组合习语，因此，具有国家性，地方性以及历史性色彩，通常在其他语言内很难发现完全的对等表达。”

正如第三章所言，CSRs 包括词汇或者组合型习语（如专有名词，童谣，名人名言等），而二者之间的分类标准将在本章详述。3. 2. 1 节已经详细介绍了固定表达与俗语的内涵，而 3. 5. 3 节与 3. 5. 4 节也已详细分析了固定表达与俗语。而将固定表达、俗语，与 CSRs 分开，是考虑到前者不单是被引用，而且进行了创造性加工，来达到幽默效果，因此更符合双关语的讨论范畴。

值得一提的是，Ranzato 借鉴了 Leemets（1992）以及 Maihac（1996）有

关文化专有项的论述，并且提出很难在另一种语言中找到 CSRs 的完美对等，因为不同文化对于同一事物的看法可能有所不同，此外，CSR 的理解还受主观因素的影响，包括文本创作者与接受者的社会文化背景，代沟等。总的来说，识别文本中的 CSRs 之后，才能准确地处理和分析它。CSRs 的识别也是译者工作的重要一环。文化异质性暗含着一系列的问题，需要译者理解并且妥善解决。鉴于此，Davies-Gonzales 以及 Scott-Tennent（2005）尝试训练翻译专业的学生来识别 CSRs，并且提高他们处理文化专有项的意识。Davies-Gonzales 以及 Scott-Tennent 认为这样有利于提高学生们解决 CSRs 翻译中的问题，提高他们的翻译能力。

但是，不容忽视的是，CSRs 的文本类型也影响着信息的产出，传递，翻译与理解。简而言之，喜剧中的 CSRs 可能与戏剧中的不同。在 AVT 领域，由于文本的多模态特征，CSRs 的传译可能变得愈发复杂。正如 Ramiere（2006）所言，CSRs 指的是：

> “言语与非言语（视觉与听觉）符号，也是跨文化翻译中的一大难题。因为它是基于影视作品所处的语言社会文化语境中的物体或者概念，而在该作品发行之时，同样的物品与概念在源语文化和目的语文化中所引发的内涵意义，可能完全不一致，或者存在明显的偏离。”

Ramiere 的定义十分有借鉴意义，因为他是基于视听作品来探讨 CSRs 在语言与文化间的传递问题。同样，Chiaro（2009）也承认言语与视觉文本的重要性，她提出：

> “CSRs 是专属于某种文化的实体，它既可以完全是视觉形式，或是以视觉形式为主（如本土与国家特色的图画、本土舞蹈、宠物葬礼、婴儿受洗），也可以完全是言语形式，又或者是二者之间的结合。”

上述学者主要讨论的是在视听模式中应该如何翻译 CSRs。但在阐释该问题之前，本文首先划分 CSRs 的来源与类别。而本文的分类法将结合前人证实行之有效的分析方法。

4.3　文化专有项的分类与来源

与双关语一样，CSRs 也很难有统一的分类方法。尽管任务艰巨，许多学者还是尝试细致地划分 CSRs 的类别。Leppihalme（1997）表示，分类法是一种行之有效的分析方法，并且提出了指称的分类方法，而该分类法也同样可以运用在 CSRs 的分析之中，如表 4.1 所示）。

表 4.1　指称分类法总结（Leppihalme，1997）

类别	子类别	示例
1. 名词指称	专有名词 （含有专有名词的指称） 关键短语 （不含专有名词的指称）	I think I've become a *Raffles* in my old age 我想，我老了之后会变成一个**业余窃贼**。 Apparently, taxis all turn into pumpkins at midnight 显然，午夜的时候，出租车司机也**回家睡觉了**
2. 经典指称	过时但是经常使用的暗指，起源也几乎无证可考（如陈词滥调，谚语等）	We were *ships that pass in the night* 我们**老死不相往来**
3. 半指称性质的比较（SCAs）①	浅显的比较或者松散的关联	Like *the land of Oz*, technology has good and bad witches 科技有好有坏，犹如**玄虚之境**

① SCAs 是 Semi-allusive comparisons 的缩写。

续表

类别	子类别	示例
4. 同名形容词	源于人名的形容词	*Orwellian* images **奥威尔**形象（形容破坏自由开放社会及人民福祉的做法）

在定义名词指称 allusion proper 时，Leppihalme 将含有专有名词的指称与其他的指称词区分开来，并将前者命名为“关键短语”(Key-Phrase)分类（Aixelá，1996：59）。显然，Leppihalme 的“固定指称”(stereotyped allusions) 与第 3 章中讨论的固定表达和习语十分类似，因此，此节不再对该类别进行赘述。“半指称性质的比较”(semi-allusive comparisons) 指的是“浅显的比较或者松散的关联”，而“同名形容词”(eponymous adjectives) 源于专有名词，但并未形成“与该词相关的固定搭配”。总体而言，Leppihalme 本人也意识到，上述类别的分界并不明晰，比如专有名词和同名形容词的界限很难区分。具体说来，Leppihalme 指出，“their Anna Frank① haircuts “一句中的“Anna Frank“既可以看作专有名词，也可以视作某种发型的同名形容词。准确来说，在这种情况下，Anna Frank 就是具有形容词功能的名词修饰词。所以为避免混淆，本文不对同名形容词和专有名称加以区分。

至于指称的来源(或所指)，通过分析所搜集的语料，Leppihalme 发现大多专有名词指称都包含人名(如艺术家、政治家)，虚构人物(如 Shakespear 笔下的 Macbeth)，地点，《圣经》中的人名(如 David 和 Goliath) 以及神话人物。除此之外，她还发现与现代戏剧、电影和电视节目相关的指称，如 Willy Russell 的《教育丽塔》(*Educating Rita*)，以及儿童经典作品，如 Lewis Carroll 的《爱丽丝梦游仙境》(*Alice in Wonderland*)，但是此

① Anna Frank 安妮·弗兰克（1929 年 6 月 12 日—1945 年 3 月 9 日），生于德国法兰克福的犹太女孩，“二战”时犹太人大屠杀中最著名的受害者之一，1999 年入选《时代杂志》“20 世纪全世界最具影响力的 100 个人”。

类指称数量较少。然而，Leppihalme 似乎忽略了其他类型的 CSRs，例如源自“物质文化”的 CSRs(比如，专门用于指代食物、饮料、玩具的事物名称或者品牌名称)。在翻译中，此类指称会导致相似的问题，如认知和转换(Baker，2018[1992]：19-24)，特别是具有潜在幽默功能或需要结合视觉要素进行处理的指称词(Bovinelli & Gallini，1994；Pedersen，2005，2007；Ramière，2006；Ranzato，2009；Ranzato，2016)。由于研究重心是文学文本，所以 Leppihalm 语料库中的关键短语主要来源《圣经》文本，如新约和旧约，莎士比亚的作品，20 世纪文学，童谣和部分流行或爱国歌曲，而来自影视节目中的关键短语只占少数。

前文提到，Davies-González 和 Scott-Tennent（2005）希望提高翻译专业的学生识别 CSRs 来源的能力，因为他们相信这可以帮助学生处理和解决 CSRs 相关的翻译问题。在之前的研究中，笔者试图通过修改 Davies-González 和 Scott-Tennent 的框架，并且融合 Lepihalme 的观点，提出新的分类方法，将电视喜剧《老友记》中的幽默 CSRs 进行分门别类(Marta Kauffman & David Crane，1994—2004；Dore，2008，2010)。结合《老友记》中的数据，笔者完善了 Davies-González 和 Scott-Tennent 的分类法(如表 4. 2 所示)。

表 4. 2　Davies-González 和 Scott-Tennent 的分类法以及 Dore 的修订版分类法

Davies-González 和 Scott-Tennent 的分类法	Dore 修订的分类法
1. 物质类：与日常生活相关的物品(如食物、饮料、游戏以及度量尺寸)	1. 物质类（饮料、食物、丈量法、市场中出现的各类产品等)
2. 生态类：与地域相关的来源(如，地理、草木以及花卉)	2. 生态类(地名、草木与花卉)
3. 社会类：与社会机构、各类艺术形式、政治、历史、休闲等有关的来源	3. 高雅文化与机构(文学、机构、政治、历史、艺术、剧院等)

续表

Davies-González 和 Scott-Tennent 的分类法	Dore 修订的分类法
4. 宗教类：与意识形态与理解相关的来源	4. 流行文化（童谣、运动、歌谣、商业演出）
5. 语言类：与态度或者会话相关的各类语言形式	5. 宗教类（天主教、犹太教、伊斯兰教、与宗教有关的活动等）

可以注意到，Dore 保留了 Davies-González 和 Scott-Tennent 的类别(1)和(2)，因为该类别的定义较为清晰。而类别(3)和(4)的定义十分含糊，如类别(3)可能包括莎士比亚、托利党、马基雅维利、立体主义；(4)则可能包括洗礼和圣餐(Dore，2010：10)，故而这两类并未保留在修订版里面。此外，类别(5)也存在不明之处——既可能表示用于传达信息的语言代码(例如英语，意大利语)又可能暗指某类人使用的社会方言(即行话)，所以如果将该类别用作数据分析，可能会引发分歧。最重要的是，(3)“社会类”可能包含大量的子类别，但子类别的分界又尚未明确。例如，“休闲”就是一个十分含糊的子类别。鉴于《老友记》中含有大量“流行文化”类别的幽默 CSRs，“社会”类别将细化为两类：高雅文化与机构（high culture/institutions)（包含文学，政治，艺术，历史等）和流行文化（popular culture)(包含童谣，电视，电影，体育等)。这样一来，更易于分析、划分以及管理喜剧中的 CSRs。

Pedersen 在关于 CSRs 可译性的研究中建议道，CSRs 可以根据 ST 和 TT 受众的可及性进行分类。一般来说，部分 CSRs 可看作跨文化 transcultual 类型；此类 CSRs 不限于本民族文化，且可以在常见的百科全书中检索到(例如 Shakespear，Machiavelli)，因此大多数人都可以识别、理解。此外，跨文化 CSRs 与单一文化（monocultural）CSRs 有明显区别。Pedersen 将后者描述为“与源语受众相比，目的语受众可能难以鉴别来源，主要是由于百科知识方面的差异”。由于缺乏示例，很难深入了解 Pedersen

所描绘的单一文化 CSRs。最后，CSRs 也可以理解为微文化(microcultural)，因为只能有部分群体能够理解源语中的 CSRs(例如 Cranberry Street in Brooklyn 布鲁克林的蔓越莓街①)。总而言之，跨文化类型似乎是三类中最清晰且最具分析价值的，因此本节将重点分析该类别，详见 4.5 节中 CSRs 的翻译策略。

Pedersen 所提及的另一个考量标准——文本中的 CSRs 既可以超脱于文本之外 (text external) (即 CSRs 存在于所处的虚构世界之外) 又可以存在于文本之内 (text internal) (即 CSRs 仅限于文本中，例如 James Bond，以及《权力的游戏》*Ganmes of Throne* 中创造的语言 Dothraki)。正如 Pedersen 所言，这一考量标准与其他因素都会影响译员的决策过程 (详见 4.5 节)。

除此之外，值得关注的是，Ranzato(2016)有关 CSR 的最新分类。她结合了 Pedersen(2005)与 Díaz-Cintas 和 Remael(2007：201)的观点来构思该分类，具体内容如下：

1. 现实世界指称 Real-word references，包括：源语文化指称(人、宫殿、历史、政治、社会等指称，包括 Pedersen 的“单一文化”和“微观文化”指称以及前文的“高雅文化与机构”类别)；跨文化指称(源语文化与目的语文化所共享)；第三文化指称(即不属于源语文化又不属于目的语文化)；目标文化指称(在源语中发现，但目标文化可以直接引用，例如 Dante Alighieri 提到的 *A Room with a View*，James Ivory，1985；Ranzato，2016)
2. 跨文本指称 Intertexutal references，包括：显性跨文本引用(直接引用艺术作品、文学作品以及流行文化中的内容)；隐性跨文本引用(间接引用或暗示其他文本的内容)，跨文本微引用(借鉴另一文本

① 译者注：美国纽约附近的布鲁克林高地有几处以水果命名的街道，除了蔓越莓街之外，还有橙子街以及凤梨街。

的整套体系，例如模仿书籍或电影内容，将文学作品改变成电影（如《布里奇特·琼斯的日记》以及《傲慢与偏见》）。

Ranzato 进一步解释道，上述所有 CSRs 可以是口头或非口头指称，可以是同时性或非共时性文化指称。非口头指称（Non-verbal references）指的是韵律特征。Ranzato 引用《六尺之下》（*Six Feet Under*）中的例子，其中某个角色模仿了 Stanley Kubrick 的《太空漫游》（*Space Odyssey*）中的计算机 HAL 发出的声音。如此一来，虽然角色的口头文本没有具体的指称目标，但是他的语调带有明确的指称性质。由于非口头指称带有模仿和讽刺等特性，该类指称在喜剧中十分常见。虽然《摩登家庭》中，并未找到完全贴合此类指称的例子，但是存在一些类似的场景。如第二季第六集"万圣节"，所有主角都穿着恐怖服装扮演着某个角色，一边模仿扮演角色的声音，一边做动作（例如，Manny 模仿 Frankenstein，Phil 则模仿 Dracula）。一般来说，上述情况也属于非口头指称。但是，从统计学的角度来说，偶然出现的案例并无实际意义，因此，本文将不深入探讨此类情况。

就视听幽默而言，口头和非口头文本的融合形式（Zabalebascoa 的 1996 年"视觉笑话"）使得 CSRs 的翻译变得更加棘手，如下文所示。最后，非共时性文化指称（asynchronous cultural references）（例如舞蹈，食物，衣服）与共时性文化指称（synchronous cultural references）不同；前者与某个时间段有关，与 ST 和 TT 观众都存在一定的时间差，比如，历史剧中的主角。Ranzato 的分类法及文本分析中排除了仅存于虚拟世界的指称（如前文所述 Pedersen 的"文本之内"指称），因为她认为此类指称不能看作任何特定文化的代表。尽管就创意和翻译而言，文本之内指称蕴涵十足趣味，但数据显示，此类指称并未广泛运用于《摩登家庭》之中（两季 48 集中仅有 13 例），因此，本文暂不对此予以深论。但相关的学术课题，值得学者们做进一步研究。

总而言之，Ranzato 将现实世界中属于单词（words）和单词惯用语（words locution）定义为"文化专有项"。从广义上来说，文化专有项即是

Lepihalme 所提出的名词指称中所包含的语言之外的要素以及单位(例如“Pizza 比萨饼”或“Pavarotti 帕瓦罗蒂”)。相反，Ranzato 的跨文本指称包括直接和/或间接引用较长的文本/ 名言，以及文学作品，歌曲，押韵等。因此，跨文本指称也可以等同于“关键短语”类别。Dore（2008，2010）探讨了跨文本指称给 AVT 带来的挑战，尤其是跨文本指称如何产生其幽默效果，而 Chiaro(2009)则更为宏观地探讨了 CSRs 的翻译问题。

除此之外，CSRs 研究的另一个重点就是来源问题。CSRs 的来源是重要参数，如 Dore(2008，2010)所示，了解来源就可以极大地帮助受众理解文本及其所属的文本类型。此外，确定(主要)角色说出 CSRs 所属类型及其来源，就可以了解该角色有关的身份信息。例如，在研究《摩登家庭》时，笔者猜想大多数高雅文化 CSRs 应该出自 Cameron 之口，因为他受到过良好的教育，博览群书，而最后的数据统计正好印证了这一猜想（详见 4.6 节）。

鉴于上述情况，本文在数据分析时，尽量秉承着在可控的文本范围内寻找幽默 CSRs，因此，分析主要集中角色处于“访谈”模式以及相互对话的场景。而筛选出来的 CSRs 进而分为专有名称指称(现实世界)或关键短语(跨文本)指称。有趣的是，在前两集的 48 集中，共筛选出 287 例基于专有名称的幽默 CSRs，而基于关键短语的 CSRs 仅有 13 例。显然，由此可见，在本文的数据中后者所占的比例不具备统计学意义，因为前者的数量大大超过后者。因此，本文将主要分析基于专有名称的幽默 CSRs。

而基于专有名称的幽默 CSRs 又将根据来源(上文提及的五种分类法)以及出自哪位角色之口进行了分类。在案例分析时，CSRs 的潜在文化内涵，目标或跨文化性都会考虑在内(详见 4.6 节)，这样有助于全面分析 CSRs 是如何制造幽默效果，以及所采用的幽默机制；此外，还有助于理解译者决策分析的过程。除此之外，CSRs 在文本之中所发挥的功能与作用也不容忽视。

4.4　幽默文化专有项的功能

正如 Leppihalme（1997：31-55）所言，指称(或专有项)在文本中可以发挥一系列功能，但这些功能存在重叠之处。具体出来，指称可以传达幽默，也可以塑造人物形象，以及表达角色间的人际关系等。幽默指称常见于模仿和讽刺之中，其预期效果(笑声、惊讶、震惊等)是源于所借助的语言工具(以及它们所包含的隐含意义)以及嵌入其中的新语境之间形成的乖讹。Leppihalme 还提出，在特定的虚构世界中创造性地利用典故的人物，会让观众觉得创作者博览群书，博学多才，才思敏捷。此外，这种对典故的创造性使用也可以反映角色的性格特征。相比之下，受教育程度低的角色可能会使用陈旧的暗指(如陈词滥调)，但又无法准确解读其他角色的言外之意。此外，Leppihalme 声称，暗指还可以展现人物之间的权力差距。例如，如果 "指称发出者 alluder"（说出暗指的人)创造性地使用指称，此时，指称接受者(解读指称的人)可能会以不同的方式作出反应。他们可能熟知这个暗指，从而与说话者建立组内关系。但是，他们也可能无法理解这个典故及其含义，无法解释其来源等。在这种情况下，暗指成为一种暴露听话者浅薄无知的工具，听话者与说话者的知识结构并不互通。

而 Antonopoulou(2004b)的研究主要侧重幽默语篇中专有名词暗指的使用，她认为：

> “如果使用名称去指代实体，那么信息生产者有理由相信：(a) 所言实体值得被命名或者被提及；(b) 信息的接收者有能力识别所指的实体对象”。

此外，Antonopoulou 还指出，专有名词是保证信息传达性、直接性、同时性，简洁且有效的方式。总而言之，Antonopoulou 认为在翻译中应该保留指称，因为指称确定了译文的风格、增强了可信度；体现了目标读者参与解决问题的过程；展现了读者的组内成员资格；激活了简单有活力的图像式场景。当专有名词用于表达潜在幽默效果时，名词暗指就更加重要了。因此，替代(阐释)或省略专有名词暗指，将极大地影响文本效果和欣赏性。

应该注意的是，Antonopoulou 语料库中的大多数例子都涉及比较结构中的专有名词指称(例如，Raymond Chandler 所著《麻烦是我的工作》(*Trouble Is My Business*) 书中的“I need a guy who can act like a bar lizard and can backchat like Fred Allen 我需要一个看上去像花花公子的人，并且像 Fred Allen① 一般毒舌”，1950 [1934])。因此，在解释这些语言要素的过程中，共同语境 co-text 和上下文起到了主要作用。Pedersen (2005) 认为共同语境很重要，因为它能帮助读者掌握 CSRs 的含义。此外，他还认为，共同语境是影响字幕组决策过程的重要参数，因为“如果在共同语境之前或者之后的某个时间点消除 ESR [又称 CRS] 的歧义或对其加以解释，那么字幕员就不必时时刻刻去解释它”。然而，CSRs 所处的语言结构可能不尽相同，因此，任务难度也依情况而定。下一节将专门讨论 CSRs 的翻译策略，尤其是 AVT 中处理 CSRs 的策略。

4.5　幽默文化专有项的翻译策略

近年来，从事翻译研究的学者们认识到 CSRs 研究的重要性，一些学者提出了分类法来解决翻译中的 CSRs 问题。其中，有代表性的研究成果是 Baker (2018[1992]：19-46) 提出的翻译策略——Baker 根据源语言和目标语言之间最常见的非对等性问题提出了八种翻译策略。此外，还有 Aixela (1996：61-65) 提出的 11 种翻译方法，以解决翻译“文化专有项”中的常见问题。如上节所示，Leppihalme (1997) 有关专有名词和关键短语

① 译者注：Fred Allen 是美国荒诞派喜剧演员，代表作有广播剧《弗雷德·艾伦秀》，是美国最具前瞻性以及最受欢迎的幽默作家之一。

CSRs 的研究为许多翻译学者特别是 AVT 学者，提供了理论支持，因此也成了本文的主要理论支撑。Leppihalme 提出的一系列 CSRs 翻译策略为之后的研究奠定了基础，而该策略的总结详见表 4. 3。

表 4. 3 Leppihalme（1997）专有名词与关键短语 CSRs 术语总结

专有名词	关键短语
1. 名词保留（保留源语名词，或者使用目的语的固定表达形式） 1a）保留源语名词 1b）保留源语名词但添加一些指引 1c）保留源语名词但添加详细注释，如脚注	A 使用标准官方的译文 B 最小限度的改变：如使用逐词翻译 C 在文本中添加暗指之外的指引 D 使用脚注，文末标注，译者注以及其他形式的直接注释 E 模拟熟悉度以及文内标识，如增加标记性词序以及句法，来提示此处的外来词。
2. 用其他名词替换原名词(超出常规的改变) 2a）使用源语的另一个名词替换 2b）使用目的语的另一个名词替换	F 使用目的语中熟知的元素替换
3. 省略源语中的名词 3a）虽然省略了名词，但是使用了其他方式(如常见名词)传递了大意； 3b）名词以及暗指含义均省略	G 缩减暗指只保留大意 H 再创造，技巧融合：创造性组建篇章，再现了暗指的内涵，或者带来了其他特殊效果。 J 省略暗指

可以看出，专有名词和关键词 CSRs 翻译策略的共同特点如下：策略（1）及其子类别与策略（A）至（D）相似，而策略（2）及其子类别与（F）大致相同。与专有名词策略（1c）一样，策略（D）不适用于视听文本。Leppihalme 建议将(F)视作为一种可行的翻译技巧，她解释道："关键短语列表中没有使用目的语文化中的文化专有素材来替代源语中的暗指这一策略，因为对关键短语而言，这一策略并无实用价值”。然而，AVT 学者已

发现这一策略，并建议将该策略作为 CSRs 的翻译策略(Dore，2008，2010；Gottlieb，2009)，下文将详细讨论这一点。

根据研究所得，Leppihalme 将上述策略按照层级排列，并在此基础上，为译者评估译文(TT)接受者对专有名词暗指的潜在熟悉程度提出重要指引。她认为，典故专有名词只有在可识别的情况下才能得以保留，反之，则应该增加一些线索指引接受者（1b)。如果在此基础上还是无法保留，就按照(2a)和(2b)所建议的，选择某种替换形式。此外，在决定要不要完全省略专有名词指称之前，还可以使用普通名词(3a)替换或者采用直白的解释(1c)。与 Leppihalme 不同的是，Antonopoulou（2004b）认为修改含有潜在幽默性的专有名词指称可能会影响接受者对译文的理解。例如，幽默的指称不应该用“显性”翻译策略(如 Leppihalme 所提出的策略（1b)和(1c)，因为这很可能会消解专有名词指称的幽默效果。此外，Antonopoulou 还解释了“文化移植”(cultural transplantation)（Hervey & Higgins，2001：132-135）策略。该策略建议用目标文化指称替换源文化指称。但是，Antonopoulou 也提出文化移植策略并非总是行得通的，如指称内容明显是基于源语文化环境时，就不可使用该策略。Pedersen（2007）将这种现象称为“信用差距 credibility gap”，用于描述字幕中用目的语文化 CSR 替代源语文化 CSR 的情形（Diaz-Cintas & Remael，2007：204-205)。使用策略会导致目标文化指称与原始视觉图像不匹配的情况发生，并且与其他类型的文本相比，视听材料中这种不匹配的感官会更为强烈。

显然，Leppihalme 的分类法和 Antonopoulou 的建议都是基于书面文本的分析。因此，在处理有声语言材料时，还必须考虑其他因素。正如 Delabastita（1996）的双关语分类法一样，(1c)建议使用脚注是行不通的。此外，Leppihalme 也没有考虑“补偿”策略的可行性等问题。

这里还要说明的一点是，Leppihalme 和 Antonopoulou 从不同的维度和功能层面来分析 CSRs，所以在总结 CSRs 的翻译方法上，观点不一。例如，Leppihalme（1997)倾向于使用以目标文化(归化)为导向的方法，而 Antonopoulou（2004b）则更希望在翻译中维持源语中的幽默文化指称(异化)的重要性。总的来说，翻译学者和从业者都经常陷于归化和异化的困境（Venuti，1992，1998，2017[1995]）。但是，不论如何，文本类型依然在很大程度上影响着译者的决策过程。例如，Niemeier（1991）分析了《欲望号街车》*Streetcar Named Desire*（Elia Kazan，1951）德文配音版中 CSRs 的翻译，并且发现学者们经常泥足深陷，非要在两个方法中，做出选择。在处理配音中的 CSRs 时，Bovinelli 和 Gallini（1994：98）更支持本土化做法，因为它能让观众更加沉浸式地体验电影。

基于字幕幽默 CSRs 的分析，Bucaria（2007）注意到即使译文接受者不太可能理解指称及其背后的幽默，意大利字幕制作者还是会使用以源语为导向的方法，因为源语和目的语能够同时出现在荧幕上。广义上说，这一因素属于 Pedersen 提出的"媒介特有约束"（media-specific constraints）（2005：14），尽管该术语多用于描述作为口语 ST 的压缩版本的字幕，而且强调字幕制作组的选择受到时间和空间的限制（详见 2.4.2.1 节）。此外，Pedersen 还提出了其他参数，如：（a）CSR 的类型（它暗含的特定来源，跨文化性，内部性；参见 4.3 节）；（b）CSRs 是否包含重要的信息（又称指称的中心性 centrality of reference）；（c）信息是否已经存在于非语言文本中，或是否可从非语言文本中辨别出来（又称符号内部重复 intersemiotic redundancy），以及是否可以通过共同文本进行区分。

Pedersen（2005，2007）、Diaz-Cintas 和 Remael（2007）以及 Gottlieb（2009）都提出了相应的分析框架来翻译字幕中的 CSRs，而 Dore（2008，2010）和 Ranzato（2016）则专注于配音中 CSRs 的翻译。Ramiere（2006：156）从威尼斯人的角度关注 CSRs 的配音和字幕的制作过程。她将翻译过程设想为一个连续体，在这个连续体上可以找到各种选择。在这个连续体的两端，她分别放置了异化和归化两个极，而在这个极化的连续体上，她将翻译技巧放置在有可能接近任何一极的位置上（例如，转移/借用更接近于异化；文化替代更接近于归化）。异曲同工的是，Gottlieb（2009：31-32）将"最大程度"与"最小程度"的忠诚作为连续体的两极。翻译策略在这个连续体上，可以根据译文对原文的忠实度，落在最大程度，高级，低级，或者最低程度的忠诚，任意一点上。

为了更加清晰直观，本文借鉴了 Ramiere 的描述性模型和 Gottlieb 的忠实性思想来总结上述学者提出的所有建议(详见表 4.4)。

表 4.4　AV 中 CSRs 翻译策略的分类总结

忠实程度	Ramiere (2006)	Diaz-Cintas and Remael (2007)	Pedersen (2007)	Gottlieb (2009)	Dore (2008, 2010)	Ranzato (2016)
异化(源语为导向)	转换或者借用	借用	保留(直译或者使用官方对等语)	保留 直译	转换(直译或者借译)	借用 官方译法
	直译或者借译	借译 直译	具体化(增添或者补充细节)	具体化	解释(保留或者指引)	
	解释/注释	阐释(用下义词具体化或者用上义词抽象化)	抽象化(使用上下义词或者解释)	抽象化		阐释 上下义词 抽象化(阐释的子类)
	中和				中和	具体化(使用下义词具体化)
		词汇再创(如用新词替换新词)			再创	词汇再创

续表

忠实程度	Ramiere（2006）	Diaz-Cintas and Remael（2007）	Pedersen（2007）	Gottlieb（2009）	Dore（2008，2010）	Ranzato（2016）
	文化替换	替换（用目的语对等表达替换或者解释）	替换（文化或者情景替换）	替换（使用目的语受众熟悉的外国元素；使用目的语文化中也熟悉的全球通用元素或外国元素；使用本土元素）	替换（使用源语文化要素或者使用目的语文化要素替换）	替换（用目的语对等与替换；解释；用目的语指称替换；或者用一般对等语替换）
		调换（用目的语文化指称或者一般对等表达）				
归化（目的语为导向）			补偿	省略（删除）		创意性增译（大多具有随意性）

可以看出，大多数学者的分类法使用的术语十分类似，这是因为他们提出的分类法也都是基于前人的研究（Leppihalme，1997），而且，很多类别都有重叠之处。实际上，上述策略可以大致分为三类（保留、阐释和替

换)，均处于异化-归化连续体之间。词汇再创（Diaz-Cintas & Remael，2007；Dore，2008，2010；Ranzato，2016）常用于翻译幽默 CSRs，因为该策略暗含高水平的创造力，虽然可以保留文本的语境，但可能会改变幽默的知识资源。

在替代类别中，Gottlieb（2009）提出的相应策略值得注意，具体表述如下：

1. 用目标受众熟知的外国元素替代(如：纽约的艾迪朗达克公园>丹麦的黄石公园)。
2. 用目标文化共享的外国元素替代，即国际元素(美国白宫>丹麦麦当劳)。
3. 用国内元素替代(英国国庆节>丹麦 Nydrsaften[除夕]；共同特征：烟花)。

在某种程度上，选项（1）与 Dore 所提出的，使用与源语文化类似的 CSR（Dore，2008，2010）。本文更倾向于使用源文化 CSR 替代，因为相较于选项（2），该策略更加清楚、明显。后者类似于 Lorenzo 等人（2003：280）所提出的"国际化"（internationalization）策略。《辛普森一家》*The Simpsons* 的西班牙语配音版本的其中一集，译者将美国情景喜剧《我爱露西》*I Love Lucy* 中的"Fred and Ethel"替换为莎士比亚的"Romeo and Juliet"，以便传达与原版相似的效果。因此，该策略很容易被当作是"使用国际 CSR 替换"子类别。为了更加清晰，该子类别也将包括 Ranzato(2016：69)所提出的"使用第三文化 CSR 替换"。

选项(3)，即使用目标语文化 CSRs 替换，与其他两个替换策略一样，被证实是翻译 CSRs 的可行策略，但可能并不适用于字幕翻译，因为字幕中的 ST 和 TT 将会同时出现，可能会引起观众质疑（Pedersen，2005，2007）。然而，通过观察本研究中的语料，《摩登家庭》的意大利语字幕中使用过该策略；因此，本文也将选项（3）考虑在内。最后，Ranzato

(2016：69) 明确指出，AVT 素材中，如果源语中出现了目标语文化指称，那么翻译起来可能十分棘手，特别是配音版本；因此，译者经常会选择省略该指称，尤其是幽默性指称（Zabal-beascoa，1996）。本文的数据分析也证实了这一观点，因为在《摩登家庭》的配音版本中，一些源语基于意大利语文化的幽默指称被译为了西班牙语，但是在字幕版本中(包括官方和业余字幕)，译者却选择保留了源语中的意大利语文化指称。

省略(或删除)和补偿策略被置于表格的末端，是因为这些策略不能从源语导向还是目的语导向这一维度进行评估。比起省略 CSRs，Ranzato 更喜欢用删除一词来暗指该策略的“任意性与争议性；并且很难用技术或其他形式的限制因素来消解该策略本身存在的问题”（2016：94）。Ranzato 提出这一观点是基于大量视听文本中 CSRs 的翻译研究，特别是 CSRs 与文本操纵和审查制度之间的关联。在此期间，Ranzato 研究了与宗教、性和死亡等禁忌话题有关的 CSRs。当然，所有这些主题都与幽默有关，但本文所提及的 CSRs 只与 Ranzato 的部分研究相关。本文主要研究内容是，源语(ST)的言语表达效果是如何通过 CSRs 的语言进行传递的。此外，如第三章所述，Ranzato 对文化幽默的分析可能存在一些不足之处，即她将数据内的所有的指称都默认为幽默的，但其实，并非所有的 CSRs 都是用于制造幽默的。相反，本文的数据分析过程中，就将不具备幽默性的 CSRs 排除在外(这些 CSRs 即没有触发脚本对立，又没有确切的目标)。

如果作为幽默对话中的一部分，CSRs 既可以是妙语又可以是趣言(Attardo，2001)。Gottlieb（2009：35-36）也曾说过，喜剧是一种高密度文本，因此喜剧字幕中会需要翻译更多的 CSRs。与文字游戏一样，有时文本中的 CSRs 出现频率过高，译者与其去制造人为的幽默效果，还不如适时地舍弃一些 CSRs。

不得不提的是，上述策略的内涵可能会根据所使用 AVT 模式的不同而产生细微的差异。例如，Pedersen(2007)认为，如果在字幕中使用官方对等语翻译的话，应视作一种保留策略。但是，如果在配音中使用相同从策略，Ranzato(2016：95-96)更愿意将其视作是一种替换策略。笔者认为，该策略旨在保留原有的含义，所以 Pedersen 的说法更加有说服力。Diaz-Cintas 和 Remael（2007：207）认为增补 addition 是字幕中阐释处理的策略之一，尽管字幕中存在空间指引，但仍有可能使用增补策略。相反，Ranzato 使用的是创造性增补 creative addition 来描述意大利语配音人员是如何使用随意性的干预策略来处理译文，并以此来增强译文的喜剧效果。笔者倾向于同意 Ranzato 的观点，因为在之前的研究中也发现了相似的例子(Dore，2008，2010)；但是本文更倾向于将该策略当作一种宏观意义上的补偿策略。

考虑到本研究的重点是研究配音和字幕中的幽默 CSRs，笔者将上述分类法进行了融合，并将翻译幽默 CSRs 的策略分为以下几个大类，而每类之中又包含不同的翻译策略：

1. 转换(包括借译、直译、官方对等语等)
2. 阐释
   - 具体化
   - 抽象化
3. 词汇再创
4. 替换
   - 源语 CSR 替换
   - 目的语 CSR 替换
   - 国际通用 CSR 替换
5. 省略

在本文的研究数据中很难发现补偿策略的使用痕迹，仅在配音版和字幕版中分别发现了一例。因此，本文在对配音版和字幕版的数据进行统计和对比分析时，并未将补偿策略考虑在。但是，又不可完全忽视补偿策略在翻译中的重要性，因此 4.6.1 节和 4.6.2 节还是对这两个例子进行了分析，并将在本章末尾进行评述。

最后一点，虽然分类法是界定某种现象的常见手段，但是很难将每种类型进行清晰、明确的划分（Delabastita，1997）。对此，Gottlieb（2009：32）的解释较为清晰直观：

> 1) 建立类别是为了适应所有的发现；2) 不同的类别仅反映了某位学者研究中呈现的明显差异；3) 类别的数量反映了发现的数量：小的数据规模与大量的类别并不相符。

毋庸置疑的是，就喜剧中的幽默 CSRs 而言，由于它在文本中具有娱乐功能，因此受众就会非常期待幽默 CSRs 能够得到成功翻译。而在下面的章节和小节中，本文所采集的数据将用于测试上述模型的适用性，以确定译者在将 CSR 译入意大利语时采用了哪些策略。同时，将重点全面分析源文本与目的语文本之间的差异。

4.6　数据分析

本节将阐释 CSRs 的提取与分类。如同双关语一样，本节的数据分析主要选取特定场景中话题鲜明的会话（例如“奖励场景”“信用饼干”“采访模式场景”等）。随后，利用 GTVH 的分析框架提取了 287 例幽默 CSRs，其中第一季中有 127 例；第二季中有 160 例。除此之外，数据提取的过程还有其他的理论支撑，如幽默支持策略（如角色所使用的幽默所暗含的文本信息）和幽默的韵律标记（如角色的笑声和音调）。

接下来，就是根据 4.3 节中描述的指称来源分类法，将 287 例幽默 CSRs 进行分类。此外，在分析 CSRs 的类别时，出自哪个角色之口也会考虑在内。所有的主角都会单独进行分析，而配角（如朋友、客串）则被归入“其他”一类（详见表 4.5）。

表 4.5 《摩登家庭》第一、二季中幽默 CSR 的来源

指称来源	第一季 CSRs 与角色	第二季 CSRs 与角色
	无角色	无角色
1. 物质 (饮料，食品，措施，市面的各类产品等)	18 Phil（2），Jay（4），Claire（1），Manny（2），Cam（2），Michell（3），Alex(2)，其他（2)	16 Phil（5），Jay（1），Claire（1），Manny（2），Cam（3），Michell（2），Gloria(2)，其他（1)
2. 生态 (场所、动植物等)	8 Phil(2)，Jay(2)，Cam（1)，Michell(1)，其他(2)	19 Phil（4），Jay（2），Claire（1），Cam（6），Michell（3），Gloria(1)，其他(1)
3. 高雅文化/风俗 (文学、风俗、政治、艺术、历史、戏剧等)	36 Phil(2)，Jay(4)，Cam（12)，Michell（7)，Gloria（1），Manny（3），Alex（2)，其他(3)	32 Phil（3），Jay（3），Claire（1），Cam（17），Michell（4），Manny（2），Haley（2），Alex（2)，Gloria(1)
4. 流行文化 (童谣、体育、歌曲、娱乐业等)	64 Phil（14），Jay（13），Cam（12），Michell（14），Claire（4），Manny（2），Haley(3)，Luke(1)，其他（1)	80 Phil（25），Jay（5），Cam（17），Michell（10），Claire（10），Manny（4），Haley（1），Luke(3)，Alex(1)，其他(9)
5. 宗教 (天主教、犹太教、伊斯兰教、宗教相关活动等)	1 Michell(1)	5 Phil(1)，Claire(1)，Gloria（2)，Haley(1)
合计	127	160

如前所述，《摩登家庭》是一部电视情景喜剧，目标观众是青少年以及受过普通教育的成年人。因此，不难发现，在前两集的 ST 中含有大量“流行文化” CSRs(即电影、电视节目和演艺界人士)，287 例中有 144 例，而

“高雅文化/机构”类别有 68 例。“物质” 和 “生态”类型的数量较少(分别为 34 例和 27 例)，但是反映了剧中人物所处的消费主义文化；而与宗教或宗教事件有关的指称数量最少，仅有 6 例。

总体而言，表 4.5 呈现的分类法十分全面有效；既考虑了 CSR 类型及其来源，也考虑了说话者本身，因此，在一定程度上可以证实某些角色的特异性。具体来说，显然 Cameron 使用了大量的 “高雅文化/机构” 指称，而这些指称通常来自文学、戏剧等。与此同时，Cameron 也使用了很多流行音乐和同性恋人物相关的指称，如 The Supremes，Donna Summer，Olivia Newton John 等。作为一名同性恋律师，Mitchell 自诩他颠覆了同性恋群体的刻板印象，因为他有时会避免在公共场合做出亲昵行为。然而，Mitchell 经常会言行不一致，因此闹了不少笑话。例如，他喜欢 Lady Gaga，并且经常会在感叹词中加上她的名字，如将 “sweet lord 甜蜜的上帝” 替换成 “sweet Lady Gaga 甜蜜的 Lady Gaga”。

Jay 使用了大量 “流行文化” 类型的 CSRs，但都是在他那个时代流行的歌手、喜剧演员、电影以及角色(如 Little Betty Boop，Peaches，Herb，Jethro 等)。Phil 使用的指称有一部分也属于 “流行文化” 类别，而且，Phil 经常用此类指称创造双关语。Claire 和她的孩子们也使用 CSRs，从而使他们的对话充满幽默效果。不出所料，Manny 和 Alex 这两个角色会分别提及海明威和爱因斯坦这两个人物，这也符合这两个角色的性格特征。意外的是，海莉也提到了 “高雅文化” 指称，但是，当她引用阿尔伯特-爱因斯坦、玛雅-安吉洛或特蕾莎修女等指称时，用法经常会出错。这样一来，反而加深了观众对海莉的看法——一个肤浅、才智平庸的青少年，更关心外表而不是内涵。最后值得一提的是，Gloria 很少提及北美 CSRs，可能因为她是一个外国人，所处的文化背景不同。她所用不多的指称，也大多源于她自己的文化背景或相关的文化起源(如哥伦比亚人、秘鲁人)。

就文化嵌入性而言，不难发现，本研究中“国际”类别的 CSRs 数量不在少数(81 个)，主要是源于英国文化的指称，但是绝大部分的 CSRs 还是属于源文化类别(287 个中的 203 个)；属于目标文化类别的 CSR 仅有 3

例：分别是，西西里甜点“cannoli”，著名女演员 Gina Lollobrigida 和梵蒂冈的 Sistine Chappel。有趣的是，目标语文化 CSR 在所有三个版本的译文中都得到了保留，除了“煎饼卷”，它在意大利语的配音版本中被译为惯用表达“pancia mia fatti capanna”(字面意思是，my gut made hut 我的肚子变成了小屋)。此外，在一个例子中，Claire 提到 Phil 组织了有趣的活动，如“意大利口音之夜……”(第二季第八集)。意大利语配音团队将这个活动译为了“西班牙口音之夜”，这种译法也印证了 Zabalbeascoa（1996）的观点，即译者可能对目标文化相关的幽默指称进行操纵，让目标语受众将其与某种熟悉的刻板印象进行关联（Dore，2008）。

想要将例子进行简单直接的分类，并非易事，因为很多例子可能属于多个类别。例如，本文中发现一例关于土豆头先生的指称，它既可以列入“物质”类别，也可以归入“流行文化”类别。考虑到“土豆头”这种说法最初是源于儿童玩具，因此本文将它归入了“物质”类。有趣的是，在之前笔者研究《老友记》时（Dore，2008，2010），曾讨论过土豆头先生作为幽默的来源，而在意大利语配音版本中，Stephen Spielberg 中的 E. T. 取代了源语中的土豆头先生。对此，笔者的解释是，1995 年的时候，意大利观众并不熟悉土豆头先生，因此，配音团队使用了同样来自源语文化，但是更为知名的角色来替代土豆头先生。有趣的是，在《摩登家庭》的所有意大利语版本(配音和字幕)中均保留了土豆头先生的译法，因为它作为动画片《玩具总动员》(*Toy Story*)中的角色之一，现在在意大利已经是家喻户晓了。

此外，有些对话中包括的幽默 CSR 不止一例，但是本文将其视为一个整体(详见例 4. 2 和 4. 10)。相比之下，有些例子包含的人名指称可能也不止一个(如 Peaches 和 Herb)。上述情况，都可视为一个例子。由于篇幅有限，此处只讨论 ST 中 287 个幽默 CSR 的例子。与文字游戏一样，本章将先讨论《摩登家庭》配音时使用的翻译策略，之后，再是字幕之中使用的策略。

与第三章一样，CSR 的比较分析考虑了 ST 和 TT 中的脚本对立、逻辑机制和目标（Attardo，1994，2001）。其中，使用了补偿策略的例子(一个用于配音，一个用于字幕）将会单独讨论，而本章节结尾部分也会对补偿策略的使用情况进行总结。

4.6.1 配音中的幽默文化专有项

在讨论实例之前，需要重点分析配音 TT 中各个策略的使用情况。从下表 4.6 可以看出，翻译过程中保留了一半的幽默 CSR（52.7%）。经具体化和抽象化来阐释的例子共占 12.7%，而（使用源语、目标语，以及国际 CSR）替换占了整体的 14.7%。有趣的是，词汇再创和省略也使用的不少，分别为 12.2% 和 7.7%，很可能是因为配音允许更高程度的文本操纵，如上章所示（详见 3.5 节和 3.6 节）。

表 4.6 《摩登家庭》第一、二季配音版本的 CSR 翻译策略

策略	配音		%
	第一季	第二季	
转移	56	95	52.7
具体化阐释	8	4	4.3
抽象化阐释	10	14	8.4
词汇再创	13	22	12.2
源文化 CSR 替换	13	4	5.9
目标语文化 CSR 替换	6	2	2.9
国际 CSR 替换	13	4	5.9
省略	8	14	7.7
总计	127	160	100

接下来，实例分析将根据所用策略逐一讨论。

4.6.1.1 转移

如上所述，《摩登家庭》的意大利语配音版中，至少在本文中所提及的前两季，转移是处理幽默 CSR 时的首选策略。然而，采用此策略并不自动意味着源语中 CSR 所蕴含的幽默性能够自动转移到目的语文本中，如例 4.4 所示。

例 4.1—S01-E02

Luke 在骑姐姐的粉红少女自行车，在家门口停车时，Jay 看到了孙子，跟他打招呼，并作出了以下评价。

ST	*TT[D]*	*BT*
Jay：Nice bike，Sally **Claire**：Dad! **Jay**：He looks like little Betty Boop on that thing.	Bella bicicletta，Sally Papà! Dad! Ma dai! Sembra Betty Boop su quella cosa.	Nice bike，Sally Dad! Come on! He looks like Betty Boop on that thing.

Jay 开玩笑取笑 Luke，称他为 Sally，然后将 Luke 与 Max Fleischer 创作的美国著名动画卡通人物 Betty Boop 作类比。在此例笑话中，脚本对立是真实/非真实，以及男孩/女孩，目标显然是 Luke。意大利版译文保留了源语指称以及潜在幽默，因为 Betty Boop 在目标文化中也是家喻户晓的人物。

例 4.2—S01-E14

Cameron 和 Michell 在接受"采访"。Michell 很高兴 Jay 请他帮忙，来处理 Gloria 几天前出的一起小车祸。Cameron 夸 Michell 是个专业的律师，但也借机开了个玩笑。

ST	*TT[D]*	*BT*
Cameron：My dream for him is that one day he'll be on the Supreme Court.	Il mio sogno è che un giorno faccia parte della Corte Suprema Perché，Cam?	My dream for him is that one day he'll beon the Su- preme Court.

续表

ST	TT^D	*BT*
Mitchell：Why，Cam？Cameron：So，at parties I can tell everyone my partner is one of The Supremes.	Così potrò dire che il mio compagno fa parte delle divine Supremes.	Why，Cam？ So，I'll be able to tellthat my partner is oneof the divine Supremes.

源语中的幽默来自“supreme”一词，即可作为“court 法院”的修饰语，有可以是专有名词“The Supremes 至上女声组合①”中的名词，后者是享誉国际的美国女歌唱团，活跃于 1959 年至 1977 年之间。脚本对立为真实/非真实，因为能预设 Michell 成为最高法院的成员，但绝对不可能成为乐团 The Supremes 的成员。在角色之间的沟通层面，Michell 是 Cameron 打趣的目标，但在编剧与观众沟通层面，这两个角色都可能成为同性恋群体内善意笑话的目标对象。

将源语笑话转换成一种浪漫语言②，如意大利语，还得益于“supreme”一词的拉丁语起源“supremus 崇高的，神圣的”，有效地传递了源语中的幽默。有趣的是，意大利语译文巧妙地使用了“divine 神圣”一词来指代 The Supremes 乐团，而“divine”一词也经常被部分同性恋群体作为专用词汇，因此也可以视作使用语言来进行身份表达（Harvey，2000）。由此可见，译文似乎进一步强调了 Cameron 这一角色的异质性，即公开同性恋者，同时，在翻译策略层面，此例也展示了广义补偿策略的基本特点（Harvey，1995）。

① 至上女声是美国女子音乐组合，20 世纪 60 年代摩城唱片旗下的头牌艺人，于 1959 年在密歇根州底特律组建，最初的名字为“The Primettes”。她们是摩城旗下在商业上最成功的组合，也是至今美国最成功的歌唱团体，在公告牌百强单曲榜上共有 12 首冠军单曲。

② 浪漫语言指的是与通俗拉丁语相关的一组语言，随着时间的推移，浪漫语言成为印欧语系中拉丁语的一个分支，主要语言有法语，意大利语，葡萄牙语，西班牙于，以及罗马尼亚语。

例 4.3—S02-E17

此时，Haley 和 Alex 在打架。Alex 穿着 Haley 最喜欢的毛衣，Haley 想让她脱下来，但 Claire 说她们是姐妹，要学会分享。

ST	*TT*[D]	*BT*
Haley：Then I will just go put on your favorite nerdy T-shirt, the one with the guy from Back to the Future on it. **Alex**：That's Albert. Einstein. And it is not nerdy.	Vuol dire che io andrò a mettermi la tua maglietta preferita da secchiona. Quella con sopra il tizio di Ritorno al futuro Quelloè Albert Einsteine non è da secchiona.	It means that I'll put on your favorite nerdy T-shirt. The one with the guy from Back to the Future on it That's Albert Einstein. And it is not for nerds.

源语中 Haley 混淆了演员 Christopher Lloyd（在《回到未来》*Back to the Future* 中饰演 Emmett Brown 博士）和物理学家 Albert Einstein，从而引发幽默，也加深了观众对两个女孩的印象，即 Haley 才疏学浅，而 Alex 知识渊博（但很"书呆子"）。本例的脚本对立是真实/非真实；逻辑机制是"基于错误前提的推理"。在角色沟通侧面，目标是 Alex；但在编剧与观众沟通层面上，目标就成了 Haley。译文中基本保留了所有的知识资源，因此潜在幽默也得以保留。

但是，转移无法保证源语中的幽默总能完美地保留在译文中，如下例所示。

例 4.4—S01-E19

Gloria 和 Jay 在下棋，两人实力旗鼓相当，难辨输赢，于是，双方都燃起了熊熊的胜负欲。最终，Jay 走了关键的一步棋，并发出了如下感叹：

ST	TT^D	*BT*
Gloria：Look at this papi! Huh?（makes her move and laughs.） **Jay**：Easy. You can't sing "We are the champions" without your Queen . **Gloria**：Damn it! Listen, I lose, and I burn this house down!	Mira papi! Huh? Mira papi! Huh? Calma. Non puoi cantare "we are the champions" senza la regina. Maledizione! Giuro che se perdo mando a fuoco questa casa!	Mira papi! Huh? Easy. You can't sing "we are the champions" without your queen. Damn it! I swear that if I lose, I burn this house down!

本例中，有关皇后乐队（英国摇滚乐队）以及他们的著名歌曲 *We are the champions*（《我们是冠军》）的指称与下棋这一情境十分符合，因为女王是棋局中最有价值的棋子之一。脚本对立是真实/非真实，逻辑机制是克拉蒂卢斯主义，目标是 Gloria。Jay 一边下棋一边说话，分散 Gloria 的注意力，趁其不备，消灭了 Gloria 的女王棋。此例中，配音团队除了直译之外，别无选择，而直译也不可避免地将源语中"女王"一词（即棋子和乐队名）的双重含义折损了。有些目的语观众或许能够将"regina 女王"一词与乐队名联系起来。因为 Gloria 仍然对输掉比赛感到恼火，因此残余的情境幽默可能会被保留下来。不可否认，本例中的直译折损了对话中的幽默效果。

4.6.1.2　阐释

本节将讨论具体化与抽象化阐释的实例，以分析该策略的使用与功能。

例 4.5—S01-E08

Cameron 和 Michell 终于安排好与派对朋友 Sal 一起游玩的行程。晚餐时，他们感觉到 Sal 嫉妒他们的女儿 Lily，如对话所示：

ST	TT^D	*BT*
Sal: Show me the pictures of Yoko **Michell**: See, it's— **Cameron**: Sal. **Sal**: It's a joke. You guys! Come on. 'Cause she's Asian, and she broke up our group.	Avanti, forza fuori le foto di Yoko Ono. Lo vedi— Sal. Ma dai, adiamo stogiocando. Perché è asiatica e si è messa tra di noi.	Come on, take pictures of Yoko Ono out You see- Sal. But come on! I am joking. Because she's Asian and stands between me and you.

源语中，提到 Yoko Ono 的名字时，只提了她的姓氏，Yoko。Yoko Ono 是位知名艺术家和歌手，据说披头士乐队中的 John Lennon 因为她而离开乐队，这也使她声声名鹊起。Sal 取笑 Lily 时，将她与 Yoko Ono 相提并论，因为她们都是亚洲血统。剧本对立为真实/非真实，因为 Lily 并不是 Yoko Ono，但逻辑机制是“类比 parrallelism”(Attardo et al., 2002)；在角色沟通层面，目标是 Lily，但在编剧与观众国通层面，目标是 Sal。意大利版有效保留了所有知识资源，也因此保留了源语中的幽默。

例 4.6—S01-E14

Phil 看见有人在房地产广告牌上给自己画了一对胡子，于是，他决定戴上假胡子来吸引潜在客户。与此同时，Claire 和一位之前的同事一起回家，想给同事留下幸福家庭的印象，但孩子们的调皮让她感到沮丧。Claire 责怪孩子们时，Phil 试图插话。

ST	TT^D	*BT*
Phil: Can I say something? **Claire**: No. No, you can't, Mario.	Posso dire una cosa? No, non puoi, Super Mario.	Can I say one thing? No, you can't, Super Mario.

此时，Phil 还戴着假胡子，Claire 趁机取笑，并引用了日本电子游戏《超级马里奥兄弟》(*Super Mario Bros*)中的虚构人物马里奥。因为意大利人更加熟悉“超级马里奥”的全称，因此译文中使用的是全称，所指更加明确。与前一例相同，此例的译文保留了源语中的幽默，因为译文中 Claire 取笑戴着假胡子的 Phil 为超级马里奥，能够引起目标语观众的共鸣。源语中的逻辑机制是“类比”(Attardo et al.，2002)，而在译文中，这一逻辑机制更加明显。

本文中也发现了抽象化阐释的实例，如下所示。

例 4.7—S01-E05

Cameron 和 Michell 准备去 Jay 家看足球比赛，此时，Lily 穿着裁判装。

ST	*TT*^{D}	*BT*
Cameron：We're at the 10. We're at the 5. We're at the 1. Daddy，we're scoring a touchdown! **Mitchell**：Please don't spike our baby. Why does she look like the Hamburglar? **Cameron**：She's a referee.	Siamo sulle 10 yard，siamo sulle 5… ci siamo papà abbiamo fatto touch down! Ti prego，non lanciare la bambina. Perché è vestita come una carcerata? È la divisa da arbitro.	We're at the 10 yards，we're at the 5. There we are，Daddy，we're scoring a touchdown! Please don't throw the baby. Why is she dressed like a convict? It's referee gear.

源语直接引用了麦当劳乐园的虚构人物之一——“Hamburglar 汉堡神偷”。1971 年，麦当劳推出了幻想世界麦当劳乐园，用于推广麦当劳的产品。但是，麦当劳乐园及其人物已于 2003 年停产。除了现存的 Ronald McDonald，大多其他人物都反响平平。因此意大利配音团队(以及字官方

和粉丝字幕员）翻译 Hamburglar 时选择了上义词“carcerata 罪犯”。源语中的脚本对立（真实/非真实），目标（Lily）和逻辑机制（类比）均在译本中得以保留。

例 4.8—S02-E05

Cameron 和 Michell 在为 Lily 争取上当地最好幼儿园的机会。等待面试时，他们发生了如下对话。

ST	TT^D	*BT*
Cameron: We should also mention how sheal ways perks up when we watch Charlie Rose. **Mitchell**: That was one time. He was interviewing Elmo.	Dovremmodirgli anche che si agita molto quando guarda i talk show Èsuccessosolo quando hanno intervistato i Muppets.	We should tell them that she gets excited when she watches talk shows. It happened only when they interviewed the Muppets.

上例中包括两个幽默 CSR，分别是美国电视记者、前脱口秀主持人 Charles（又名 Charlie）Rose，以及《布偶大电影》*The Muppets*（集结很多木偶角色）中毛茸茸的红色怪物 Elmo。Cameron 提到 Charles Rose，似乎在暗示 Lily 天资聪颖，而 Michell 提到“Elmo”则暗示 Lily 是个喜欢木偶的正常孩子。在编剧与观众沟通层面，目标是 Cameron 和 Michell，但在某种程度上，编剧似乎在嘲讽那些望子成龙，望女成凤的父母。在意大利配音版中，译者采用了抽象化处理了这两个指称，分别译为“脱口秀”和《木偶大电影》）；由于该策略使用频率较高，使得译文不如原文幽默性强（Antonopoulou，2004b）。

4.6.1.3 词汇再创

词汇再创应该是解决语言和文化问题所采用的最有创意的策略，特别是翻译幽默时。尽管字幕也偶尔使用该策略(详见 4.6.2 节)，但显然配音才是词汇再创的主要阵地。

例 4.9—S01-E17

Jay 无意杀死了 Manny 的宠物乌龟，并准备把它藏起来。他还试图赠送 Manny 一幅箴言相册，上面写着“杀不死你的，只会让你更强大”，但是惨遭拒绝。在此集的彩蛋中，Jay 和 Gloria 在 Michell 和 Cameron 家里，Michell 告诉大家，他已经辞去了律师事务所的工作，因为他需要再找一份工作，以便有更多时间与家人在一起。由于 Manny 拒绝了 Jay 的礼物，他就想把照片送给 Michell。

ST	*TT*[D]	*BT*
Mitchell：You—You tried to give me this 20 years ago when my pet snake died. **Jay**：I did? **Mitchell**：Yes. <u>Zsa Zsa Ga-boa</u>? **Cameron**：that's adorable... **Gloria**：(to Jay) And youreally didn't know that he was gay? **Jay**：I must've, right?	Me lo desti 20 anni fa, quando morì il serpente. Davvero? Sì. Non ti ricordi Boa George? È adorabile... E non avevi capito che era gay? Avrei dovuto eh?	You gave it to me 20 years ago when my pet snake died. Really? Yes. Don't you remember Boa George? That's adorable... And you didn't realise he was gay? I should have, uh?

源语中巧妙引用了“boa 蟒蛇”以及 20 世纪 50 年代匈牙利裔美国女演员 Zsa Zsa Gabor (至今都被视作女性风格和美丽的标志)的名字。在编剧与观众沟通层面，宠物蛇的名字是用来打趣 Michell 身为同性恋者的过度敏感，而 Gloria 的话也印证了这点。脚本对立是真实/非真实，逻辑机制是“类比”。在意大利语译文中，boa 与 Boy George(著名歌手、同性恋偶

像)两词产生了双关。此例的意大利语配音团队使用了更为现代、简单的指称代替了原先的指称“Gaboa-Gabor”，因为该指称对于英语观众来说比较熟悉，但是意大利语观众可能更加熟悉“Boy George”。

最后，在本集的彩蛋中，Michell 和 Jay 谈到了死去的宠物蛇，而在下面的例 4.21 中，Jay 还说到自己杀死了叫 Fliza Minnelli 的宠物鸟。因为 Jay 杀死 Manny 的宠物乌龟的时候送出了相同的照片，于是观众就会猜测到底是 Jay 隐瞒了杀死 Michell 别的宠物的事实，还是他只想在 Michell 受挫时就送这张照片以资鼓励。接下来的例子更为复杂，包含了多个不同来源的幽默指称。

例 4.10—S01-E14

Phil 向家人解释他是如何记住别人的名字的。

ST	*TT*^{D}	*BT*
Phil: Like the other day, I met this guy named Carl. Now I might forget that name, but he was wearing a Grateful Dead T-shirt. What's a band like the Grateful Dead? Phish. Where do fish live? The ocean. What else lives in the ocean? Coral. Hello, Carl. (...) He looked like the drummer from Foreigner. A foreigner's from France. France rhymes with ants. Ants ruin a picnic... What's up, Nick?	Ho incontrato un certo Carlo l'altrogiorno e per non dimenticare il suonome mi sono concentrato sulla sua maglietta. Sapete di checolore era? Marrone. E checos'altro è marrone? Il legno. E chi è chedivora il legno? Il tarlo. CiaoCarlo (...) Assomigliava a qualcuno che conosco, il marito di un'amica. Fa rima con formica. Le formiche rovinanoi picnic. Come va Nick?	I met a guy named Carlo, the other day and to avoid forgetting his name I concentrated on his T-shirt. Do you know what colour was that? Brown. What else is brown? Wood. What eatswood? Woodworms. Hello Carl (...) He looked like someone I know, a friend's husband. It rhymes with ant. Ants ruing picnics. How are you doing, Nick?

源语中的指称来源有“流行文化”(Grateful death 死之华、Foreigner 外国佬、Phish 费西①),“物质”(珊瑚)以及“生态”类别(法国)。本例中的幽默源于 Phil 荒谬扭曲的思维逻辑，在他看来，这种逻辑能帮他记住人们的名字。脚本对立是正常的/非正常的，逻辑机制是“推断结果 inferring consequences”(Attardo et al.，2002)。在配音版中，配音团队对文本进行操纵，确保译文中呈现的推理过程与源语中的同样荒谬。虽然译文省略了乐队名称，但是将 T 恤的颜色(即“marrone”意为棕色)、木材的颜色(同为棕色)与意大利语中的同音词“tarlo 木虫”与 “Carlo 查尔斯(人名)”进行了类比。第二部分中，为了更好地押韵，译者将有关乐队“外乡人”和“法国”的指称改为“amica 朋友”和“formica 蚂蚁”，这也能让观众联想到“ants ruin picnics 蚂蚁毁了野餐”。尽管与源语相比，目的语 CSRs 变得比较隐晦，但基本保留了 CSRs 的功能。

4.6.1.4　替换

总体来说，本文中替换策略的使用占了总数的 15%，因此，有必要分析替换策略的特点，本节中的例子包括源文化、目标文化和国际 CSR 替换源语中的 CSR。

例 4.11—S01-E16

Claire 和 Phil 知道家中可能藏有贵重物品，因此 Phil 和 Luke 正在试图找到这些贵重物品。

ST	*TT*[D]	*BT*
Phil：We're like Ponce de Leon and his son，little Ponce.	Siamo come Ponce deLeon e suofiglio，il piccolo Ponce Chi è?	We're like Ponce de Leon and his son，little Ponce Who's that?

① 三个均为美国知名的摇滚乐队的名称。

续表

ST	TT^D	*BT*
Luke：Who's that? **Phil**：Famous treasure Hunters. **Luke**：His name was Ponce? He'd get made fun of at my school. They'd probably call him Pants. **Phil**：(Laughing) Pants. Or maybe, um, "Fancy Ponce".	Era un famoso cacciatore di tesoriSi chiamava Ponce? Nella miascuola lo avrebbero preso in giro e chiamato Poncho. Poncho. O magari"Poncharello". Questa è buona.	He was a famous treasure hunter. His name was Ponce? At my school, they'd have made fun of him calling him Poncho. Poncho. Or maybe " Poncharello". This is a good one.

本例中的文字游戏源于 Ponce de Leon 胡安·旁塞·德莱昂①的昵称"pants"和"Fancy Ponce"，似乎也与"Fancy pants adventures 花式裤子历险记"，美国人 Brad Born 开发的横板卷轴 flash 游戏相关。此外，该文字游戏也可能指代"Mr Fancy Pants 花裤子先生 Mr Fancy Pants"，用来揶揄夸张的穿着或行为。总而言之，剧本对立是真实的/非真实的，目标是 Ponce de Leon 和他的儿子。在意大利语版本中，幽默源于"poncho 雨衣"这个词，并提到了 20 世纪 80 年代美国电视剧《巡警》*CHiPs* 中的著名角色"Poncharello"，由 Erik Estrada 扮演的一名警察。此例中，译文将源文化中的指称替换了源语中的指称，保留了文本的可信度（Pedersen，2007），同时也保留了幽默功能。然而，在译文中，Poncharello 警官也成了 Phil 取笑的对象之一。

例 4.12—E05-S01

Michell、Cameron 和 Jay 正在谈论橄榄球及其运动员。Jay 和 Cameron

---

① 胡安·旁塞·德莱昂是文艺复兴时期西班牙著名的探险家，也是波多黎各的第一任总督。

擅长且热衷橄榄球，但是 Michell 对该运动毫无兴趣，但也试图参与他们的对话中来。

ST	*TT*^{D}	*BT*
Jay：Oh，looks like I got to watch the game with Dick Butkus. **Mitchell**：Dad！Come on，that's offensive. **Cameron**：He's one of the greatest linebackers to ever play at Illinois，and one of my personal heroes. **Mitchell**：And his name is "Butkus"？Really，and we're just choosing to... Okay.	Dovròguardare la partita con Roy Simons. Papà，tiprego è offensive. No，Mitchell. È uno deipiù bravi giocatori della storia del football e uno dei miei eroi personali. Ma è dichiaratamente gay. Io credevo che tu stessi...	I'll have to watch the game with Roy Simons. Dad，that's offensive. No，Mitchell. He's one of the greatest players in the history of football，and one of my personal heroes But he's openly gay. I thought you were...

与前例相同，源语中的文字游戏在不同的沟通层面产生了不同的言语效果。源语中利用单词"dick 男性生殖器"和足球运动员的名字"Dick 迪克"之间的谐音，以及该运动员的姓"Butkus 布特库斯"与单词"buttocks 臀部"之间的谐音，制造幽默效果。有趣的是，只有 Michell 意识到这个笑话，并且认为这个笑话对足球运动员来说，十分冒犯(本例的脚本对立是性/非性)，但是 Jay 和 Cameron 似乎并未留意这组双关语，更别提是否有意冒犯。因此，从编剧与观众的沟通层面来说，笑话的目标是 Michell。意大利语译文无法保留此语言层面的笑点，故配音团队选择提及另一位著名的美国球员 Roy Simons，他曾公开自己的同性恋身份。这样一来，源语中的较为隐晦的同性恋指称，在译文中变得更加简单直白。

例 4.13—S01-E08

Cameron 和 Mitchell 处于“采访”模式时表明，他们终于约好和聚会好友 Sal 出去玩了。他们说她是个很有趣的人，但是有时会失控。

ST	*TT*[D]	*BT*
Cameron：Remember her Halloween costume? When she came as Siegfried and part of Roy. **Mitchell**：It was too soon.	Tiricordi il vestito di Halloween? Quando si è presentatavestita da Torre Gemella Era indelicato.	Remember her Halloween costume? When she dressed as one of the Twin Towers. That was tactless.

最后一例用“源文化 CSR 替代”原文中 CSR 的例子十分有趣。原文中暗指的事件虽然在美国人尽皆知，但是在意大利几乎鲜有人知。事件的主人公 Siegfried 和 Roy 是魔术师，也是艺人，他们因白狮和白虎表演出名。2003 年，Roy 被一只雄性白虎咬伤脖子，拖拽而行，导致两人表演终止，而此例也成为黑色幽默（Bucaria，2008：215-216）。用 GTVH 的术语来解释：脚本对立是真实的/非真实的，逻辑机制是“类比”，目标是 Siegfried 和 Roy。但是由于大多数意大利观众对该背景信息并不了解，配音团队决定间接关联北美近代历史上一个更为知名的事件——2001 年 9 月 11 日世贸中心遭受的恐怖袭击。译文中的逻辑机制仍然是“类比”，但目标是更为隐晦的，即在这场灾难中死亡或者深受波及的人群。

《摩登家庭》配音版中使用目标文化 CSR 替换源语 CSR 的例子较少，而下例为其中较为代表性的一例。

例 4.14—S01-E14

Alex 和 Luke 参加了一个回收活动，并为此一直在收集废旧玻璃瓶。Alex 回家的时候告诉了 Phil，他们的邻居前天晚上举办了聚会，所以她和 Phil 成功收集到了许多瓶子，然后 Alex 问了如下问题：

ST	TT^D	BT
Alex: What's Jagermeister? **Phil**: Um... Well, you know how in a fairytale there's always a potion that makes the princess fall asleep, and then the guys start kissing her? Well, this is like that, except you don't wake up in a castle, you wake up in a frat house with a bad reputation.	Cos'è il Centerbe? Beh, sapete che nelle favole c'è sempre unapozione che fa dormire la principessa e poi il principe la bacia? Èpiù o meno la stessacosa, ma con la differenza che quando la mattina dopo ti svegli hai una pessima reputazione e un brutto mal di testa.	What's Centerbe? Well, you know how in a fairy tale there's always a potion that makes the princess fall asleep, and then the prince kisses her? It's more or less the same thing, but the difference is that when you wake up in the morning, you wake up with a bad reputation and a bad headache.

当 Alex 提到德国的 Jagermeister 利口酒时，Phil 抓住机会开始滔滔不绝地向孩子们科普酗酒问题。从 GTVH 层面分析，脚本对立是好的/坏的。在角色沟通层面上，目标可能是在聚会上喝醉的青少年，但是在编剧与观众沟通层面，目标是 Phil，因为观众可能会推断出 Phil 其实是在胡诌。如此一来，用意大利利口酒品牌“Centerbe”来取代源语中的德国品牌“Jagermeister”，从理论层面来说是行得通的，因为两种品牌的酒都是由草本和酒精制成。但是，有人可能会反驳道，意大利的观众也十分了解 Jagermeister 这一品牌，没必要用 Centerbe 取代之，因为 Centerbe 可能并未在美国发售过，从而损害了文本的真实性。然而，在经济全球化的大背景下，意大利品牌 Centerbe 在美国的销量可能与意大利品牌 Martini 或者其他意大利品牌的利口酒不相上下。

例 4.15—S01-E11

Manny 的父亲 Javier 突然出现在 Jay 和 Gloria 的门前，来找他儿子。虽然 Jay 同意让 Javier 在这里过夜，但还是会对这样的情形感到不适。

ST	TT^D	*BT*
Jay: I could be sitting grill-side, watching a guy build an onion volcano. Instead, I got Rico Suave in my kitchen, and I got a stolen boat in my drive way.	Io potrei stare con voinel migliore ristorante della contea e inveceho Ricky Martin nella mia cucina e una barca rubata nelmio giardino.	I could be with you in the best restaurant in the country and instead, I have Ricky Martin in my kitchen, and a stolen boat in my driveway.

此例中的"Rico Suave"是 1990 年厄瓜多尔说唱歌手 Gerardo 的代表作，展示了他的女人缘和花花公子般的生活方式。随着这首歌的成名，Rico Suave 一词也成为面容帅气、衣着考究、甜言蜜语的男人的代名词(详见 Hill，2005：115 有关"Suave 温文尔雅"一词的讨论)。此例的脚本对立是真实的/非真实的，逻辑机制是"类比"，而目标是 Javier。在意大利语版本中，译员使用了国际知名的巴西歌手 Ricky Martin 的名字取代了 Javier 一词，而这样的替换也保留了 Jay 对 Gloria 前夫的讽刺，因为 Ricky Martin 也经常用于指代有健壮身体和漂亮外表的浪子。

例 4.16—S02-E11

Cameron 和 Michell 有个新邻居，名叫 Barry，自称是灵气按摩师，但 Michell 对此持怀疑态度，当 Cameron 提议去按摩时，他回复如下：

ST	TT^D	*BT*
Mitchell: I have an appointment with Dr Bigfoot tomorrow. **Cameron**: Okay, here comes the judge.	Preferisco prendere un tè con il Cappellaio Matto. Ecco chericominci a giudicare.	I prefer having tea with The Mad Hatter. Here you go. You're being judgemental again.

源语中，Michell 提到了"Mr. Bigfoot 大脚怪"，即北美民间传说中的一

种毛茸茸的类人猿生物，直立行走，居于荒野，留下脚印。Michell 故意使用尊称“Mr. 先生”来凸显讽刺意味，并以此来揶揄 Barry。同样，笑话的逻辑机制是“类比”，脚本对立是真实的/非真实的。意大利配音团队选择《爱丽丝梦游仙境历险记》*Alice's Adenture in Wonderland* 中最知名的角色之一，Cappellaio Matto 来取代 Mr. Bigfoot，因为两者都是以古怪和不可靠而闻名。此例对本文所进行的功能性操作在两个沟通层面都起到了不错的效果。

4.6.1.5　省略

本文中所发现的省略 CSRs 的策略较少(7.7%)，但是都比较具有代表性，因为省略本身会造成源语全部或者部分的幽默功能丧失。

例 4.17—S01-E01

从越南收养 Lily 回来后，Michell 和 Cameron 在家里向家人介绍她。最初，Jay 很难接受这个事实，但在见到 Lily 后，他还是被融化了。

ST	*TT^D*	*BT*
Jay：Let me see that little potsticker!	Fammivedere la piccolina!	Let me see the little one!

此例中有关“potstickers 锅贴(中国的代表性食物之一)”的指称是用来暗指 Lily，也是为了制造幽默效果。脚本对立是真实的/非真实的，逻辑机制是“类比”，而 Jay 善意的幽默对象是 Lily。意大利语译本使用昵称“piccolina 小个子”来取代源语中的 CSR，也因此折损了源语中潜在的幽默。

例 4.18—S02-E05

Claire 和 Phil 是要求他们的孩子一周内不使用电子产品，而抵制诱惑并坚持到最后的人，可以满足其一切愿望。Haley 打赌一定会得到一辆车，并通过欺骗父母的方式取得了胜利。

ST	*TT*[D]	*BT*
Claire：Phil，she carved a telephone out of a bar of soap. **Haley**：I can't believe that I'm getting a car! **Phil**：Holy crap. We've been Shawshanked.	Phil，è vero. Questa è unasaponetta，non un telefono Non ci posso credere. Ho vintol'auto! Per la miseria. Ci ha fregati，Claire.	Phil，it's true. This is a bar of soap，not a telephone. I can't believe it. I'm getting a car! Damn it. She fooled us，Claire.

源语中 Phil 不仅使用了 CSR，还对其进行了修改，从而进一步增强文本的幽默感。Phil 的 CSR 来自大片《肖申克的救赎》*The Shawshank Redemption*(Frank Darabont，1994)，所涉及的脚本对立是真实/不真实的，逻辑机制是“类比”；从编剧与观众沟通层面来说，目标是 Phil 和 Claire。译文省略了源语中的 CSR，并且使用了意大利语口语“ci ha fregati 愚弄了我们”取而代之，虽然译文也可以传达 Haley 愚弄了父母的含义，但不可避免地折损了 CSR 所制造的幽默感。此例中所残留的幽默效果大多是情景层面的幽默，而非语言或者文化层面的幽默。

4.6.1.6　补偿

本节的最后一例展示了意大利配音团队如何用补偿策略，来补偿将源语译入目的语过程中造成的损失。

例 4.19—S02-E13

Michell 和 Cameron 想要与 Lily 在幼儿园的朋友 Jackson 见面。他们希望通过此次会面与 Jackson 的母亲 Amelia 成为朋友，因为 Michell 和 Cameron 很想去 Amelia 开的高档餐厅吃饭。

ST	TT^D	*BT*
Cameron：Lily，thank you for being such a trouper with Mr Personality over there.	Lily grazie di avere finto simpatia per il Piccolo Principe dal caschettod'oro.	Lily，thanks for pretending you like the Little Prince with a blond bob.

源语中 Cameron 使用的国际性文化 CSR（Mr Personality，多用于指代智慧超群但是外表平平的男性）加强了对 Jackson 的讽刺。由于 Jackson 是一个金发白种人的孩子，意大利配音团队使用了“类比”策略，将 Mr Personality 换成 Antoine de Saint-Exupéry 所著小说《小王子》（*The Little Prince*）中的人物，il Piccolo Principe dal caschettod'oro。这样一来，译文的幽默性比原文更强，而脚本对立依然是真实的/非真实的。此外，官方字幕版和粉丝制作字幕版将“Mr Personality”分别翻译为“Signorino Personalitá 小男孩性格”和“Signorino Estroverso 小男孩”，整体而言，两版译文可以传递出 Cameron 的刻意讽刺，但配音版似乎更具创意，因为后者也使用了 CSR。如前所述，配音通常更具自由度和创造性。但是，字幕版译文中也能发现一些翻译策略的妙用。

4.6.2　字幕中的幽默文化专有项

本节将概述字幕中处理幽默 CSR 所用的翻译策略，并且分析官方字幕和粉丝制作字幕版本中的实例。如 4.6.1 节所提及，配音版本中的首选翻译策略也是占（52%）；其余 48%的 CSR 使用了其他的翻译策略。表 4.7 展示了官方字幕和粉丝制作字幕中，转移策略所占的压倒性比例。

表 4.7　《摩登家庭》第一、二季字幕中的 CSRs 翻译策略

策略	官方字幕版 CSRs			粉丝制作字幕版 CSRs		
	第一季	第二季	%	第一季	第二季	%
转移	91	126	75.6	110	138	86.5

续表

策略	官方字幕版 CSRs			粉丝制作字幕版 CSRs		
	第一季	第二季	%	第一季	第二季	%
具体化阐释	1	4	1.8	3	3	2.0
抽象化阐释	13	11	8.4	6	2	2.8
词汇再创	5	9	4.8	1	11	4.3
源文化 CSRs 替换	2	1	1.1	0	0	0
目标文化 CSRs 替换	4	2	2.0	5	1	2.0
国际 CSRs 替换	4	4	2.8	2	2	1.4
省略	7	3	3.5	0	3	1.0
总计	127	160	100	127	160	100

几乎所有的 CSR 都是采用转移策略(官方字幕版占 75.6%，粉丝制作字幕版占 86.5%)。该策略包括借译、直译、使用官方对等语等。其他策略的使用频率相对较低，官方字幕版使用的抽象化阐释还相对较多(8.4%)。上述发现与之前章节探讨的结果一致，即官方字幕版和粉丝制作字幕版往往比配音版更接近源语(详见第二章)。但是，直接转移幽默 CSR 并不能确保译本中也能够保留与源语中相同的幽默效果。接下来将分析各个策略的使用情景，以及是否进行了功能操作及其操纵程度。如之前的分析一样，下节将讨论官方字幕和粉丝制作字幕如何使用同一策略的情形，但是，两组译本的效果可能不尽相同。

4.6.2.1　转移

为了更加清晰地呈现数据分析的过程，每个例子都提供了英文原版、官方字幕版和粉丝制作字幕版，而两个译本之后的方括号为该译本的回译。

例 4.20—S01-E06

Manny 决定在开学第一天穿披风去上学以彰显他哥伦比亚血统的高贵。但是，Jay 认为这样着装会过于滑稽，于是开始泼 Manny 的冷水。当

Gloria 在车上的靴子里找到 Manny 的披风时，她强迫 Jay 和她一起去学校，把披风亲手交给 Manny。

ST	*TT*^{S}	*TT*^{F}
Manny: Is something wrong? Who has died? **Gloria**: No one, Manny **Jay**: Why would you even think that? **Gloria**: In Colombia, Manny went to Pablo Escobar Elementary School. If you got pulled out of class, it was to identify a body. **Jay**: We've got your poncho here. Manny: I thought you said it made me look like my neck was wearing a dress (Gloria gives Jay a nasty look). **Jay**: It was a joke.	Qualcosa non va? Chi è morto? [Is something wrong? Who has died?] —Nessuno, Manny [No one, Manny] —Perché pensi una cosa simile? [Why do you think about such a thing?] In Colombia, Manny frequentava/ la scuolaelementare " Pablo Escobar " . Seti facevano uscire di classe/ era per identificare un corpo [In Colombia, Manny went to "Pablo Escobar" Elementary School. If you got pulled out of class, it was to identify a body]. Ti abbiamo portato il tuo poncho [We've brought your poncho]. Dicevi che sembra che avevo un vestito al collo [You said it seemed I had a dress around my neck]. Era una battuta [It was a joke	—Che e'successo? Chi e' morto? [What's happened? Who'd died?] —Nessuno, Manny [No one, Manny] Perche' haipensato a quello? [Why did you think that?] In Colombia, Manny e'andatoalla/scuolaelementare " Pablo Escobar"/Se venivichiamat of uoridallaclasse era/sicuramente per identificare un cadavere. [In Colombia, Manny went to " Pablo Escobar" Elementary School. If you got called out of class, it was surely to identify a body]. Ti abbiamo portato il tuo poncho [We've brought your poncho]. Ma mi hai detto che sembrava che il/ mio collo indossasse un vestito [You said it looked like my neck was wearing a dress] Stavo scherzando [I was joking].

源语中的指称与臭名昭著的哥伦比亚毒贩、毒枭 Pablo Escobar 相关。由于该与罪犯相关的指称不适用于任何其他类别，因此将其暂归入“高级文化”范畴，因为指称所影射的历史事实，观众需要从百科全书知识中检索，以便理解笑点。Pablo Escobar 在他常驻的城市建造房屋、足球场，因而在当地人中获得声望。编剧们利用这些背景信息，开了一个与哥伦比亚社会有关的玩笑，暗指哥伦比亚犯罪率高，如果上学时被老师突然叫出去，可能是去辨认尸体，而披风也是一典型的拉丁美洲服装，但是 Manny 想穿披风上学的行为遭受了 Jay 的揶揄。用 GTVH 来分析，此例的脚本对立即可以是真实的/非真实的，也可以是正常的/非正常的。在角色沟通层面，笑话的目标是 Manny，但在编剧与观众沟通层面，笑话的目标是所有哥伦比亚人。Gloria 所说笑话的逻辑机制是“基于错误前提的推理”，而 Jay 的笑话的逻辑机制是“类比”。因为该例中的两个 CSR 都是源语基本常识，因此可以直接进行传译，也能够保留源语中的幽默效果。

下例采用的也是直接转换策略，因为源语中的 CSR 在目的语文化中也是广为人知(Ranzato，2016：63)。

例 4.21—S01-E17

Jay 意外杀死了 Manny 的宠物海龟，并试图掩盖事实。当 Gloria 敦促他对 Manny 坦白时，他说他不能这样做，因为他曾杀死了 Michell 的宠物(一只鸟)，而且他觉得 Mitchell 至今都未真正原谅过他。

ST	*TT*^{S}	*TT*^{F}
Jay：To this day, Mitchell looks at me, I see him thinking, “That’s the guy who killed Fliza Minnelli”.	Ancora oggi, Mitchell mi guarda e pensa：“Lui ha ucciso Fliza Minnelli” [To this day, Mitchell looks at me and thinks：“He killed Fliza Minnelli”.]	Ancora oggi, /quando Mitchell (sic.) lo vedopensare：/ “E’ luiche ha ucciso Flyza Minnelli”. [To this day, Mitchell looks at me and thinks：“He killed Fliza Minnelli”.]

此例中，Jay 引用了国际知名女歌手、演员 Liza Minnelli 的名字，并将其改为“Fliza”，用来幽默地指代 Michell 的宠物鸟，并暗指他的同性恋身份。此例的脚本对立是真实的/非真实的，因为鸟不会成为歌手，而歌手也绝对不会是只鸟。在编剧与观众沟通层面，目标是 Michell(或者是所有的同性恋者)。两个意大利版本的译文都使用了直接转换来处理此处的 CSR，但粉丝制作字幕版本作了细微改动，就是将名称微调为“Flyza”。从某种层次来说，这种策略也可以视作为“具体化阐释”，因为此处提及的宠物是一只鸟，而修改后的名字包含动词“fly”，与鸟能够产生关联。这也再次证实，虽然给语言现象进行准确清晰的定义和分类十分必要，但也实属不易。此外，不得不提的是，在意大利配音版本中，译者将源语中的 CSR 创造性地译为“Freddy Merlury”，杂糅了世界著名歌手 Freddy Mercury 的名字以及单词“merlo 黑鸟”。

例 4. 22—S02-E05

Claire 决定让所有家庭成员一周内不使用电子设备。Alex，Haley 和 Luke 都很沮丧，其实 Phil 也不愿意，但是他勉强同意并说：

ST	TT^S	TT^F
Phil: For the next week, I may as well be Amish Jebediah Dunphy. Raising barns, witnessing murders, making electric fireplace hearths.	Questa settimana sarò un/ Amish, Geremia Dunphy. / Erigerò fienili, assisterò agli omicidi, / costruirò camini elettrici. [This week, I well be an Amish, Geremia Dunphy. I'll raise barns, I'll witness murders, I'll make electric fireplaces.]	Nella prossima settimana/ potrei benissimo essere Amish. Jebediah Dunphy/ che costruisce granai, assiste a omicidi/ e crea camini elettrici a forma di cuore. [Next week, I may as well be Amish. Jebediah Dunphy, who raises barns, witnesses murders and makes heart-shaped electric fireplaces.]

此例中 Phil 直接引用了 Amish 阿米什人，一群传统基督教会族群，崇尚简朴生活，穿着朴素，不愿意接受现代科技带来的便利。这也解释了 Phil 为什么会提到“making electric fireplace hearth 制作电炉灶”。当 Phil 说出“witness murders 见证谋杀”时，让人联想到与阿米什人有关的美国电影《目击者》*The Witness*（Peter Weir，1985）中的场景，从而使他说的话更具趣味性。本例的脚本对立是真实的/非真实的，也是正常的/非正常的；逻辑机制是“类比”。而对象即可以视作是 Phil 的自嘲，也可以看作对阿米什人的揶揄。《目击者》这部电影使阿米什人广为人知，因此可将与阿米什人有关的 CSR 直接传译成意大利语。有趣的是，粉丝制作字幕人员似乎把“hearths 炉膛”与“hearts 心脏”搞混了，将“hearth”译作“camini ettrici a forma di cuori 电动心形壁炉”。此处的错译是由于译者没有准确理解原文且校对人员未及时发现错误。

例 4.23—S02-E19

Cameron 在 Luke 和 Manny 的学校担任临时音乐总监。但是，Cameron 对于马上临近的春季音乐表演表现得过分狂热。

ST	*TT*^{S}	*TT*^{F}
Cameron：This production was a joke until I introduced these children to the musical theatre greats Bernstein, Sondheim. Years from now, some of these kids will still be talking about the way I Sondheimized them.	Questo spettacolo era ridicolo/ finché non li ho esposti ai mostri sacri del musical: Bernstein, Sondheim. Tra molti anni parleranno ancora di come li ho “sondheimizzati”. [This show was ridiculous until I exposed these children to the musical theatre giants: Bernstein, Sondheim. Years from now, they will still talk about I Sondheimized them.]	Questa produzione era una farsa, / finche' non ho iniziato questi bambini ai grandi del musical, / Bernstein, Sondheim. / Tra molti anni, questi bambini ancora/ parleranno di come li ho Sondheimizzati [This production was a farse until I started these children to the musical theatre greats: Bernstein, Sondheim. Years from now, they will still talk about I Sondheimized them.]

源语中 Cameron 提及了两位美国著名作曲家 Leonard Bernstein 和 Stephen Sondheim。编剧们巧妙地利用后者的名字"Sondheim"制造了同源双关语"sodomize 肛交"。显然，脚本对立是性/非性；从编剧与观众沟通层面而言，目标可能是 Cameron 或者是同性恋者。在这个情景中，Cameron 似乎并未意识到自己的口误，因为他说话的对象是孩子。但是，有些人可能会认为，从角色沟通层面来说，笑话的目标可能就是孩子们，从而加深了主题的禁忌性。因此，官方版字幕与粉丝制作字幕的审查团队都删掉了此例禁忌性幽默（配音版本也是如此）。

同配音一样，字幕中的 CSR 在进行传译的时候也不一定能够保留文本的幽默功能，如下例所示。

例 4. 24—S01-E23

Cameron 处于"访谈"模式时承认，当 Michell 问他是否喜欢徒步旅行和文化旅行时，他撒了谎，但是现在他又不想让 Michell 失望。

ST	TT^S	TT^F
Cameron: But it's one of the things he loves most about me, and I can't tell him the truth now. It would be like Lewis telling Clark that he didn't like to walk. Side note: We're very good friends with a couple named Lewis and Clark. Clark bought a big, sparkly belt in New Orleans that he calls his Louisiana Purchase.	Ma è una delle cose che più ama di me e ora non posso dirgli la verità. / Sarebbe come se Lewis dicesse a Clark che odia viaggiare. / Tra parentesi, due nostri amici si chiamano Lewis e Clark. / Clark ha comprato un cinturone a New Orleans/ che lui chiama il suo acquisto delle Lousiana. [But it's one of the things he loves most about me, and I can't tell him the truth now.	Ma e' una delle cose che ama di piu' di me, / non posso dirgli la verita' ora. / Sarebbe come se Lewis avesse detto a / Clark che non gli piaceva camminare. / Piccola parentesi: siamo molto amici di una coppia di/ signori che si chiamano Lewis e Clark. / Clark ha comprato una grossa/ cintura luccicante a New Orleans/e l'ha chiamata il suo/"Affare Louisiana". [But it's one of

续表

ST	TT^S	TT^F
	It would be like Lewis telling Clark that he didn't like to travel. By the way, two friends of ours are named Lewis and Clark. Clark bought a big belt in New Orleans that he calls his Louisiana Purchase.]	the things he loves most about me, and I can't tell him the truth now. It would be like Lewis telling Clark that he didn't like to walk. By the way, we're very good friends with a couple of gentlemen named Lewis and Clark. Clark bought a big, sparkly belt in New Orleans that he calls his "Louisiana Deal".]

源语中，卡梅伦提到了"Lewis 和 Clark 远征"；该远征是从 1804 年 5 月开始并一直持续到 1806 年 9 月。1803 年，时任美国总统的 Thomas Jefferson 从法国手中收购了 Louisiana 的领土。（又名"Louisiana 交易案"）。不久之后，总统委托远征队探索新领土并绘制地图。而远征的目的是找到一条切实可行的路线来穿越占据大半疆域的西部地区，并在英国和其他欧洲列强抢占这片领土之前，在领土上留下美国占领的痕迹。Cameron 此处使用的幽默 CSR 可能只有少数意大利观众能够理解，因为其中涉及的历史背景与事件对意大利语观众来说，比较陌生。如果采取直译的话，观众很可能并不能理解 Cameron 所说的笑话，顶多能够将其理解为情侣之间的打情骂俏。尽管如此，官方字幕与粉丝字幕均采用了直接传译 CSR 的策略。

相反，在意大利配音版本中，配音团队将 Lewis 和 Clark 换成了国际知名的探险家 Bering 和 Darwin，并将文本修改为"就像 Bering 告诉 Darwin 他讨厌旅行那样"。此外，配音人员还把"Louisiana 购买案"的引用换成了图片，图片显示的是 Darwin 服用了万艾可，并声称这是为了“攻占巴士底狱”。尽管这做法有些极端，但无可厚非，只要能更好地实现文本功能。

4.6.2.2　阐释

本文中尚未发现官方字幕与粉丝字幕在翻译同一例 CSR 时都是用了具体化阐释的情况，但是有同时使用抽象化阐释的例子。下例很好地展示了抽象化阐释在两个译本中的应用，以及两个译文对文本实施的功能操纵。

例 4.25—S02-E05

Manny 喜欢 Haley，当 Haley，Alex 和 Luke 被邀请去 Jay 和 Gloria 家过夜时，Manny 打算主动与 Haley 打招呼。

ST	TT^S	TT^F
Manny：Well，hello there，Haley. **Jay**：Take it down a notch，Jethro.	Ehi，Haley. [Hey，Haley] Datti una regolata，ciccio [Behave，buddy].	—Ehi，ciao Haley [Hey，hello Haley]. —Datti una regolata，bamboccio [Behave，silly boy].

源语中 Jay 引用了美国电视连续剧《豪门新人类》*The Beverly Hillbillies* 中的角色 Jethro（Paul Henning，1962-1971），来取笑 Manny。Jethro 是个受过高等教育的人，但是总是将心思放在如何讨取女性芳心上。此例的脚本对立是真实的/非真实的和性/非性，逻辑机制是“类比”，目标是曼尼。源语中的引用来自一部年代较为久远的电视剧，可能许多意大利观众并不理解其中的背景知识，因此，官方字幕与粉丝字幕都采用了抽象化阐释，使用略带轻蔑意味的词语取而代之，即“ciccio”（像曼尼这样胖乎乎的人）和“bamboccio”（傻小子）。

例 4.26—S01-E12

Alex 偷穿 Haley 最喜欢的套头衫，Haley 发现后向 Claire 告状。Claire

说姐妹们必须学会分享东西。于是 Haley 打算穿上 Alex 最喜欢的 T 恤，也惹来了 Alex 的奚落，Haley 反击道：

ST	*TT*[S]	*TT*[F]
Haley：Oh，don't be such a baby. It's just some dude with weird hair. **Alex**：That's Maya Angelou，you idiot. **Haley**：Oh，sorry. I don't follow the WNBA.	Non fare la bambina， è solo un tizio con i capelli strani [Don't be such a baby. It's just a guy with weird hair]. È Maya Angelou! Idiota [It's Maya Angelou，you idiot]. Scusa，non seguo il basket femminile [Sorry. I don't follow the women's basketball].	Non fare la bambina，e' solo/ un tizio con dei capelli strani [Don't be such a baby. It's just a guy with weird hair]. E' Maya Angelou，idiota [It's Maya Angelou，you idiot]. Scusa，non seguo il basket femminile [Sorry. I don't follow the women's basketball].

源语中，编剧们利用著名诗人 Maya Angelou 的名字来制造两个沟通层面的幽默效果。此例中的脚本对立是真实的/非真实的，因为 Maya Angelou 并非男性，而逻辑机制是“基于错误前提的推理”。Alex 取笑 Hayley 是“白痴”为的是凸显 Haley 的无知，以及 Haley 认为 Maya Angelou 是篮球运动员时，不管是哪个沟通层面，目标都是 Haley。但是，从编剧与观众沟通层面来说，目标也包括 Maya Angelou，因为此处的笑话间接地揶揄了 Maya 的外表还不够女性化。在两组意大利语字幕中，幽默效果都得以保留，但是缩写“WNBA（American Women's NBA）美国女子篮球协会”抽象化为“basket femminile 女子篮球”。

4.6.2.3　词汇再创

以下两例展示了字幕组如何使用词汇再创幽默 CSRs。

例 4. 27—S02-E20

Luke 很喜欢 Phil 的秘书，此时正在谈论她。

ST	*TT^S^*	*TT^F^*
Luke：One time，she gave me a Woody. **Claire**：Sweet Je-Haley：She remembered he's my favourite character from Toy Story. **Claire**：She did.	Una volta mi si è indurito… [Once it got hard] Santissimo… [Holy] Il pongo che mi aveva. dato per giocare [The pongo she gave me to play with]. Bravissima [Very good].	—Una volta me l'ha fatto duro [Once she made it hard for me]. —Buon Dio… [Good Lord] Si e' ricordata che le / uova mi piacciono cosi' [She remembered I like my eggs this way] Gia' [Yeah].

源语中，Luke 提到了电影《玩具总动员》*Toy Story* 中的主角 Woody（John Lasseter，1995）。然而，基于玩具总动员的 CSR，编剧妙改了习语表达“give someone a woody”暗指“让男人兴致勃勃”。因此，此例的脚本对立是性/非性，目标很可能是秘书。此外，在编剧与观众沟通层面，目标也可能是 Claire，因为她听到 Luke 的话感到十分震惊。官方字幕人员与粉丝字幕人员和配音员都必须对文本的词汇进行操纵，以便再现这个笑话。然而，官方字幕员使用了（煮熟之后）变硬的鸡蛋这一意象代替源语中的俗语，而粉丝字幕员引入了目标语文化 CSR：——ponge，一个意大利黏土模型品牌。因为 pongo 如橡皮泥一样柔软但是晾干后会变硬。

例 4. 28—S02-E23

这是 Alex 在学校的最后一天，作为毕业生代表，她要做毕业演讲。此时，只有 Alex 和 Haley 在学校，其他人由于门锁堵住，都被困在 Jay 和 Gloria 前院里。Phil 建议 Jay 帮他跳过大门。他转过身，卷起夹克的底部做好了充分准备。

ST	TT^S	TT^F
Phil: Jay, now you do me. Just grab a handful. Don't be shy. I'm not giving you as much to work with. I used to have a lot more there. I lost it. They used to call me the Grand Can.	Jay, adesso tu solleva me. Agguantalo pure, non essere timido. Non c'è molto da afferrare lo so. Prima c'era molto di più, ma l'ho perso. Mi chiamavanno Chiappone [Jay, now you lift me. Just grab it, don't be shy. There's not much to grab, I know. There used to be much more, but I lost it. They used to call me Big Cheeks].	Jay, adesso fallo tu a me. / Afferralo per bene, non essere timido. / Non c'e' molto da maneggiare, /un tempo ne avevo di piu', l'ho perso. / Mi chiamavano "Il gran culone" [Jay, now you do it to me. Give it a good grab, don't be shy. There's not much to handle. There used to be more, but I lost it. They used to call me "The Big Ass"].

源语的特点就是运用了一系列的句子营造了一个让人浮想联翩的场景，而其中大峡谷的引用，将气氛烘托到了极点。Phil 说话的时候，所有家庭成员都十分厌恶地走开了，只剩 Jay 目瞪口呆地站在原地。此例营造的氛围感幽默可以解释为正常的/非正常的以及性/非性的脚本对立；逻辑机制是“类比”。从编剧与观众沟通层面而言，目标是 phil。两组字幕都将源语 CSR 替换成对 Phil 臀部的描写(分别是“Chiappone 屁股蛋子”和“Il gran culone 大屁股”)。显然，这些策略都是为了让目的语受众发笑，但是与原文相比，译文更加浅显直白。

4.6.2.4　替换

本节讲解的是字幕中替换策略的应用，如下例所示。

例 4.29—S01-E13

Jay 之前向朋友介绍 Cameron 时，称 Cameron 为“我儿子的朋友”，这引起了 Mitchell 的不满，认为 Jay 过于老派，但 Jay 回答说：

ST	TT^S	TT^F
Jay：They look like they came out of the 1800s. You see Hugo over there? After lunch, he ordered a Sanka.	Guarda questi tizi. Sembrano venuti dal 1800. Vedi Hugo? Dopo pranzo ha ordinato un Alka Seltzer. [Look at these guys. They look like they came out of the 1800s. Do you see Hugo? After lunch, he ordered an Alka Seltzer.]	Guarda questi tizi. / Sembrano appena usciti dal 1800. / Vedi li'Hugo? Dopo pranzo/ ha ordinato un Alka Seltzer. [Look at these guys. They look like they just came out of the 1800s. Do you see Hugo there? He ordered an Alka Seltzer.]

此例中，Jay 引用了一个发起于德国的老派速溶咖啡品牌——"Sanka 山家"，来暗讽他的这群朋友老派又保守，而且很可能反对同性恋。此例的脚本对立是正常的/非正常的以及好的/不好的，目标是 Jay 的朋友。由于意大利观众几乎不知道 Sanka 这个咖啡品牌，译者使用了源文化指称——"Alka-Seltzer 乙酰水杨酸"——来替换。Alka-Seltzer 是一种美国产的用于缓解发热的抗酸剂和止痛药，而字幕员和配音员选择用这个止痛药来替换源语中的指称，可能是考虑到这个品牌也能够让人联想到老年人且更为常见。令人意外的是，官方字幕与粉丝字幕制作人员的想法如出一辙，都采用了相同的策略。虽然难以考证，但有理由相信两组字幕人员在进行译制的时候，都从对方的作品中得到了灵感，因为下例也出现了类似的巧合。

例 4.30—S02-E12

Phil 和 Claire 要一起去看电影，电影院告知他们不能自带零食。他们只好把带来的零食藏在口袋和包里。

ST	*TT^S*	*TT^F*
Claire: Honey, do you want popcorn or anything? **Phil**: No, I'm Good and Plenty (pointing at his pocket). So, hold your water 'cause I've got some Twix up my sleeve (pointing at his sleeve). **Claire**: You may be cool, but I'm wine cooler (pointing at her bag). **Phil**: I love us.	—Tesoro, vuoi dei popcorn? [Honey, do you want popcorn?] —No, sono carico e faccio Tic-tac. / Quindi acqua in bocca. perché ho un Mars nella manica [No, I'm loaded and I go Tic-tac. So, hold your water because I've got a Mars up my sleeve]. Tu sarai ingamba, ma io sono Fantastica [You may be smart, but I'm Fantastic]. Siamo meravigliosi [We're marvellous].	Tesoro, vuoi del popcorn o altro? [Honey, do you want popcorn or anything?] No, sono pronto... / a "Tuc-to". / Quindi "acqua" in bocca, / perche' ho un "Twix" nella manica [No, I'm ready... for everything. So, hold your "water" because I've got a Twix up my sleeve]. Sarai anche bravo... / ma io sono "Fanta-stica" [You may be good, but I'm Fantastic]. Ci adoro [I adore us].

源语中的所有 CSR 都属于“材料”类，因为它们都与食品和饮料等物品相关。上述对话充分利用了这些要素来只制造双关语（脚本对立通常是真实/非真实）。在角色沟通层面，目标可能是阻止自带零食的电影院工作人员。但是，在编剧与观众沟通层面，目标还可能是 Phil 和 Claire。对话中，Phil 提到的甘草糖品牌“Good and Plenty 好又多”，对意大利观众来说十分陌生。因此，配音员将“Good and Plenty”替换成更为知名的由费列罗品牌生产的薄荷糖“Tic-tac 滴答糖”，并借用薄荷糖的名称创造了双关语。此外，配音人员还利用了“Tutto 一切”与“Tuc”——一款由 Ritz 集团生产、最初于比利时发售的饼干，来制造双关效果。而 Claire 的台词“I‘m wine cooler”源于“I'm way cooler than you 我比你酷多了”，其中的“wine cooler 红酒冷却器”被译者替换成了源文化 CSR——美国可口可乐公司生产的碳酸饮料“Fanta 芬达”。译者还将“fantastica 奇幻”一词斜体来提醒观众此处

出现的 CSR。如前例一样，官方字幕员和粉丝字幕员的想法再次不谋而合。如果可能的话，将两组字幕材料进行对比分析，探讨专业字幕译员与业余字幕译员是如何互相影响的，是值得进一步深究的课题。

4.6.2.5 省略

省略这一策略主要运用于字幕译制中，但是本文仅发现一例两个字幕组同时使用省略法处理 CSR 的例子，如下例所示。

例 4.31—S02-E10

Mitchell、Cameron、Lily 正在公园里散步，这时 Claire 打电话过来，Mitchell 便和她讨论起 Lily 朋友的父母如何打扮自己的孩子。

ST	TT^S	TT^F
Mitchell：Lily's friend just pulled a Britney Spears getting out of a sandbox car.	L'amica di Lily si atteggia a Britney Spears [Lily's friend strikes a pose as if she was Britney Spears].	L'amica di Lily ha appena fatto come/Britney Spears scendendo dalla macchinina [Lily's friend behaves like Britney Spears when she gets off her toy car].

此例中的幽默源于孩子模仿成年人尤其是名人的言行举止。用 GTVH 的术语来解释，脚本对立是真实的/非真实的；逻辑机制是"类比"，因为将 Lily 的朋友比作 Britney Spears 小甜甜布兰妮；目标是孩子和他们的父母。字幕版的译文中保留了著名歌手 Britney Spears 的名字，但完全删除了玩具"sandbox car 沙盒车"的引用，而且，粉丝字幕版本误翻了"sandbox"这一引用，或者是对其进行了有意操纵。但是，总体来说删掉"sandbox"也情有可原，因为幽默主要还是来自 Britney Spears 这个 CSR。

4.6.2.6 补偿

最后将讨论官方制作字幕中使用补偿的实例。补偿的应用表明了不仅配音中存在大规模的文本操纵，字幕中同样存在。本节中，回译将放在最右栏。

例 4.32—S02-E17

Jay 决定给自己和 Gloria 买两个墓穴，但是 Gloria 并不乐意和 Jay 一起去墓地挑选墓穴。一到墓地，他们就碰到了卖家。

ST	*TT^S*	*BT*
Mr Rutledge：Mr Pritchett！We're the Rutledges，the ones selling the spots.	Signor Pritchett. Siamo i Rutledge，i venditori dei forni.	Mr Pritchett！We're the Rutledges，the sellers of the ovens.

源语中，Rutledge 在自我介绍时使用了“the spots 摊点”一词委婉介绍了他们在正从事出售壁龛的生意。意大利语官方配音版直接使用“loculi 壁龛”替代了源语中的委婉词；而此例的粉丝配音版本还是采用委婉语“posti 位置”来传译源语。本文认为，虽然并不恰当，但是官方字幕译员的直白译法可能是为了让观众在看到剧中的犹太夫妻（Rutledge 夫妇）时，能联想到令人扼腕的犹太人大屠杀。为此，译者还使用了“forni 火葬场”一词，暗指纳粹在屠杀集中营使用的火葬场。该引用的目标是 Rutledge 夫妇和所有犹太人。但是，这种译法可能会令许多意大利观众感到不适，因为意大利也曾是“二战”的轴心国。

4.7 发现与总结

如 4.6 节所提及，幽默 CSRs 的分类法及其来源分类法并不总是一蹴而就的。尽管困难重重，本文还是尝试从源语中提取出 287 例 CSRs，并分析了配音和字幕中这些 CSRs 的翻译方法。

本文主要采用的是以数据为导向的分析方法，发现 287 例 CSRs 所涉及的指称内容主要来自“流行文化”类别（占 144 例），与源语言文化的社会文化背景(北美社会)直接相关。但是，源于“高级文化”类别的指称也不在少数(占 68 例)。与第三章的双关语一样，幽默 CSRs 的脚本对立通常是真实/非真实，以及性/非性，如果是涉及同性恋相关指称，脚本对立还会有正常/非正常。

显然，多数幽默 CSRs 都与该剧集的主题(即家庭，生活，工作，人际关系，性等)紧密相关。如前所述，通过调查角色台词里 CSRs 的来源，有利于摸索出 CSRs 在电视剧语篇中所发挥的功能。在塑造角色形象方面，Cameron 频繁使用“高级文化”的指称(详见例 4. 23 和 4. 24)，可以展现出该角色的学识渊博，以及对文学、历史、戏剧等感兴趣的特点。同理，Mitchell 和 Cameron 之间的谈话经常会涉及“流行文化”类别的同性恋偶像(详见例 4. 2，4. 8，4. 13)，而 Jay 的 CSRs 通常与老歌手，老喜剧演员和老电影相关(例如 Betty Boop，Peaches andHerb 乐队，Jethro；见例 4. 1，4. 15，4. 25)，也符合他的年龄特征。Gloria 就经常提到自己的哥伦比亚文化(如例 4. 20)，但很少使用北美文化 CSRs。Phil 则喜欢使用双关语，而且频繁引用“流行文化”类的指称。Phil 和 Claire 之间的谈话，以及他们与孩子之间的互动中也不乏幽默 CSRs 的身影(例如，例子 4. 6，4. 27，4. 30)。

通过确定 CSRs 的来源，也证实了编剧利用“高级文化” CSRs(如 Hemingway 和 Albert Einstein)将 Manny 和 Alex 塑造成天资聪颖的青少年形象。但是，该方法也存在一定的局限性，因为只有通过详细的文本分析才能描绘出 CSR 在刻画角色和营造幽默氛围的具体运行机制。例如，虽然 Haley 也会引用 Albert Einstein 或者 Maya Angelou，但她通常都会弄巧成拙，从而证实了观众的感受，即她对“高级文化”并不感兴趣(详见例 4. 3 和 4. 26)。

此外，剧中的主角利用 CSRs 的信息传递功能来表达他们对人或事的看法(如例 4. 1)，隐晦地提到禁忌话题(如例 4. 12，4. 23 和 4. 27)，或者嘲笑他人(如例 4. 29 和 4. 31)。与双关语一样，使用 GTVH 来分析 CSRs 也大有裨益：作为其中一个知识资源的目标可以有效突出 CSRs 的贬低功能。更为重要的是，通过分析目标这一知识资源，可以证实在电视剧语篇的不同交际层面，笑话的对象可能不尽相同，特别是提及同性恋(例 4. 2)或种族(例 4. 5)等禁忌话题时。

总之，《摩登家庭》的幽默性与娱乐性很大一部分来源 CSRs。从翻译的角度来说，因为幽默 CSRs 会涉及极具本土特色的事件，包括时事以及历史事件(如例 4. 13 和 4. 24)，对译员来说十分具有挑战性。图 4. 1 展示了三组译文里面不同翻译策略的使用情况。

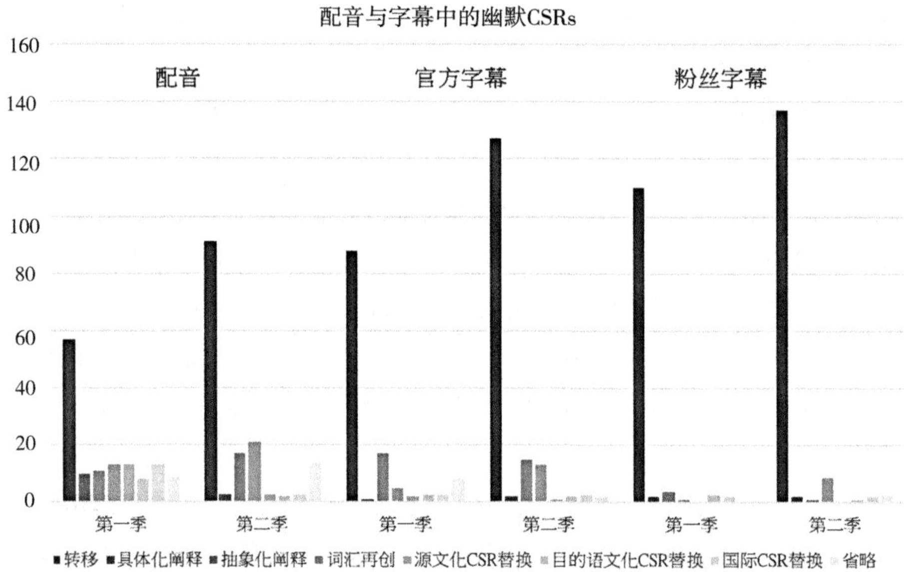

图 4. 1 《摩登家庭》第一、二季配音版与字幕版幽默 CSRs 的翻译策略

通过观察图 4. 1 中展示的《摩登家庭》的配音和字幕中幽默 CSRs 的翻译策略，本文提出总结。首先，可以看到转移是三组译员在翻译 CSR 时最常用的策略。正如 Antonopoulou(2004b)所言，配音团队，官方字幕员，粉丝字幕员都应当尽可能保留源语中的 CSRs。本研究的三组译员在上下文，语境或画面可以为观众提供足够信息来理解源语中的指称时，都会选择使用转移策略(如例 4. 5，4. 6 和 4. 23)。但是，本文也指出在某些情况下，转移也不一定能够完整传递出源语的言语效果(如例 4. 4 和 4. 29)。

其次，配音版本中采用的翻译策略可能更为多样。一般情况下，如果目标观众不能完全领会源语中的 CSR，配音团队就会使用阐释法（如例 4. 5 所示）。在特殊情况中，配音团队会用目标语文化 CSRs 来取代源文化 CSRs，因为目标观众对前者更加熟悉(如例 4. 15)。在处理 Phil 所使用的的基于 CSRs 的双关语时，配音团队发挥了极大创造力(如例 4. 6)。通常，配音团队使用的翻译策略都可以传达源语 CSRs 中的幽默以及其中暗含的角色特征线索，从而保证了幽默的连贯性(Antonopoulou，2004a：36)。如前所述，配音团队很少使用目的语中的要素来翻译原文，因为这会造成文本含义与视觉画面不匹配。尽管如此，相比于完全省略 CSRs，使用目的语要素来翻译也算得上不得已而为之。

再次，从之前章节的讨论不难看出，两个字幕组的译文都存在功能操作。本章节也分析了阐释以及词汇再创的例子，因为这两种策略都十分有效且极富创意，可以全部或部分保留源语的言语表达效果，可以用来应对 CSRs 翻译所带来的挑战。然而，通过对比分析官方字幕版和粉丝制作字幕的译文，很明显后者更接近源语，有时甚至可以看作源语的逐字翻译版本。此外，与双关语一样，粉丝制作字幕版本中也存在错误的换行。例如，例 4. 20 和 4. 27 中，名词和冠词分置两行(通常为“alla/ scuola”和“le/ uova”)，无独有偶，例 4. 20 中动词及其相关副词(“era/sicuramente”)也出现了相似错误。例 4. 24 中，动词及其间接宾语没有放在同一行(“ha detto a/Clark”)，由此可见，粉丝制作版本的译文在准确性上还有待提高。

最后，利用 GTVH 来对比分析源语与目的语的知识之源也能得到有益启发。例如，可以分析源语与目的语之间的相似点和不同点。与双关语一样，CSRs 的翻译策略不同也会导致脚本对立发生变化。然而，更值得关注的是，翻译策略还会改变逻辑机制(如例 4. 4)和目标(如例 4. 4，4. 6，4. 12 以及例 4. 32 中的极端补偿示例)。然而，GTVH 似乎无法解释采用不同翻译策略的译文与源语存在的细微语义差别。总而言之，结合翻译研究以及幽默研究的理论来进行文本的对比分析，对于解释 AVT 中的幽默 CSRs 切实可行且意义重大。

第 5 章　视听翻译中的多语言幽默

5.1　引言

随着全球化的进一步加深，全球人员交流加快，越来越多的人选择在其他国家生活居住。人们为了谋生、升职、提高自己语言能力，或者感受新文化而来到另一个国家生活，形成了多民族社区。而这些社区成员往往拥有双语（甚至三语）背景，可以转换语码（code-switching）和混合语码（code-mixing）来表达和建构他们的身份（Monti，2016：69）。因此，也不难发现，越来越多的电影、电视和小说中开始描绘多语言场景或者角色，涉及的语言可能超过两种，达到三种或三种以上，以真实还原全球化背景下的多语言社群（Heiss，2004）。

Delabastita 和 Grutman（2005：16）二人深入探讨了这一现象。他们认为："多语言话语序列与语言的国家性、新旧程度、是否人工语言、俚语、方言、社会语或习语，之间的关联不大，但是与文本的相互作用紧密相关。"对此，Delabastita 和 Grutman 解释说，多语言之间的"相互作用"可用于传递冲突话语、角色配置、空间对立、模仿和制造悬念。最重要的是，语际之间产生的误解和误译可用于制造不同认知图式之间的差异或冲突，从而达到喜剧效果。

很多翻译研究学者开展了异质语言文本的翻译研究（Delabastita，2002；Grutman，2006；Meylaerts，2006；Bleichenbacher，2008；Heiss，2014）。

最近，《欧洲幽默研究杂志》*European Journal of Humour Research* 发表的特辑集中探讨了异质语言的研究（Dore，2019a）。不难发现，在过去几年里，人们越来越重视多语言视听作品的研究（Corrius & Zabalbeascoa，2011；Zabalbeascoa & Voellmer，2014；Dore2019b），尤其是幽默的视听作品（Zabalbeascoa，2012）。如果深入研究配音团队/或字幕师所采取的策略，来应对多语言幽默带来的挑战，就可以知道翻译多语言幽默绝非易事（De Bonis，2014，，2015）。此外，如今，在这个强调政治正确的世界，人们对待各种敏感话题更加谨慎，这也为视听翻译中的多语言幽默带来了重大挑战，即要处理好多语言文本的翻译，也要注重受众的感知（Dore，2022）。

因此，本章重点讨论视听作品中多语言幽默的翻译。第三、四两章中分析了《摩登家庭》前两季（Christopher Lloyd & Levitan，Steven，2009—）的实例。在之前的研究中，笔者尤其关注意大利配音团队是如何处理 Gloria 的语码转换，Gloria 使用的英语和（哥伦比亚）西班牙语的语码混合，以及这些语言现象是如何塑造 Gloria 的人物性格和身份。在角色沟通层面，Gloria 在讲英文时出现的发音口误与误用（即首音误置，Aarons，2017：80）以及言语错误（即误用，Hempelmann & Miller，2017：98；详见第 3 章）也为该剧制造了不少幽默时刻。

基于此，本章将继续研究《摩登家庭》前两季的数据，包括意大利语配音版本，官方字幕版本和粉丝字幕版本。此外，笔者将深入分析 Manny，作为“接受型双语者（可以听懂西班牙语，但是不会使用）”的角色特征（Brown et al.，2014：230），以及 Gloria 的语言异质性。本章的分析还将包括其他主要角色（如 Cameron）较为偶发的西班牙语转换，Jay 刻意使用的双语双关语（Delabastita，2005），以及其他角色不恰当地使用或理解西班牙语的情形。上述场景对于制造幽默效果作用显著，并且呈现出丰富的语言特征，所以值得深入探讨。下节将回顾分析该领域重要的科研成果，以厘清该领域的研究脉络与走向。

5.2 视听翻译中的多语言现象

在讨论翻译学者如何研究视听文本中的多语言翻译之前，需要厘清“异语”或“多语”电影（和/或电视剧）的含义，以及地区变体、方言和外语在其中可能发挥的功能。De Bonis（2015）将多语言电影定义为“至少使用两种不同语言的文化交流”，并且多语言主义在“该语域以及故事情节中发挥了一定的功能”。在他看来，不同题材的电影之中都可以看到多语言现象。因此，他使用了“元题材”（meta-genre）这一术语来描述所有多语言电影类型，而这一类别与电影研究中分类方法（例如喜剧、奇幻、犯罪等）并行不悖。

除此外，De Bonis 还认为，多语言电影与其他电影的功能可能不尽相同，且更为复杂。换言之，多语言电影中的每个多语言文本都需要单独分析，来明确多语言在特定情景下所发挥的制造冲突、角色配置、空间对立、模仿和悬念管理等功能（Delabastita & Grutman，2005：18）。显而易见，多语言可以同时实现上述的多重功能。在本章之后的分析之中主要集中关注以制造幽默效果为目的的多语言现象，但通常，伴随着多语言幽默出现的是人物之间的言语“冲突”，而幽默与言语冲突又有助于塑造人物身份与性格特征。

目前，探讨视听文本中的多语言现象的研究文献不在少数，而且数量还在不断增加。O'Sullivan（2007）基于 Sternberg（1981）的研究，探讨了多语言现象，并发现多语言现象的产生途径主要是“均质化”（homogenization）或“媒介匹配”（vehicular matching）。均质化指只使用一种异国口音来表达异质语言（例如，在英语国家社会中使用意大利口音来表明特定群体的身份）。相比之下，在电视语域，媒介匹配涉及了更大程度的语言变异（即展现了另一种语言或方言的大部分特征，如法语、伦敦方言等）。Corrius 和 Zabalbeascoa（2011）、Zabalbeascoa（2012）、Zabalbeascoa 和 Voellmer（2014）等人试图将视听作品中的多语言现象概念化、规范化，因此提出了下列主要观点：

1. 语言 L（L1，L2，L3）“可以是标准语言、方言、或者某种其他形式的语言变体”（Corrius 与 Zabalbeascoa，2011：117）。
2. 视听作品的源语文本有一种或多种主要语言（如果是双语电影，且每种语言的重要程度相当的话，则用 L1(s) 表示）。例如，《桥》*Broen-Bron*（Hans Rosenfeldt，2014—2018），就是一部以瑞典语和丹麦语为主的黑色犯罪电视剧。同样，Ken Loach（2006）的电影《风吹大麦》*The Wind That Shakes the Barley* 也是以英语与爱尔兰语为主，因此这两种语言可以标记为 L1a 和 L1b。
3. 通常，视听文本会翻译成第二种语言（例如电视剧《桥》就翻译成了 10 种不同的语言，在多个国家发行，包括英国、意大利和德国）。
4. 翻译过来的文本可使用两种或以上的语言或语言变体（如标准意大利语发音和意大利方言），无论每种语言所占的比重是是否相同，都可以标记为 L2a、L2b 等。
5. 相比之下，多语言作品的对话中还可能出现第三语言 third language。因此，Corrius 和 Zabalbeascoa（2011：114）提出了 L3，用于与电影中的语言变体 L1(s) 区别开来。实际上，L3 并不是真实的语言，而是与语言变体、文本的多语言主义，以及文本内翻译有关的一种概念。因此，L3 并不仅限于某种语言或其变体（如口音、方言），而是一种对自然和生活语言、方言或者变体的呈现或者描写，因此，它是一种虚拟的，创造性的语言（如《银翼杀手》*Blade Runner* 中的城市语言，以及《权力的游戏》(*Game of Thrones*) 中的多斯拉克语）。

在翻译过程中，源语文本中的第三语言（即 $L3^{ST}$）可能被转移到翻译文本中，从而成为翻译文本的 $L3^{TT}$。每种语言（L1，L2，以及不同数量的 L3ST 和 L3TT）可能是“独一无二的、独立的语言或相关的语言变体，而这些语言特征也成就了该语言社区的异质性”（Corrius 和 Zabalbeascoa，2011：115）。因此，L3 可能不仅有“媒介匹配”和“同质化”特征，还拥有其他特征，比如由于滥用药物或酗酒引起的语言扭曲（Parra López，2016，将这一现象描述为“无序言语 disorderly speech”）。Zabalbeascoa 和 Voellmer（2014：26）也赞同这一观点，他们认为：“只要不属于标准的 L1 或 L2 的语言表达，都可以视作 L3”。此外，他们指出，L1 和 L3 只有数量上的区别，即两种语言只在文本中出现频率上存在差异。不论如何，L3 这一概念，有助于捕捉视听文本的语言变体、理解它与文本的相关性、分析它在文本中的功能，以及解决与之有关的翻译问题（Corrius & Zabalbeascoa，2011：123；Zabalbeascoa & Voellmer，2014：33）。

Zabalbeascoa 和 Voellmer（2014：38-40）提出了一系列的翻译策略来帮助译者将 $L3^{ST}$ 语言转化成 $L3^{TT}$，详见表 5.1。

表 5.1　L3 翻译策略汇总（Zabalbeascoa 和 Voellmer，2014：38-40）

情景	解决方法	解　　释
A（$L3^{TT}$ = L2） ST 中的 L3 可能与电影配音所用的语言相同	中和 Ai Aii	 L3 不可见：使用 L2 单词替换 L3 或删除 L3 L3 是另外一种语言；在 TT 中，使用 L2 的不同口音、明显的发音或词汇来传递 L3 L3 用于建构说话人特定种族的身份，尽管有可能不是说话者的主要语言；在 TT 中，使用 L2 的口音、明显的发音或词汇来传递 L3
B（$L3^{TT}$ = L1）；TT 中的 L3 使用 L1 替换		尽管这种情况鲜少发生，但它或许可以表示 L2 的变化(如，法语配音电影可能会用英语描述语言的老派用法；引自 Valdeón，2005)
C（$L3^{TT}$ = $L3^{ST}$）；$L3^{TT}$ 和 $L3^{ST}$ 是同一语言	直接传译 Ci	逐字转写 L3 或使用 L3 中的其他表达转写 L3

续表

情景	解决方法	解　　释
	Cii	用地方口音传达 L3
D（$L3^{ST}$ L1，L2，$L3^{ST}$）	改编	使用 L1、L2 和 $L3^{ST}$ 以外的语言或语言变体来传达 L3

据 Zabalbeascoa 和 Voellmer（2014）所言，表中的 Ci 常用于配音，但是有诸多关联因素（例如，L1 群体和 L3 之间的关系，以及 L2 群体与 L3 之间的关系，二者可能存在差异）。如第 2 章中所述，翻译中解决多语言问题的途径还与每种 AVT 模式所面临的技术制约紧密关联。除此之外，ST^{L3}的传译可能会对 L2 或者观众产生影响，尽管在源语中使用 L3 的初衷并不如此。例如，Jiménez-Carra（2009）分析了北美视听作品（电影和电视剧）中不断增多的南美西班牙语变体，来探究北美社会发生的深层变化。

Jiménez-Carra（2009）发现在给此类语言变体进行配音或字幕翻译时，最常用的策略是用欧洲西班牙语中的表达替换源语中南美西班牙语的表达。这样一来，译文会与原文不一致，并且可能还会与源语语境不匹配。尽管，这种做法并未严重违背忠实原则，但可能不足以传达电影想要传达的信息。

情景 A 中的策略基本上属于中和策略的范畴，且在意大利语配音种使用的较多（Ulrych，2000；Heiss，2004；Pavesi，2005；Chiaro，2008a）。有时，配音中语言变化的折损会大量使用脏话或俚语来进行补偿（Bonsignori & Bruti，2008；Dore，2016）。但是，最近的配音电影更倾向于忠实地呈现多语言现象（Minutella，2012；Monti，2016）。

显然，开展接受度研究有利于理解上述策略是否会影响观众对多语言现象的感知、以及多语言现象在文本中的作用。Ramos Pinto（2016）研究了葡萄牙语配音中多语言现象的感知（如观众对英语方言和口音的感知）。她最初提出的假设是标准化策略（可以增加可读性）不会折损文本意义折损，因为观众能够从源语与译文中的其他要素来获取信息。鉴于此，Ramos

Pinto 致力于揭示观众对源语的熟悉程度是否可以影响他们感知字幕中多语言的能力，以及观众的多语言感知能力对他们源语语言能力的影响。

但是，Ramaos Pinto 得出的实验结果与预期相反，证实语言能力并不会使 L2 学习者更容易发现多语言现象。最重要的是，Ramaos Pinto 的研究，证明了在字幕中传递出多语言现象的信号，有助于 TT 观众理解地更为准确，并捕捉到电影中所传递的交际含义(例如社会地位、教育水平、权力差距等)。但是，参与问卷的大多数观众发现，如果使用非标准变体看上去也有点“奇怪”；特别是，观众吐槽的最多的就是，在字幕中看到了目的语的方言表达，显然与源语中设定的英国故事背景不匹配。因此，只要能够传达源语信息，字幕中出现微量的偏差，也是可以接受的，译文的意思可以稍稍偏离源语，但是不要出现语言的滥用（详见 De Bonis，2015 关于字幕中非标准英语的有效性研究)。

虽然本节的综述较为简短，内容也不够翔实，但足以反映出学术界对异质语言和翻译研究日益增长的兴趣(详见 Geyer & Dore，2022)，尤其是研究如何使用 L3 来制造幽默效果(Dore，2019a)。如前所述，多语言幽默并不仅限于喜剧，其他类型的剧集中也可能出现(De Bonis，2015；Zabalbeascoa & Voellmer，2014)。但不可否认，多语言幽默在喜剧中发挥着重要作用。因此，在翻译喜剧电影和电视剧时，如何处理多语言幽默，译者决策过程造成的影响以及产生的意义，都是值得深入探讨的议题。

5.3 多语言幽默的翻译策略

目前很多学者已经证实了多语言幽默翻译研究的可行性，但是，还需进一步探究喜剧中多语言幽默的运行机制，以及译者所面临的挑战等问题。如第一章所述，幽默沟通模式顺利进行的前提是说话人和听话人均采纳了“非真诚”交际模式，而在该模式下的交际双方必须搁置怀疑，去感受文本的幽默(Raskin，1985：100-107；Attardo，1994：286-290)。事实上，不论是任何形式或者题材的影片、戏剧本身就需要观众暂时搁置猜疑。比如，看科幻电影或动作电影时，观众就知道这只是虚拟的故事而非现实，或者是真实世界里极难发生的小概率事件，但观众还是会接受故事的情节设定，并享受着这种全新体验。然而，喜剧往往会扩大这种荒唐和不真实，制造矛盾、怪诞的场景，去凸显喜剧效果，让人们得以放松，而多语言也是制造喜剧效果的一把利器。

如上所述，Delabastita 和 Grutman（2005：18）指出："语际误解和误译可以制造喜剧效果……即理论家所言的由不同认知图式之间的乖讹和对立引发的幽默"。不同或者对立的图式包括角色的异质性以及所属的不同社会文化背景。这些角色大多来自并不富裕的移民群体，需要转换语码或者混合语码来进行沟通（详见 Zabalbeascoa，2012 有关于《费尔蒂旅馆》*Fawlty Tower* 的分析）。正如 Heiss（2014：15）所言，"在很多以多民族社会为背景的喜剧中，幽默都发挥着融合移民文化与本土文化的聚合功能"。由于源语文本所处的语域以及故事背景都是以娱乐为主要目的，其中语言变体的翻译，自然也是不容忽视。

因此，AVT 学者和从业人员可能都希望了解，源语的文本功能是否能够通过同样或者相似的语言变体，或者其他形式的修辞手段来进行传递（Delabastita，1996；Zabalbascoa，2012：326）。就意大利配音而言，学者发现，多数多语言幽默都被淡化处理了，或者使用译文语言的非本土表达形式进行补偿（De Bonis，2014；Heiss，2014）。也有使用其他方式（即表 5.1 中的 Cii）来保留甚至增加原文的幽默效果（De Bonis，2015：64）。Heiss（2004：211）辩称，喜剧本就是一种"脱离现实"的剧集，使用一些"电影翻译看来'非正统'的解决方案"也是情有可原的。

Zabalbeascoa 和 Voellmer（2014：39）并不认同使用'非正统'方式来处理多语言幽默。他们认为 L1 群体和 L2 群体对于 L3 的认知可能大不相同，因此，有可能滋生源语中本没有的偏见与刻板印象。De Bonis（2015）分析了电影《音乐会》*Le concert*（Radu Mihăileanu，2009）的三个配音版本（法语、意大利语和西班牙语）和一个字幕版本（英语）。结果显示，三个配音版本中都使用了形式各异的（夸张）策略，造成其中一些译文十分奇怪，甚至破坏了 ST 的幽默感。相反，英文字幕版译文更具创新性(例如使用非标准英语)，表明了字幕翻译也正在打破传统译法的桎梏(Díaz Cintas & Remel，2007；Ramos Pinto，2016)。

就喜剧而言，主要是动画和电影喜剧的译制，意大利配音团队也倾向于使用本土化策略：即利用意大利语的地方变体来补偿 L3 的折损以及幽默效果的缺失(详见 La Polla，1994 有关"创造性配音"的研究，Parini，2009，Dore，2009)。但是，这个方法的主要问题就是地方变体已经被目的语及其文化所滋生的思维固化所浸润，尤其是当这些变体可能还会关联到某种社会阶层甚至种族刻板印象时，问题尤为棘手（Chiaro，2008b：11，Dore，2022)。鉴于此，译者可以对文本进行一定程度的功能操纵，以保留 ST^{L3} 及其言语功能(即幽默和娱乐功能，Hickey，1998)。基于上述观点，下文将分析《摩登家庭》的部分对话，来测试配音和字幕中多语言幽默翻译策略的可行性。

5.4 数据分析

如前所述，配音版译文和字幕版译文在处理语言和文化专有项时会采用不同的翻译方法，而多语言幽默翻译也不外如是。表 5.2 展示了《摩登家庭》意大利配音团队及字幕团队是如何处理多语言对话的。

表 5.2 《摩登家庭》第一、二季中意大利语配音和字幕中的语言分布

源语	配音版	传译模式	官方字幕与粉丝字幕	传译模式
英语	标准意大利语(掺杂西班牙语)	L1→L2 (L1→L3)	标准意大利语	L1→L2
非标准英语	用非标准意大利口音配同样的 $L3^{TT}$ 文本	Cii	标准意大利语掺杂西班牙词汇或者句子	Aii

续表

源语	配音版	传译模式	官方字幕与粉丝字幕	传译模式
西班牙语	西班牙语	Ci	西班牙语（或者省略）	Ci

如上表所示，意大利语配音版本会使用外国口音和词汇来显示 L3 的出现。本研究中的配音版基本是采用该策略来处理 $L3^{ST}$。相反，官方字幕和粉丝字幕使用的都是标准意大利语，偶尔使用一些西班牙语词汇与句表达（如，“arriba”“hola”“mi amor”）。

此外，根据 Zabalbeascoa 和 Voellmer（2014：47-49）提出的变体列表，基本可以明确应该如何处理 AVT 中的多语言翻译，尤其是《摩登家庭》意大利语配音和字幕中的多语言翻译，内容如下：

1）L3 是虚构还是真实存在的？真实 L3 就是现实世界存在的语言变体（如南美西班牙语和哥伦比亚西班牙语）。

2）L3 是否和 L2 隶属同种语言？显然不是，在 ST 中，L3（西班牙语）≠L1（英语）；而在 TT 中，L3（西班牙语）≠L2（意大利语）。

3）L3 对目标观众而言是陌生还是熟悉？L3 是一种关联语言，因为西班牙语与意大利语同属罗马语系。

4）L3 传递的信息是否便于理解，以及 L3 是否是易于识别的语言？L3 传递的信息大多可以理解，但是一些幽默的言语以及非言语双关（如文本与上下文的双关，以及文本与视觉元素的双关），以及 L1+L3 双关语需要付出额外的认知精力（如 5.4.1 和 5.4.2 小节中的大部分例子所示）。

5）L3 中的词汇是以传递信息还是以表达内容为目的？大多数情况下，L3 即为了传递对话中的信息，也为了制造幽默。有时，L3 不传递任何有效信息或内容，要不然，上下文就会将其消解。

6) L3 是否隐身？显然，L3 十分惹人注意。

显然，译者选择保留 L3 的前提是意大利语和西班牙语具有关联性。但是，由于 Gloria 的 L2 语言能力有限，译员在处理剧中的多语言翻译，尤其是基于语言的双关语、言语以及非言语双关语时，还是深感压力。除了 Gloria 之外，其他角色在对话中误用或者误解西班牙语，也会产生幽默效果。显然，此类多语言幽默大多是角色的无意识行为，但却是编剧有意为之，逗乐观众。

与第三、四章结构一致，本章将逐个分析配音和字幕中的多语言幽默。但在内容上，本章节无法像前两章一样，按照不同的翻译策略来分析具体案例，因为，多语言幽默都会同时使用多个翻译策略，并且与角色身份的语言与文化特征紧密相连（尤其是 Gloria），难以细致划分。因此，本章的案例分析将会以 AVT 模式为出发点，分析该模式中多语言幽默的翻译策略，而最后一节将会总结本章的主要发现和观点。

5.4.1　配音中的多语言幽默

虽然引言及 3.4.2 节已经解释分析了《摩登家庭》前两季的原因，但是，就配音中的多语言幽默而言，研究前两季的翻译策略，对之后剧集配音的实践具有极强的指导意义。因为，前两季的多语言翻译策略基本上在之后的剧集中都继续沿用，并且不仅限于翻译 Gloria 的多语言幽默，其他角色，如 Gloria 的母亲 Pilar，和姐姐 Sonia 的幽默话语，基本上也是采用同样的翻译策略。在第四、六和八季中的几集中，出现了这两位角色，带有浓厚的西班牙口音，在说 L2 时（意大利语），发音的异质性也尤其明显。此外，值得一提的是，意大利语的配音员基本上将源语的 L3 原封不动地传译到目的语，以保持该角色在整个剧集中音色的统一性（De Bonis，2015：64-65）。

以下例子主要选取的是 Gloria 的话语，也会有部分例子源于 Manny 或者其他角色误用或误解西班牙语的情况。尽管 Gloria 带有浓厚的拉丁美洲口音，但是她对美式英语的熟悉程度也是近乎母语，只是偶尔会有一些发音和用词错误。用 GTVH 来分析，Gloria 的发音失误创造了一些纯言语，以及言语与非言语结合的文字游戏(逻辑机制)，且脚本对立各不相同。从编剧与观众沟通层面来看，双关语幽默的目标是 Gloria。但毫无疑问，根据对话内容的变更，还会出现其他的目标。

本节中的前两例主要围绕剧中 Gloria 英语单词的发音错误，被其他母语是英语的角色诟病。TT 中 L3 的实例用斜体表示，双关实例用下划线表示；右栏则是意大利语 TT 的回译。

例 5. 1—S01-E02

Mitchell 和 Cameron 从越南领养 Lily 回来后，便召集家人来住处，正式介绍 Lily。Gloria 进门那一刻，Phil(惊叹于她的美丽，几乎毫无掩饰地)评论她的装扮。

ST	*TT*[D]	*BT*
Phil: Hi, Gloria. How are you? Oh, beautiful dress. **Gloria**: Oh, thank you, <u>Phil (pronounced as feel)!</u> **Phil**: OK... **Claire**: She said "Phil", not "feel".	Ehi, ciao Gloria. Che bel vestito! Oh, grazie. <u>Bella stoffa, vero?</u> Ah fa' sentire... Ha detto "bella stoffa", no "toccami", hai capito?	Hey, hi, Gloria. What a beautiful dress! Oh, thanks. Nice fabric, isn't it? Oh, let me feel it... She said "nice fabric", not "touch me", you understand?

源语中的双关语源于"Phil"的名字(发音为/fIl/)和动词"feel"(/fI:l/)。因为 Gloria (可能)读错了名字，Phil 以为 Gloria 邀请他摸她的衣服，便欣然答应了。可 Gloria 一脸茫然，此时，Claire 抓住 Phil 的手阻止他，并澄清了误会。用 GTVH 术语来分析，脚本对立是 Phil/feel，以及真实与非真实。在编剧与观众沟通层面，目标是 Gloria，Phil 和 Claire。Claire 的

妙语也使她成为了目标。译文中，意大利语中“feel”的对等词并不能保留幽默效果。为了保留双关语(言语与非言语结合的双关语)，意大利配音团队选择了与 Gloria 衣服面料相关的暗指来代替源语中 Phil/feel 这组对立的脚本。虽然，还是不可避免地折损了部分幽默，但配音版译文保留了言语和视觉文本连贯性。目的语观众仍然可以嘲笑 Phil 和 Claire。

第二季的第二集基本就是围绕着 Gloria 的发音错误和文字误用展开的。因此，这集 Gloria 的所有对话翻译起来都十分困难，因为基本上有说英语时产生的口误。

例 5.2—S02-E02

Gloria 出门办了点事回到家中，发现 Jay 在家，于是发生了如下对话。

ST	*TT*[D]	*BT*
Gloria: Jay, this came for you.	Jay, esto es para ti.	Jay, this is for you.
Jay: Hey, honey! What is it?	Oh! Ciao, tesoro. Che cos'è?	Oh! Hello, honey. What is it?
Gloria: I called your secretary and told her to order you some crackers and those cheeses that you like, the tiny little ones.	Ho telefonato alla tua segretaria e le ho detto de prendere quei formaggini che tu adori. Sabes, quelli che se esquagliano todos.	I called your secretary and asked her to get those little cheeses (cheese triangles) that you adore. You know, those that melt.
Jay: Thanks. [pause] (…)	I Babybel.	Mini babybel.
Jay: What the hell is this?	Chi li ha ordinati questi?	Who ordered this?
Gloria: I told you Jay. I called your secretary and told her to order you baby cheeses [Jay takes a baby Jesus off the box]… Oh, so now that is my fault, too.	Te lo he dicho, Jay. Ho chiesto alla tua segretaria de ordinare quei… como se chiama… "babybelli"…	I told you, Jay. I asked your secretary to order those… how do you call them? "beautiful babies"…

本例节选自一段较长的对话，例 5. 3 也是取自该对话。本例展示的是言语与非言语结合的多语言幽默。Gloria 将“cheeses 奶酪”(/ˈtʃIːzɪz/)一词的发音说错，使得 Jay 的秘书听成“Jesus 耶稣”(/ˈdʒIːzəs/)。因此，秘书订购了耶稣宝宝的雕像，而非奶酪。用 GTVH 来分析，本例的脚本对立是 cheeses/Jesus 以及真实与非真实，而目标是 Gloria。

因为此时画面显示了，Jay 手捧着耶稣雕像，意大利配音团队不得不将 Jay 的第二行台词进行了文本操纵，即用“Babybel”代替了源语的“Thanks 谢谢”。Babybel 是一种小份奶酪(又称“迷你 Babybel”)。鉴于 Babybel 奶酪畅销全球，在美国等多国均有发售，因此，目的语观众尚可接受这种译法。这样一来，译文也可以匹配视觉画面，即 Jay 在屏幕上的动作。同时，由 Gloria 发音错误导致的“Babybel 宝贝儿奶酪”和“babybelli 宝宝雕像”之间的混淆，也能够清晰传递。虽然译文折损了耶稣这一层含义，但使用相同修辞手段成功保留了幽默效果（Delabastita，1996：134）。另外，Gloria 将“babybel”误读为“babybelli”也增添了额外的幽默效果。

虽然，本研究的分析还不够全面，但足以解释 Gloria 带有口音的英语中的多语言特征。在本例中，Gloria 将“cheese”和“Jesus”(浊音/z/)中的“s”发为清音/s：/，而“some”的标准发音是 /som/，而非 /sɛ̌m/。另外，她说“her”时，将“h”清楚的发了出来，但是“h”在连读中通常不发音(如“I told her”)。不仅如此，Gloria 的表达习惯也深受母语的影响，比如“the tiny Littles 小东西”就源于西班牙语“los pequeñitos”。译文中，通过添加完整的西班牙语句子、表达和单词(如“esto es para ti 这是给你的”、“sabes 你知道”、“te lo he dicho 我告诉过你”等)来补偿源语中的缺失。此外，配音员还会使用西班牙人典型的说话方式，即将以/s/开头的单词词首之前插入一个/e/，来配 Gloria 的第二句台词，即将“squagliano”读作“esquagliano”，来凸显她的西班牙语母语者的身份。

虽然例 5. 3 也是节选自同一段对话，但是更为复杂，因为 Gloria 不仅发音错误，还误用了英语的惯用表达，对译者来说，翻译难度更大。

例 5.3—S02-E02

Gloria 办完事回家与 Jay 闲聊。此时，Jay 取笑她读错了一些英语单词，让她十分沮丧。

ST	*TT^D*	*BT*
Jay: Honey, look, English's your second language. You're doing great.	Tesoro, non è facile parlare un'altra lingua. Tu te la cavi alla grande.	Honey, it's not easy to speak another language. You're doing great.
Gloria: You're not helping by protecting my feelings. I want you to be honest with me. (…)	Ahi, no me aiudi probando a non ferirme. Quiero que seas sincero con me.	You don't help me by trying not to hurt my feelings. I want you to be honest with me.
Jay: Last night you said, "we live in a doggy-dog world".	Ieri hai detto che "viviamo in un mondo di quadri".	Yesterday, you said "we leave in a world of pictures".
Gloria: So? (…)	E allora?	And so?
Jay: Well, it's "dog-eat-dog world".	Invece si dice "in un mondo di ladri".	Instead, we say "a world of thieves".
Gloria: (…) What else do I say wrong?	Che cos'altro dico de sbagliato?	What else do I say wrong?
Jay: Well, it's not "blessings in the sky". It's "blessings in disguise."	Beh, non diciamo "canna dal cielo". Dal cielo arriva la "manna".	Well, we don't say "a cane from heaven". From heaven, we receive "manna".
Jay: "Carpal tunnel syndrome" is not "carpool tunnel syndrome".	"Sindrome del tunnel carpale" non è "tunnel carnale".	"Carpal tunnel syndrome" is not "carnal tunnel".
Gloria: What else?	Vamos, continua.	Go on, continue.

续表

ST	*TT*^{D}	*BT*
Jay：Well，it's no "volumptuous"…	Non si dice "lampapario"	We don't say "lampapario"
Gloria：Okay，enough. I know I have an accent. But people understand me just fine!	Està bien! Basta! Lo so che io faccio qualche errore，però todos entiendon lo que voglio dire.	That's it! Enough! I know I make some mistakes，but everybody understands what I want to say.

源语中的幽默效果的来自 Gloria 使用的两例固定表达中的错误用词及其对一种医疗症状的错误理解——其中固定表达是"dog-eat-dog world"(描述人们不择手段为了成功，不惜伤害无辜的人)，以及"blessings in disguise"(事情开始时以为是不走运，但最终结果是好的、幸运的)，而提到的医疗症状是"carpal tunnel syndrome 腕管综合征(俗称鼠标手)"。根据 Jay 的反应，Gloria 还将"volumptous"误读为"volumptous"。在对话中，Gloria 的口音特征体现在将"world"中的中心中性元音 /ɜː/ 发为 /o/，因为西班牙语中没有类似/ɜː/的元音；以及将"wrong"中的牙槽接近音 /ɺ/ 读为牙槽颤音 /r/。此外，Gloria 还将"understand"中的字素 /æ/ 读为 /o/。

由于源语中的幽默效果大部分来自 Gloria 的发音错误，因此，意大利配音团队采取了功能性操纵保留这些发音错误。原文中的固定表达分别译为意大利语短语"viviamo in un mondo di ladri 我们生活在盗贼的世界"和"ricevere una manna dal cielo 收到天赐的礼物"，用以表达消极和积极情境。最重要的是，这种译法可以使意大利配音团队制造谐音双关语——即创造出"ladri"与"quadri"的对立，以及"manna"与"canna"这组最小对立组。源语中基于"carpal"和"carpool"的同名双关替换成了最小对立组——"carpale"与"carnale"，也为译文增添了一些性色彩，因此，也增强了幽默效果。

如例 5.2 所示，意大利语配音版本为了保留 Gloria 的口音，大量使用了混合语码(西班牙语和意大利语，如“quiero que seas 奇怪的大海”，“hay otro 干草”等)。另外，配音员还利用了音素和介词，来展现西班牙语是如何干扰意大利语(如用“aiu*d*i”替代“aiu*t*i”，“ferir*me*”替代“ferir*mi*”，“d*e*”替代“d*i*”)。此外，配音员在配“sincero”一词时，还使用了明显的拉丁美洲发音方法，将该单词的发音变成 /sin'se. ro/ 而非原始的 /sin'tʃero/。配音员还将 Gloria 的错误发音——“volumptous”进行了操纵，制造了真实单词“lampadario 枝形吊灯”和无意义单词“lamparario”之间的脚本对立。最后，值得一提的是，配音员将“entienden”错误配成“entiendon”的原因，可能是因为在意大利语中“capire 理解”一词现在时的第三人称复数是以“-ono”(capiscono)结尾。但是，只有母语为西班牙语或学习过西班牙语的观众能够发现这个细微错误，大多数意大利观众可能注意不到这点。

如前所述，作为 Gloria 的第一个孩子，Manny 在哥伦比亚度过了一部分童年。并且为自己的哥伦比亚血统感到自豪。来到美国之后，Manny 很快就学会了英语，几乎没有再使用过西班牙语，但他还是可以听懂母亲的西班牙语。因此，Manny 可以归类为“接受双语者 receptive bilingual”。正如 Jiménez Carra(2009) 所言，对许多第二代美国移民来说，“他们接受英语语言教育，并且日常沟通都使用英语，所以英语也算得上是他们的母语”，因此，Manny 在某种程度上也是母语为英语的双语者。Manny 在翻译或者解释他母亲的错误发音或短语动词的错误用法时，可以看作互文翻译 intertexual translation(Zabalbeascoa，2012：329)。此外，接下来的一例讲述的是西班牙裔社区部分充满干扰性的发音习惯，因此也可以归类为“干扰性的单语目标语言文字游戏”(Delabastita，2005)。下例的重要性不仅体现在翻译和幽默传递等层面，在社会文化等方面也具有重要意义。

例 5.4—S02-E06

Gloria 开车载 Manny 和他的一个朋友去学校时，Jay 打电话给她，并问起去 Claire 家的聚会应该购买什么样的万圣节服装。此时，车里的扬声器里可以听到 Jay 的声音。

ST	*TT*^{D}	*BT*
Gloria：Hola，Jay.	Hola，Jay.	Hola，Jay.
Jay：Where are you?	Dove sei?	Where are you?
Gloria：I have Manny in the carpool and we're going to the dropout.	Sto portando Manny e il suo amico all'ingrosso e poi torno.	I am taking Manny to the wholesale store and I get back home afterwards.
Jay：Dropout? You mean that Eddie kid. He's a moron.	All'ingrosso? Pensavo che dovessi portarli a scuola.	Wholesale store? I thought you were taking them to school.
Gloria：No，the dropout，where you drop the kids in the school.	È lo que ho appena dicho. Li lascio davanti all'ingrosso della loro scuola.	It's what I've just said. I'm leaving them in front of the wholesale store of their school.
Manny：She means drop-off.	Penso che volesse dire ingresso.	I think she means the entrance.
Gloria：That's what I said (…)(Talking about Halloween costumes) You're going to be a "gargle" and I'm going to be an evil village bruja. (…)	Lo que he dicho，infatti. (…) Tu sarai un "grigione" e io sarò una spaventosa e crudele bruja.	That's what I've said，in fact (…) You'll be a "grison" and I'll be a scary and evil witch.
Manny：She means "gargoyle".	Voleva dire "grifone".	She meant "griffon".
Gloria：That's what I said.	Lo he dicho，infatti.	That's what I said.

此例中，Gloria 本来是想说"drop-off(指专为用车接送孩子的家长所设的安全上下车点)"，但误用了"drop out 辍学"一词。Jay 听到"dropout"时，以为是另一个孩子要辍学，并表示理解，因为那个孩子看上去就不太

聪明。但是，Gloria 以为 Jay 并未理解“drop out”的含义，并解释道是孩子的下车点。此时，Manny 替 Gloria 解释道，其实她的意思是“drop-off 下车点”。此外，Gloria 还将“gargoyle”（/ˈgɑːgɔɪl/）与“gargle”（/ˈgɑːgl/）搞混，因此产生了双关效果。此时，Manny 再次担任翻译，传达了 Gloria 的本意。有趣的是，Gloria 重复了两次“that's what I said 这正是我想说的”(第 4 句和第 5 句)，而这两句话也是这段对话的趣言和妙语。Gloria 的强调，让其他人意识到 Gloria 并未发现自己混淆了单词，反而以为是别人没理解她的意思。此外，Gloria 还经常混用语码。本段对话里，她用“hola”(你好)和西班牙语“bruja 巫婆”代替“witch”。显然，编剧利用 Gloria 的语码混用与词汇误用来制造幽默效果，逗乐观众。

意大利语配音人员再次利用功能操纵，来保持源语的幽默。译文的幽默效果来源“ingrosso”与“ingresso”最小对立组，以及“grigione”(grison)和“grifone”(griffon)之间的谐音。虽然 grifone（半狮半鹫的怪兽）制造了双关效果，但与接下来的视觉场景(Jay 穿上了夜行神龙服装)不匹配。但是，观众可能并不会发现这些细微的偏离，相反，可以感受到其中的幽默元素。本例的语码转换(bruja 巫婆)也得以保留，而且配音员通过三次重复“Èlo que ho appena dicho 这就是我想说的”(Gloria 的第 3-5 句台词)来突出语码混用。

本剧中的其他主角也会尝试说西班牙语，尤其是作为 Gloria 丈夫的 Jay。下例中，Jay 故意使用了一个双语双关语。

例 5.5—S01-E10

圣诞节这天，Gloria 要求 Jay 在他们的庆祝活动中加入一些哥伦比亚元素。Jay 来到 Cameron 和 Mitchell 家中，为他们送来礼物(睡衣)。

ST	*TT*	*Gloss*
Mitchell: Still keeping traditions alive, huh?	Continui a tenere vive le tradizioni, eh?	Still keeping traditions alive, huh?

续表

ST	TT	Gloss
Jay: Well, someone has to. I got two Colombians at home trying to turn Christmas into Cinco de mayo.	Qualcuno deve farlo. Ho due colombiani a casa che cercano di trasformare il Natale nel Cinco de mayo.	Someone has to. I got two Colombians at home trying to turn Christmas into Cinco de mayo.
Mitchell: You know that's Mexican, right?	Lo sai che è una festa messicana, vero?	You know that's a Mexican festivity, right? Mexican, right?
Jay: Ah burrito, bur-right-o. Christmas should be Christmas.	Ah, el pelo al huevo. Natale dev'essere Natale.	Always looking at the hair in the egg. Christmas must be Christmas.

源语中，Jay 利用西班牙语单词“burrito 墨西哥卷饼”的英语发音，并将其异化为“bur-right-o”，来创造一个双语双关语。其中的“right-o”，让人联想到英国人表示同意时所使用的的非正式口语“righto 对了”。鉴于双关语中有关“墨西哥卷饼”的暗指，目标可以是 Gloria、Manny 以及所有拉丁美洲人。但是，脚本对立难以确定，有可能是真实/非真实。意大利语配音版本中引用了与意大利语“cercare il pelo nell'uovo 挑剔”非常接近的西班牙成语“buscalle el pelo al huevo 在鸡蛋里找骨头”。虽然，源语中的双语双关语折损了，而且在上述场景中使用这种修辞手法也比较突兀，但是，这种译法表面上还是行得通的，因为保留了 Jay 多语言幽默的目标。

一般来说，意大利配音版本中使用的西班牙词汇和西班牙口音就是一种补偿行为(Harvey，1995)，而在翻译 Gloria 的对话时，配音员基本采用的就是这两种手段。但是，还有另外一种形式的补偿，正如下例所示。

例 5. 6—S01-E18

Cameron 无意间说出了冒犯哥伦比亚人的言论，为了弥补过错，他约 Gloria 出去吃饭。Gloria 带着 Cameron 去了自己之前住过街区里的一家餐馆，但是这家餐馆的治安很差，因为周围住着的都是(一贫如洗的)拉丁美洲移民。

ST	*TT^D*	*BT*
Gloria: You know, this part of town may be very rough, but the people here, Cameron... The best! (They see Cameron's car on four cement blocks and missing its wheels.)	È vero: questa parte della città è horibile, ma le persone che vivono aquí, sono stupende.	It's true: this part of town is horrible, but the people who live here... are great!
Cameron: I'm pretty sure I had wheels when I parked here.	Giurerei che avevo le ruote quando ho parcheggiato.	I'd swear I had wheels when I parked.
Gloria: AY-AY! Who did this?... Who did this? You coward sons of bitches! (banging her bag against the windows of a nearby building) You scare? you scare to show your faces? Little girls...	Voglio sapere chi è stato. Donde estas? Bastardo! Cabrón! Hijo de puta! Vieni fuori! Vieni fuori! Che c'è? Hai paura de farte vedere en facia?	I want to know who did this. Where are you? Bastard! Asshole! Son of a bitch! What's up? Are you scared to show your face?

显然，意大利语配音版本再次使用了西班牙语使用者的典型发音错误：即"ho*r*ibile"而非"o*rr*ibile"；"fa*c*ia"而非"fa*cc*ia")，以及在"farte"中使用西班牙语后缀"far*te*"而非"far*ti*"。更重要的是，Gloria 愤怒的回应以及稍显粗俗的语言，都被译成了西班牙语而非意大利语(将"sons of bitches"译为西班牙语"hijo the puta 王八蛋")，并利用口语以及粗俗语言"cabrón 混蛋"和"bastardo 私生子"加重语气。粗俗语的使用可以视作对源

语变体的一种补偿（Dore，2016），而且，使用西班牙语也可能更易被目的语观众接受。

总之，《摩登家庭》的意大利语版配音基本保持了一贯做法，即让剧中的外国角色在说意大利语时，也基本跟意大利人的语言习惯一致（De Bonis，2014：201）。但是，在这部电视喜剧中，意大利配音团队还是采用了一些创新做法，如强调双语差异，来充分挖掘配音的潜力。Gloria 将英语时的特性以及其他英语母语角色将西班牙语时的习惯，构成了该剧喜剧效果的重要组成部分。如同所有虚构剧集和视听作品一样，虽然不是真实发生的故事，但是《摩登家庭》还是力求还原真实场景（Kapsaskis，2008：44）。喜剧特性允许一定程度的夸张、扭曲和创造性，因此，喜剧翻译也允许一定程度的创造性改编(De Bonis，2014：212)。

5.4.2　字幕中的多语言幽默

毫无疑问，通过字幕传达多种语言幽默是项艰巨的任务。正如 Chiaro (2010：9)所言：

> 如果在配音中，总是可以找到与源语变体对等的目的语变体(即使目的语变体不一定能传达源语变体的内在含义)，那么目的语变体该如何融合在字幕之中？

Magazzù(2019)建议使用醒目的字幕来提醒观众，此处的语言与标准目的语言稍有区别。然而，如前所述，Ramos Pinto(2016)实证研究了字幕中的语言变体，结果显示：部分观众对使用葡萄牙南部地区的方言来传译《窈窕淑女》中的伦敦方言并不可取（George Cukor，1964）。针对这一现象，De Bonis(2015)认为，一种行之有效的方法就是在字幕中使用非标准英语。

如上所述，不论是《摩登家庭》的官方字幕版本还是粉丝字幕版本，语言变体都不如字幕版本中的明显。但值得注意的是，两个字幕版本的译员都另辟蹊径试图传递源语中的多语言现象和多语言幽默。这个字幕版本都保留了源语中主要角色使用的西班牙语单词和表达，而不是使用目的语变体，非标准英语，或者改变语体。在 Gloria 的字幕中经常看到西班牙语单词，例如“ay 哦”，“papi 爸爸”，“vamos 我们去”，“diablo 魔鬼”，“gracias 谢谢你”，“mi amor 我的爱”。此外，Jay 还使用英文中所说的“仿西班牙语 Mock Spanish”（非拉丁裔英语母语者借用西班牙词汇来模仿生活在美国的拉丁美洲人，Hill，2005：114），例如“jefe 老板”，“arriba 向上”或“burro 驴”之类的词。不管是 Gloria 还是 Jay 使用的西班牙语词汇，译员都将其保留在字幕中，也可视作“媒介匹配 vehicular matching”（O'Sullivan，2007、2011）。与此同时，非主要角色所使用的西班牙语词汇，也在字幕中有所体现，尤其是双语双关语中的西班牙语词汇，如例 5.13 所示。

与上一节的内容相同，本节的讨论将会选取 Gloria 语言特质性的例子，然后再讨论其他角色使用西班牙语时有意或者无意制造的多语言幽默。

例 5.7—S01-E22

夏威夷度假结束后，Jay 一家人前往机场准备回家。此时，Jay 试图向 Gloria 解释“whale watching”的正确发音。

ST	TT^S	TT^F
Jay：It's whale "watching."	Si dice "guardare" le balene [It's whale "watching"].	E' "whale watching" [It's "whale watching"].
Gloria：Whale washing.	Guadare le balene. [Whale fording].	"Whale washing".
Jay：Watching .	Guardare [Watching].	"Watching".
Gloria：Washing .	Guadare [Fording]—	"Washing".
Jay：That's close enough… Hello.	Quasi… Salve [Almost… Hello].	—Va bene cosi'. Salve. [That's OK… Hello].

源语中，Gloria 在读“watching”时，一直发不出/tʃ/音，只能发出 /ʃ/ 的音，听上去像“washing”。因此，形成了双关语 watching/washing whales

（观看/清洗鲸鱼）以及可能/不可能的脚本对立。经过反复纠正发音后，Jay 的最后一句妙语"That's close enough 已经非常接近了"暗指，他已经放弃这项艰巨的任务了。显然，幽默的目标是 Gloria。在意大利官方字幕版本中，译者使用了两个同名动词"guardare 手表"和"guadare 涉水"来保留双关机制。经过功能性操纵的译文保留了源语中的幽默，可能/不可能的脚本对立，以及目标。

有趣的是，粉丝字幕员选择使用借用词来直接传译文本。或许，这是因为一些意大利人可能对类似的娱乐活动，即"bird watching 观鸟"，十分熟悉。因为观众在观看字幕的时候也可以听到英文原文，这种译法可以弥补"信任度偏差 credibility gap"（Pedersen，2007）。不论在何种情况下，借用外来词都是可取的策略，但是有时候，需要结合其他的策略，如下例所示。虽然从表面看来，下例属于基于习语的双关语，但是与第三章中 3. 5. 3 节以及第 3. 5. 4 节中呈现、讨论的习语双关语不同，下例的双关语幽默是无意为之，源于 Gloria 的英语误用。

例 5. 8—S02-E21

母亲节这天。Jay 和 Phil 为家人准备晚餐，这时 Claire 和 Gloria 正在外面和孩子散步。孩子们已经感到疲倦，但是 Claire 和 Gloria 二人还想继续散步。孩子们离开后，她们谈论起自己孩子让人头疼的地方。Gloria 坦白她其实不太喜欢 Manny 写的诗。但是，Manny 正巧听到了这句话，顿感非常难过。此时，Gloria 正请求他的原谅。

ST	*TT^S*	*TT^F*
Gloria：Say something terrible about me so that we can be <u>even like a Steven</u>.	Di' qualcosa di orribile su di me/ così possiamo essere "<u>pari e patata</u>" [Say something horrible about me so that we can be even and potato].	Di' qualcosa di terribile su di me/ cosi' siamo <u>pari come i</u> somari [Say something terrible about me so that we are even like donkeys].

源语中，Gloria 将俗语“even-steven/s 扯平了”误用成“even like a Steven 像斯蒂芬一样平”。前者是口头用语，描述双方无互相亏欠的情况。显然，该俗语十分符合语境与 Gloria 的意图，但是她的误用引发了幽默，也凸显了她的异域色彩。本例的脚本对立是 steven/Steven（金钱/斯蒂芬）和真实/非真实。俗语中的 steven 并不特指某一个人，而是俚语中金钱的意思（Farmer & Henley，2012［1923］）。

意大利官方字幕与粉丝字幕版都创造性地操纵了文本为保留源语中的幽默。前者使用的是现有成语“pari e patta 平局”，与“even Steven”语义相似。译文中的幽默源语“patta 偶数”和“patata 土豆”之间的对立。这种译法也可以传递出 Gloria 对第二语言不熟悉的人物特征。源语与官方字幕版本都制造了双关效果，但是粉丝字幕译员采用的是替换策略，在译文中制造韵律“p*ari* come som*ari* 像驴一样”。替换策略仍然保留了源语中的幽默，以及目标，但是脚本对立变成了人类/动物，以及真实/非真实。但是，粉丝字幕的译法无法展现出 Gloria 语言异质性的特点。本例也再次证实，GTVH 框架可以识别翻译中的幽默变化形式。

下例 5.9 展示了译文有时也无法保留源语中的双关语。

例 5.9—S02-E24

Jay 跟 Gloria 抱怨他们的巴西管家总是把他和 Manny 的内衣弄混。Jay 希望 Gloria 可以和管家谈谈，因为她们都是拉丁美洲人，但 Gloria 却感觉到了冒犯。

ST	TT^S	TT^F
Gloria：Do you know how offensive it is that you put all of us in the same <u>mixing pot</u>?	Non sai quanto sia offensivo/ <u>che per te sia la stessa cosa</u> [You don't know how offensive it is that you think we're all the same thing].	Non capisci quanto sia offensivo/ metterci tutti <u>nello stesso calderone</u>? [Don't you understand how offensive it is putting us in the same melting pot?]

本例再次展示了 Gloria 尚未熟悉掌握英语俗语。她在表达"melting pot 熔炉"的时候，再次将"melting 融化"误用成"mixing 混合"。两个版本的字幕都省略了源语中的双关语。粉丝字幕通过释义和省略，消解了源语中的幽默，而官方字幕仅保留了双关语中的一个元素——"calderone 熔炉"。官方字幕保留了 Gloria 台词中的一丝意象幽默，即将所有拉丁美洲人都放进一个大炉子里。

下例中，编剧设计了其他主角与配角之间的对话来产生多语言幽默。

例 5.10—S02-E06

全家人都聚在 Gloria 的厨房里，取笑她发音错误。出于礼貌，Gloria 没有打断他们，直到忍无可忍，才要求大家离开厨房。

ST	*TT*^{S}	*TT*^{F}
Manny: And one time she says: "Don't choke or I'll give you the Hindenburg maneuver".	E una volta ha detto: non soffocare o dovrò ricorrere alla manovra di Hindenburg [And once she's said: "Don't choke or I'll have to resort to the Hindenburg maneuver"].	Una volta ha detto: "Non soffocare, / o dovro' farti la manovra di Hindenbur". [Once she's said: "Don't choke or I'll have to give you the Hindenbur maneuver".]
Cameron: One time she caught me staring off and she goes "Cam, what's wrong? You look like a deer in a headlice!"	Mentre ! ssavo il vuoto mi ha detto: / "Cam, che c'è? Sembri un cervo accigliato dai fari" [While I was staring into space she told me: "Cam, what's up? You look like a deer frowning at the headlights!"].	Oh, una volta mi ha beccato che/ mi ero imbambolato e mi ha detto: "Cam, che succede? Sembri un/ cervo con la luce nei pidocchi!" [Oh, once she caught me staring off and she told me: "Cam, what's up? You look like a deer with light in your lices!"]

续表

ST	TT^S	TT^F
Phil: If you tell her she doesn't have a choice, she'll tell you "don't you give me an old tomato".	Se le dici che non ha scelta, / risponde: Non dire frescherie" [If you tell her she doesn't have a choice, she'll respond: "don't talk nonsense"].	Se le dici che non ha altra/ scelta lei ti risponde: /"Non provare a darmi un ultimatto!" [If you tell her she doesn't have a choice she'll respond "don't try and give me a last-act (ultimatum)"].
Gloria: OK! Enough! You try speaking in another language! Everybody out of my house!	Basta così. Provate voi/ a parlare in una òtra lingua! Tutti fuori da casa mia! [Enough! You try speaking in another language! Everybody out of my house!]	OK, basta! / Provateci voi a parlare in un'altra/ lingua. Tutti fuori da casa mia! [Enough! You try speaking in another language! Everybody out of my house!]

源语中，Manny 最开始是取笑他的母亲的，说她曾经把海姆利克急救法(帮助窒息者的急救程) 与兴登堡灾难(1937 年发生、造成 37 人死亡)搞混了。接着，Cameron 讽刺道，Gloria 还错用了成语“like a deer in a headlight”(意为“措手不及”)。Gloria 将“headlight 前灯”说成了“headlice 头虱”。紧接着，Phil 取笑她说，Gloria 说“ultimatum 最后通牒”的时候就像在说“old tomato 老番茄”。

尽管意大利观众可能不太能理解原文中的笑点，但两个版本的字幕均保留 Manny 台词中的“Heimlich 海姆立克”“Hindenburg maneuver 海登堡灾难”。此外，其他角色的笑声也可以凸显 Gloria 的失误，引导观众捕捉其中的幽默。有趣的是，官方字幕中的“Hindenburg 海登堡”似乎存在拼写错误。正如之前章节所提及，《摩登家庭》的字幕版本确实存在不一致(如例 4.22)，但尚且在观众接受范围之内 (Orrego Carmona，2014：62)。

粉丝制作版字幕将 Cameron 的笑话也翻译成类似的笑话(即“cervo accigliato 皱着眉头的鹿”)，而非单纯的直译(“cervo abbagliato dai fari 被头灯弄得眼花缭乱的鹿”)。官方字幕版的译员利用“occhi 眼睛”和“pidocchi 虱子”制造双关效果，也更接近源语的双关语。至于 Phil 的笑话，字幕组译员根据“dire fesserie 胡说八道”和“frescherie 新鲜”这两个短语创造出了新的笑话。这两个词即是“fesserie 废话”的同音异义词，语义上也比较接近。为更加贴合源语的含义，粉丝字幕员沿用了“ultimatum 最后通牒”一词，但是进行了操纵，使它听起来像“ultim atto”。通过对译文进行功能性操纵，保留了源语中的幽默。有趣的是，粉丝字幕版本使用了补偿策略，在 Gloria 的话语中添加了西班牙语单词“otra 其他”。显然，字幕中两种语言的语码混合增添了场景的幽默感。

本章关于 Gloria 语言特质性的最后一例与 Gloria 的听力技能有关。如下例 5. 11 所示，虽然会话中的幽默主要源于言语双关，但视觉效果也起着相辅相成的作用。因此，三个版本的译文都采用的是直接传译的策略，无可厚非。

例 5. 11—S02-E24

今天是 Jay 生日，全家人都在家中为他庆祝。晚饭后，Jay 打开礼物，发现 Gloria 送的礼物非常特别。

ST	TT^S	TT^F
Jay：(While holding his present) And here we have a phone in the shape of a mouth.	E qui abbiamo un telefono/ a forma di bocca. [And here we have a phone in the shape of a mouth.]	E qui abbiamo un telefono... / a forma di bocca [And here we have a phone in the shape of a mouth].
Gloria：Ah, you're welcome. Very sexy.	Prego. È molto sexy [You're welcome. It's very sexy].	Ah，prego！Molto sexy！[Ah，you're welcome. Very sexy].

续表

ST	*TT*^{S}	*TT*^{F}
Jay: Wait a minute. Don't tell me. Let me work this out. I mentioned a few times I was thinking of taking up the saxophone. You give me this. I got it. Is this a "sexy phone"?	Aspetta. Non dirmelo. Ci arrivo da solo. Ti ho detto che avrei voluto imparare a suonare il sassofono e tu mi dai questo. Ho capito. È per casoun"sexyfono"? [Wait. Don't tell me. Let me get it myself. I told you I was thinking of taking up the saxophone and you give me this. I got it. Is this a "sexy phone"?]	Oh, un attimo. Non dirmelo. / Lascia che ci arrivi. / Ho detto un paio di volte che volevo/ imparare a suonare il sassofono/ e tu mi hai regalato questo. / Ci sono! E' un sexy-fono? [Oh, just a moment. Don't tell me. I told you a couple of times I was thinking of taking up the saxophone and you have given me this. I got it. Is this a sexy-phone?]
Gloria: Happy birthday!	Tanti auguri! [Many happy returns].	Buon compleanno! [Happy birthday!].

本例中的幽默源于 Gloria 将"saxophone 萨克斯管"一词听成是"sexy phone 性感手机"。因此，她选择了一款嘴巴形状的手机作为礼物送给 Jay，因为在她看来，这款手机十分"性感"。显然，本例的脚本对立是性/非性，而在编剧与观众的沟通层面，目标是 Gloria。本例中，Jay 已经十分了解 Gloria 的思维模式，并借机嘲讽她。但是，Gloria 并未察觉到 Jay 的暗讽，从 Gloria 之后的欢呼"happy birthday 生日快乐"，便可知晓。与上述其他案例一样，本例中的双关语元素在英语和意大利语中效果相同。意大利语译文借用了英文词汇"sexy 性感"，但是"phone 手机"译成了意大利语"fono 手机"。

正如 Gloria 所言，用非母语沟通绝非易事(如例 5.10)。如下例所示，本剧中其他角色说西班牙语，闹出的笑话，也可以证实这一点。

例 5.12—S01-E12

Mitchell 和 Cameron 准备出门，去观看 Mitchell 钟爱的木偶戏。Cameron 发现他家的拉丁美洲园丁正在门外，边工作边哭，于是邀他进屋，并试图用西班牙语与他交流，但结果不尽如人意。

ST	*TT*^{S}	*TT*^{F}
Cameron：Okay，I speak a little Spanish. Señor. Te gustaria hacer el agua y tenemos nuestra cama (subtitles：would you like to make water and have our bed?)	Io so un po' di spagnolo. Vorrebbe fare dell'acqua e prendere il nostro letto? [I know a bit of Spanish. Would you like to wee and take our bed?]	OK，io so un po' di spagnolo. /Vorrebbe fare dell'acqua/e prendere il nostro letto? [OK，I know a bit of Spanish. Would you like to wee and take our bed?]
Gardener：Gracias，señor	—	Gracias.
Cameron：What was that?	Che hai detto? [What did you say?]	Che hai detto? [What did you say?]
Cameron：I just asked him if he wanted to have a glass of water and sit down for a minute，like any kind person would (the gardener goes to their bedroom).	Gli ho chiesto se vuole un po' d'acqua e sedersi un attimo，come farebbe qualsiasi persona gentile [I asked him if he wanted some water and sit down for a minute，like any kind person would do].	Gli ho chiesto se vuole un bicchiere/ d'acqua e sedersi un attimo，/ come farebbe qualsiasi persona gentile [I asked him if he wanted a glass of water and sit down for a minute，like any kind person would do].

本例中，Cameron 蹩脚的西班牙造成了啼笑皆非的结果——园丁待在两人的卧室里，不愿离开，也使得 Cameron 的计划也泡汤了。两个意大利

字幕版本基本都是直译荧幕上的英文文本，传递了二人之间的误解。但是不同于官方字幕，粉丝字幕版本并未将园丁感谢 Mitchell 和 Cameron 二人的台词翻译出来。这可能是由于意大利观众都可以理解这句简单的西班牙语，所以译员就没有处理，避免产生“符际重复 intersemiotic redundancy”（Pedersen，2005：13）。

值得一提的是，《摩登家庭》的创作人员也难逃刻板印象，将拉美裔的配角描绘成从事园艺、清洁等低报酬的工人，尽管这也正是北美社会的现状。剧中有一些拉美裔工人在 Jay 的工厂里工作，Gloria 抱怨 Jay 对这些工人漠不关心。第二季的第四集讲述的就是这一故事，Gloria 告知 Jay，他们受邀参加一个工人女儿的十五岁生日派对，庆祝女孩长大成人。但是 Jay 认为，老板并不一定要参与员工的庆祝活动，尽管最终，他还是同意去参加派对。

例 5.13—S02-E04

在寻找派对地点时，Gloria、Jay 和 Manny 误入了一场订婚派对，而非生日派对。Jay 不想让 Gloria 以为他是一个冷漠的老板，于是假装认识派对上的宾客并与他们攀谈起来。但此时，Gloria 发现他们走错了地方，于是提醒 Jay。

ST	*TT*^{S}	*TT*^{F}
Jay：Gloria. Stop being such a snob. Come over and meet my friend Julio and his wife. I'm sorry. Your name again?	Gloria，smettila di fare la snob. / Vieni a conoscere il mio amico Julio e sua moglie. /Scusi come si chiama? [Gloria. Stop being a snob. Come over and meet my friend Julio and his wife. I'm sorry，what's your name?]	Gloria! / Smetti di fare la snob e vieni a conoscere/il mio amico Julio e sua moglie… /Scusi，mi ripete il suo nome? [Gloria. Stop being a snob and come over and meet my friend Julio and his wife… I'm sorry，can you repeat your name again?]

续表

ST	TT^S	TT^F
The wife：Qué？ **Jay**：I think you're really gonna hit it off with Kay.	Qué？［What?］ Kay ti piacerà un sacco ［You'll like Kay a lot］.	Qué？［What?］ Credo che andrai d'accordissimo con Kay！［I think you will get along very well with Kay］.

本例中的幽默源于 Jay 将女士所说的西班牙语疑问代词“Que 什么”，误以为是名字“Kay”。这名女士可能并不会说英语，但是 Jay 以为她在介绍自己。这也让 Gloria 意识到，Jay 可能并没发现到自己找错地方了。此例的脚本对立是 Qué/Kay，以及真实/非真实；逻辑机制是“基于错误的前提的推理”，而目标则 Jay。在这两个版本的字幕中，译员采用直接传译西班牙语词汇以及英文名字的策略保留了源语中的多语言幽默。

5.5　发现与总结

《摩登家庭》生动地描绘出北美多语言与多民族文化社会的景象，是一部极具代表意义的喜剧。它呈现出洛杉矶当地社区的主要特征，展现了拉美裔移民的生活景象，比如 Gloria 以及 Manny。如本章例子所示，不同语言和文化相互碰撞交融，也可用于制造令人捧腹的多语言幽默。《摩登家庭》通过语言凸显了这种文化冲突，而其中的代表人物，就是 Gloria。Gloria 具有鲜明的人物特点：口音浓厚，英西语码混用以及语码转换，为其他角色以及观众都制造了不少笑料。

某种程度上，多语言幽默加深了观众对移民者的刻板印象。但是，前两集乃至之后的几季，Gloria 都展示出她聪明的一面。其中，第六季第七集中 Gloria 捍卫自己的语言与文化血统的一幕值得在本节进行简要的回顾。在第七集中，因为 Manny 在学校学习西班牙语的成绩不佳，为了避免

Manny 遗忘自己的母语，Gloria 专门聘请了西班牙语的补习老师。但是，Manny 要求 Jay 签署一份同意书，同意让他转学法语，因为 Gloria 请的西班牙语老师英俊非凡，这让 Jay 十分嫉妒，所以他私下同意让 Manny 转学法语。Gloria 得知后，她告诉 Jay，如果仅仅因其嫉妒，就在背后搞小动作是不公平的，同时，她还解释了为什么她十分希望身边有西班牙语母语者，具体内容如下：

> Gloria：Do you know how frustrating it is to have to translate everything in my head before I say it? To have people laugh in my face because I'm struggling to find the words? You should try talking in my shoes for one mile!（你知道说话之前先要在大脑里翻译一遍是什么感受吗？你知道我绞尽脑汁思考该如何表达时，别人当面嘲笑我是什么感受吗？你应该设身处地想想我的处境）。
>
> Jay：I think you meant—（我以为你的意思是……）
>
> Gloria：I know what I meant to mean. Do you even know how smart I am in Spanish? Of course, you don't. For once, it would be nice to speak to someone in my own language in my own home.（我知道我想表达的是什么。你知道我讲西班牙的时候多么才思敏捷吗？当然，你不知道。我就想有一次机会，能够在我自己的家里和家里人说我自己的语言。）

Gloria 所说的话也准确地表达出大多数异乡人的感受，他们用非母语与他人进行沟通，经常会为如何表达自己的想法而绞尽脑汁。此外，值得注意的是，第七集的最后，Jay 也下定决心学习西语，以便让 Gloria 可以在家里说母语。当 Jay 试图说西语的时候，Gloria 打趣道："嘿，我喜欢这样！现在你听起来像个蠢货，而不是我！"

本章使用了 L3 的概念来说明多语言幽默在《摩登家庭》中的重要性。结果显示，该剧集的成功译制也促使了该剧成为全球热播的剧集。通过对三个意大利语译制版本的比较分析，可以得出以下结论：就配音版本而言，配音团队突破了传统的桎梏，没有采取传统的扁平化或者中和化处理方法，而配音团队的创新性策略也表明 AVT 在保留和凸显语言多样性方面取得了一定的进步。配音版不仅直接传译了 Gloria 的西班牙口音和西班牙语词汇，还添加了很多西语母语者在(意大利语)发音时常见的错误。此外，作为补偿策略的一种，在 L3 中加入脏话（如例 5.6），也有助于增添场景的幽默性。

而就两种配音版本而言，不论是官方字幕版本还是粉丝字幕版本，都发现了与标准意大利语不同程度的偏差。两个版本的字幕组系统且富有创造性地使用了西语词汇和表达，以保留源语中的多语言（粉丝字幕组更贴合源语，如例 5.7、5.9 和 5.10）。显然，意大利语观众可以轻松地辨别 Gloria 的口音以及语码转换行为，因为他们在看字幕的同时也可以听到源语。如果使用与书面语稍有不同的表达方式有助于捕捉源语中的多语言现象，那么对观众来说，也是可以接受的（Magazzù，2019）。如果源语中的多语言是用于传递幽默，这种偏离行为更加无可厚非。相较于使用传统的“媒介匹配”方法，目前字幕译制采用的策略更富有创新性（O’sullivan，2011：190；De Bonis，2015：64）。

总的来说，本节讨论的配音与字幕的例子展示了三组译制人员在翻译基于双关语的多语言幽默时，尽力克服传译口头与非口头双关语的困难，巧妙利用功能操纵来保留源语的言语效果，即娱乐与幽默。显然，由于 L3 与 L2 之间的关联性，才得以让译员进行大规模的功能操纵。其他国家，如法国和德国，在翻译方法上必定不同，而西班牙也需另辟蹊径，因为 ST^{L3} 与 TT^{L2} 是同一种语言。未来的研究方向可着眼于上述国家的多语言字幕与培养研究，以及视听内容的字幕翻译策略。

第 6 章　幽默的口述影像

6.1 引言

随着时代更迭，世界日新月异，而人们也会随着年华渐渐老去。全球年龄观察机构预测，截至 2050 年，发展中国家近 1/5 的人将步入 50 岁大关，他们或能力(视觉)衰退，或病疾缠身(Ellis，2016：41)。许多欧盟国家甚至在世界范围内，视力障碍人群呈指数级增长，并且在未来几十年，还可能继续增加(Fernández-Torné，2016：20-21；Arma，2011：98-103)。因此，为了满足先天性失明者、视觉暂时受损者或因年龄增长而视力下降者的需求，口述影像(Audio Description)①正稳步发展壮大（Benecke，2004：78；Díaz-Cintas，2008：8；Maszerowska et al.，2014：2)。

近几年，口述影像相关的学术研究蓬勃发展，而学者们也试图将理论与实际应用融会贯通。口述影像就像是为聋哑人或听力受损者设计的字幕一样，成了“视听翻译不可或缺的一部分”(Díaz-Cintas，2008：7)。正如 Martínez-Sierra（2010：88-89）所提出的，如配音和字幕的译者一样，影像描述者(或叙述者)的主要任务是完成文本的跨语言和/或跨符际翻译(音频描述程序的详细定义，将在下节阐述)。口述影像和其他 AVT 模式一样，也面临一系列限制，在第二章中已作过简要概括。另外，由于口述影像相

① 本章中的口述影像与 AD 将会替换出现，意义相同。

对较新，相关研究始于 20 世纪末本世纪初，研究的目的主要是促进口述影像的标准化。虽然近年来有关口述影像的文献和实证研究大量涌现，但目前学界对幽默的口述影像研究尚处于起步阶段，具有学术价值的研究寥寥无几。

因此，本章将先回顾 AD 的有关文献(6.2 节)，然后再是幽默 AD 的相关研究(6.3 节)，以此构建幽默 AD 研究的理论框架，寻找支撑 AD 研究的主要理论依据。本章的主要目的是验证在不同语言与文化背景下幽默 AD 的处理方法是否存在相似之处和/或不同之处，而其中的原因将在 6.2 节与 6.3 节详述。但该目标的实施可谓是困难重重，因为要找到或获取外国喜剧电影或电视节目的意大利语音频描述脚本十分困难。此外，音频描述是一项独立完成的任务，这就意味着描述者并不需要观看英文原版的音频描述，而是基于原文创造音频描述。经过广泛调查，最近，本文检索到一部英语浪漫喜剧——《大病》*The Big Sick*(Michael Showalter，2017)——的英语和意大利语口述影像。该片主题有趣，并且附有幽默场景的口述影像。因此，希望本章提供的例子可以帮助理解幽默 AD 的相关问题，并借此推动幽默口述影像研究的进一步发展。为了与其他章节的分析保持一致，并证明 GTVH 对非语言文本同样具有适用性，影片中的视觉(或符号传递信息，Balirano，2015)幽默也将使用 GTVH 中的知识资源进行解释。

6.2　口述影像

许多幽默视听翻译学者试图给口述影像下定义，来描绘口述影像的内在运行机制。其中，Benecke（2004：78）将口述影像定义为：

> 一种使盲人和视障人士感受戏剧、电影和电视节目的技术：也是一种附加旁白用来描述演员的动作、身体语言、面部表情、布景和服装。音频描述适用于对话间隙，并且不会对重要的声音和音乐效果造成影响。

Díaz-Cintas（2008：7）与 Benecke 的观点如出一辙，她认为 AD 是将“视觉图像转化为文字的过程，并且在视听节目或现场表演的安静间隙中口头表达出来”。而 Vercauteren（2007：142-147）在讨论口述影像的内容、时间、方式和程度进时，所提出的观点也与 Benecke 的观点相似，即口述影像应在对话中的间隙或影片安静的时候进行；描述应清晰、简单、客观、适当、语言多样，也应包括所有与音频相关的内容。此外，他还强调描述的声音、屏幕上的文字和图像也非常重要。Szarkowska 和 Orero（2014：125）也对 AD 十分感兴趣，并基于提出了多符号翻译 mutltisemiotic translation 的概念。他们认为，术语“多符号翻译”可以更好地解释口述影像的作用过程。AD 不仅传达视觉元素，还传达声音（如音乐、汽车喇叭声、与暴力行为有关的声音、伴随记忆闪回的声音或符号等），这对解读文本至关重要。他们也明确指出，声音有助于导演表达想要的效果，所以举足轻重。屏幕上的文字（如字幕、演职员名单、致谢）可以以剪报、电影院字样、通行证、标识以及音频版致谢等形式出现，而不论哪种形式的文本，都需要从 AD 的角度来解决（Matamala，2014：103）。

目前，放眼整个 AD 行业，都暂未发行出一套完整可行的指导标准。一般来说，广播公司和国家机构会提供总指导方针（如，英国的皇家国家盲人研究所和英国广播公司口述影像部；美国的美国盲人委员会；意大利的 RAI per il sociale，西班牙的 AENOR），但各国方针不尽相同。欧盟创办的 ADLAB1 项目试图将欧洲国家杂乱无章的口述影像行业进行规范化管理，包括比利时、德国、意大利、波兰、葡萄牙和西班牙等国（Masserowska et al.，2014：1-2）。为了更加清晰地描述 AD 的过程，图 6.1 再现了 ADLAB 网站上对 AD 产出过程的描述。

正如 ADLAB 团队的报告，一般来说，口述影像是按照以下几个步骤进行。

（1）撰写口述影像脚本，观看并分析源语材料。其中包括盲人审阅；即将表述转为文字文本，形成口述影像的脚本，并标注时间，以免与其他

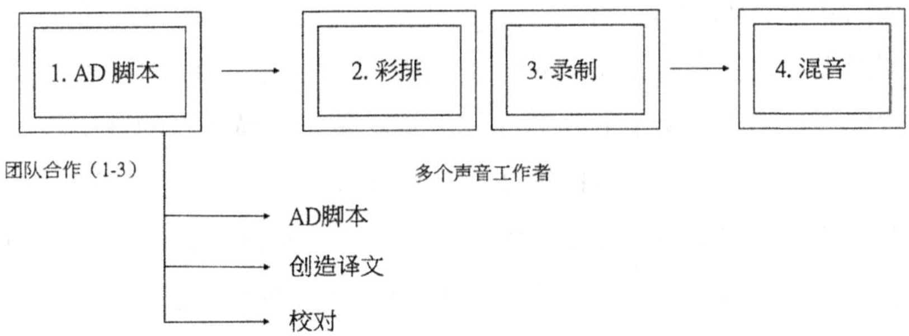

6.1　ADLAB 官网有关 AD 产生过程的描述

频道的声轨，尤其是对话，发生重叠；观看电影时再次审查口述影像脚本。这一过程需要盲人或视力障碍者共同完成。

(2)与 AD 描述者一起彩排，并且修改文稿，直至文稿无明显瑕疵，有时，口述影像的脚本撰写和配音工作均由一人完成。

(3)让描述者录制 AD，或者使用合成声音录制 AD。

(4)将 AD 混音使其与原声轨融合，最后形成不同的文件格式(DVD、电影院、节日等所采用的格式不尽相同)。

为了更好地实现步骤一，ADLAB 团队商定了一套综合的口述影像指导方针，并发布在他们的网站上。ADLAB 提出的指导方针基于了大量的实证研究，且总体来看，与上述学者们提出的如何制作口述影像的观点一致。此外，ADLAB 团队针对特殊且颇具挑战的问题，被学者们称之为“危机点”的事宜(Matamala & Orero，2014)，提出了解决方案。ADLAB 成员从不同角度处理口述影像，并将各自的发现与结论，总结成册，发表在一篇论文集中。团队成员分析了口述影像的实践案例，总结了他们对该学科的理论和方法论思考。例如，Taylor(2014a，2014b)研究了口述影像中的互文性和文本连贯，Maszerowska 和 Mangiron(2014)则探索了如何通过口述影像翻译基于特定文化的幽默指称。Szarkowska，Orero(2014)和 Matamala(2014：110-112)则针对 AD 中声音的传递，提供了一系列的应对策略。

如同其他 AVT 模式一样，AD 也面临很多技术限制，主要是时间相关的限制因素，这一点在 Benecke 的定义中有所提及。AD 叙述者需要遵守一般规则并且不干扰文本的其他部分，并非易事。描述者的基本技能是针对素材进行有意识的抉择(Holland，2009：179)。这也会造成某些 AD 描述者有时会遗漏一些信息，即使这些信息与解读文本目有关(Martínez-Sierra，2010：99)。显而易见，文本描述是一项极具挑战性的任务，尤其是它的服务对象多是特殊群体，因此，每一个描述者提供的文本可能都不尽相同。但是，所有的描述者在接受训练时，都深知他们的目的是不偏不倚地传递图像信息，来帮助视障人群，享受同等的愉悦。正如 López-Vera(2006：149)所言，描述者应该"展示而非解释"。下节在讨论幽默的口述影像时，将详细讨论这一点。

Arma(2011)对电影口述影像语言的语料库研究，证实了上述观点的有效性。她对比分析了 69 部电影剧本中的形容词，以英国国家语料库发布的两个子语料库(口语与书面语)作为对照组。Arma 之所以选择形容词，是因为形容词在定义、限制和具体说明容易被观众忽视的影视角色特征方面起着重要作用。该研究表明，描述者在描述形态、颜色或材料时都颇具创意，他们经常使用修饰词和复合形容词(如 grey-haired 头发灰白的、half-buried 半掩的、gold-rimmed 镀金的)。然而，在 Arma 的 AD 语料库中，表示判断、态度、行为和心理状态的形容词基本缺失。这表明描述者基本遵守了职业规则，规避使用暗含主观价值判断或个人倾向的词汇；他们更多的是"展示，而不是叙述或解释角色的行为或态度"。

还有一点值得注意的是，潜在受众群体的需求可能截然不同(详见 Greco，2016 年关于无障碍和人权，以及 Ellis，2016 年关于残疾相关语言的研究)。先天性失明者、视力暂时性受损者或因年老而视力下降者对口述影像的预期可能存在差异，这样看来，口述影像无法满足所有人的要求(López-Vera，2006：150)。因此，研究口述影像的接受度对于了解人们如何看待 AD 以及对如何改进 AD 而言至关重要。例如，Fresno 等人 (2016) 进行了盲人和视障观众对于口述影像的接受度实验，证实口述影像是将内容传达而非强加给接受者。通过参与问卷的观众给出的反馈，发现视觉特征(如衣服、外貌)的口述影像可以帮助接受者感知角色的社会地位、职业地位、经济地位，以及他们的精神状态。换言之，口述影像将信息输送给观众脑海中储存的知识图式，并结合他们能够听到的文本信息(如角色的音调以及语速)，来帮助他们处理视听素材。

此外，口述影像(尤其是电视和 DVD 格式；Taylor，2016：230)的需求增加，促使学者开始研究真人语音 AD 与文本转语音 AD 的使用和接受度。如预期般，Fernández-Torné(2016)调查发现，相比合成语音 AD，盲人和视障人士通常更喜欢真人语音 AD；但是，如果合成语音 AD 可以为他们提供更多视听内容，他们也愿意接受。Fernández-Torné(2016)则更专注于研究与 AVT 以及翻译学相关的口述影像，因此研究结果对本文来说更具指导意义。她研究了 AVT 专业研究生在创作 AD 脚本时机器翻译技术的使用。通过涉及一系列实验，总结出 AD 脚本是如何从零开始创作，如何从英文译入加泰罗尼亚语，并且译者是如何在机翻过后进行译后编辑，然而，最主要的目的还是验证机器翻译是否可以应用于 AD 中。然而，结果表明，使用机器翻 AD 脚本再进行译后编辑，只比直接翻译少花四分钟，译后编辑和重新创作 AD 之间的时间花费只差几秒。最为重要的是，研究结果表明，创建新的口述影像内容甚至比翻译口述影像内容更加容易。López-Vera (2006) 的实验则是从经济层面进行总结，他认为创建新的音频描述内容比翻译的经济成本要低。

关于 Fernández-Torné(2016)的研究，还有两点值得讲述。一方面，事实证明，如果使用机器翻译 AD 脚本，然后再进行译后编辑，译者付出的技术和认知精力较少；另一方面，译者将机器翻译的 AD 脚本进行译后编辑，变化不大，较大程度地保证了文本一致性。最后，参加实验的学生不太情愿使用机器翻译 AD 脚本。Fernández-Torné 称，这可能是由于学生认为口述影像是一种具有创造性的活动，而机器翻译可能会损害这种创造性，或者机器翻译会让过程变得枯燥。不过，她也指出，这种不情愿可能还由于学生缺乏机器翻译译后编辑的经验。这项开创性的研究无疑为今后口述影像的创作研究和感知研究提供理论基础，希望有更多学者能够在这一领域继续深耕。

上述文献只涉略了口述影像诸多学术问题的冰山一角。撇开经济和程序问题不谈，研究不同语言和文化的描述者如何进行工作也十分有意义，同时，还有助于从业者相互学习。例如，学者尚未涉足幽默在不同语言和文化中的实现方式和口述影像方式这一研究领域。一般来说，ADLAB 团队对口述影像提出了操作规范：即口述影像应“避免透露过多影视情节，从而导致剧情中的惊喜或幽默元素受损”。换言之，幽默广泛存在于喜剧以及其他类型的视听产品，因此，需要口述影像理论和实践研究者的额外关注。

6.3 口述影像中的幽默

现存有关幽默口述影像的文献屈指可数。本文目前仅发现一位学者，Martínez-Sierra(2009，2010)，研究了幽默的口述影像。最近，学者 Sanz-Moreno (2018)通过对比分析研究了禁忌主题的口述影像。考虑到性、粪便学、宗教和死亡等禁忌话题有可能带有幽默属性，所以本文也将回顾 Sanz-Moreno 的主要观点。

类似于纪录片的影片《波拉特》(*Boratfi Cultural Learnings of America for Making Benefit Glorious Nation of Kazakhstan*) (Sacha Baron Cohen，2006)，讲述了一名记者从欠发达国家哈萨克斯坦到美国的旅行经历。在关联理论的指导下，Martínez-Sierra (2009) 研究了该影片原版视频和口述影像版的部分选段。关联理论认为，如果输入(如图像、声音、说明、记忆)导致个人对世界的心理表征发生重大变化，那么这些输入就会与个人产生关联，即语境效应 (contextual effects) 或认知效应 (cognitive effects) (Sperber 和 Wilson，1995，引自 Martínez-Sierra，2009)。认知效应可以大致分为三类：语境暗示 (contextual implications)，指基于一个或多个语境进行假设，以及从一个或多个现有假设中创造新的假设，并将新的假设加入现有假设；加强（strengthening），指新信息加强现有假设；矛盾（contraditction），即新信息削弱或违背现有假设，可能导致现有假设无效。

关联理论和幽默理论的基础是“乖讹—消解”和“脚本对立”，二者显然有重合及共通之处。“乖讹—消解”模式的核心观点是修改我们对某个观念乃至整个世界的知识架构。如 1.4.1 小节中所述，“乖讹—消解”模型显示了人们是如何利用新信息来了解脚本不同方面的过程。此外，新信息还可以加强或削弱脚本。然而，关联理论和幽默理论的不同之处在于，修改现有假设并不总能产生幽默效果。正如第一章中所言，新旧信息的重叠和对立以及其他知识资源的共同作用，是文本制造幽默效果的先决条件。

Martínez-Sierra（2009）对电影原选段和口述影像选段的分析表明，口述影像文本基本保留了必要的视觉信息，不需要盲人和视力障碍者对场景进行推断，从而可能导致他们无法捕捉到潜在的幽默。该研究中列举了比较典型的例子，Borat 听说美国电视节目多种多样，质量上乘。但是，在酒店房间里，他已经看了好几个小时电视，但都是相同的内容——即酒店早餐服务的说明，不禁心生抱怨，后来，服务员告诉他，需要使用遥控器更换频道。口述影像版本清楚地解释了这一幕，但并未描述电视屏幕上播放的内容。因此，Martínez-Sierra 认为，即使 AD 中部分保留了因 Borat 不知如何操控电视和遥控器所带来的幽默效果，但大部分幽默还是传递失败。在 Martínez-Sierra 看来，可能是由于时间限制导致了口述影像中语境信息的缺失。

Martínez-Sierra（2010）之后的研究进一步探讨了幽默口述影像的诸多限制。他研究了英国电影《我想要糖果》*I Want Candy*（Stephen Surjik，2007）的口述影像，其中有些发现值得深思。尽管理论上来说，AD 中的时间限制常常迫使描述者决定描述或者省略哪些内容，但在分析这部电影时，Martínez-Sierra 证实了时间因素确实会导致口述影像中幽默效果的折损。但是，他认为，鉴于视听作品是整体性、关联性的，所以这一部分损失有可能通过电影的口头文本（如人物的话语或其他声音）加以补偿。从某种意义上来说，有些学者并不认同 Martínez-Sierra 的观点，因为他们认为口述影像与构成电影的其他元素是独立存在的，并不属于一个整体（Orero & Wharton，2007：168）。在 Martínez-Sierra 看来，喜剧电影主要是为了娱乐观众，而视觉元素会触发部分幽默，所以将视听文本的重要部分(画面的口述影像)分离出来，视作独立信息，似乎并不符合逻辑。因此，他建议将口述影像中的幽默元素进行分类，确定哪些元素与语言、声音或图像相关。

不可否认，Martínez-Sierra 的研究具有创新性与启发性，讨论了幽默的口述影像，但是他只分析了一种语言，而且研究案例数量较少，仅有两例。此外，Martínez-Sierra 的研究只初步探讨了幽默口述影像的有关问题，要厘清具体的框架性模式，任重而道远。基于此，本文认为幽默口述影像的一般研究固然重要，但跨语言的口述影像(即把口述影像脚本从一种语言翻译成另一种语言)研究同样值得关注。Martínez-Sierra 承认，翻译过程中可能会出现与语言和文化有关的差异(2010：90)。如前所述，在 AVT 领域，到底是翻译原始语言 AD 还是重新创作目的语 AD，孰优孰劣，目前尚无定论。总体来说，本文较为赞同 Martínez Sierra 的观点，即跨语言口述影像可能会成为常态。因为巨头企业，如 Netflix 和亚马逊等美国在线流媒体服务的霸权，以及目前口述影像内容日益增长的需求，而其中有部分需求是机器翻译 AD（Fernández-Torné，2016）。但是，最终只有时间能给出答案。目前，一些意大利语描述者反对翻译口述影像，他们认为英文口述影像并不重要，不如重新创作口述影像。例如，像 Laura Giordani 这样的资深描述者称，大多数意大利语的口述影像者都会遵循一些非营利性组织给出的建议和指导方针，因为这些组织致力于改善盲人和视力障碍者的生活。因此，她认为意大利语口述影像不同于英文口述影像；她说，英文口述影像是“专门为 AD 所改编的脚本，而意大利语的 AD 基本是重新创作”。

尽管如此，不同语言口述影像脚本的研究十分有益，可以帮助我们了解幽默口述影像的内容和要求，以及如何在跨文化、跨语言语境下应对幽默口述影像。例如，Sanz-Moreno（2018）对比研究了英语和西班牙语口述影像，试图探究不同语言和文化中如何处理裸体和性等禁忌话题。虽然 Sanz-Moreno 的研究并不专注于幽默话语，但正如第一章，以及第三至第五章中的许多例子证明，大部分禁忌话题都是为了制造幽默效果，所以她的研究对本文极具启发性。此外，对比分析不同语言的口述影像脚本可以发现并总结出一些规律，推动研究进一步深化、细化，从而进一步提高实践质量。

据 Sanz-Moreno 所言，目前学术界对禁忌话题的口述影像关注寥寥，似乎只有部分学者探讨了与性相关的主题。不可否认，性是口述影像的重要主题，连成人电影都提供口述影像服务。Sanz-Moreno 探究了《宿醉 I》（*The Hangover I*）（Todd Phillips，2009）和《宿醉 II》（Todd Phillips，2011）的英文 AD 和西班牙语 AD 是如何处理与性相关的幽默指称。此类爆款喜剧主要基于性、冒犯性笑话、粗俗的语言、裸体、酒醉和嗑药来传达幽默。虽然 Sanz-Moreno 是以禁忌话题为出发点，来分析口述影像中的性，但他强调，这些电影的主要目的是娱乐观众，而口述影像对禁忌画面的描述，直接影响着影片幽默效果的实现。Sanz-Moreno 研究了这两部电影的英文 AD 和西班牙语 AD，证实这两个版本都倾向于遵守口述影像常规准则中的客观性原则，使用含蓄的（对等）语言来描述禁忌画面。然而，有趣的是，英文 AD 中有些例子语言比较粗俗（如 ass 屁股，hooker 妓女），但是西班牙语 AD 则尽量使用委婉语来描述妓女、性动作等。但最让人意外的是，西班牙语 AD 经常省略性指称（41%）；相反，英文 AD 很少采用省略策略（10%）。显然，上述差异不可能是时间限制造成的，而极大可能是由于审查制度的不同。6.4 节中的比较分析似乎可以证实这一观点，至少能够提供部分的实证参考。

虽然 Sanz-Moreno 只分析了两部电影，但结果足以展示，不同文化在处理性等禁忌话题及其翻译时所持的不同态度（详见本书第一、二章）。根据 Sanz-Moreno 所言，政治正确似乎影响着西班牙语描述者的决策过程，不论电影本身是否有失偏颇。她明确指出，“口述影像的目的是使受众产生与一般观众相同或相似的效果”。但是，西班牙语口述影像似乎并不仅限于实现该目的。Sanz-Moreno 承认，为了解口述影像是否达到了“相近的效果”，有必要进行接受度研究；本文的数据分析都会充分考虑上述观点。

6.4　数据分析

为了对比分析同一视听内容的英文口述影像和意大利语口述影像，笔者联系了几位专业人士及相关公司，希望能搜索到有用资料。但事与愿违。获取外国喜剧的意大利语口述影像十分困难，因为口述影像者必须签署非常严格的保密协议。国家广播公司，如国有意大利广播电视公司 RAI，除《华尔街之狼》*The Wolf of Wall Street* 等影片外，几乎只提供意大利电影或电视节目的口述影像(Martin Scorsese，2014)。经过大范围搜索，部分喜剧片的意大利 AD 可以找到，但它们对应的英文 AD，却难以获取。

尽管初期遇到种种困难，但本文设法检索到一部浪漫喜剧《大病》*Big Sick* 的口述影像，该剧的英语及意大利语口述影像基本是独立创作的。下文将对比分析该剧的两个版本的 AD。该剧英文 AD 源于 Blind Mice Mega Mall 协会官网，该网站由盲人和视力障碍者运营，专门为盲人和视力障碍者提供服务；意大利语 AD 则由意大利非营利性协会 Senza Barriere 提供。

抛开现实和偶然因素，选择这部 2017 年的半自传式浪漫喜剧的根本原因在于，它涵盖了本研究中涉及的诸多主题：移民、文化差异、人际关系，以及幽默。影片围绕着 Kumail(Kumail Nanjiani 饰演)和 Emily(Zoe Kazan 饰演)之间的爱情故事；Kumail 是芝加哥的一名优步司机，梦想成为单口喜剧演员，表演基于巴基斯坦故事的单人脱口秀；Emily 是一位白人研究生，从事心理辅导。Kumail 来自一个富裕的家庭，父母是一代移民。Kumail 向父母隐瞒了他与艾米丽的关系，因为父母希望他与另一位年轻的巴基斯坦穆斯林女性结婚，直到 Emily 发现了 Kumail 父母所说的巴基斯坦女性的照片。一次激烈的争吵之后，Emily 结束了他们的关系。几周后，Kumail 得知 Emily 因为严重的肺部感染住院。他签署了同意书，并打电话给 Emily 的父母 Beth 和 Terry。Emily 的父母知道女儿在分手过后，十分难过，所以他们在接到电话时告诉 Kumail，Emily 不需要他，但 Kumail 还是留下来了，Kumail 与 Emily 父母的关系也因此变得亲近。康复之后，尽管 Emily 还是不认同 Kumail 的行为，但最终他们破镜重圆，而 Kumail 也开始在纽约追求他的喜剧梦想。

值得一提的是，《大病 Il》的意大利语片名为 *matrimonio si può evitare... l'amore no*（字面意思是“婚姻可有可无……爱却不能”）。这似乎也反映出，新时代的意大利电影发行商在保留英文原片名的同时，也会添加相应的副标题（Bucaria，2010；Scardamaglia，2015）。从统计学角度来讲，英文口述影像的字数和描述材料（共2,965字，不包括引言）明显多于意大利语口述影像（共 1295 字），因此证实了 Sanz-Moreno（2018）的研究结果，即英文版口述影像少用省略策略。接下来，本文将主要关注视觉幽默的口述影像。

因为版权限制，本文在进行分析时，右边一栏会提供简要的场景描述（基于原脚本），中间一栏是英文口述影像；左边一栏是意大利语音频脚本，括号里是回译内容。此外，意大利语 AD 的描述者加了一条注释，在录制脚本中的外来词的时候都尽量使用自然音调来处理，如此一来，便可以减轻“播放感”和“表演感”（Pavesi & Perego，2006：108）。因此，描述者可能会改编 AD 中的外来词，但是也会将外来词的标准拼写放在注释里。下面的例子都会分析传递非言语幽默时描述者的词汇选择。

例 6.1

此例中两个版本的 AD 基本上都将非言语行为描述出来了，也因此保留了幽默效果。但是，脚本的差异也比较明显。这一幕中，Kumail 在父母家，应母亲的要求，他去地下室祈祷，但是，他做了很多事情，唯独没有祈祷。

场景描述	英语 AD	意大利语 AD
Kumail is in the basement.	In a basement, Kumail unrolls a small rug and then sits in a folding chair beside it. He sets a time run for five minutes. Picking up a cricket bat, he poses.	Kumail, sceso in cantina, stende per terra il tappeto da preghiera, si accomoda su una sedia e cerca un videogioco sul palmare [Kumail, after going to the basement, lays a prayer rug on the floor, sits in a chair and looks for a video game on his PDA]. Poi prende una mazza da cricket e mima alcuni colpi [He then picks up a cricket bat and mimes a few hits].
The video Kumail watches is onscreen; the person shooting the video is heard laughing offscreen.	Later Kumail watches a video of a man jumping into a frozen pool. A message on the phone reads "timer done".	Gioca ancora un po' col telefono e dopo raccoglie il tappeto [He plays a bit more with his phone and then picks up the rug].

此时，Kumail 一言未发，但是举止荒诞异常，引人发笑。首先，他铺开一条毯子，让观众误以为他要像其他穆斯林一样进行祈祷。但接着，他开始玩棒球棒，然后看手机。英文 AD 准确描述了他的一举一动：Kumail 定好计时器，让自己知道应该什么时候上楼，而不会让父母产生怀疑，他摆出打板球的姿势，后在网上看趣味视频。视频中，一名男子跳入结冰水池，拍摄该视频的人的笑声清晰可见，显得跳水行为愈发荒诞异常。就基于符号表达的幽默而言（Balirano，2015），这一幕场景的脚本对立可能是

正常/非正常，目标是 Kumail 的父母。相反，网络视频中的目标是跳入结冰泳池的男子。虽然 GTVH 广泛运用于言语幽默的分析，但对非言语幽默也有一定的分析价值。就逻辑机制而言，此例可视作“错误推理”（Attardo et al.，2002：5）。

相反，意大利 AD 似乎有一定的误导性，描述称：Kumail“在 PDA 上寻找视频游戏”，之后“玩手机”。但是，在意大利语中，“PDA”和“phone 手机”基本可以替换使用，而意大利语口语与书面语的文体特征之一就是避免重复，这一点，基本是意大利人的共识。然而，关于词汇重复的问题，ADLAB 团队在其网站上建议选择使用相同词汇，而非进行同义替换，因为他们认为：“就语义关联性来说，词汇重复比同义词替换衔接性更强”。即便如此，意大利 AD 抽象地将 Kumail 描述成在“playing with his phone 玩手机”，消解了幽默视频的暗指。因此，该场景的幽默仅剩 Kumail 应该做什么（祈祷）和他真正做了什么（玩）之间的脚本对立。

最后，值得注意的是，与该影片的其他例子一样，英文 AD 可以选择语音字幕（Braun & Orero，2010；Matamala，2014；详见 2.4.1 节的简要概述）。口述影像者描述了 Kumail 手机屏幕上显示的内容（“timer done 时间到”）。但是，意大利语 AD 无法提供语音字幕，而同样的非言语细节只是被抽象地描述为，“Kumail reads on his phone 库梅尔在看手机”“Kumail receives a message 库梅尔收到一条消息”。例 6.5 更为详细地展现了语音字幕，也表明了语音字幕对传达幽默的重要性。

例 6.2

与例 6.1 不同，这一幕中，口述影像须与口语文本合并。故事发生在 Kumail 父母家，如前所述，Kumail 的父母希望维持传统，为儿子安排婚事。他们已经成功为 Naveed 和 Fatima 举办了婚礼，所以也试图安排 Kumail 的婚姻，但 Kumail 不想要包办婚姻。但是，他还是参加了一些非正式的家庭晚餐，认识了不同的巴基斯坦女孩，以便加深了解。这一幕中，晚宴中一位美丽的姑娘，Khadija，试图变魔术逗笑主人。

场景描述	英语 AD	意大利语 AD
Khadija says she can do magic and shows the others a trick. She asks for a dollar bill note and Kumail's father hands her a 20-dollar bill.		
Khadija: 20? Big spender. Andrew Jackson? Don't you think he'd look cool with sunglasses? [She draws a pair of sunglasses on top of Andrew Jackson's head, and folds the bill.] We sprinkle the magic dust on [She makes a sprinkling motion with her fingers over the folded-up bill]. **Kumail**: Yeah, you can't do it without the magic dust.	The long-haired young woman draws a pair of sunglasses over Jackson's head on the bill. She shows it. The young woman folds the bill.	La maga dota Giekson (Jackson) di occhiali [The magician draws sunglasses on Jackson].
Kahadija: Yeah, I need it. All right... [She snaps her fingers. She unfolds the bill. Andrew Jackson is now wearing the sunglasses; everyone is amused].	Unfolding and the sunglasses now cover his eyes.	Gli occhiali sono scesi sul naso [The sunglasses have dropped onto his nose].
Fatima: That is amazing! And he does look better with glasses! Later, at Kumail's apartment.	At home, Kumail puts her photo in the box.	La foto della maga finisce con le altre [The magician's photo ends up with the others].

此时，Khadija 变着魔术，充分利用动作来吸引大家的注意力(如在 Andrew Jackson 的前额上画一幅太阳镜，并假装撒一些魔法粉末)。脚本对立是真实/非真实，逻辑机制是类似于“花园小径”现象，其目的主要是激起其他角色的好奇心（Attardo et al.，2002：18)。因此，表面上看，目标可能是其他角色。但是，这种友善的幽默也不一定需要确切的目标。有趣的是，英文 AD 侧重于描述 Khadija 的外貌特征(如“the long-haired young woman 年轻的长发女子”)，而意大利语 AD 则将重点放在她扮演的角色上，戏称她为“la maga 魔术师”。

虽然意大利语 AD 没有英文 AD 详尽，但也传达了魔术的全部信息，以及 Khadija 如何违反了观众的期待。但是，意大利语 AD 的描述重点会发生转移，如在描述 Jackson 时，重点变成了他脸上的太阳眼镜。此时，英文 AD 是“now covering his face 现在遮住了他的脸”，但意大利语 AD 为“sunglasses have droped onto his nose 太阳镜滑到了他的鼻子上”，似乎更能保留画面中的惊喜感。意大利语 AD 似乎传达了一种意境，即 Khadija 的魔法粉末让太阳眼镜移动到了 Jackson 的脸上。但是，上述思考仅仅是基于猜测，可能还需要后期的接受度研究来加以证实。最后，两个版本的 AD 都提及了 Kumail 将 Khadija 的照片扔进了雪茄盒，和其他女生的照片放在一起，再次凸显他只是假装对这些女孩感兴趣，让父母开心。

例 6.3

该例中，两个版本的 AD 脚本都描述了事件信息，但英文版本的描述更为详尽。这一幕中，Emily 待在了 Kumail 的公寓里。Kumail 的室友 Chris，是一名喜剧演员，但是 Chirs 一般都睡在沙发上。

场景描述	英语 AD	意大利语 AD
It is night time and Emily is awake and moving around Kumail's apartment. Emily.	At Kumail's, Emily lies awake in bed. Now she hurries in the living room and passes	E' [sic.] notte. Emily scende dal letto che divide con Kumail, esce dalla

续表

场景描述	英语 AD	意大利语 AD
looks around Kumail's bedroom for something. She starts putting her clothes on. Kumail wakes up. Kumail questions her behaviour and she finally admits:	Chris who sleeps on the couch. Emily walks into another room. She re-enters Kumail's room and looks around. He wakes up. He looks at the clock.	camera e va in bagno. [It's nighttime. Emily gets out of the bed that she shares with Kumail and goes to the bathroom]. Torna, poco dopo, e cerca le proprie cose [She comes back shortly after and looks for her things]. Kumail si sveglia [Kumail wakes up].
Emily: I have to take a shit, ok? I have to take a huge fucking dookie (...) (Kumail starts laughing).	Kumail stares at her.	
Emily: Please stop laughing! Please, please. **Kumail**: Okay, I have an idea.	Later, Kumail sits outside Emily's building. She comes outside and sits beside him on the front steps, avoiding his gaze.	
Kumail: Hey. How are you? **Emily**: I do NOT wanna talk about it.		
	Noticing his smile, she rolls her eyes.	

此场景中的幽默源于：Emily 想上厕所，但她又不好意思用 Kumail 的洗手间。所以，她准备悄悄离开这里，但 Kumail 突然醒了，并询问她为什

么偷偷摸摸的。起初，她还编了一些借口，但最终她坦白了，说她想“take a shit 上厕所”，而且是“a huge fucking dookie 上大号”。两人相视而笑过后，Kumail 在一处建筑物外等待。英文 AD 描述了相关细节，进而解释了为什么 Kumail 后来问 Emily“How are you 你还好吗?”Emily 回答道，她不想继续谈论这件事，因为很明显，她还是略显尴尬。最终，两人相视一笑。显而易见，脚本对立是粗俗/非粗俗，目标是 Emily，逻辑机制是情境性。

意大利语 AD 只描述了情境之初 Emily 的怪诞行为，但并未提及场景的变化(如建筑物外)。但是也可以理解为，之前两人的对话也可以让人联想到场景的变化。此外，意大利语配音版将两人的笑声配出来了，而并不是像原先画面结束那样，只是相视而笑。此类做法在某种程度下消解了该话题的禁忌性，从而让观众可以享受当中的幽默，但盲人和视力受损的观众肯定错过了一些重要信息，如英文 AD 所示，这些信息本来是可以描述出来的，因为角色的对白间有充足的停顿，不存在明显的时间限制。

例 6.4

正如 Kumail 在他的脱口秀表演中所讲，巴基斯坦人很喜欢打板球。就像斯兰教和包办婚姻一样，已经成了巴基斯坦文化的一部分。尽管 Kumail 对游戏规则了如指掌，但他并不擅长板球运动。因此，Naveed 决定亲自教 Kumail 如何将理论运用于实践。与例 6. 3 类似，在该场景中，语言文本与视觉文本合为一体，幽默来自 Naveed 丰富的理论知识和骨感的现实表现。

场景描述	英语 AD	意大利语 AD
In a batting cage, Naveed fully geared up: batting helmet, gloves, elbow pads, eye-black. Kumail is behind the backstop, watching.	In a batting cage Kumail watches Naveed	Navìd (Naveed), il fratello di Kumail, cerca di dargli una dimostrazione di come si gioca a cricket. [Naveed, Kumail's brother, tries to show him how to play cricket].

续表

场景描述	英语 AD	意大利语 AD
Naveed：Watch and learn, Bhai. It's all about shifting weight and torque. A ball zigs at Naveed, he misses completely.	He swings widely.	
Naveed：Oh Christ! **Kumail**：Oh. Oh.		
Another ball zings. Naveed misses it again.	Naveed swings again and fouls the ball.	
Kumail：You're like a Paki-stani Sammy Sosa. An 8-year-old kid in a cage nearby cracks a clean hit. **Kumail**：Hey, he's pretty good. Just do what he's doing.	Kumail spots a boy nearby.	

这一幕中的幽默源于 Naveed 言行之间的对立(Juckel et al.，2016)。因此，不管是在角色沟通层面还是编剧与观众沟通层面，Naveed 都成为取笑的对象。英文 AD 开始时提供的信息较少(“In a batting cage Kumail watches Naveed 在球网内，库梅尔在看内米德打板球”)，并未描述出 Naveed 想教 Kumail 打板球的行为，但好在，观众可以从 Naveed 的第一句话中知晓该信息。相反，意大利语 AD 一开始就提供了所有信息，因此盲人和视力受损的观众可以从兄弟俩的对话中推断其余信息。此外，观众在听到 Naveed 这样的穆斯林在球打偏后却说出“Christ 上帝”这句话时，会感到十分有趣。这也表明在美国生活的巴基斯坦裔二代移民已经吸收了部分西方文化，并(有意识或无意识地)形成了西方的表达习惯。

Kumail 嘲讽道，“You’re like a Pakistani Sammy Sosa 你就像是巴基斯坦的萨米·索萨”（脚本对立为真实/非真实，逻辑机制为“错误类比”），凸显了 Naveed 对他的球技盲目自信。Sammy Sosa 是美国著名的多米尼加裔前职业棒球运动员，被誉为最优秀的棒球击球手之一。最后，Kumail 赞扬了另一位在球场上表现很出色的小男孩，这也让 Naveed 更加丢脸。考虑到人物台词可以补偿大部分的视觉幽默（Martínez Sierra，2010），意大利语描述者可能认为，并不需要像英文 AD 那样多此一举。

例 6.5

最后一个例子尤为典型，因为它有长时间的语音字幕，而语音字幕对传递幽默来说至关重要。此外，该例子也可用于讨论语音字幕是如何用于传递源语中的多语言幽默，但是，意大利语 AD 中的乌尔都语对话都采用的是字幕形式，并未对盲人和视力受损的观众提供任何信息，来理解人物角色目前所处的尴尬境地，更不用说情景之中的幽默。

故事依旧发生在 Kumail 父母的家中，除了 Kamail 之外，所有人都在家。Kumial 的家人和另一个巴基斯坦女孩 Sumera 在客厅里聊天。谈话中，Sumera 说她在美国出生和长大，从未去过巴基斯坦。此时，大家都略显尴尬，因为见面的主要是为了介绍 Kumail 和 Sumera 认识。既然 Kumail 没有回来的迹象，Sumera 认为是时候离开了。

情景描述	英语 AD	意大利语 AD
At Kumail’s parents’ house. **Sumera**：It’s getting late，I should go（She moves to get up，but Sharmeen and Azmat stop her）.	At Kumail’s parents’ house.	

续表

情景描述	英语 AD	意大利语 AD
Azmat：No, I think I should call him up, I'll just call him up.(Into phone) Hello, Kumi-beta? What do you mean, who is calling? This is your father. OK, OK.(He hangs up the phone.) He will be here any moment.(To Naveed in Urdu) I just faked that call. Did you call him?	Subtitles appear. I just faked that call. Did you call him?	Ho solo fatto finta. Tu l' hai chiamato [I was just pretending. Did you call him?]
Naveed：(in Urdu) A hundred times. No response.	A hundred times. No response	Un centinaio di volte. Non risponde [A hundred times. He doesn't answer].
Sumera：I think I should make something clear.(In Urdu) I can understand what you're saying.	I can understand what you're saying.	Capisco benissimo quello che dite [I can understand what you're saying].
Fatima：(in Urdu) I thought you said you'd never been to Pakistan.	I thought you said you'd never been to Pakistan.	Hai detto che non sei mai andata in Pakistan [I thought you said you'd never been to Pakistan].
Sumera：(in Urdu) I said I've never been there, but we speak it at home.	I said I've never been there, but we speak it at home.	È vero, ma a casa parliamo urdu [It's true, but we speak Urdu at home].
Azmat：(laughs, then in Urdu) For someone who's never been to Pakistan you speak Urdu very well.	For someone who's never been to Pakistan you speak Urdu very well.	Per essere una che non è mai stata in Pakistan, lo parli benissimo [For someone who's never been to Pakistan you speak it very well].
Sumera：(in Urdu) Thanks.	Thanks.	Grazie [Thanks].

显然，上述情景的发生都基于一个前提：Kumail 的家人在知道 Sumera 没去过巴基斯坦之后，默认她听不懂乌尔都语。因此，Azmat 和 Naveed 开始用乌尔都语交流，免得让 Sumera 知道他们的谈话内容。Azmat 承认假装打电话给 Kumail，但是他没有接电话。当 Sumera 澄清她会说乌尔都语时，其他人都变得十分尴尬，Kumail 家人的反应和此时尴尬的境地可以逗乐观众。脚本对立是对/错，逻辑机制是"基于错误前提的推理"(Attardo et al., 2002：18)。在编剧与观众的沟通层面，目标是 Kumail 的家人。显然，文字字幕无法让意大利盲人和视障人士知晓整个交谈过程中产生的幽默。他们可能会推断出此时角色们所处的尴尬境地，但如果无从得知角色们的台词内容，会感到十分沮丧。事实证明，音频字幕是一种切实可行的解决方案，而本例和其他例子中的语音字幕便是最好的证明(详见例 6.1)。

6.5　发现和总结

本章展示和讨论的例子有限，还需要更多实证分析来全面了解口述影像是如何传达幽默的。本节中的论述充分借鉴了 ADLAB 团队以及学术界所提出的重要见解。如前所述，寻找 AD 素材来完成此项以数据分析为基础的研究，并非易事。虽然发行商和翻译机构有必要维护版权，但研究的进一步深化离不开他们的帮助。如有必要的话，寻求音频描述专业人士的意见对于项目的进一步推进也大有裨益。不过，衷心希望学者与行业的专业人员能够更加密切地合作，确保音频描述的实践及其理论支撑都能得到进一步的发展。

回到影片《大病》的英文以及意大利语口述影像的分析上来，两个版本的 AD 有很多明显差异。接下来，将会就内容、时间、方式以及程度几个方面进行反思总结，探讨应该使用常规语言还是幽默性话语来进行口述影像(Vercauteren，2007)。就"内容"而言，对比分析表明，英文 AD 倾向于描述大量动作以及面部表情来传达人物感受(例如，"库梅尔盯着她""避开他的目光""注意到他在笑，她翻了个白眼")。很显然，口述影像增强了角色所处的情境幽默感，但遗憾的是，意大利语 AD 在准确度方面差强人意，除了例 6.2 之外，因为 6.2 中的意大利语 AD 更能带动观众情绪，将 Khadija 的魔术把戏和悬念都保留下来了。但是，这之中还涉及口述影像的“时间”和“方式”问题。显然，及时的口述影像是传达幽默的要义，而在例 6.2 中，两版音频描述与角色对白融合得非常恰到好处。但是，例 6.4 中的意大利语 AD 就较为粗糙，没有将 Naveed 热切地想教 Kumail 打板球，但能力有限的尴尬画面完整地描述出来。

如果要回答口述到“什么程度”的问题，据本文的分析显示，两组 AD 差距很大。英文 AD 的字数(2965)是意大利语 AD 字数(1295)的两倍多。当然，这并不意味着哪个版本的口述影像更好，但可以肯定的是，某些部分之所以未被描述，并不一定是由于时间限制和空间限制造成的(Benecke，2004：78)，Sanz-Moreno (2018) 的研究结果也印证了上述结论。总而言之，相比影片所提供的信息，意大利语 AD 的内容更加丰富。就喜剧类影片而言，如果盲人和视力受损观众因为缺乏 AD 或者 AD 质量不佳而错过很多幽默元素，将会十分遗憾。当然，角色的对话有时可以不补偿口述影像缺失的幽默效果(如例 6.2 和 6.4)，但一般情况下，视觉幽默很难完全依靠角色对话来进行传递(如例 6.2 与例 6.5)。

英文 AD 最有趣的特点是它能够融合语音字幕。例 6.5 中，用乌尔都语将字幕通过语音播报出来，可以使会英语的盲人和视力受损观众理解此处的幽默，但意大利语 AD 完全没有语音字幕。对此，语音字幕可以辅助 AD，尤其是传达幽默与娱乐功能的 AD，来增强观众的听觉感受。

第7章 总　　结

本书探讨了喜剧《摩登家庭》(Christopher Lloyd & Steven Levitan, 2009)和《大病》(Michael Showalter, 2017)四种模式的幽默翻译策略,即:配音、字幕、粉丝制作字幕和口述影像(AD)。本书旨在加深读者对于幽默的理解,以及不同的视听翻译(AVT)模式是如何翻译幽默的。基于此,本书首先介绍了幽默研究和AVT的相关文献,回顾了本研究领域的理论基础和实践结果。此外,本书证明了幽默理论和AVT理论在分析幽默本质,以及解决幽默翻译问题的适用性。最后,本书详细分析了视听产品的翻译过程,以及配音和字幕中采用的翻译策略。

如第一章所述,何为幽默的本质尚未形成定论。但是,喜剧的幽默机制,如双关语、文化专有项、多语言主义,以及非语言(即视觉)双关,尚可深究其义。但是,在研究上述幽默机制时,需额外注意它在制造幽默之外的语篇功能,如刻画人物,渲染主题等。在翻译幽默时,由于种种因素,想要将幽默机制成功传译入另一种语言或文化中,实属不易。比如,文字游戏的精髓就是语言的模糊性,但是,想要通过翻译在另外一种语言中实现对等的语言效果,十分困难。同样,多语言幽默是基于源语(ST)中L1和L3之间的冲突,但是将这种冲突移植到L2的语境之中,需要特定的处理方法。就CSRs而言,它往往涉及语言和文化两个方面的因素,不容偏废,而幽默CSRs更是如此。最后,AD的基本准则是“中立”以及可及性。AVT中的幽默由于各种实践约束,显得愈发困难。比如,特定AVT模式所面临的技术限制(如字幕压缩、音画同步、口述影像的时限等等)。

鉴于以上因素，本书研究了意大利 AVT 作品在翻译幽默时所采取的策略。为了实现这一研究目的，本书参考了大量文字游戏翻译(例如 Delabastita，1996；Veisbergs，1997；Attardo，2002；Chiaro，2010，2017)，CSRs 翻译（例如 Leppihalme，1997；Ramière，2006；Pedersen，2007；Gottlieb，2009；Ranzato，2016)和多语言翻译(Corrius & Zabalbeascoa，2011；Zabalbeascoa，2012；Zabalbeascoa & Voellmer，2014；DeBonis，2015)的学术研究。然而，翻译学者在研究上述问题时，倾向于提出一系列可能的翻译策略，并分门别类。而分类方法则取决于他们研究的文本类型(例如书面材料)或具体的研究问题(例如，双关语的幽默或塑造人物功能)，尚未形成统一的标准。因此，如果对源文本的案例进行分类、分析，以及将其与目标文本的译文进行对比分析，有时很难找到对应的分析框架。

因此，本研究试图总结和完善前人的分类法，以完成本研究的数据分析(第三至第五章)。在本书的第二部分，每章末尾都分析总结了研究结果。总的来说，在配音中，意大利语译员采用了多种翻译策略以应对不同形式的幽默。比如，译员创造性地使用目的语 CSR 替换源语 CSR，以便于意大利观众理解剧情。替换比省略以及其他翻译策略显得更为有效，因为它能更好地保留源语中的幽默。因此，AVT 提倡使用替换来翻译幽默，不论是配音还是字幕。

显然，AVT 所用媒介起着关键作用。比如，配音就意味着需要更高程度的文本操纵。其实，由于配音用途之广泛，不论在技术层面还是意识形态层面，它的作用都举足轻重，因此，有学者提议配音时应该降低译文对原文的忠诚度（Díaz Cintas，2012)。一般来说，“操纵”一词含贬义，且 AVT 学者发现，文本操纵是审查制度带来的产物(见 O'Sullivan，2011；Ranzato，2016，Díaz-Cintas et al.，2016；Mereu-Keating，2016)。相反，由于字幕中的源语与译文总是同时出现的，这也造成了可操纵的空间较小。此外，为了避免与观众产生“可信度距离”(Pedersen，2007)，字幕制作人员会尽可能地忠实于原文(Bucaria，2007)。粉丝制作字幕基本将忠实原则发挥到了极致，表现出对源文本的高度贴合(Díaz Cintas & Muñoz Sánchez，2006：46；Bogucki，2009)，从本文的例句中便可见一斑。

除此之外，本文还分析了幽默翻译的功能性文本操纵行为。换言之，本文讨论了幽默传译的积极干预性手段，并将它们归类为功能性操纵functional manipulation。因为喜剧中幽默的主要功能就是逗乐观众、娱乐观众，因此，将视听材料译入另一种语言与文化之中有时需要采用特定的翻译策略，来达到相同的文本言语效果，即：让观众发笑。

将言语幽默总论(GTVH)应用于视听文本的幽默翻译分析，充分表明，该理论确实是面面俱到的分析工具，可用于识别、分析言语(或非言语)文本中的幽默。此外，基于GTVH的源语和目的语对比分析，也充分说明将幽默研究与AVT研究相结合的可行性。笔者之前的研究显示，对GTVH中的知识资源，如脚本对立和目标，进行量化分析可以归纳出文本的某些特征(如主烘托主题，以及人物塑造)，以及配音中的知识资源是如何产生变化的(Dore，2008，2010)。本书扩大了GTVH的应用范围，将其用于分析喜剧中的幽默，以及配音和字幕中的幽默翻译。研究结果显示，GTVH可以突出ST和TT之间的相同与不同之处。具体说来，通过对比分析源语与译文中的双关语，发现脚本对立会随着翻译策略的不同而改变。但是，更为重要的是，翻译策略还会造成逻辑机制(如例4.4)和目标(如例4.4、4.6、4.12和例4.32)的变化。即使源语的双关语或者文化专有项被中和或省略了，知识资源还是有可能发生改变(如例5.1、例5.9)。通过对比分析原文和译文，发现翻译还会造成目标的变化(如译文中的目标与原文中的目标并不是同一个角色)。但是，有时GTVH似乎无法解释不同的翻译策略所造成的语义上的细微差距。比如，中和或替换策略可以保留篇章的部分幽默效果，但是无法保留源语中双关文法的妙用(如例3.5和例3.6等)。鉴于此，将AVT和幽默研究融合的理论有可能可以弥补此方面的不足。

本文的数据分析显示，多语言幽默已成为21世纪喜剧的重要特征，因此，如何准确传译多语言幽默，值得深究。除了制造幽默效果，《摩登家庭》和《大病》中的多语言幽默还用于塑造人物(详见5.4节和6.4节)，传达人物的身份信息，展现人物对待世界和自身文化的态度(如《摩登家庭》中的Gloria和《大病》中的Azmat)。由于剧集与电影的成功均与幽默与人物塑造息息相关，AVT需要额外注意传递幽默与人物信息的语言与文化专有项。换言之，喜剧翻译需要优先考虑幽默效果与人物塑造，只要不影响观众对文本的理解，这两个要素都应该保留在译文之中。

总体而言，通过研究意大利语配音和字幕翻译，发现不论两种模式的译员都能及时辨别幽默，并对幽默翻译可谓是精益求精。如结语中所言，在翻译双关语与文化专有项时，配音译员使用的翻译策略远多于字幕组译员。但是，总体而言，不论是配音员、官方字幕员还是粉丝字幕员，都会尽力在归化和异化之间找到平衡(Venuti，1992，1998，2017 [1995])。换言之，三组译员都会尽力保留源语双关语以及文化专有项的幽默机制，也会采用对等以及替换策略以保证目的语观众能够感受到与源语观众同样的幽默与娱乐效果。但是，在翻译CSRs时，三组译员所采用的策略都大同小异。可能是由于意大利人对于英美文化的迷恋，三组译员都不约而同地选择保留源语形式的方法来翻译CSRs，只有配音员可能还会采用一些其他的策略。就多语言幽默而言，《摩登家庭》的配音证实了意大利AVT旨在更为忠实地呈现源语中的多语言现象(Minutella，2012；Monti，2016)。有趣的是，官方字幕也会偏离传统规则(Díaz-Cintas & Remael，2007；Ramos Pinto，2016)，而粉丝制作字幕还是尽可能地贴近源语，即使有时可能破坏源语的幽默效果或者影响观众对文本的理解(如例4.24和例5.7)。遗憾的是，《大病》的意大利口述影像未能传递出影片中的多语言幽默；不过，该片的英语口述影像通过音频字幕向观众成功传递了多语言幽默。希望本文的结论能够对今后意大利语的AD研究，产生一定的参考价值与借鉴意义。

最后，有几点需要强调。首先，喜剧翻译的重中之重是幽默翻译，因为幽默是喜剧的内核和成功关键。因此，如果在翻译过程中，译者为了保留言语效果而采取功能性操纵策略，也是合情合理的。不仅如此，只要不影响观众对文本的理解，在翻译过程中进行功能操纵就是首选之策。其次，AVT从业人员必须谨慎处理用于制造幽默效果的言语与非言语要素。除此之外，不论是配音还是字幕，翻译质量与观众的接受度都必须通过真实可靠的接受度调查与研究来进行验证。目前，已经有少量学者开始从事相关研究（Fuentes-Luque，2003；Chiaro，2005，2006；Rossato & Chiaro，2010；Iaia，2015），还需要更多的学者贡献力量，来推动AVT研究的发展。

为了进一步加深学界对于AVT的了解，本书介绍了AVT的产生过程，并详细描述了意大利语译员在翻译幽默双关语、CSRs、多语言幽默以及非言语幽默时采用的翻译策略。除此之外，本书还针对意大利语AVT中发现的模式进行了综合评述。通过全面深入的分析，可以发现目前意大利语AVT采用的一些翻译策略会让译文变得的生硬、死板。对此，本文提出了进一步优化的可能（如在翻译CSRs时，可以考虑使用源语文化或者国际化CSRs来替换）。尽管本文的分析内容并不能展示意大利AVT的全貌，但是，为意大利AVT研究提供了全面、丰富的视角。因此，本书希望可以为更多的AVT学者、从业人员以及译员培训人员，提供一些有益参考。

除此之外，学者们还可以进一步融合幽默与翻译研究的理论，分析《摩登家庭》的后几季内容或其他类似于《大病》的电视剧或喜剧电影的AVT。正如本书所示，跨学科研究对于幽默翻译研究大有裨益。学术界越来越多学者关注到AVT的多语言现象，而多语言幽默的翻译也是新兴热门研究话题（见Zabalbeascoa，2012；De Bonis，2014，2015；Dore，2019a，2019b）。因此，学者们可以进一步关注意大利或者其他国家在配音或者字幕中是如何处理多语言幽默的。最后，幽默的口述影像研究几乎处于一片空白，亟待进一步探索。正如本书中提及的英文AD的幽默呈现形式，不同语言和文化的AD对比研究，必将推动该领域的理论与实践的发展。尽管，学者们在收集和获取素材时将会面临重重困难，但是学科的发展必须坚持不懈，持之以恒，以求进步。

附录：会话实例中英对照版

ST（English to Chinese gloss）	BT（English to Chinese gloss）
Example 3.1-S01-E01	
Lady: Look at that baby with those cream puffs	Sweetheart, look. She is a lovely little treat
看 那个 宝宝 拿着 那些 奶油 泡芙	甜心 看 她 是 一个 可爱的 小孩
Mitchell: OK. Excuse me. This baby would have	OK. Excuse me
好 原谅 我 这个 婴儿 会 一直	好 原谅 我
grown up in a crowded orphanage if it wasn't	OK. Excuse me, madam, if it wasn't for
长 大 在 一个 拥挤的孤儿院 如果 它 是 不 对	好 原谅 我 女士 如果 它 是 不为
for us"cream puffs". And you know what?	us "puffs", this baby would be in
我们 "奶油泡芙" 并且 你 知道 什么	我们"娘娘腔" 这个 小孩 会 是 在
Note to all of you who judge. Hear this.	an orphanage. And all of you who are
记得 去 所有 的 你 谁 评价 听	一个 孤儿院 而且 所有 的 你 谁 是
Love knows no race, creed	ready to judge. Listen to me. Love knows
这个 爱 知道 没有 种族	准备 去 评价 听 我 爱 知道
Cameron: Mitchell ...	no race,
米切尔	没有 种族
Mitchell: Or gender. And shame on you, you	Mitchell ...
不分 性别 并且 羞愧 对 你 你	米切尔
small-minded, ignorant few	Or gender. So, shame on you, with you
心胸狭窄的 无知的	或者 性别 所以 羞愧 对 你 因为 你
Cameron: Mitchell ...	small-minded mentality and
米切尔	心胸狭窄的 心理 和

续表

ST（English to Chinese gloss）	BT（English to Chinese gloss）
Mitchell：What? 什么 **Cameron**：She's got the cream puffs 她 是 指 那个 泡芙 (the camera zooms on Lily who is holding a 照相机 摄影 对着 莉莉 谁 正 拿着 一块 cake) 蛋糕	Mitchell ... 米切尔 What? 什么 "Treat" meant the baby "Treat"是指 那个 小孩
Example 3.2-S02-E18 **Mitchell**：I've been spending a lot of time with 我 一直 度过 很多 时间 和 a lot of straight people lately and, darling, I need 很多 直 男 最近 和 亲爱的 我 需要 I need a night with my homeys. 一个 夜晚 和 我的 密友 **Cameron**：You mean homos (Cameron smiles) 你 是指 同性闺蜜(卡梅伦 笑了)	 Lately, I have been spending a lot of time with 最近 我 一直 度过 很多 时间 和 a lot of straight people and, darling, I 很多 喜欢异性的 人 和 亲爱的 我 need a night with my homeys 需要 一个 晚上 和 我的 密友 You mean more gay 你 是指 更多的 男同性恋者
Example 3.3-S01-E17 **Phil**：So, I guess she travels around selling 所以 我 猜 她 奔波 四处 推销 makeup for a cosmetics company. She's in town 化妆品 在 一家 化妆品 公司 她 在 城里 for a week 达 一 周 **Alex**：You mean she's like a door-to-door 你 是指 她 是 像 一个 挨家挨户的 salesman? 推销员	 And she travels a lot. She sells makeup 那 她 奔波 很多 她 卖 化妆 products for a company. She's 产品 在 一家 公司 她 在 here for a week 这里 长达 一 周 Is she a door-to-door salesman 是 她 一个 送货上门的 售货员

续表

ST（English to Chinese gloss）	BT（English to Chinese gloss）
Luke：If you were doing it, they'd 如果 你 正在 做 这个 他们 会 call it a dork-to-dork salesman 称 一个 呆家呆户的 售货员 **Phil**：Ooh！(laughs) My boy strikes like a 哦（笑声）我的 男孩 攻击 像 一条 rattlesnake！ 响尾蛇	If you were doing it, you'd ask to 如果 你 正在 做 这个 你 可以 要求 去 be called dirty-to-dirty salesman 打电话 下流的 售货员 Ooh！My little champion's in the mood today！ 哦 我的 小 冠军 是 兴致勃勃 今天
Example 3.4-S02-E04 **Phil**：they've asked me to fill in. See what 他们 来 找 我 去 替补上场 看 什么 I did? 我 说的 **Claire**：Oh, yeah 哦 好吧 **Phil**：Fill. You think I should open with that? Fill 你 认为 我 应该 做开场白 用 那个？ **Claire**：You betcha. You should ... (Alone in 你 当然了 你 应该 （单独 在 interview mode) Phil is gonna bomb 采访 模式） 菲尔 将要 爆炸	 They asked me if I can get in. 他们 要求 我 如果 我 可以 替补上场 是 It's funny 它 是 有趣的 Oh, yeah 哦 好吧 I could use it as an opening joke 我 可以 用 它 作为 一个 开场的 笑话 I think you'll knock them out ... 我觉得 你 会 击倒 他们 He's the one who will be knocked out 他 是 那个 谁 将会 被 击倒
Example 3.5-S02-E24 **Phil**："Hip-hip-hip hooray. Save the extra 嘿 嘿 嘿 万岁 多送 那个 额外的 hip. You'll need it someday" 屁股你 将 需要 它 终有一天 **Luke**："Cause he's old" (Phil and Luke 因为 他 是 老的 菲尔 和 卢克	 Much health and happiness. Remember 更多 健康 和 幸福 记得 that because one day you'll need them 那个 因为 有一天 你 将会 需要 他们 because he's old 因为 他 是 老的

续表

ST（English to Chinese gloss）	BT（English to Chinese gloss）
laugh and give each other a high five) 笑了 而且 给 彼此 一个 击掌 **Claire**: Mmm. You're not giving him that 嗯 你们 不准 给 他 那个	 Uhmm. You're not giving him that 嗯 你 是 不准 给 他 那个
Example 3.6-S01-E01 **Phil**: I'm the cool dad. That's my 我 是 酷酷的 爸爸 那个 是 我的 thing. I'm hip. I surf the web. I 风格 我 是 酷毙了 我 上网 我 text. LOL—laugh out loud. OMG 发短信 LOL 笑 出来 大声地 OMG —oh, my god. WTF—why the face? 哦 我的 上帝 WTF 为什么这个脸？	 I'm a cool dad. This is what I 我 是 一个 酷酷的 爸爸 那个 是 什么 我 am. I'm hip. I surf the web. I 是 我 是 酷毙了 我 上网 我 text. LOL—laugh out loud. OMG 发短信 LOL 笑 出来 大声地 我的上帝 —oh, my god. WTF — why the face? 哦 我的 上帝 WTF 为什么 苦逼脸
Example 3.7-S01-E18 **Phil**: Claire I know you've got your 克莱尔 我 知道 你 一直 有 你的 methods, but so do I. I'm sorry 方法 但 也 是 我 我 是 抱歉 but I'm not a micromanager. 但是 我 是 不 一个 事必躬亲的人 Trust me: I can provide Luke with the 相信 我 我 可以 提供 卢克 与 那些 tools and guidance that he needs without, 工具 和 指导 那个 他 需要 没有 uh, smothering him 呃 窒息(管太死) 他 **Claire**: You think I smother our child? 你 认为 我 使窒息 我们的 小孩	 Claire, I know you've got your method, 克莱尔 我 知道 你 一直 有 你的 方法 but so do I. I wish you could trust me. 但 也是 我 我希望 你 可以 相信 我 I can provide Luke all the collaboration 我 可以 提供 卢克 所有的 合作 the boy needs without, uh, smothering him 那个 男孩 需要 没有 呃 管教严格 他 Do you mean I smother him? 你 指 我 管教严格 他

续表

ST（English to Chinese gloss）	BT（English to Chinese gloss）
Phil：It's not your fault, honey. "Mother" 这 是 不 你的 错误 亲爱的 "母亲" is part of the word. You never hear of anyone being 是 天性 的 那个 单词 你 从未 听过 任何人 正 "sfathered" to death 父亲爱管教 导致 死亡	It is not your fault, sweetheart. You're his 它 是 不 你的 错误 亲爱的 你 是 他的 mother, it's natural. We all love to 妈妈 这 是 天性 我们 都 爱 be smothered by you 被 管教严格 被 你
Example 3.8-S01-E18 **Mitchell**：(interview mode) Tonight is the (面谈 模式) 今晚 是 magnificent Lyrid meteor shower. (…) 壮观的 天琴座 流星 雨 **Cameron**：(while Jay's car approaches) (当 杰 的 车 快到) Oh, here comes your shower partner 哦 这儿 来 你的 "沐"雨 伙伴 **Mitchell**：Stop it 别说了	Tonight we'll see the Lyrid meteor swarm 今晚 我们 将 观看 天琴座 流星 雨 Oh, your swarm partner has arrived 哦 你的 流星雨 伙伴 已经 到了 Stop it! 别说了
Example 3.9-S02-E14 **Phil**：I will meet you at lbiza 我 将 见 你 在 伊比萨餐厅 **Alex**：It's pronounced "lbitha", not Ibiza 它 是 发音 伊比莎 不是 伊比萨 **Phil**：Oh! Thanks, honey. That reminds me：this 哦 多谢 宝贝 这 提醒 我 这 weekend I want to see that baby pandaat the 周末 我 想去 看 那个 幼小的 熊猫 在 那个 "thoo". "董"物园	 It is pronounced "Ibitsa", not "Ibiza" 它 是 发音 伊比莎 不是 伊比萨 Thanks, honey. That reminds me this weekend 多谢 宝贝 那 提醒 我 这 周末 I want to see that baby panda at the 我 想去 看 那个 幼小的 熊猫 在 那个 "tsoo" "董"物园

续表

ST（English to Chinese gloss）	BT（English to Chinese gloss）
(Claire and Phil laugh) (克莱尔 和 菲尔 发笑) **Alex**：(Sarcastically) I'm the idiot (自嘲地) 我是 一个 白痴	Well ... The idiot is me 好吧 那个 白痴 是 我
Example 3.10-S02-E13 **Mitchell**：I'm not sure if maybe he was 我 不 确定 如果 可能 他 hoping he heard it wrong, like I had said, "Dad, 希望 他 听到 它 错误，就像 我 曾 说，"爸 I'm gray" 我 是 灰色的。	I don't know, maybe he hoped he heard it 我 不 知道 如果 他 希望 他 听到 它 wrong. Like I said："Dad, I'm her" 错误的 就像 我 说的 爸爸 我 是"她"(喜欢男性的)
Example 3.11-S02-E13 **Jay**：Hey, hon, take a look at this. It's a 嗨 亲爱的 看一看 这个 这是 一个 picture of my butt. 照片 的 我的 屁股 **Gloria**：Why do you do this? 为什么 你 做 这样 **Jay**：I programmed it, so my butt pops up when 我 计划了 它 所以 我的 屁股 跳出 当 my brother Donnie calls. It's a clever way of 我的 哥哥 唐尼 打电话 这是 一个 聪明的方式 saying my brother's an ass 说 我的 哥哥 是 屁股	Hey, honey, look at this. It's a picture 嗨 亲爱的 看一看 这个 这是 一张 照片 of my ass 的 我的 屁股 Why did you do this? 为什么 你 做 这样 I arranged it, so my ass comes up when 我 安排了 它 所以 我的 屁股 出现 当 my brother Donnie calls. It's a 我的 哥哥 唐尼 打电话 这 是 一个 smart way of saying my brother has anass-face 聪明的方式 说 我的哥哥的有 一个屁股脸
Example 3.12-S01-E14 **Jay**：(talking about Cameron) I mean, for me, (谈论 关于 卡梅伦) 我 是指 对 我 it's a lockerroom. For him, it's a Showroom 这是 一个 更衣室，对 他 这是 一间 展示厅	For me, it's a lockerroom. For him, it's 对 我 这是 一个 更衣室， 对 他 这是 a catwalk 一间 秀场

续表

ST（English to Chinese gloss）	BT（English to Chinese gloss）
Example 3.13-S01-E13 **Gloria**：In my country, there's a saying that 在 我的 国家 有 一句 谚语 means "Love is just around the corner". 是说 爱 在 转角处 (Interview mode) I come from a 面谈 模式 我 来 自 一个 neighbourhood with a lot of prostitutes 地方 有 很多的 妓女	In my country, there's a proverb that says: 在 我的 国家 有 一句 谚语 说 "Love is just around the corner". I come from 爱 在 转角处 我 来 自 a neighbourhood with a lot of prostitutes 一个 地方 有 很多 妓女
Example 3.14-S02-E23 **Alex**：You really think I don't have duplicates? 你 真的 觉得 我 没有 备份 **Haley**：If you do this, you'll be a social 如果 你 做 这样 你 将 变成 一个 社交 piranha 食人鱼 **Alex**：Yes. I'll be an Amazonian carnivorous 是的 我 会 成为 一个 亚马逊河的 肉食性 fish (she turns and leaves) 鱼类(她 转身 并且 离开) **Haley**：Carniv ... What? 肉食 什么	Do you really think I don't have a copy? 你 真的 觉得 我 没有 一份 备份 If you do it, you'll be a 如果 你 做 这样 你 会 变成 一个 social piranha 社交圈的 食人鱼(社交怪胎) Yes, exactly. I'll be an Amazonian 是的 确实 我 将 是 一个 亚马逊河的 carnivorous fish 肉食性的 鱼 Carn ... What? 肉食 什么
Example 3.15-S01-E22 **Phil**：Must be a lot easier just living with a guy. 一定 很 更容易的 只 生活 和 一个男人 Yeah, life would be simpler if I was a gay 是啊 生活 会 是 更简单的 如果我是男同	It must be a lot easier living with a guy. 这 一定 很 更容易的 生活 和 一个 男人 Yeah, it would be simpler if Iwas gay 是啊 这 会 是 更简单的 如果 我 是 男同性恋

续表

ST（English to Chinese gloss）	BT（English to Chinese gloss）
Mitchell：Do you think you could get in the fast 你 觉得 你 可以 挤进 这个 快 lane? 车道 **Phil**：Oh, I could totally get in the fast lane 哦 我 可以 完全地 进入 快车道 **Mitchell**：I mean the road 我 是指 道路	Do you think you can overtake [also 你 觉得 你 可以 赶上 （也 "overcome" in Italian] it? "overcome" 在 意大利语） 它 Yeah, I can overcome anything 是的 我 可以 克服 任何事情 I mean the car 我 是指 道路
Example 3.16-S02-E19 **Cameron**：I knew this would happen! Why 我 知道 这 会 发生 为什么 do you have to throw a wet blanket on my dreams? 你 不得不 泼冷水 在 我 的 梦想 **Mitchell**：I am not 我 没有 **Cameron**：You do it all the time. And you know 你 做 它 总是 而且 你 知道 what I end up with? Wet dreams! I heard 什么 我 结束 用 梦遗 我 听说 it as soon as I said it. Just leave it alone 它 一 我 说 这个 请 随它去	 I knew this would happen! Why do you 我 知道 这 会 发生 为什么 你 always have to throw a water on my dreams? 总是 不得不 泼冷水 在 我的 梦想 That's not true 那 是 不 对的 You do it all the time. And you know how 你 做 这样 总是 而且 我 知道 如何 it ends up? I wake up and I'm wet! Sorry, 它 结束 我 醒来 和 我 梦遗 抱歉 it was a very bad joke. Leave it 这 是 一个 非常 糟糕的 笑话 不要管它
Example 3.17-S01-E17 **Claire**：Wow. All right, we can see the movie 哇 好的 我们 可以 看 电影 tomorrow. (to Alex) Come on, it's time 明天（对 亚丽克斯）跟我走 这 是 时候 for your lesson 你的 课程 **Luke**：you mean her second lesson because she 你 是指 她的 第二堂 课 因为 她 just got schooled! 刚刚 被 教育	 All right, we'll see the movie tomorrow. 好吧 我们 可以 看 电影 明天 Come I'll take you to your cello (lesson) 快点 我 将 带 你 去 你的 课程 Why don't you study viola? I'd match the 为什么 不 你 学习 小提琴 我 会 匹配 colour of your face 颜色 的 你的 脸

续表

ST（English to Chinese gloss）	BT（English to Chinese gloss）
Example 3.18-S01-E18 **Waiter**：They're too spicy. Miss Gloria's 他们 是太 辣的 小姐 歌洛莉亚 used to it 习惯了 这个 **Gloria**：Yeah, he's right 是啊 他 是 对的 **Cameron**：I can spice you under the table 我 可以 辣地 你 趴下 any day there, sweet thing 任何 天 那儿 甜蜜的东西	 It's very spicy. She knows it 这 非常 辣的 她 知道 它 Yeah, he's right 是啊 他是对的 I put chilly pepper even in my coffee, 我 放了 非常的 辣椒 甚至 在 我的 咖啡 my sweet flower 我的 甜蜜 花儿
Example 3.19-S02-E21 **Jay**：What the hell are those? 什么 是 那些东西 **Phil**：Onion goggles. No more tears when I 洋葱 护目镜 不再 流眼泪 当 我 cook. Welcome to the twenty-first century. 做饭 欢迎 来到 21 世纪	 What are those? 什么 是 那些东西 Onion glasses. No more tears when I cook. 洋葱 护目镜 不再 流眼泪 当 我 做饭 Welcome to the gadgets world. You should 欢迎 来到 小配件 世界 你 应该
You should get a pair 你 应该 买 一对 **Jay**：I was gonna suggest the same thing 我 也 即将 建议 同样的 事情	get them too 买 它们 也 I don't need that stuff 我 不 需要 那个 东西
Example 3.20-S02-E13 **Jay**：(To Gloria) You know, she's my （对 歌洛莉亚）你 知道 她 是 我的 daughter and everything but that guy 女儿 而且 任何其他 但 那个 家伙 seriously needs to grow a pair 说正经地 需要 有点骨气	 You know, although she is my daughter, 你 知道 虽然 她 是 我的 女儿 I wish that silly-billy could command 我 希望 那个 傻瓜 可以 要求 a little more respect 一点 更多的 尊重

续表

ST（English to Chinese gloss）	BT（English to Chinese gloss）
Example 3.21-S01-E16 **Cameron**：You know it's because you're Asian, 你 知道 这是 因为 你 是 亚洲人 right? 对吧 **Mitchell**：Cam 小卡 **Cameron**：No, I'm sorry. What? Am I just 不 我 抱歉 什么 是 我 刚刚 supposed to ignore the giant panda in the room? 应该 忽视 大熊猫 在 房间 **Dr Miura**：Pandas are from China. I—Well, it 熊猫 是 来自 中国 我 好吧 这 doesn't matter 不 重要	TT[F] You know it's because you're Asian, right? 你 知道 这是 因为 你 是 亚洲人 对吧 —Cam 小卡 No, I'm sorry. Should I ignore the giant panda 不 我 抱歉 应该 我 忽视 大熊猫 in this room? 在 这个 房间 Pandas are from China, I'm from ... nothing, 熊猫 是 来自 中国 我 是 来自 没什么 it doesn't matter 这 不 重要
Example 3.22-S01-E18 **Phil**：On your mark, get set, Van Gogh 各就位 预备 凡·高	TT[F] On your mark, get ready Van Gogh 各就位 预备 凡·高
Example 3.23-S02-E01 **Phil**：Guess what? You said I couldn't sell this? 猜猜 什么 你 说 我 不能 卖 这个? Well, you're gonna be eating humble pie 嗯 你 将要 自打嘴巴 stuffed with crow and a big side of sorry,cause I just 高兴不起来 和 很 抱歉 因为 我 刚 did 做了	TT[F] You said I couldn't sell it? Well, you're 你 说 我 不能 卖 这个 嗯 你 gonna be eating a slice of humility, stuffed 想要 忍气吞声 一片 谦逊 塞满 with shame and a side of humiliation, 用 羞愧 和 一片 丢脸 because I just did it. Take that! 因为 我 刚 卖出 它 拿着

续表

ST（English to Chinese gloss）	BT（English to Chinese gloss）
Example 3.24-S01-E05 **Luke**: I made fun of him because his mom used to 我 取笑 他 因为 他的 妈妈 曾经 dig coal 挖 矿 **Gloria**: What? 什么 **Manny**: He said you were a coal digger. 他 说 你 是 一个 采矿工 **Phil**: Okay, I think we can move on! 好 我 觉得 我们 可以 继续了 **Gloria**: Who said I was a coal digger? 谁 说 我 是 一个 采矿工 **Luke**: That's what my mom told me 那 是 我的 妈妈 告诉 我的 **Alex**: What's a coal digger? 什么 是 一个 采矿工 **Phil**: He heard it wrong. It's "gold digger". 他 听 这 错了 这 是"掘金者"	TT[F] I made fun of him because his mom 我 取笑 他 因为 他的 妈妈 used to look for doses 以前 寻找 What? 什么 He said you were a dose hunter 他 说 你 曾经是 一个"dose"猎手 Okay, I think we can move on 好 我 觉得 我们 可以 继续了 Who said I was a dose hunter? 谁 说 我 是 一个"dose"猎手 It's what my mom said 这 是 内容 我的 妈妈 说的 What's a dose hunter 什么 是 一个"dose"猎手 Honey, you heard it wrong, it's drowy hunter 亲爱的 你 听它 错了 这 是 遗产猎手
Example 3.25-S02-E11（第一季 第十一集） **Luke**: Don't talk black to me. (...) 不 要 黑嘴 对 我 How do you even talk black? Like, end words 如何 你 甚至 黑嘴 就像 结束 话 with "izzle"? 用"嘿"? **Alex**: (offscreen) It's "talk back", you （屏幕外）那是"回嘴(talk back)"你 idiot 笨蛋 **Luke**: Oh! 哦	TT[F] Don't "redust" me. But how can you redust 不要"redust"我 但 如何 可以 你"redust" someone? With a cloath? 某人 用 一块 布 It's talk back, you idiot 那 是 回嘴 你 笨蛋

续表

ST（English to Chinese gloss）	BT（English to Chinese gloss）
Example 3.26-S01-E05 **Cameron**：Am I straight? 是 我 直的(异性恋) **Mitchell**：I am not sure what you are 我 不确定 什么 你 是 right now 现 在	TT[F] Am I OK 是 我 可以 I am not sure what you are right now 我 不 确定 什么 你 是 现在
Example 3.27-S02-E8 **Phil**：And if you ain't white, you ain't right 如果 你 不是 白队 你 只能败北 **Claire**：Phil, have you learned nothing? 菲尔 一直 你 长记性 Last summer：An upset black taxi 最近的 夏天 一个 沮丧的 黑人 出租车 driver drops the family's bags and take his 司机 扔下 邓菲家 的 包 而且 拿 他的 money without greeting Phil who wears a T-shirt 钱 没有 打招呼 菲尔 谁 身穿一件 T 恤 with the writing on： If you ain't white 印着 那个 写着 上面： 如果 你 不是 白人 you ain't right 就什么也不是	TT[F] And if you aren't white 然后 如果 你 不是 白队 —No 不 You're out of the herd 你 是 不合群的 Phil haven't you learned anything? 菲尔 一直 不 你 长记性 IF YOU AREN'T WHITE, YOU'RE 如果 你 是 不 白人 你 是 OUT OF THE HERD 非主流群体的

续表

ST（English to Chinese gloss）	BT（English to Chinese gloss）
Example 3.28-S02-E19	TT^F
Haley：How is this stupid ad supposed to 如何 是 这种 愚蠢的 广告 可以 sell houses anyway? 卖出 房子 不挂怎样	Should this ad help us sell houses? 可以 这个 广告 帮助 我们 卖 房子
Claire：You heard your father. He's not just 你 听 你的 爸爸 他 是 不 仅仅 selling houses, he's selling us. 卖 房子 他 是在 宣传 我们 The van side door slides and "I 那个 小货车 侧面 门 关上 并且 我 can't be satisfied" appears next to Claire's 不能 被 满足 出现 靠着 克莱尔 的 picture 照片	Did you hear your father? He's not selling houses 你 听 你的 爸爸 他 在 不 卖 房子
Haley：What are my friends gonna think? 什么 我的 朋友 会 想	What are my friends going to think? 什么 我的 朋友 会 想
Claire：They're gonna think that you're helping 他们 会 想 你 在 帮助 your father put food on the table. 你的 爸爸 放 食物 在 桌上 on the minivan：Haley's picture："Call me 在 迷你货车 海莉 的 照片 打电话 给我 I'll make your dreams come true" 我 我 会 使 你的 梦想 成真	They're gonna think that you're helping your 他们 会 想 你 在 帮助 你的 father feed his family 爸爸 养家糊口 Let me make your dreams come true 让 我 使 你的 梦想 成真

续表

ST（English to Chinese gloss）	BT（English to Chinese gloss）
Example 3.29-S02-E13 **Phil**：Your mom can't keep her hands off 你的 妈妈 爱不释手 me whenever the gunshow comes to twon 我 无论何时 枪展 来到 城镇 (Phil folds his right arm to) show his muscles (菲尔 曲起 他的右 胳膊 去)展示 他的 肌肉 **Luke**：Good one，Dad 说得好 老爸	 And let's admit it … your mother 然后 让 我们 承认 它 你的 妈妈 can't keep her hands to herself if the flag isflying 不能 保持 她的 手 去 她自己 如果 旗帜正 飞 That's a good one，dad 说的好 老爸
Example 3.30-S02-E19 **All children sing**：And there's one last 然后 那里 有 一个 最后的 thing we want to say (each child shows a placard 话 我们 想 去 说 每一个 孩子 展示 一个 标语 with a letter on) 用 一个 字母 上面 **Claire**："We love the word"？ What？ 我们 爱 那个 字母 什么 **Cameron**：Where's the "L"？ 哪里 是 那个 L **Manny**：It's Luke 那 是 卢克 **Cameron**：Lower the insignia. (The letter F 放低 那个 标志牌 字母 F	TT[F] And there's one last thing we want 然后 那里 有 一个 最后的 东西 我们 想 to say to you 去 告诉 你们 We love the cock？ 我们 爱 那个 公鸡 Where's the B 哪里 是 字母 B Luke has it 卢克 拿着 它 Lower the symbol … Lower it！ 放低 那个 符号 放低 它

续表

ST（English to Chinese gloss）	BT（English to Chinese gloss）
appears and the audience now read "the F word") 出现　并且 观众　现在 看到　那个 F 字母 Lower the ... 放低 那个 **Jay**：(the audience utters "ooh" in surprise 观众　发出 哦 惊讶地 while some people laugh) ... "We love 而　一些 人　笑　　我们 爱 the" ... What the hell? 那个　搞什么啊	We love　the penis? What the heck ... 我们 爱 那个 阴茎 见鬼
Example 4.1-S01-E02 **Jay**：Nice　bike，Sally 不错的 自行车 小姑娘 **Claire**：Dad! 老爸 **Jay**：He looks like little Betty Boop on that thing 他 看起来　像 小 贝蒂　　在那个 东西	Nice　bike，Sally 不错的 自行车 小姑娘 Dad! 老爸 Come on! He looks like Betty Boop on that thing 拜托　　他 看起来 像　贝蒂　在那个 东西
Example 4.2-S01-E14 **Cameron**：My dream for him is that one day 我的 梦想 对 他 是　一 天 he'll　be　on　the　Supreme Court 他 会 在 工作　　最高的 法院 **Mitchell**：Why，Cam? 为什么 小卡 **Cameron**：So，at parties I　can　tell 所以 在 聚会 我 可以 告诉 everyone my partner is one of The Supremes 大家　我的 男友　是 一个 的 高等法院	My　dream for him is that one day he'll 我的 梦想 对 他 是　一 天 他 会 be　on the Supreme Court 在　工作　最高的 法院 Why，Cam? 为什么 小卡 So，I'll be able to tell that my partner is 所以 我 可以　告诉 我的 男友 是 one of the divine　Supremes 一个 的 神圣的"最高院法官"

续表

<table>
<tr><th>ST（English to Chinese gloss）</th><th>BT（English to Chinese gloss）</th></tr>
<tr><td>Example 4.3-S02-E17
Haley：Then I will just go put on your favorite nerdy
那 我 要 去 穿上 你的 最爱 书呆子
T-shirt，the one with the guy from Back to the
T 恤 那 个 有 男人 从 回到
Future on it
未来 上面 它
Alex：That's Albert Einstein. And it
那 是 阿尔伯特·爱因斯坦 而且 它
is not nerdy
是 不 书呆子</td><td>
It means that I'll put on your favorite
这 意味着 我 要去 穿上 你的 最喜欢的
nerdy T-shirt. The one withthe guy from Back
书呆子气的 T-恤 那件 印有 男人 从 回到
to the Future on it
未来 上面 它
That's Albert Einstein. And it is not for
那 是 阿尔伯特·爱因斯坦 而且 它 不是 给
nerds
书呆子</td></tr>
<tr><td>Example 4.4-S01-E19
Gloria：Look at this papi！Huh？（makes
看 这招 宝贝 哼 让
her move and laughs）
她 晃动 并且 发笑
Jay：Easy. You can't sing
淡定 你 能 不 唱
"We are the champions" without your Queen
《冠军之歌》 没有 你的 皇后
Gloria：Damn it！Listen，I lose，and I burn this house
该死 听着 我 输了 我 烧掉 这个 房子
down！
倒下！</td><td>
Mira papi！Huh？
看这招 哼

Easy. You can't sing
淡定 你 能 不 唱
"we are the champions"without your Queen
《冠军之歌》 没有 你的 皇后
Damn it！I swear that if I lose，I burn
该死 我 发誓 如果 我 输了 我 烧掉
this house down！
这个 房子</td></tr>
</table>

续表

ST（English to Chinese gloss）	BT（English to Chinese gloss）
Example 4.5-S01-E08 **Sal**：Show me the pictures of Yoko 展示 我 那个 照片 的 小野洋子 **Michell**：See, it's— 听 它 是 **Cameron**：Sal 萨尔 **Sal**：It's a joke. You guys! Come on. Cause 这 是 一个 笑话 你们 家伙 别这样 因为 she's Asian, and she broke up our group 她 是 亚洲人 并且 她 拆散了 我们 团体	 Come on, take pictures of Yoko Ono out 来吧 拿 照片 的 小野洋子 出来 You see 你 看 Sal 萨尔 But come on! I am joking. Because she's 但 拜托 我 在 开玩笑 因为 她 是 Asian and stands between me and you 亚洲人 并且 站在 中间 我 和 你
Example 4.6-S01-E14 **Phil**：Can I say something? 可以 我 说 一些内容 **Claire**：No. No, you can't, Mario 不 不 你 不能 马里奥	 Can I say one thing? 可以 我说 一些 内容 No, you can't, Super Mario 不 你 不能 超级 马里奥
Example 4.7-S01-E05 **Cameron**：We're at the 10. We're at the 5. 我们 在 十码区 我们 在 五码区 We're at the 1. Daddy, we're scoring 我们 到达 一码区 爸爸 我们 得分 a touchdown! 触地 **Mitchell**：Please don't spike our baby. 请 不要 弄伤 我们的 孩子 Why does she look like the Hamburglar? 为什么 她 看起来 像 汉堡神偷公仔 **Cameron**：She's a referee 她 是 一个 裁判	 We're at the 10 yards, we're at the 5. 我们 在 十码区 我们 在 五码区 There we are, Daddy, we're scoring a 我们到了 爸爸 我们 得分 touchdown! 触地 Please don't throw the baby. Why is she dressed 请 不要 扔了 孩子 为什么 她 穿的 like a convict? 像个 罪犯 It's referee gear 这 是 裁判 装备

续表

ST（English to Chinese gloss）	BT（English to Chinese gloss）
Example 4.8-S02-E05	
Cameron：We should also mention how she 我们 应该 也 提及 如何 她 always perks up when we watch Charlie Rose 总是 兴奋 当 我们 看 查理·罗斯	We should tell them that she gets excited 我们 应该 告诉 他们 她 变得 兴奋的 when she watches talk shows 当 她 观看 脱口秀
Mitchell：That was one time. He was interviewing 那 是 一 次 他 在 采访 Elmo 艾摩	It happened only when they interviewed the 这 发生 仅仅 当 他们 采访 那个 Muppets 木偶
Example 4.9-S01-E17	
Mitchell：You- You tried to give me this 20 years 你 你 试着 去 给 我 这个 20 年 ago when my pet snake died 以前 当 我的 宠物 蛇 死了	You gave it to me 20 years ago when my 你 给 它 向 我 20 年 以前 当 我的 pet snake died 宠物 蛇 死了
Jay：I did? 我 有吗	Really? 真的
Mitchell：Yes. Zsa Zsa Gaboa? 是的	Yes. Don't you remember Boa George? 是的 不 你 记得
Cameron：That's adorable … 那个 是 可爱的	That's adorable 那个 是 可爱的
Gloria：（to Jay）And you really didn't know 而 你 真的 不 知道 that he was gay? 他 是 男同性恋	And you didn't realise he was gay? 而 你 没有 意识到 他 是 男同性恋
Jay：I must've, right? 我 必须 意识到 是吗	I should have, uh? 我 应该 意识到 嗯

续表

ST（English to Chinese gloss）	BT（English to Chinese gloss）
Example 4.10-S01-E14	
Phil：Like the other day, I met this guy named 就像 那天 我 遇见 这个 家伙 名叫 Carl. Now I might forget thatname, but he was 卡尔 现在 我 可能 忘记 那个名字,但是他是 wearing a Grateful Dead T-shirt. 穿着 一件 快乐 死亡 T 恤 What's a band like the Grateful Dead?. 什么 乐队 像 这个 快乐死亡? Phish Phish(美摇滚乐队,和 fish 读音相近) Where dofish live? The ocean. What else 哪里 鱼 生活 海洋 什么 其他 lives in the ocean? Coral. Hello, Carl. (...) 生活 里面 海洋 珊瑚 你好 卡罗 He looked like the drummer from 他 看起来 像 鼓手 来自 Foreigner. A foreigner's from France. 外国 这个外国人 来自 法国 France rhymes with ants. Ants ruin 法国 押韵 和 蚂蚁 蚂蚁 破坏了 a picnic ... What's up, Nick? 一次 野餐 哈啰 尼克?	I met a guy named Carlo, the other day 我 遇见 一个 家伙 叫作 卡尔 那天 And to avoid forgetting his name I 然后 为了 避免 忘记 他的 名字 我 concentrated on his T-shirt. Do you know 集中注意力 上面 他的 T 恤 你 知道 what colour was that? Brown. What else 什么 颜色 是 那个 棕色 什么 其他 is brown? Wood. What eats wood? 是 棕色 木头 什么 吃 木头 Woodworms. 木蛀虫 Hello Carl (...) 你好 卡尔 He looked like someone I know, a 他 看起来 像 一些人 我 知道 一个 friend's husband. It rhymes with ant. 朋友 的 丈夫 它 押韵 和 蚂蚁 Ants ruing picnics. How are you doing, Nick 蚂蚁 毁了 野餐 怎么 是你 正在做 尼克
Example 4.11-S01-E16	
Phil：We're like Ponce de Leon and his son, 我们 是 像庞塞·德莱昂 和 他 儿子 little Ponce 小庞塞 **Luke**：Who's that? 谁 是 他们	We're like Ponce de Leon and his son, 我们 是 像 庞塞·德莱昂 和 他的 儿子 little Ponce 小庞塞 Who's that? 谁 是 他们

续表

ST（English to Chinese gloss）	BT（English to Chinese gloss）
Phil：Famous treasure hunters 著名的 寻宝家 **Luke**：His name was Ponce? He'd get made fun 他的 名字 是 庞塞 他 会 被 取笑 of at my school. They'd probably call him Pants 在 我的 学校 他们 会 可能 叫 他 胖次 **Phil**：(Laughing) Pants. Or maybe, um, Fancy Ponce (笑) 胖次 或者 可能 嗯 高级胖次 **Luke**：(Laughs) That's a good one (笑) 那 是 一个 好的 一个	He was a famous treasure hunter 他 是 一位 著名的寻宝家 His name was Ponce? At my school, 他的 名字 是 庞塞 在 我的 学校 they'd have made fun of him calling him 他们 会 取笑 他 叫 他 Poncho Poncho(雨披) Poncho. Or maybe "Poncharello" 雨披 或者 可能 Poncharello This is a good one 那 是 一个 好的 打趣
Example 4.12-E05-S01 **Jay**：Oh, looks like I got to watch the game 哦 看起来 像 我 要 看 比赛 with Dick Butkus 和 迪克·布特库斯 **Mitchell**：Dad! Come on, that's offensive 爸爸 别这样 那 是 冒犯性的 **Cameron**：He's one of the greatest linebackers to 他 是 一个 的 最棒的 中后卫球员 到 ever play at Illinois, and one of my 曾经 打球 在 伊利诺伊州 而且 一个 我的 personal heroes 自己的 偶像 **Mitchell**：And his name is 而且 他的 名字 是	I'll have to watch the game with 我 将 不得不 看 比赛 和 Roy Simons 罗伊·西蒙 Dad, that's offensive 爸爸 那 是 冒犯性的 No, Mitchell. He's one of the greatest players 不 米切尔 他 是 一个 的 最棒的 球员 in the history of football, and one of my 在 历史上 足球 并且 一个 的 我的 personal heroes 自己的 偶像

续表

ST（English to Chinese gloss）	BT（English to Chinese gloss）
"Butkus"? "Dick Butt-kiss(亲屁股)" Really, and we're just choosing to … 真的 而且 我们 只是 想要 去 Okay 好吧	But he's openly gay. I thought 但是 他 是 公开的 男同性恋 我 以为 you were … 你 是
Example 4.13-S01-E08 **Cameron**: Remember her Halloween costume? 记得 她的 万圣节 装束 When she came as Siegfried and part of Roy 当 她 装扮 作 齐格弗里德和 部分 的 罗伊 **Mitchell**: It was too soon 这 过去并不久	Remember her Halloween costume? When she 记得 她的 万圣节 装束 当 她 dressed as one of the Twin Towers 装扮 作 一个 的 姊妹塔 That was tactless 那 是 不机智的
Example 4.14-S01-E14 **Alex**: What's Jagermeister? 什么 是 野格酒 **Phil**: Um … Well, you know how in a fairy tale 额 那个 你 知道 里面 一个 童话故事 there's always a potion that makes the princess 那儿 有 总是 一种 药 那个 让 公主 fall asleep, and then the guys start kissing her? 睡着 然后 那些 男生 开始 亲吻 她 Well, this is like that, except you don't wake up 嗯 这就 像 那个 除了 你 不 醒来 里面 a castle, you wake up in a frat housewith a bad 一座 城堡 你 醒来 在里面 一个 兄弟会 糟糕 reputation 名声	What's Centerbe? 什么 是 圣特伯酒 Well, you know how in a fairy tale 那个 你 知道 在里面 一个 童话 故事 there's always a potion that makes the 那里 有 总是 一种 毒药 让 那个 princess fall asleep, and then the prince 公主 睡着 并且 然后 那些 王子 kisses her? It's more or less the same thing, 亲吻 她 这 是 或多或少 同样的 事情 but the difference is that when you wake up 但是 差别 是 当 你 醒来 in the morning, you wake up with a bad 在 早上 你 醒来 有 一个 坏的 reputation and a bad headache 名声 和 一个 严重的 头疼

续表

ST（English to Chinese gloss）	BT（English to Chinese gloss）
Example 4.15-S01-E11 **Jay**：I could be sitting grillside， watching a 我 本可以 坐在 铁板烧旁边 看 一个 guy build an onion volcano. Instead,I got Rico 家伙 堆 一座 洋葱 山 而不是 我有 里克 Suave in my kitchen, and I got a stolen 苏艾文 在 我的 厨房 而且 我 有 一艘 偷来的 boat in my driveway 船 里面 我的 车位	I could be with you in the best restaurant in the 我 本可以 和 你 在 最好的 餐馆 在这个 county and instead, I have Ricky Martin 国家 而非 我 有 瑞奇·马丁 in my kitchen, and a stolen boat in my driveway 在 我的 厨房 而且 一艘 偷来的 船 在我的车位
Example 4.16-S02-E11 **Mitchell**：I have an appointment with Dr Bigfoot 我 有 一个 约会 和 医生 大脚 tomorrow 明天 **Cameron**：Okay, here comes the judge 好的 这儿 来了 评判	I prefer having tea with The Mad Hatter 我 更喜欢 喝 茶 和 大帽子 Here you go. You're being judgemental again 随便 你 在 动辄评头论足的 再次
Example 4.17-S01-E01 **Jay**：Let me see this little potsticker! 让 我 看看 这个 小 跟屁虫	Let me see the little one 让 我 看看 那个 小 宝宝
Example 4.18-S02-E05 **Claire**：Phil, she carved a telephone out of 非尔 她 雕刻了 一部 手机 用 A bar of soap 一 块 肥皂 **Haley**：I can't believe that I'm getting a car! 我 不能 相信 我 就要 有 一辆 汽车! **Phil**：Holy crap. We've been Shawshanked 真扯淡 我们 被 忽悠了	Phil, it's true. This is a bar of soap, not 非尔 这 是 真的 这 是 一 块 肥皂 不是 a telephone 一部 手机 I can't believe it. I'm getting a car! 我 不能 相信 这个 我 就要 有 一辆 汽车 Damn it. She fooled us, Claire 该死 她 愚弄了 我们 克莱尔

续表

ST（English to Chinese gloss）	BT（English to Chinese gloss）
Example 4.19-S02-E13 **Cameron**：Lily，thank you for being 莉莉 谢谢 你 因为 such a trouper with Mr Personality over there 讨人喜欢 不说话的小家伙在 那里	Lily，thanks for pretending you like the 莉莉 谢谢 因为 假装 你 喜欢 那个 Little Prince with a blond bob 小 王子 有 一头 棕色的 短发
Example 4.20-S01-E06 **Manny**：Is something wrong？Who has died？ 是 一些东西 出问题了 谁 已经 死了 **Gloria**：No one，Manny 没有人死 曼尼 **Jay**：Why would you even think that？ 为什么 会 你 甚至 认为 这样 **Gloria**：In Colombia，Manny went to Pablo Escobar 在哥伦比亚曼尼去巴勃罗埃斯科瓦尔 Elementary School. If you got pulled out of class， 小学 如果你 被 叫出来 课堂 it was to identify a body 这 是要 辨认 一具 尸体 **Jay**：We've got your poncho here. 我们 带来 你的 斗篷 这儿 **Manny**：I thought you said it made me look like my 我 想 你 说 它 让 我看起来 像 我的 neck was wearing adress（Gloria gives Jay a 脖子 在 穿着 一条裙子 歌洛莉亚 给 杰 一 nasty look） 凶悍的表情 **Jay**：It was a joke 这 是 一个 笑话	TT[F] What's happened？Who'd died？ 什么 发生 谁 死了 No one， Manny 没有人死 曼尼 Why did you think that？ 为什么 你 认为 这样 In Colombia，Manny went to "Pablo Escobar" 在 哥伦比亚 曼尼 去 巴勃罗埃斯科瓦尔 Elementary School. If you got called out of 小学 如果 你 被 叫出来 class，it was surely to identify a body 课堂 这 是 肯定 去 辨认 一具 尸体 We've brought your poncho 我们 带来 你的 斗篷 You said it looked like my neck was wearing 你 说 它 看起来 像 我的 脖子 在 穿着 a dress 一条 裙子 I was joking 我 在 开玩笑

续表

ST（English to Chinese gloss）	BT（English to Chinese gloss）
Example 4.21-S01-E17 **Jay**：To this day, Mitchell looks at me, I see 直到 今天 米切尔 看着 我 我 感觉 him thinking, "That's the guy who killed 他 想 "那个 是 家伙 杀了 Fliza Minnelli" 芙莱莎・米奈丽"	TT[F] To this day, Mitchell looks at me and thinks: 直到 今天 米切尔 看着 我 然后 想 "He killed Fliza Minnelli" 他 杀了"芙莱莎・米奈丽"
Example 4.22-S02-E05 **Phil**：For the next week, I may as well be 接下来的 一周 我 会 也 Amish Jebediah Dunphy. Raising barns, witnessing 原始人 邓菲 穴居狩猎 见证 murders, making electric fireplace hearths 谋杀 钻木取火	TT[F] Next week, I may as well be Amish. 接下来的 一周 我 会 也 处在 Jebediah Dunphy, who raises barns, witnesses 原始人 邓菲 谁 穴居狩猎 见证 murders and makes heart-shaped electricfireplaces 谋杀 和 钻木取火
Example 4.23-S02-E19 **Cameron**：This production was a joke 这个 音乐剧 是 一个 笑话 until I introduced these children to the 直到 我 介绍 这些 孩子 给 musical theatre greats Bernstein, Sondheim. 音乐剧 大师 伯恩斯坦 桑坦 Years from now, some of these kids 几年 从现在开始 一些 的 这些 孩子 will still be talking about the way I 会 依旧 谈论 关于 方式 我 Sondheimized them 桑坦化 他们	TT[F] This production was a farse until I started 这个 音乐剧 是 一个 笑话 直到 我 these children to the musical theatre greats: 这些 孩子 给 音乐剧 大师 Bernstein, Sondheim. Years from now, 伯恩斯坦 桑坦 几年 从现在开始 they will still talk about I Sondheimized 他们 会 依旧 谈论 关于 我 桑坦化 them 他们

续表

ST（English to Chinese gloss）	BT（English to Chinese gloss）
Example 4.24-S01-E23 **Cameron**：But it's one of the things he 但是 这 是 一点 的 东西 他 loves most about me, and I can't tell 爱 最 关于 我 并且 我 能 不 告诉 him the truth now. It would be like 他 事实 现在 那 会 像 Lewis telling Clark that he didn't like to 路易斯 告诉 克拉克 他 不 喜欢 去 walk. Side note： We're very good 徒步 补充 说明 我们 是 非常 好的 friends with a couple named Lewis and 朋友 和 一对 夫夫 叫作 路易斯 和 Clark. Clark bought a big, sparkly belt 克拉克 克拉克 买了 一块 巨大的 地皮 in New Orleans that he calls his 里面 新奥尔良 他 称作 他的 Louisiana Purchase 路易斯安那州 购买	TT[F] But it's one of the things he loves most 但是 这 是 一点 的 他 爱 最 about me, and I can't tell him the truth 关于 我 并且 我 能 不 告诉 他 事实 now. It would be like Lewis telling Clark 现在 那 会 像 路易斯 告诉 克拉克 that he didn't like to walk. By the way, 他 不 喜欢 去 徒步 顺便提一句 we're very good friends with a couple 我们 是非常 好的 朋友 和 一对 夫夫 of gentlemen named Lewis and Clark. 的 绅士 叫作 路易斯 和克拉克 Clark bought a big, sparkly belt in 卡拉克 买了 一块 巨大的 地皮 在 New Orleans that he calls his 新奥尔良 他 称作 他的 "Louisiana Deal" 路易斯安那州交易
Example 4.25-S02-E05 **Manny**：Well, hello there, Haley 哎呀 你好呀 海莉 **Jay**：Take it down a notch, Jethro 消停消停吧 小色鬼	TT[F] Hey, hello Haley 嘿 你好 海莉 Behave, silly boy 消停点 小笨蛋
Example 4.26-S01-E12 **Haley**：Oh, don't be such a baby. It's just 哦 不要 孩子气 这 是 仅仅 some dude with weird hair 某个 老兄 有 奇怪的 头发	TT[F] Don't be such a baby. It's just a 不要 孩子气 他 是 仅仅 一个 guy with weird hair 老兄 有 奇怪的 头发

续表

ST（English to Chinese gloss）	BT（English to Chinese gloss）
Alex：That's Maya Angelou，you idiot 那是 玛雅·安琪洛 你 白痴 **Haley**：Oh，sorry. I don't follow the WNBA 哦 抱歉 我 不 看 美国女子篮球联盟	It's Maya Angelou， you idiot 那 是 玛雅·安琪洛 你 白痴 Sorry. I don't follow the women's basketball 抱歉 我 不 看 那个 女子 篮球
Example 4.27-S02-E20 **Luke**：One time，she gave me a Woody 有一次 她 给 我 一个 胡迪 **Claire**：Sweet Je— 亲爱的 **Haley**：She remembered he's my favourite 她 记得 他 是 我的 最喜欢的 character from *Toy Story* 角色 来自《玩具总动员》 **Claire**：She did 她 记性好	TT^F Once she made it hard for me 一次 她 Good Lord 亲爱的 主啊 She remembered I like my eggs this way 她 记得 我 喜欢 我的 这种 方式 Yeah 好吧
Example 4.28-S02-E23 **Phil**：Jay，now you do me. Just grab 杰 现在 你 举起 我 只要 抓 a handful. Don't be shy. I'm not giving you 一 把 不要 害羞 我 不 给 你 as much to work with. I used to 很多重量 去 应对 我 曾经 有 have a lot more there. I lost it. They used to 挺丰满的 我瘦了不少 他们 以前 call me the Grand Can 叫 我 肥臀	TT^F Jay，now you do it to me. Give it a good grab， 杰 现在 你 举起我 举一次就好 don't be shy. There's not much to 不要 害羞 那里 没有 很多重量 去 handle. There used to be more，but I lost it.应 对 曾经 有些胖 但 我减了 They used to call me "The Big Ass" 他们 以前 叫 我 大 屁股

续表

ST（English to Chinese gloss）	BT（English to Chinese gloss）
Example 4.29-S01-E13 **Jay**：They look like they came out of 他们 看起来 像 他们 来自 the 1800s. You see Hugo over there? 19 世纪 你 看到 雨果 在 那里 After lunch, he ordered a Sanka 之后 午餐 他 点了 一杯 桑卡咖啡(桑卡是世界上最早的去咖啡因的咖啡一)	TT[F] Look at these guys. They look like they 看 这些 家伙 他们 看起来 像 他们 just came out of the 1800s. Do you see Hugo 刚刚 来自 19 世纪 你 看到 雨果 there? He ordered an Alka Seltzer 那儿 他 点了 一杯 养胃泡腾片冲剂
Example 4.30-S02-E12 **Claire**：Honey, do you want popcorn or anything? 亲爱的 你 想要 爆米花 还是 其他什么? **Phil**：No, I'm Good and Plenty (pointing at his 不 我 还好 而且 再说 指向 他的 pocket). So, hold your water cause I've got 口袋 所以 水也不用买 因为 我 带着 some Twix up my sleeve (pointing athis sleeve) 一些 特趣巧克力 在 我的 袖子 指向 他的 袖子 **Claire**：You may be cool, but I'm wine cooler 你 可能 厉害的 但 我 是 酒 冷却 (pointing at her bag) 指向 她的 包包 **Phil**：I love us 我们真是绝配	TT[F] Honey, do you want popcorn or anything? 亲爱的 你 想 爆米花 还是 其他什么 No, I'm ready ... for everything. So, 不 我 准备 所有东西 所以 hold your "water" because I've got 不用买水 因为 我 已经 带了 a Twix up my sleeve 一块特趣巧克力 在 我的 袖子里 You may be good, but I'm Fantastic 你 可能 是 厉害的 但是 我 是 更棒 I adore us 我 羡慕 我们
Example 4.31-S02-E10 **Mitchell**：Lily's friend just pulled a 莉莉 的 小伙伴 刚刚 拽出 一个 Britney Spears getting out of a sandbox car 迷你版布兰妮 出来 一个 沙坑玩具 车	TT[F] Lily's friend behaves like Britney Spears 莉莉 的 小伙伴 举止 像 迷你版布兰妮 when she gets off her toy car 当 她 下来 她的 玩具 车

续表

ST（English to Chinese gloss）	BT（English to Chinese gloss）
Example 4.32-S02-E17 **Mr Rutledge**：Mr Pritchett! We're the 先生 普利契特 我们 是 Rutledges, the ones selling the spots. 鲁特莱齐 人 人 卖 墓穴	Mr Pritchett! We're the Rutledges, 先生 普利契特 我们 是 鲁特莱齐的人 the sellers of the ovens. 卖家 的 墓穴
Example 5.1-S01-E02 **Phil**：Hi, Gloria. How are you? Oh, beautiful dress 嗨 歌洛莉娅 你好吗 哦 漂亮的 裙子 **Gloria**：Oh, thank you, Phil 哦 谢谢 你 菲尔 **Phil**：OK … 好吧 **Claire**：She said "Phil", not "feel" 她 说"菲尔"不是"feel"	Hey, hi, Gloria. What a beautiful dress! 嗨 嗨 歌洛莉亚 多么 漂亮的 裙子 Oh, thanks. Nice fabric, isn't it? 哦 谢谢 漂亮的 衣服 不是 这 Oh, let me feel it … 哦 让 我 感受 它 She said "nice fabric", not "touch me", 她 说 漂亮的 衣服 不是 摸 我 you understand? 你 明白了吗
Example 5.2-S02-E02 **Gloria**：Jay, this came for you 杰 这个包裹 是 给 你 **Jay**：Hey, honey! What is it? 哦 亲爱的 什么 是 这个 **Gloria**：I called your secretary and told her order 我 打电话给 你的 秘书 然后 告诉 她 订 you some crackers and those cheeses that you like, 你 一些 薄脆饼干 和 那些奶酪 你 喜欢 the tiny little ones 小小的 饼干	Jay, this is for you 杰 这个包裹 是 给 你 Oh! Hello, honey. What is it? 哦 哈啰 亲爱的 什么 是 这个 I called your secretary and asked her to 我 打电话给 你的 秘书 然后 让 她 去 get those little cheeses (cheese triangles) 拿来 一些 小的 奶酪 奶酪 三角形 that you adore. You know, those that melt 你 喜欢 你 知道 那些 融化

续表

ST（English to Chinese gloss）	BT（English to Chinese gloss）
Jay：Thanks. [pause]（…） 谢谢 [停顿] **Jay**：What the hell is this? 什么 到底 是 这个 **Gloria**：I told you Jay. I called your secretary 我 告诉过 你 杰 我 打过电话 你的 秘书 and told her to order you baby cheeses 并且 告诉 她 去 预定 你婴儿 奶酪 [Jay takes a baby Jesus off the box… Oh, so 杰 拿 一个 婴儿 耶稣出来 箱子 哦 所以 now that is my fault, too 现在 那 是 我的 错 也	Mini babybel 迷你 饼干 Jay：What the hell is this? Who ordered this? 什么 到底 是 这个 谁 预订了 这个 I told you, Jay. I asked your secretary to 我 告诉过 你 杰 我 让 你的 秘书 去 order those … how do you call them? 订购 那些 怎么 你 叫 他们 "beautiful babies" … 漂亮的 小孩
Example 5.3-S02-E02 **Jay**：Honey, look, English's your second 亲爱的 看 英语 是 你的 第二门 language. You're doing great 语言 你 做的 很好 **Gloria**：You're not helping by protecting 你 没有 帮助 通过 保护 my feelings. I want you to be honest with me. 我的 感受 我 想要 你 去 诚实 对 我 **Jay**：Last night you said, "we live in a doggy-dog 上一个 晚上 你 说 我们 住 在 一个狗狗的 world" 世界 **Gloria**：So?（…） 怎么了 **Jay**：Well, it's "dog-eat-dog world" 实际上 应该是 狗咬狗的 世界	 Honey, it's not easy to speak another 亲爱的 这 是 不 容易 去 说 另一种 language. You're doing great 语言 你 做的 很好 You don't help me by trying not to hurt 你 没有 帮助 我 通过 试图 不 去 伤害 my feelings. I want you to be honest withme. 我的 感受 我 想要 你 去 诚实 对 我 Yesterday, you said "we leave in a world 昨天 你 说 我们 生活 在 一个 世界 of pictures" 的 照片 And so? 那 所以 Instead, we say "a world of thieves" 实际上 我们 说 a world of thieves

续表

ST（English to Chinese gloss）	BT（English to Chinese gloss）
Gloria：(…) What else do I say wrong? 什么 其他 我 说 错误的 **Jay**：Well, it's not"blessings in the sky". 还有 那 是 不 天上来的祝福 It's "blessings in disguise." 而是 因祸得福 **Jay**："Carpal tunnel syndrome" is not 腕管综合征 是 不 "carpool tunnel syndrome" 拼车管综合征 **Gloria**：What else? 还有呢 **Jay**：Well, it's not "volump-tuous"… 好吧 那 是 不 型感的 **Gloria**：Okay, enough. I know I have an accent. 好了 够了 我 知道 我 有 口音 But people understand me justfine! 但是 大家 听懂 我 可以了	What else do I say wrong? 什么 其他 我 说 错了 Well, we don't say "a cane from heaven". 实际上 我们 不 说 a cane from heaven From heaven, we receive "manna" 来自 天堂 我们 说 天赐食粮 Carpal tunnel syndrome is not "carnal tunnel" 腕管综合征 是 不 拼车管综合征 Go on, continue 继续 还有呢 We don't say "lamparario" 我们 不 说 That's it! Enough! I know I make some 够了 够了 我知道 我 犯了 一些 mistakes, but everybody understands what 错误 但 大家 听懂 内容 I want to say 我 想 说
Example 5.4-S02-E06 **Gloria**：Hola, Jay 哈啰 杰 **Jay**：Where are you? 哪里 是 你 **Gloria**：I have Manny in the carpool and we're 我 带着 曼尼 在 车库 我们 going to the dropout 就要 到 辍学区 **Jay**：Dropout? You mean that Eddie kid. 辍学区 你 是指 那个 埃迪 小孩 He's a moron 他 是 傻兮兮的	 Hola, Jay 哈啰 杰 Where are you? 哪里 是 你 I am taking Manny to the wholesale store and 我 带着 曼尼 在 杂货店 超市 然后 I get back home afterwards 我 回家 之后 Wholesale store? I thought you were taking 杂货 商店 我 认为 你 带 them to school 他们 去 学校

续表

ST（English to Chinese gloss）	BT（English to Chinese gloss）
Gloria：No, the dropout, where you drop the 不 辍学区 地方 你 放下 kids in the school 小孩 里面 学校 **Manny**：She means drop-off 她 是说 下车区 **Gloria**：That's what I said (...) 那 是 内容 我 说的 (Talking about Halloween costumes) (讨论 关于 万圣节 服装 You're going to be a "gargle" and I'm 你 将要 扮作 一条 夜龙 而 我 going to be an evil village bruja. (...) 将要 扮作 一个 邪恶的 村庄布鲁哈 **Manny**：She means "gargoyle" 她 是指 夜行神龙 **Gloria**：That's what I said 我就是这样说的	It's what I've just said. I'm leaving them 这 是 内容 我 刚 说的 我 放下 他们 in front of the wholesale store of theirschool 前面 的 杂货 商店 的 他们 学校 I think she means the entrance 我 觉得 她 是指 入口处 That's what I've said, in fact (...) 那 是 内容 我 已经 说的 事实上 You'll be a "grison" and I'll be 你 会 扮作 一条 夜龙 而 我 会 扮作 a scary and evil witch 一个 令人害怕的 邪恶的 巫婆 She meant "griffon" 她 是指 That's what I said 我就是这样说的
Example 5.5-S01-E10 **Mitchell**：Still keeping traditions alive, huh? 依旧 保持 传统 活着 嗯 **Jay**：Well, someone has to. I got two Colombians 哎呀 一些人 不得不 我 有 两个哥伦比亚人 at home trying to turn Christmas into Cinco de mayo 在 家 想要 变成 圣诞节 为 五月节 **Mitchell**：You know that's Mexican, right? 你 知道 那 是 墨西哥的 对吧? **Jay**：Ah burrito, burright-o. Christmas should 哦 有什么区别呢 圣诞节 应该 be Christmas 是 圣诞节	Still keeping traditions alive, huh? 依旧 保持 传统 活着 嗯 Someone has to. I got two Colombians at 一些人 不得不 我 有 两个 哥伦比亚人 在 home trying to turn Christmas into Cinco de mayo 家 试着 变 圣诞节 为 五月节 You know that's a Mexican festivity, right? 你 知道 那 是 一个 墨西哥的 节日 对吧? Always looking at the hair in the egg. 总是 鸡蛋里面挑骨头 Christmas must be Christmas 圣诞节 必须 是 圣诞节

续表

ST（English to Chinese gloss）	BT（English to Chinese gloss）
Example 5.6-S01-E18 **Gloria**：You know, this part of town may be 其实 这 部分 镇子 可能 是 very rough, but the people here, Cameron… 非常 治安差的 但是 人 这里 卡梅伦 The best!（They see Cameron's car on four 最好的 他们 看到 卡梅伦的 车 在 blocks and missingits wheels） 但是 丢了 车的 轮子 **Cameron**：I'm pretty sure I had wheels 我 是 非常 确定的 我 有 轮子 when I parked here 当 我 停放 这儿 **Gloria**：AY-AY! Who did this? … Who did 啊 谁 做的 这个 谁 做的 this? You coward sons of bitches!（banging 这个 你 懦弱的 狗娘养的 （砸 her bag against the windows of a nearby 她的 包 向 窗户 的 一个 附近 building）You scare? you scare to show 大楼） 你 害怕 你 害怕 去 露出 your faces? Little girls … 你的 脸 怂娘儿们	It's true： this part of town is horrible, 这 是 真实的 这里的 镇子 是 治安差的 but the people who live here… are great! 但是 人们 谁 生活 这里 是 很棒的 I'd swear I had wheels when I parked 我 可以 发誓 我 有 轮子 当 我 停车 I want to know who did this. Where are you? 我 想 知道 谁 做的 这个 哪里 在 你 Bastard! Asshole! Son of a bitch! What's up? 混蛋 混球 狗娘养的 怎么了 Are you scared to show your face? 你 害怕 露出 你的 脸
Example 5.7-S01-E22 **Jay**：It's whale "watching" 这 是 鲸鱼"观赏" **Gloria**：Whale washing 鲸鱼 "浣赏" **Jay**：Watching 观赏 **Gloria**：Washing 浣赏 **Jay**：That's close enough … Hello 差不多了 你好	TT^F It's "whale watching" 这 是 鲸鱼"观赏" "Whale washing" 鲸鱼 "浣赏" "Watching" 观赏 — "Washing" 浣赏 That's OK … Hello 可以了 你好

续表

ST（English to Chinese gloss）	BT（English to Chinese gloss）
Example 5.8-S02-E21 **Gloria**：Say something terrible about me 说 一些话 糟糕 关于 我 so that we can be even like a Steven 于是 我们 可以 扯平了	TT[F] Say something terrible about me so that we are 说 一些话 糟糕的 关于 我 于是 我们 even like donkeys 平均地 像 猴子了
Example 5.9-S02-E24（第一季第 **24** 集） **Gloria**：Do you know how offensive it is 你 知道 多么 冒犯的 这 是 that you put all of us 你 所有的 我们 in the same mixing pot? 混为一谈	TT[F] Don't you understand how offensive it is 不 你 明白 多么 冒犯的 这 是 putting us in the same melting pot? 我们 混为一谈
Example 5.10-S02-E06 **Manny**：And one time she says："Don't 然后 一 次 她 说 不要 choke or I'll give youthe Hindenburg 开玩笑(joke)否则 我 会 给 你 海登堡 maneuver" 浩劫 **Cameron**：One time she caught me staring off 有一次 她 发现 我 放空 and she goes "Cam, what's wrong? You look like 然后 她 说 小卡 怎么了 你 看着 像 a deer in a headlice!" 一个 鹿 在 一个 头虱！ **Phil**：If you tell her she doesn't have a 如果 你 告诉 她 她 没 有 一个 choice, she'll tell you "don't you give 选择 她 会 告诉 你 不 你 给 我	TT[F] Once she's said："Don't choke or 一次 她 说 不要 开玩笑(joke) 否则 I'll have to give you the Hindenbur maneuver" 我 将 不得不 给你 海登堡浩劫 Oh, once she caught me staring off and she 哦 一次 她 发现 我 放空 然后 她 told me："Cam, what's up? You look like 告诉 我 小卡 怎么了 你 看起来 像 a deer with light in your lices!" 一只 鹿 有 光 If you tell her she doesn't have a choice 如果 你 告诉 她 她 没有 一个 选择 she'll respond "don't try and give me 她 将 回答 不要 尝试 或者 给 我 a last-act(ultimatum)" 一个 最后通牒

续表

ST（English to Chinese gloss）	BT（English to Chinese gloss）
me an old tomato" 我 一个 老番茄 **Gloria**：OK！Enough！You try speaking in 好的 够了 你们 试试 说 用 another language！Everybody out of myhouse！ 另一种 语言 每个人 出去 我的 房间	Enough！You try speaking in another language！ 够了 你们 试试 说 用 另一种 语言 Everybody out of my house！ 每个人 出去 我的 房间
Example 5.11-S02-E24 **Jay**：（While holding his present）And here 正 举着 他的 礼物 而且 这儿 we have a phone in the shape of amouth 我们 有 一个 手机 形状 的 一 嘴唇 **Gloria**：Ah，you're welcome. Very sexy 啊 不用谢 非常 性感 **Jay**：Wait a minute. Don't tell me. Let me 等 一下 不要 告诉 我 让 我 work this out. I mentioned a few times I was 搞清楚 我 提过 一些 次数 我 thinking of taking up the saxophone. You 想 要 一个 萨克斯 你 give me this. I got it. Is this aphone? 给 我 这个 我 明白了 是 这个 手机？ **Gloria**：Happy birthday！ 快乐 生日	TT[F] And here we have a phone in the shape of 那 这儿 我们 有 一部 手机 形状 的 a mouth 一个 嘴唇 Ah，you're welcome. Very sexy 啊 不用谢 非常 性感的 Oh，just a moment. Don't tell me. I told 哦 再 一 分钟 不要 告诉 我 我 告诉 you a couple of times I was thinking of 你 一些 次数 我 想 taking up the saxophone and you have given 要 一个 萨克斯 而 你 给 me this. I got it. Is this a sexy-phone? 我 这个 我 明白了 是 这个 一个 性感的手机？ Happy birthday！ 快乐 生日
Example 5.12-S01-E12 **Cameron**：Okay，I speak a little Spanish. 听着 我 会说 一点 西班牙语 （subtitles：would you like to make water and have （字幕 愿意 你 喜欢 小便 然后 our bed?） 睡床上？）	TT[F] OK， I know a bit of Spanish. Would you 听着 我 会说 一点 西班牙语 愿意 你 like to wee and take our bed? 喜欢 小便 然后 睡 我们的 床

续表

ST（English to Chinese gloss）	BT（English to Chinese gloss）
Gardener：Gracias，señor 谢谢　先生 **Cameron**：What was that? 什么情况 **Cameron**：I　just asked him　if　he wanted to 我 刚 问 他 是否 他 想要 have a glass of water and　sit downfor a minute， 喝 一 杯　水 然后 坐 下　　一会儿 like any　kind　person would 像 任何 善良的 人　会 （the gardener goes to their　bedroom） 园丁 去了　他们的 卧室	Gracias. 谢谢 What did you say? 什么　你 说 I asked him if　he wanted a glass of water and 我 问 她 是否 他 想要 一 杯　水　　然后 sit down for a minute，like any　kind　person 坐 下来 一会儿　　像 任何 善良的 人 would do 会　做
Example 5.13-S02-E04 **Jay**：Gloria. Stop being such a snob. Come over 歌洛莉亚 别不合群　　过来 and　meet　my friend　Julio and his　wife 并且 见见 我的 朋友 夏利奥 和 他的 妻子 I'm sorry. Your　name again? 抱歉　你的 名字 再次 **The wife**：*Qué*? 什么 **Jay**：I think you're really gonna hit it off with Kay 我 觉得 你　确实 会 合得来　　和 凯	TT[F] Gloria. Stop being a snob and come over 歌洛莉亚　别不合群　然后　过来 and meet my friend Julio and his wife... 并且 见见 我的 朋友 和 他的 妻子 I'm sorry，　can you repeat your name again? 我很抱歉　可以 你 重复 你的 名字 再次 What? 什么 I　think you will get along very well with Kay 我 觉得 你 会 相处　非常 好 和　　凯
场景描述 **Example 6.1** Kumail　is　in the basement 库马尔 在 里面　地下室	意大利语 AD Kumail，after going to the basement，lays 库马尔 之后 去　　地下室　铺放 a　prayer rug　on the floor，sits in a chair 一条 礼拜 毯子 上面 地板 坐在 椅子

续表

ST（English to Chinese gloss）	BT（English to Chinese gloss）
The video Kumail watches is onscreen; the 那个 视频 库马尔 观看 在 屏幕上 那个 person shooting the video is heard laughing 人 拍摄 视频 是 听见 笑声 offscreen 屏幕外	and looks for a video game on his PDA 并且 看 视频 游戏 上面 他的 掌上电脑 He then picks up a cricket bat and mimes 他 然后 拿起 一只 板球 拍 并且 模仿 a few hits 一些 击球 He plays a bit more with his phone and then 他 玩 一些 用 他的 手机 然后 picks up the rug 拽起 毯子
Example 6.2 Khadija says she can do magic and shows the 卡迪娅 说 她 可以 变 魔术 并且 展示 others a trick. She asks for a dollar bill note 其他人 魔术 她 要求 一 美元 纸币 And Kumail's father hands her a 20-dollar bill 然后 库马尔 的 爸爸 递给她 一张 20 美元纸币 **Khadija**: 20? Big spender. Andrew Jackson? 20 美元 真慷慨 安德鲁·杰克逊 Don't you think he'd look cool with 不 你们 认为 他 看起来 很酷 戴着 sunglasses? 墨镜 She draws a pair of sunglasses on top of Andrew 她 画 一 副 的 墨镜 上面 的 安德鲁 Jackson's head, and folds the bill. We sprinkle 杰克逊 的 头 然后 对折 纸币 我们 撒 the magic dust on She makes a sprinkling motion 魔力的 粉尘 上面 她 作 一个 撒的 手势	The magician draws sunglasses on Jackson 魔力 画 墨镜 上面 杰克逊

续表

ST（English to Chinese gloss）	BT（English to Chinese gloss）
with her fingers over the folded-up bill 用 她的 手指 上面 折叠的 纸币 **Kumail**：Yeah, you can't do it without 是的 你 不能 完成 这个 没有 the magic dust. 有魔力的 粉末 **Khadija**：Yeah, I need it. All right … She snaps 是的 我 需要 这个 好了 她 打响指 herfingers. She unfolds the bill. Andrew Jackson 她的 手指 她 展开 纸币 安德鲁·杰克逊 is now wearing the sunglasses; everyone is amused 在 现在 戴着 墨镜 大家 被 逗笑 **Fatima**：That is amazing! And he does look better 这令人诧异的 而且 他 确实看起来更好 with glasses! 戴着 太阳镜 Later, at Kumail's apartment 之后 在 库马尔 的 公寓	The sunglasses have dropped onto his nose 那副 墨镜 掉 上面 他的 鼻子 The magician's photo ends up with 那个 变魔术的姑娘 的 照片 结束 和 the others 其他人的照片
Example 6.3 It is night time and Emily is awake 这 是 晚上 时间 并且 艾米丽 是 醒着的 and moving around Kumail's apartment. 并且 移动 绕着 库马尔 的 公寓 Emily looks around Kumail's bedroom for 艾米丽 看 四处 库马尔 的 卧室 为了 something. She starts putting her clothes on 一些东西 她 开始 穿上 她的 衣服 Kumail wakes up 库马尔 醒了	It's nighttime. Emily gets out of the bed 这 是 晚上时间 艾米丽 起床 that she shares with Kumail and goes to the 她 一起 和 库马尔 并且 去 bathroom. She comes back shortly after 浴室 她 回来 短暂地 之后 and looks for her things. Kumail wakes up 然后 寻找 她的 衣物 库马尔 醒了

续表

ST（English to Chinese gloss）	BT（English to Chinese gloss）
Kumail questions her behaviour and shefinally 库马尔 询问 她的 行为 并且 她 终于 admits： 承认 **Emily**：I have to take a shit, OK? I have to 我 不得不 去大便 好吗 我 不得不 take a huge fucking dookie (...) 上 大号厕所 (Kumail starts laughing). 库马尔 开始 发笑 **Emily**：Please stop laughing! Please, please. 请 不要 笑了 求你了 **Kumail**：Okay, I have an idea 好的 我 有 一个 主意	
Example 6.4 In a batting cage, Naveed fully geared up： 在 一个 球场 纳维德 完全 准备好 batting helmet, gloves, elbow pads, 护帽 手套 肘部 护垫 eye-black. Kumail is behind the backstop, watching 护目镜 库马尔 在 后面 挡球网 看着 **Naveed**：Watch and learn, Bhai. It's all 看着 并且 学习 巴伊 这 是 全部 about shifting weight and torque 关于 转换 重量 和 扭矩 A ball zigs at Naveed, he misses completely 一只 球 急转 向 纳维德 他 错过 完全 **Naveed**：Oh Christ! 哦 天呐 **Kumail**：Oh. Oh 哦 哦	Naveed 纳维德 Naveed, Kumail's brother, tries to show him 纳维德 库马尔 的 哥哥 试着 去 展示 他 how to play cricket 如何 去 击打 板球

续表

ST（English to Chinese gloss）	BT（English to Chinese gloss）
Another ball zings. Naveed misses it again 另一只 球 过来了纳维德 错过 一只球又一次 **Kumail**：You're like a Pakistani Sammy Sosa 你 像 一个 巴基斯坦籍的 塞米·索萨 An 8-year old kid in a cage nearby 一个 8 岁的 孩子 在里面 一间 球场 附近 cracks a clean hit 击打 一次 干净的 击球 **Kumail**：Hey, he's pretty good. Just do what 嘿 他 相当 好 只要 做 什么 He's doing 他 在 做的	
Example 6.5 At Kumail's parent s' house 在 库马尔 的 父母 的 房间 Sumera：It's getting late, I should go 时间 变得 晚了 我 应该 走了 (She moves to get up, but Sharmeen and 她 移动 去 起身 但是 莎梅 和 Azmat stop her) 阿兹马特 阻止 她 **Azmat**：No, I think I should call him up, 不 我 认为 我 应该 打电话 他 I'll just call him up. (Into phone) Hello, 我 将 打电话 他 用 手机 你好 Kumibeta? What do you mean, who is calling? 库尔马 什么 你 意思 谁 在 打电话 This is your father. 我 是 你的 父亲 OK, OK. (He hangs up the phone) He will be here 好 好 （他 挂断 电话） 他 会 到 这里	I was just pretending. Did you call him? 我 在 仅仅 假装 你 打电话 他

续表

ST（English to Chinese gloss）	BT（English to Chinese gloss）
any moment. 任何 时间	
(To Naveed in Urdu) (对 纳维德 用 乌尔都语)	
I just faked that call. Did you call him? 我 只是 假装 那个 电话 你 打电话他?	
Naveed: (in Urdu) A hundred times. No response (用乌尔都语) 一百 次 没有 回应	
Sumera: I think I should make something clear. 我 觉得 我 应该 搞清楚 一些东西	
(In Urdu) I can understand what you're saying (用 乌尔都语) 我 可以 听懂 内容 你说的	A hundred times. He doesn't answer 一百 次 他 没有 接电话
Fatima: (in Urdu) I thought you said (用 乌尔都语) 我以为 你 说	
you'd never been to Pakistan 你 从来没有 去 巴基斯坦	I can understand what you're saying 我 可以 听懂 内容 你 在 说
Sumera: (in Urdu) I said I've never been there, (用 乌尔都语) 我 说 我 从未去 那里	I thought you said you'd never been to 我 以为 你 说 你 从未 去过
but we speak it at home 但是 我们 说 乌尔都语 在 家	Pakistan 巴基斯坦
Azmat: (laughs, then in Urdu) For someone (笑 然后 用 乌尔都语) 对于一些人	It's true, but we speak Urdu at home 这 是 真的 但是 我们 说 乌尔都语 在 家
who's never been to Pakistan you speak Urdu 谁 从未 去过 巴基斯坦 你 说 乌尔都语	For someone who's never been to Pakistan 对于 一些人 谁 从未 去过 巴基斯坦
very well 非常好	you speak it very well 你 说 乌尔都语 非常 好
Sumera: (in Urdu) Thanks (用 乌尔都语) 谢谢	Thanks 谢谢

参考文献

Arma , Saveria. 2011. *The Language of Filmic Audio Description: A Corpus-Based Analysis of Adjectives*. Unpublished PhD thesis. University of Naples"Federico II".

Attardo, Salvatore. 2002. "Translation and Humour: An Approach Based on the General Theory of Verbal Humour". *The Translator*,8 (2): 173-194.

Attardo, Salvatore, Hempelmann, Christian F. and Di Maio, Sara. 2002. "Script Oppositions and Logical Mechanisms. Modeling Incongruities and Their Resolutions". *Humour: International Journal of Humour Research*, 15 (1): 3-46.

Attardo, Salvatore. 1994. *Linguistic Theories of Humour*. Berlin: Mouton de Gruyter. Balirano, Giuseppe. 2015. "The Strange Case of the Big Bang Theory and Its Extra-ordinary Italian Audiovisual Translation: A Multimodal Corpus-Based Analysis". *Perspectives: Studies in Translatology*, 21 (4): 563-576.

Benecke, Bernd. 2004. "Audio Description". *Meta*, 49 (1): 78-80.

Bleichenbacher, Lukas. 2008. *Multilingualism in the Movies: Hollywood Characters and their Language Choices*. Tübingen: Francke Verlag.

Bonsignori, Veronica and Bruti, Silvia. 2008. "A Linguistic Analysis of Dubbing: The Case of Bend It Like Beckham". In Bertuccelli Papi, M. , Bertacca, A. and Bruti, S. (eds.) *Threads in the Complex Fabric of*

Language. Pisa:Felici Editore, 509-521.

Brown, Steven, Attardo, Salvatore and Vigliotti, Cynthia. 2014. *Understanding Language Structure Interaction, and Variation*. Ann Arbor: Michigan University Press.

Braun, Sabine and Orero, Pilar. 2010. "Audio Description with Audio Subtitling"—An Emergent Modality of Audiovisual Localization". *Perspectives: Studies in Translatology*, 18 (3): 173-188.

Bogucki, Łukasz. 2009. "Amateur Subtitling on the Internet". In Díaz-Cintas, J. and Anderman, G. (eds.) *Audiovisual Translation. Language Transfer on Screen*. New York: Palgrave Macmillan, 49-57.

Bucaria, Chiara. 2007. "Top 10 Signs Your Humour Has Been Subtitled: The Case of the Late Show with David Letterman". In Popa, D. and Attardo, S. (eds.) *New Approaches to the Linguistic of Humour*. Galati: Editura Academina, 72-87.

Bucaria Chiara. 2010. "What's in a Title? Transposing Dark Comedy Titles for Italian Viewers". In Valero-Garcés, C. (ed.) *Dimensions of Humour. Explorations in Linguistics, Literature, Cultural Studies and Translation*. Valencia: Universitat de València, 335-359.

Chiaro, Delia. 2005. "Foreword: Verbally Expressed Humour and Translation: An Overview of a Neglected Field". *Humour: International Journal of Humour Research*, 18 (2): 135-145.

Chiaro, Delia. 2006. "Verbally Expressed Humour on Screen: Reflections on Translation and Reception". *The Journal of Specialised Translation*, 6: 198-208.

Chiaro, Delia. 2010. "Translating Humour in the Media". In Chiaro, D. (ed.) *Translation, Humour and the Media*. London: Bloomsbury, 1-16.

Chiaro, Delia. 2017. "Humour and Translation". In Attardo, S. (ed.) *The Routledge Handbook of Language and Humour*. London and New York:

Routledge, 414-429.

Corrius, Monste and Zabalbeascoa, Patrick. 2011. "Language Variation in Source Texts and Their Translations: The Case of L3 in Film Translation". *Target*,23 (1):113-130.

Davies-González, Maria and Scott-Tennent, Christopher. 2005. "A Problem-Solving and Student-Centred Approach to the Translation of Cultural References". *Meta*, 50(1): 160-179.

De Bonis, Giuseppe. 2014. "Commedia in Scompiglio: One, Two, Three. Il Multilinguismo Come Veicolo di Umorismo" [Comedy in Confusion: One, Two, Three. Multilingualism as a Vehicle for Humour]. In De Rosa, G., Bianchi, F., De Laurentiis, A. and Perego, E. (eds.) *Translating Humour in Audiovisual Texts.* Frankfurt am Main: Peter Lang, 189-214.

De Bonis, Giuseppe. 2015. "Translating Multilingualism in Film: A Case Study on Le concert". New Voices in Translation Studies, 12: 50-71.

Delabastita, Dirk. 1996. "Introduction". *The Translator*, 2 (2): 127-139.

Delabastita, Dirk. 2002. "A Great Feast of Languages: Shakespeare's Multilingual Comedy in 'King Henry V' and the Translator". *The Translator*, 8 (2): 303-340.

Delabastita, Dirk. 2005. "Cross Language Comedy in Shakespeare". Special Issue Humor: *International Journal of Humor Research*, 18 (2): 161-184.

Delabastita, Dirk and Grutman, Rainier. 2005. "Introduction: Fictional Representations of Multilingualism and Translation". In Delabastita, D. and Grutman, R. (eds.) *Fictionalising Translation and Multilingualism.* Special Issue of Linguistica Antverpiensia, 4: 11-34.

Díaz-Cintas, Jorge and Muñoz Sánchez, Pablo. 2006. "Fansubs: Audiovosual Translation in an Amateur Environment". *The Journal of Specialised*

Translation, 6: 37-52.

Díaz-Cintas, Jorge, Parini, Ilaria and Ranzato, Irene. 2016. *Ideological Manipulation in Audiovisual Translation*. Special Issue of Altre Modernità. Milan: Università degli Studi di Milano. https://riviste. unimi. it/index. php/AMonline/issue/view/888/showToc (accessed: 05/10/2019).

Díaz-Cintas, Jorge and Remael, Aline. 2007. *Audiovisual Translation: Subtitling*. Manchester: St. Jerome Publishing.

Dore, Margherita. 2008. *The Audiovisual Translation of Humour: Dubbing the First Series of the TV Comedy Programme Friends into Italian*. Unpublished PhD thesis. Lancaster University.

Dore, Margherita. 2010. "The Audiovisual Translation of Fixed Expressions and Idiom-Based Puns". In Valero Garcés. C. M. (ed.) *Humour and Aspects Related to Linguistics and Translation, Cultural Studies and Literature*. Valencia: University of Valencia Press, 361-386.

Dore, Margherita. 2019a. Multilingual Humour in Translation. Special Issue of *The European Journal of Humour Research*, 7 (1): 1-6.

Dore, Margherita. 2019b. "Multilingual Humour in Audiovisual Translation. Modern Family Dubbed in Italian". *The European Journal of Humour Research*, 7 (1):52-70.

Fuentes-Luque, Adrían. 2003. "An Empirical Approach to the Reception of AV Translated Humour". *The Translator*, 9(2): 293-306.

Gottlieb, Henrik. 2009. "Subtitling against the Current: Danish Concepts, English Minds". In Díaz-Cintas, J. (ed.) *New Trends in Audiovisual Translation*. Bristol: Multilingual Matters, 21-43.

Harvey, Keith. 1995. "A Descriptive Framework for Compensation". *The Translator*, 1(1): 65-86.

Harvey, Keith. 2000. "Gay Community, Gay Identity and the Translated Text". TTR: Traduction, *Terminologie*, *Rédaction*, 13 (1): 137-165.

Hervey, Sándor and Higgins, Ian. 2001. *Thinking Translation*. London and New York: Routledge.

Hill, Jane. 2005. "Intertextuality as Source and Evidence for Indirect Indexical Meanings". *Journal of Linguistic Anthropology*, 15 (1): 113-124.

Iaia, Pietro Luigi. 2015. *The Dubbing Translation of Humorous Audiovisual Texts. Newcastle Upon Tyne*: Cambridge Scholars Publishing.

Irwin, William. 2002. "The Aesthetics of Allusion". *The Journal of Value Inquiry*, 36: 521-532.

Juckel, Jennifer, Bellman, Steven and Varan, Duane. 2016. "A Humor Typology to Identify Humor Styles Used in Sitcoms". *Humour: International Journal of Humour Research*, 29 (4): 583-560.

López-Vera, Juan Francisco. 2006. "Translating Audio Description Scripts: The Way Forward? —Tentative First Stage Project Results". MuTra 2006—*Audiovisual Translation Scenarios Conference Proceedings*, 148-157.

Leppihalme, Ritva. 1997. *Culture Bumps. An Empirical Approach to the Translation of Allusions*. Clevedon: Multilingual Matters.

Mailhac, Jean-Pierre. 1996. "The Formulation of Translation Strategies for Cultural References". In Hoffmann, C. (ed.) Language, *Culture and Communication in Contemporary Europe*. Clevedon: Multilingual Matters, 132-151.

Massidda, Serenella. 2015. *Audiovisual Translation in the Digital Age: The Italian Fansubbing Phenomenon*. Basingstoke: Palgrave Macmillan.

Martínez-Sierra, Juan José. 2009. "*The Relevance of Humour in Audio Description*". In TRAlinea 11. https://intralinea. org/archive/article/The_ Relevance_of_Humour_in_Audio_Description (accessed: 05/10/2019).

Martínez-Sierra, Juan José. 2010. "Approaching the Audio Description of Humour". *Entreculturas*, 2: 87-103.

Mereu-Keating, Carla. 2016. *The Politics of Dubbing: Film Censorship and State Intervention in the Translation of Foreign Cinema in Fascist Italy*. Frankfurt am Main: Peter Lang Publications.

Minutella, Vincenza. 2012. "'You Fancying Your Gora Coach is Okay with Me': Translating Multilingual Films for an Italian Audience". In Remael, A., Orero, P. and Carroll, M. (eds.) *Audiovisual Translation and Media Accessibility at the Crossroads. Media for All* 3. Amsterdam: Rodopi, 313-334.

Monti, Silvia. 2016. "Reconstructing, Reinterpreting and Renarrating Code-Switching in the Italian Dubbed Version of British and American Multilingual Films". In Díaz-Cintas, Parini, I. and Ranzato, I. (eds.) *Ideological Manipulation in Audiovisual Translation*. Special Issue of Altre Modernità, 68-91. Milan: Università degli Studi di Milano. https://riviste.unimi.it/index.php/AMonline/article/view/6849 (accessed: 05/10/2019).

Niemeier, Susanne. 1991. "Intercultural Dimensions of Pragmatics in Film Synchronisation". In Blommaert, J. and Verschueren, J. (eds.) *The Pragmatics of International and Intercultural Communication*. Amsterdam and Philadelphia, PA: John Benjamins, 145-162.

Orrego-Carmona, David. 2014. "Subtitling, Video Consumption and Viewers. The Impact of the Young Audience". *Translation Spaces*, 3: 51-70.

O'Sullivan, Carol. 2007. "Multilingualism at the Multiplex: A New Audience for Screen Translation?". *Linguistica Antverpiensia*, 6: 81-95.

O'Sullivan, Carol. 2011. *Translating Popular Film. Basingstoke*: Palgrave Macmillan. Parini, Ilaria. 2009. "The Changing Face of Audiovisual Translation in Italy". In Kemble, I. (ed.) *The Changing Face of Translation*. Portsmouth: University of Portsmouth, 19-27.

Parra-Lopez, Gullermo. 2016. "Disorderly Speech and Its Translation: Fear and Loathing among Letters". In Dore, M. (ed.) *Achieving Consilience: Translation Theories and Practice*. Newcastle upon Tyne: Cambridge Scholars Publishing, 82-107.

Parra-López, Gullermo. Forthcoming. "'Mr Treehorn Treats Objects Like Women, Man! 'A Map of drug-Induced Language Variation in Cinema and Its Translation". In Geyer, K. and Dore, M. (eds.) *New Perspectives in Dialect and Multimedia Translation*. Special Issue of InTRAlinea.

Pavesi, Maria. 2005. La traduzione! lmica. Aspetti del parlato doppiato dall'inglese all'italiano. Roma: Carocci.

Pedersen, Jan. 2005. "How is Culture Rendered in Subtitles?". MuTra 2005—*Challenges of Multidimensional Translation: Conference Proceedings*. Saarbrücken, Germany, 1-18.

Pedersen, Jan. 2007. "Cultural Interchangeability: The Effects of Substituting Cultural References in Subtitling". *Perspective: Studies in Translatology*, 15 (1): 30-48.

Perri, Carmela. 1978. "On Alluding". *Poetics*, 7: 289-307.

Ramière, Nathalie. 2006. "Reaching a Foreign Audience: Cultural Transfers in Audiovisual Translation". *The Journal of Specialised Translation*, 6: 152-166.

Ramos Pinto, Sara. 2016. "Ya Care How Me Speaks, Do Ya? The Translation of Linguistic Varieties and Their Reception". In Brenner, K. and Helin, I. (eds.) *The Translation of Dialects in Multimedia III*. Special Issue of InTRAlinea. www. intralinea. org/specials/article/ya_care_how_me_speaks44_do_ya (accessed: 06/10/2019).

Ranzato, Irene. 2016. *Translating Culture Specific References on Television: The Case of Dubbing*. London and New York: Routledge.

Raskin, Victor. 1985. Semantic Mechanisms of Humour. Dordrecht: D. Reidel.

Sternberg,Meir. 1981. "Polylingualism as Reality and Translation as Mimesis". *Poetics Today*, 2 (4): 221-239.

Rossato, Linda and Chiaro, Delia. 2010. "Audiences and Translated Humour: An Empirical Study". In Chiaro, D. (ed.) *Translation, Humour and the Media*. London: Bloomsbury, 121-137.

Sperber, Dan and Wilson, Deirdre. 1995. *Epilogue to the Second Edition of Relevance: Communication and Cognition*. Oxford: Blackwell.

Szarkowska, Agnieszka and Orero, Pilar. 2014. The Importance of Sound for Audio Description. In Maszerowska, A., Matamala, A. and Orero P. (eds.) *Audio Description New Perspectives Illustrated*. Amsterdam and Philadelphia, PA: John Benjamins, 121-140.

Taylor, Christopher. 2014a. "Intertextuality". In Maszerowska, A., Matamala, A. and Orero P. (eds.) *Audio Description New Perspectives Illustrated*. Amsterdam and Philadelphia, PA: John Benjamins, 29-40.

Taylor, Christopher. 2014b. "Textual Cohesion". In Maszerowska, A., Matamala, A. and Orero P. (eds.) *Audio Description New Perspectives Illustrated*. Amsterdam and Philadelphia, PA: John Benjamins, 41-60.

Taylor, Christopher. 2016. "The ADLAB Project: Audio Description for the Blind". In Matamala, A. and Orero, P. (eds.) *Researching Audio Description New Approaches*. Basingstoke: Palgrave Macmillan, 227-248.

Ulrych, Margherita. 2000. "Locating Universal Features of Translation Behaviour through Multimedia Translation Studies". In Bollettieri Bosinelli, R. M., Heiss, C., Soffritti, M. and Bernardini, S. (eds.) *La traduzione multimediale: Quale traduzione per quale testo*? Bologna: CLUEB, 407-427.

Valdeón, Roberto. 2005. "Asymmetric Representations of Languages in Contact: Uses and Translations of French and Spanish in Frasier". Linguistica Antverpiensia, 4: 279-294.

Veisbergs, Andrejs. 1997. "The Contextual Use of Idioms, Wordplays, and

Translation". In Delabastita, D. (ed.) Traductio: *Essays on Punning and Translation.* Manchester: St. Jerome Publishing, 155-176.

Vercauteren, Gert. 2007. "Towards a European Guideline for Audio Description". In Díaz-Cintas, J., Orero, P. and Remael, A. (eds.) *Media for All: Subtitling for the Deaf, Audio Description and Sign Language*. Amsterdam: Rodopi, 139-149.

Venuti, Lawrence. 1992. *Rethinking Translation: Discourse, Subjectivity, Ideology*. London and New York: Routledge.

Venuti, Lawrence. 1998. *The Scandals of Translation: Towards an Ethics of Difference.* London and New York: Routledge.

Venuti, Lawrence. 2017 [1995]. *The Translator's Invisibility: A History of Translation.* London and New York: Routledge.

Vlahov, Sergej and Florin, Sider. 1969. Neperovodimoe v Perevode. Realii. *Masterstvo Perevoda*, 6: 432-456.

Zabalbeascoa, Patrick. 1996. "Translating Jokes for the Dubbed Television Situation Comedies". *The Translator*, 2 (2): 235-257.

Zabalbeascoa, Patrick. 2012. "Translating Heterolingual Audiovisual Humor: Beyond the Blinkers of Traditional Thinking". In Muñoz-Basols, J., Fouto, C., Soler-González, L. and Fisher, T. (eds.) *The Limits of Literary Translations: Expanding Frontiers in Iberian Languages*. Kassel: Edition Reichenberger, 317-338.

Zabalbeascoa, Patrick and Voellmer, Elena. 2014. "Accounting for Multilingual Films in Translation Studies: Intratextual Translation in Dubbing". In Abend-David, D. (ed.), *Media and Translation: An Interdisciplinary Approach*. London: Continuum, 25-52.